प्रज्ञा

दिल्ली में जन्मी प्रज्ञा के 'तक़सीम', 'मन्नत टेलर्स', 'रज्जो मिस्त्री' तथा 'मालूशाही...मेरा छलिया बुरांश' शीर्षक से चार कथा-संग्रह हैं। 'गूदड़ बस्ती' और 'धर्मपुर लॉज' जैसे उनके दो बहुप्रशंसित उपन्यास हैं। तीसरा उपन्यास 'काँधों पर घर' आपके हाथों में है। उनके उपन्यास और कहानी संग्रह 'मीरा स्मृति सम्मान', 'महेंद्रप्रताप स्वर्ण सम्मान', 'शिवना अन्तरराष्ट्रीय कथा सम्मान', 'प्रतिलिपि डॉट कॉम सम्मान', 'स्टोरी मिरर पुरस्कार' से सम्मानित हुए हैं।

'नुक्कड़ नाटक : रचना और प्रस्तुति', 'नाटक से संवाद', 'नाटक : पाठ और मंचन', 'कथा एक अंक की' जैसी किताबें नाट्यालोचना केन्द्रित हैं। उनके द्वारा सम्पादित बारह नुक्कड़ नाटक 'जनता के बीच : जनता की बात' किताब में शामिल हैं। 'तारा की अलवर यात्रा' बाल साहित्य की श्रेणी में प्रथम पुरस्कार, भारतेन्दु हरिश्चन्द्र पुरस्कार 2008 से पुरस्कृत है। वैचारिक लेखन से जुड़े लेख प्रज्ञा की किताब 'आईने के सामने' में संकलित हैं। लगभग ढाई दशक से प्रज्ञा दिल्ली विश्वविद्यालय के किरोड़ीमल कॉलेज में अध्यापन कर रही हैं। इस समय वे हिन्दी विभाग, किरोड़ीमल कॉलेज में प्रोफेसर के पद पर कार्यरत हैं।

काँधों पर घर

प्रज्ञा

लोकभारती पेपरबैक्स

लोकभारती पेपरबैक्स में
पहला संस्करण : 2024

लोकभारती पेपरबैक्स : उत्कृष्ट साहित्य के लोकप्रिय संस्करण

लोकभारती प्रकाशन
पहली मंजिल, दरबारी बिल्डिंग, महात्मा गांधी मार्ग
प्रयागराज-211 001
द्वारा प्रकाशित

शाखाएँ : 1-बी, नेताजी सुभाष मार्ग, दरियागंज, नई दिल्ली-110 002
अशोक राजपथ, साइंस कॉलेज के सामने, पटना-800 006
1, अनमोल सोराबजी संतुक लेन, धोबी तलाव, मरीन लाइंस, मुम्बई-400 002

वेबसाइट : www.lokbhartiprakashan.com
ई-मेल : info@lokbhartiprakashan.com

बी.के. ऑफसेट
नवीन शाहदरा, दिल्ली-110 032
द्वारा मुद्रित

मूल्य : ₹350

KANDHO PAR GHAR
Novel by Pragya

ISBN : 978-81-19996-04-9

मेरे महबूब शहर
दिल्ली के नाम

जलकर ख़ाक न हुआ
समेटकर अपनी राख, फीनिक्स बना।

शहर, देश के भूगोल में फैले गरीबी, बेरोज़गारी, अशिक्षा, शोषण के अँधेरे में चमकते हुए ऐसे हज़ारों वॉट के बल्ब होते हैं जिनकी तरफ देश के कोने-कोने से अपनी-अपनी ज़िन्दगियों से हताश लाखों-करोड़ों लोग खिंचे चले आते हैं। इन लोगों की आँखों में अपनी उम्र से लम्बे सपने होते हैं। जिन्हें वे दिन-रात देखते हैं। देखते-ही-देखते ये सपने उनके बच्चों की आँखों में भी उतर आते हैं। वे शहर को जीने-पाने और उसकी अथाह रोशनी में उतर जाना चाहते हैं। वे समृद्धि के शिखरों को अपनी जिंदगी की गहरी खाइयों से देखते हैं तो वे पाते हैं कि शिखर और उनसे निकलती रोशनी उनसे बहुत दूर है। वे शहर के शिखरों की सड़कों को अपने पसीने और खून से चमकाते हैं पर शहर के किनारे बसी बस्तियों में रहते लोग शिखर के लिए जरूरत तो होते हैं पर उनकी जगह शिखर पर नहीं होती। दुनिया भर के शहर ऐसे ही बनते हैं।

मैं दिल्ली में जन्मी और पली-बढ़ी हूँ। देश के अन्य शहरों की भाँति ये शहर भी कई दुनियाओं में बसा हुआ है। ये दुनियाएँ आस-पास रहती हैं, एक-दूसरे का रास्ता काटती हैं पर इनके बीच की दूरी बनी ही रहती है। मैं इन दोनों दुनियाओं में आती-जाती हूँ। देश की राजधानी होने के नाते दिल्ली में रोज़गार, शिक्षा, स्वास्थ्य सुविधाओं की स्थिति देश के अन्य क्षेत्रों से कहीं अधिक बेहतर है इसलिए देश भर से लोग यहाँ आकर बसते हैं। वे दिल्ली को एक अलग निगाह से देखते हैं उनके लिए दिल्ली एक अवसर है, एक उम्मीद है और एक सपना है। अनेक लोगों को देश की राजधानी

का एक ही हिस्सा दिखाई देता है पर सच इतना भर तो नहीं। शहर की चमक के नीचे हज़ारों-लाखों ज़िन्दगियाँ जलती हैं तब जाकर शहर की रोशनी कुछ और बढ़ती है। मैं अपने उपन्यासों में इन्हीं जिन्दगियों की कहानी कहना चाहती हूँ। कहती भी रही हूं। मैं केवल उस शहर की कहानी नहीं कहना चाहती, जो शक्ति, सुविधाओं और सम्पन्नता का केन्द्र है। मैं शहर के उस हिस्से की कहानी कहना चाहती हूँ जो शहर की चमक तो बनाता है पर खुद गुमनामी के अँधेरे में गुम हो जाता है। अभी तक मेरे दो उपन्यास प्रकाशित हो चुके हैं जो दिल्ली के इसी गुमनाम हिस्से को दिखाते हैं। एक प्रकार से 'गूदड़ बस्ती', 'धर्मपुर लॉज' के बाद मेरा यह तीसरा उपन्यास 'काँधों पर घर' शहर के भूगोल को मात्र ऊपर से नहीं अपितु बहुत नीचे से देखता है। यह उपन्यास-त्रयी वास्तव में मेरे महबूब शहर दिल्ली की गलियों, मोहल्लों, बस्तियों में बसे जीवन की कहानी कहती है। यह कहानी हमारे विकास के मॉडल और दिशा पर मानवीय दृष्टि से सवाल उठाती है।

दिल्ली से होकर एक नदी गुज़रती है। ये नदी है यमुना। यह कहा जाता है कि नदियाँ जीवनदायिनी होती हैं। नदियाँ संस्कृति की जन्मदात्री होती हैं। पर सम्भवत: यमुना ऐसी नदी कही जा सकती है जो इस शहर को जीवन तो देती है पर शहर उसकी हत्या कर देता है। आज़ादी के बाद इसी यमुना के किनारे कितनी ही बस्तियाँ बसीं। इन बस्तियों में अनगिनत जीवन पनपे, विकसे और शहर में खो गए। ये लोग देश के अनेक हिस्सों से आए थे। मैं इसीलिए दिल्ली को एक मात्र ठहरा हुआ शहर नहीं मानती मेरे हिसाब से दिल्ली एक बड़ा काफ़िला है। जिसमें लोग अपने-अपने सामाजिक-सांस्कृतिक असबाब को लिए शामिल होते जाते हैं और ये शहर अपनी शक्ल बनाता रहता है। मेरा उपन्यास 'काँधों पर घर' इसी काफ़िले की कहानी कहता है। इस कहानी के केन्द्र में है यमुना पुश्ता और उसकी बस्तियाँ। विकास-विस्थापन-पुनर्स्थापन और फिर से विस्थापन के चक्र को झेलती बस्तियाँ अपनी राख से फिर से नयी जगह पर जागने का प्रयास करती हैं पर इस पूरी प्रक्रिया में मनुष्यता कहीं-न-कहीं समाप्त हो जाती है। इन बस्तियों के लोग अपनी राख समेटे फीनिक्स तो बनते हैं पर एक बार नहीं।

उनके जीवन में बार-बार फीनिक्स बनने का अभिशाप तय है।

यह उपन्यास अस्सी के बाद बनते हुए शहर की कथा कहता है। पूर्वी दिल्ली और यमुना पुश्ते की अनेक बस्तियाँ इसके केंद्र में हैं। इस कहानी के कई पात्र पूनम, मुनमुन, इमाम साहेब, फरीदा जैसे पात्र वास्तविक हैं तो अनेक पात्र इन्हीं परिस्थितियों से उपजे हैं। इनमें से कई पात्र आपको पुरानी दिल्ली रेलवे स्टेशन, शास्त्री पार्क मेट्रो स्टेशन और कश्मीरी गेट के अन्तर्राज्यीय बस अड्डे के आस-पास मिल जाएँगे। जीवन की तेज भाग-दौड़ में कितनी बार मेरे इसरार पर ये लोग मेरे लिए रुके। उस बीते समय की कहानी के रेशे मुझ तक पहुँचाने के लिए उनके प्रति मेरा आभार व्यक्त करना काफी नहीं। वे लोग मेरे साथ हैं और इस उपन्यास के जरिए हमेशा साथ रहेंगे। इस उपन्यास को सबसे पहले पढ़कर अपने ज़रूरी सुझाव देने वाली दोस्त प्रगति कौशिक का तहेदिल से शुक्रिया। मैं इस उपन्यास के प्रकाशन के लिए लोकभारती, राजकमल प्रकाशन के आदरणीय रमेश अंकल और आमोद माहेश्वरी जी की आभारी हूँ। साथ ही इस उपन्यास को आप तक पहुँचाने में इसके रूपाकार आदि के लिए संगम भाई और उनके सहयोगियों की आभारी हूँ। मैं उन सभी पाठकों की भी आभारी हूँ जिन्होंने मेरी इस कथा-यात्रा में मेरा साथ दिया है। आशा करती हूँ कि मेरा यह नया उपन्यास आप सभी को पसन्द आएगा।

2023, गुरुग्राम

—प्रज्ञा

ज़िन्दगी की राह

ज़िन्दगी की राह समतल करने की कोशिशें इंसान को जगह-जगह भटकाती हैं। हर भटकन नई करवट लेते हुए सपनों के पूरा होने की खुशी में पल भर झूमती है कि चलो अब ज़िन्दगी की उलझनें खत्म हुईं पर समय का चक्र एक भटकन की कोख से एक नई भटकन को जन्म देता है। इंसान एक से दूसरी, दूसरी से तीसरी भटकन में दाखिल होता चला जाता है। इंसानी फितरत की यही तो खूबी है कि वह ज़िन्दगी को प्रयोग का मौका देती हुई नए रास्तों को खोजती आगे बढ़ती जाती है। आगे बढ़ने का जोखिम उठाते हुए भी जरूरी नहीं कि राहें समतल हो ही जाएँ लेकिन ज़िन्दगी की ऊबड़-खाबड़ राहें अनुभव की राहों को तो पुख्ता कर ही जाती हैं।

मायका छोड़कर ससुराल आई पूनम ने भी यही सोचा था कि कानपुर से बदायूँ, यही उसकी ज़िन्दगी का कुल हासिल है। घर का छूटना आसान नहीं था। दुनिया की नज़र में मायके से उसकी विदाई हो चुकी थी पर शरीर का दूसरी जगह चले जाना ही विदा होना होता है क्या? ठीक उसी तरह जैसे शरीर का कहीं रहना, बस जाना नहीं होता। नए रिश्तों में उलझी पूनम कभी नई दुनिया के रंग पहचानती तो कभी पुराने जीवन में खुद को ढूँढने लगती। औरत होना उसके लिए आज दो दुनियाओं में अधूरा जीवन जीने जैसा हो गया था। एक तरफ छूट चुके घर की यादें पीछा नहीं छोड़ रही थीं तो दूसरी तरफ नए घर के कोने-कमरे अभी अजनबी बने दीदे फाड़े उसे देख रहे थे। नए ठिकाने को जी-जान से अपना बनाने की हर सम्भव कोशिश पूनम कर रही थी। बिछोह और मिलन की नैया में सवार पूनम के हिस्से का सुख पति के संग रोशनी में नहाकर जीवन में कुछ उजियारा लाया ही था कि अचानक घर में बँटवारे का बवंडर उठ खड़ा हुआ। दादा-परदादा की ज़मीन दादा से चलकर ताऊ-चाचा में बँटी और उनसे चलकर उनके बच्चों के बीच टुकड़ा-टुकड़ा होते सिकुड़-सिमटकर इतनी

भी बाकी न रही कि सबके सर पर इज्जत की छत बची रहे। पूनम के ससुराल के लिए फैसलाकुन घड़ियाँ थीं। छत पर कच्चे बने जिस कमरे में सूरज और पूनम ने अपना गृहस्थ जीवन शुरू किया था वह आज उसके चचिया ससुर के बेटे के हिस्से में आ गया। सूरज और उसके दो सगे भाइयों के हिस्से में दो ही कमरे आए। आँगन की थोड़ी-सी जगह में माँ-बाऊजी के लिए एक छोटा-सा कोठरीनुमा कमरा डाल भी लिया जाए तो सूरज-पूनम के लिए जगह कहाँ से आए? घर भर की आँखों से नींद गायब थी। दो छोटे कमरे सबका बोझ उठाने में समर्थ नहीं थे। अलग-थलग लेटे सभी लोगों की चिन्ता समान थी। सम्भावना के द्वार बन्द थे और आशंकाएँ कदम-कदम पर इन्तज़ार में खड़ी थीं। घर में सन्नाटा छाया था जिसकी परत के नीचे कल की चिन्ताओं का उदास चेहरा था। माँ की चिन्ता दोहरी थी। एक तरफ बड़े परिवार की परेशानी और दूसरी तरफ नई बहू के सामने इतनी जल्दी घर भर का तीखा सच खुल जाने की शर्मिन्दगी। पिता अलग हलकान थे कि समाज में बरसों से ढकी-ओढ़ी घर की आबरू चिन्दी-चिन्दी होकर बिखर रही है। दुनिया के आगे बड़े प्यार से रहनेवाले परिवार का भरम भी मिटने चला था। उदास तो सूरज भी कम नहीं था लेकिन सोच के सिरे उधेड़ने-बुनने की आदत सूरज की कभी नहीं रही। यह उसने पहले ही समझ लिया था कि दो कमरों में दो भाइयों की गृहस्थी ही चलेगी। निकलने की नौबत आई तो उसे और पूनम को ही निकलना पड़ेगा। माँ बातों-बातों में इशारा कर भी चुकी थी तब सूरज मन में हँसा भी कि कौन कहता है पेटपोंछने बच्चों में माँ-बाप की जान अटकी होती है। सूरज के बाद माँ-बाप को एक लड़की की बड़ी इच्छा थी पर यह हो न सका और सूरज ही उनकी आखिरी सन्तान और पेटपोंछना रहा।

कुछ दिन बाद जगह की किल्लत और पैसे का अभाव किसी ठोस नतीजे पर पहुँचने की दिशा में सूरज को तैयार करने लगा। धन्धे के सिलसिले में इस महीने भी सूरज का दिल्ली जाना हुआ। दरियागंज में भग्गू लाला की दुकान पर जाने की बजाय उसके पाँव लालकिले की ओर बढ़ गए। सूरज के दिल ने कहा हो न हो इस समस्या का हल उसका दोस्त नेचू निकाल देगा। नरेश उर्फ नेचू बिन्दास तबीयत का आदमी था। औसत कदकाठी और साँवली रंगत की मामूली शक्ल को उसकी गजब की चुस्ती ढाँप देती। बचपन से ही डींगे हाँकने की उसकी ऐसी आदत थी जो आज तलक खत्म न हुई थी। कम उम्र में ही बड़ा आदमी बनने का सपना लिए दिल्ली भाग गया था। बड़ा आदमी तो बना नहीं अलबत्ता बड़े महानगर का एक मामूली-सा दुकानदार जरूर बन

गया। ऐसा दुकानदार जिसके पास पक्की दुकान भी नहीं थी। नीचे जमीन और ऊपर आसमान के बीच एक पटरी थी जिस पर नेचू सर्दी में जुराब-टोपी-दस्ताने और गर्मी में बनियान, टी-शर्ट बेचा करता था। उसकी दुकान लालकिले के ठीक सामने लगे पटरी मार्किट में थी। सूरज को आया देखकर भी दुकानदारी छोड़कर नेचू कहीं जा नहीं सकता था। वहीं पर सूरज के लिए चाय मँगवाई। सूरज से बातचीत के बीच अपनी तीखी आवाज़ में ग्राहकों को रिझाकर दुकान पर बुलाने की उसकी कोशिशें बरकरार रहीं। पटरी पर नेचू अकेला दुकानदार नहीं था बहुत-से दुकानदार टी-शर्ट-बनियान बेच रहे थे। जबर्दस्त टक्कर थी सबमें। ग्राहक किसी भी पटरीवाले दुकानदार से पहले पटता तो वह आँखों से मुस्कुराता और उसकी आवाज़ में और खनक आ जाती। पूरा मार्किट सजा हुआ था। चारों तरफ शोर फैला था। सस्ते कपड़ों-चीजों के लालच में लोगों का रेला उमड़ा चला आ रहा था। पटरी की दुकानों के सामान्य ग्राहक पूरे उत्साह में थे। बीच-बीच में नेचू, सूरज के चेहरे की उदासी देखकर किसी अनकही मुसीबत का अनुमान भी लगा रहा था। कुछ देर बाद बोल ही पड़ा—

"यार! किसकी मैयत से चला आ रहा है? देख रहा हूँ जबसे आया है मुँह लटका हुआ है। क्या हुआ? भाई को नहीं बताएगा?"

"लगता है नेचू! तेरी तरह अब बदायूँ से मेरा भी दाना-पानी उठ गया।" हताश स्वर में सूरज ने कहा तो नेचू की कतरनी-सी चलती जुबान चुप्पी साध गई। दो पल बाद दुकान छोड़कर आगे भागे जा रहे ग्राहकों को नेचू ने आवाज़ लगाई—"रस्ते का माल सस्ते में। बाजूवाली और सैंडोज—जिसको जैसी भाए ले जाए। आओ बाऊजी-भैया जी।" सौदा बेचने के साथ-साथ नेचू, सूरज से भी बतियाता रहा।

"आज घर चल भाई। घर चलकर बात करते हैं। कुछ सोचते हैं। ऐसी कौन-सी परेशानी है जिसका हल नेचू द ग्रेट के पास नहीं।" कहकर नेचू ने सूरज की पीठ पर जोरदार धौल जमाई तो सूरज के चेहरे पर छाई बदली जरा छँट गई। दुकान बढ़ाकर नेचू ने सारा माल बड़े-बड़े पॉलिथिनों में ठूँस दिया। एक रिक्शेवाले ने सामान और सूरज को रिक्शे पर लादा और नेचू पूरे दिन की थकान के बाद भी मस्ती में रिक्शे को पीछे से ठेलता बढ़ गया। सूरज रिक्शे पर बैठा मुड़-मुड़कर उसे हैरत से देखता रहा। कुछ देर बार रिक्शा पुश्ते पर उतर गया। सूरज की आँखें जो दृश्य सामने देख रही थीं उसे समझ पाना आसान न था। बड़ी-बड़ी डींगे हाँकनेवाला नेचू इस जगह रहता है? सवाल शब्दों की सीमा में बहुत छोटा था पर गहरा उतना ही था जितना बड़ा और अनेक

गलियोंवाला पुश्ता सामने दिख रहा था। कई हजार घरों का बोझ लादे एक मलिन-सा पुश्ता सूरज के सामने था। यमुना के किनारे बसा पुश्ता। दिन ढल रहा था। कच्ची दीवारों के साथ-साथ सटे अनगिनत घर वहाँ थे। अधूरे-पुराने-कच्चे-तिरपालवाले-टीन की छतवाले—सारे घर अलग-थलग रंगत में थे। कुछ पक्के घर और झुग्गियाँ भी वहाँ थीं। रिक्शा यहाँ से आगे नहीं जा सकता था। दोनों हाथों में पॉलिथिन फँसाए नेचू और सूरज सँकरी-सी गलियाँ पार करते पैंट के पाँयचे को जमीन पर बिखरे कीचड़-पानी से बचाने की हर सम्भव कोशिश करते आगे बढ़ते गए। अपने खुशमिजाज़ स्वभाव के अनुरूप नेचू महिलाओं-पुरुषों से बतियाता चल रहा था। इतनी बड़ी जगह में भी नेचू की बहुत जान-पहचान थी। सूरज यमुना पुश्ते की झुग्गियों-घरों को हैरत से देखता चल रहा था। उसने पहले कभी इतनी बड़ी बस्ती नहीं देखी थी। घर की छतों पर पीली शाम उतर रही थी पर नीचे गलियों में अँधेरा था। घरों में जल रहे बल्ब ही गलियों में सुझाने लायक रास्ता दिखा रहे थे। चारों तरफ चिल्लपौं मची थी। मर्द-औरतों के काम से लौटने का समय था। सूरज ने सिर उठाकर देखा आसमान का एक टुकड़ा भी उसे दिखाई नहीं दिया। सिर्फ घरों का जमघट छत से छत सटाए था। जिधर देखो आदमी ही आदमी थे। छोटे-छोटे घर लोगों का ही नहीं उनके मवेशियों का भी बोझ ढो रहे थे। जगह-जगह मुर्गे, बकरी, कुत्ते, सूअर,गाय-भैंस तक दिख रही थीं। इन्हीं गलियों में लोगों के आए दिन की जरूरतों को पूरा करने के लिए अनगिनत दुकानें थीं। कुछ घर लोगों के काम की गवाही देते चल रहे थे। उनके घरों के अन्दर या बाहर से झाँकते साइकिल टायर, कबाड़ ढोते बड़े-बड़े थैले, औज़ार, लोहा-लक्कड़ सब रास्ते में ही बिखरा पड़ा था। गलियों में से निकलता अन्तहीन गलियों का संसार वहाँ बसा था। लोगों का रेला देखकर सूरज सोचने लगा कहाँ से आ गए हैं इतने सारे लोग। बूढ़े और जवान। मर्द और औरतें। हर तकलीफ से बेखबर वहाँ उछलकूद मचा रहे बच्चे। हड़ीले और चीकट बालोंवाले यह बच्चे देश का भविष्य थे।

यमुना से सटे कई किलोमीटर के दायरे में फैले इस पुश्ते में एक छोटा-सा कमरा नेचू का था। नीचे मकान मालिक रहता था और नेचू उसका किराएदार था पर दोनों की माली हालत में खास अन्तर नहीं था। कमरे के भीतर दीवार से सारे पॉलिथीन बैग सटाकर नेचू ने तुरन्त पैंट-टी-शर्ट उतार दी और निक्कर बनियान में सूरज की खातिर में जुट गया। एक छोटे से कमरे में चूल्हा, बर्तनों के साथ बिस्तर और कपड़े सब बेतरतीब पड़े थे। नेचू की पत्नी अपने मायके गई हुई थी।

"आज खाना बनाना कैन्सिल। अपना यार आया है अभी जाता हूँ भागकर और प्रेम के ढाबे से चटपटी दाल और रोटी बँधवा के लाता हूँ।" कहता हुआ नेचू लपककर गया और जल्दी ही खाना ले आया। दो थालियों में खाना परोसा तो पूरे कमरे में दाल की खुशबू फैल गई। दोनों की भूख चमक उठी। कुछ देर तक दोनों बिना बोले खाते रहे। सूरज याद करता रहा कि कैसे उसकी माँ नेचू को कभी खाने को कुछ नहीं देती थी। घर में उसका आना भी किसी को नहीं सुहाता था। अभावों में रहते हुए भी उन्हें नीची जाति के नेचू से अपने लड़के का मेल-जोल कतई पसन्द नहीं था।

"यहाँ रह लेगा तू?" खाने के बाद सूरज ने अपने और पूनम के रहने की समस्या नेचू से साझा की तो नेचू ने सवाल किया। सूरज सोचने लगा कानपुर के अपने साफ-सुथरे घरवाली पूनम यहाँ रह सकेगी?

"चल देखता हूँ। यहाँ मिल गया तो ठीक वरना करता हूँ कहीं कुछ इन्तजाम। वैसे अपनी तरफ के कई लोग यहाँ रहते हैं। पार साल भी भतेरे आए। दिल्ली में बड़े खेल हुए थे जब सारी दिल्ली चमकाई जा रही थी तब तो न जाने कहाँ-कहाँ से बहुत-से लोग आए। चारेक साल पहले ही तो। जब मैं आया तब की बात है। भाई! यह बड़े-बड़े स्टेडियम, पुल, फ्लैट बने तब। सुना था कई देशों से लोग और खिलाड़ी यहाँ आएँगे। इसीलिए धड़ाधड़ काम चला और फटाफट लोग आए। भई! जितना बड़ा काम तो उतनी बड़ी लेबर। क्या यू.पी., क्या कलकत्ता, क्या बिहार, क्या हरियाणा बहुत लेबर आई। भाई! कितने तो इसी पुश्ते में फिट हो गए। तबसे यहीं रह रहे हैं। समझ ले यह पुश्ता दिल्ली आनेवालों का पुराना और पक्का आसरा है। उजड़े हुओं की धरमशाला। भाई! जो मजदूर जहाँ से मिला काम की खातिर सबको आने दिया पर सरकार ने यह नहीं सोचा इतनी आबादी रहेगी कहाँ? इसलिए जिसे जहाँ-जैसी जगह मिली रहने लगा। बरसों पहले से ये पुश्ता तो धीरे-धीरे ऐसे लोगों से ही बसा। मुझे भी यहाँ किराए पर कमरा मिल गया। तुझे भी मिल ही जाएगा। चिन्ता मत कर।" नेचू, सूरज के मन की बात भाँपकर उसकी उम्मीद बढ़ाने लगा।

दिन भर की थकान के बाद भी सूरज की आँखों में रत्ती भर नींद नहीं थी। उधर नेचू घोड़े बेचकर सो रहा था। थकान से बोझिल उसके शरीर की गवाही उसके खर्राटे थे। सूरज के लिए भविष्य की चिन्ता और नई जगह—दोनों नींद के रास्ते के दुश्मन बने थे कि अचानक नेचू की आवाज़ ने रात के अँधेरे को चीर दिया—"बनियान-बनियान-बनियान कौन-सी...कौन-सी दिखाऊँ भाई सैंडोज़ या बाजूवाली..." उसकी बड़बड़ाहट सुनकर सूरज को अचानक हँसी आ गई।

नेचू की बड़बड़ाहट जारी रही तो सूरज ने उसे झकझोरा। मिचमिचाती आँखों से उसने सूरज को देखा और करवट लेकर सो गया। अँधेरे में भी सूरज देर तक नेचू को देखता रहा। अभी-अभी घटी यह घटना सूरज को बहुत अजीब लगी।

अगले पूरे दो दिन नेचू ने दुकान छोड़कर सूरज के साथ पूरी भागदौड़ की। ढोलक बस्ती उर्फ संजय अमर कॉलोनी से मूलचन्द बस्ती। बेलागाँव से इन्दिरा कॉलोनी। चीनी कॉलोनी और बंगाली कॉलोनी। बिहारी कॉलोनी और न जाने पुश्ते की कौन-कौन-सी कॉलोनियों-गलियों के लोगों और वहाँ के प्रधानों से किराए के कमरे की मालूमात की पर मनमुताबिक कमरा नहीं मिला। जहाँ मन मिलता वहाँ किराया ज्यादा था और जहाँ किराया जेब मुताबिक था वह जगह सीलन और घुटन से भरी थी। आखिरकार ढोलक बस्ती के इरशाद ने यहाँ से थोड़ी दूर कैलाश नगर में एक कमरा बताया। इरशाद, नेचू और सूरज यमुना पर बने लोहे के पुल के पार कैलाश नगर की ओर चल पड़े। नीचे से एक शार्टकट भी था पर सूरज पुल पर चढ़कर पुल और यमुना दोनों को देखना चाहता था। लोहे का पुल यातायात के भार से उसे हिलता हुआ जान पड़ा। अंग्रेज़ों के जमाने का बना पुल देखने में ही बहुत पुराना लग रहा था। सूरज को भय हुआ कैसे यह पुल इतने सालों से इतना भार ढोता चला आ रहा है। वे तीनों किनारे-किनारे चल रहे थे। पुल के नीचे पुश्ते के दोनों तरफ गन्दगी के ढेर लगे दिखाई दिए। जिस पुश्ते से निकलकर वह आ रहा था वहाँ की खस्ताहालत दिन में यहाँ से और साफ दिखाई दे रही थी। यमुना किनारे फैली मार-तमाम गन्दगी देखकर सूरज को बचपन में स्कूल में पढ़ाई-रटाई कविता की पंक्ति याद आई—'गंगा-जमुना परम पुनीत...' वे लोग चलते रहे और कुछ ही देर में शास्त्री पार्क से आगे निकलकर कैलाश नगर पहुँच गए। यहाँ खोज लम्बी नहीं चली। एक कमरा सूरज को सभी बुरे कमरों में कुछ कम बुरा जान पड़ा। उस पर ही बात पक्की हो गई। नेचू की खुशी का ठिकाना नहीं था। आखिरकार उसकी लगन रंग लाई।

"हमारे साथ रहोगे तो ऐसे ही मौज करोगे बेटा!" उसने सूरज को आँख मारी तो सूरज भी हँसने लगा। सूरज जिस दिन सब तय करके बदायूँ वापिस लौटा पूनम के साथ एकान्त को तरसता रहा। रात को जब पूनम शान्त होकर बिस्तर पर लेट गई तो देर से सोच-विचार रहे सूरज को उससे बात करना जरूरी लगा। उसने करवट लेकर लेटी पूनम का कन्धा झकझोरकर कहा—

"सो गई क्या?" पूनम ने करवट बदली और सूरज की ओर सवालिया निगाह से देखा। घर की हालत पूनम से छुपी नहीं थी और सूरज की आवाज़ में घुली चिन्ता उसने भाँप ली। कुछ देर की चुप्पी के बाद सूरज ने बात शुरू की—

"देख पूनम! किताब का अपना कारोबार कभी पक्की तौर पर जमा नहीं पाया लेकिन धन्धे ने कभी भूखा भी नहीं सुलाया। घर की इज्जत को पर्दे में ढाँप रखा था सो वह उघड़कर तेरे सामने आ ही गई।" सूरज का गला सूखने लगा। लेटा हुआ सूरज उठकर बैठ गया और सिरहाने रखे लोटे से दो घूँट पानी से अपने खुश्क गले को तर किया। पूनम भी समझ गई मामला गम्भीर है सो उठकर बैठ गई।

"देख पूनम! बिना लाग-लपेट सच्ची बात कहता हूँ। हर महीने दिल्ली आना-जाना अब भारी पड़ने लगा है। पहले अकेला था तो चल जाता था पर अब तू है फिर आगे परिवार बढ़ेगा तो सब तरह की सोचनी होगी। दिल्ली आने-जाने में जेब फट जाती है। सारी बचत तो किराए-भाड़े में स्वाहा हो रही है। कैसे होगा पक्की दुकान का सपना पूरा?" आखिरी शब्द बोलते-बोलते सूरज का स्वर बेहद मन्द पड़ गया। बरसों से दुलराया सपना पहली बार उसे दूर की कौड़ी महसूस हो रहा था। वह सपना जो रात-दिन उसे नया और अच्छा करने के लिए रात में देर तक और दिन में जल्दी उठ खड़ा होने को उकसाता रहा था। सोच-समझकर उसने फैसला पूनम को सुनाया तो पूनम के दिल में हौल उठने लगे। दोनों हाथों से सर पकड़कर पूनम चिन्ता में घिर गई। अभी कुछ दिन पहले ही तो उसकी जीवन यात्रा ने नया ठौर पाया था। पूनम के अनुसार अब पूरी ज़िन्दगी इसी ठौर बीतनेवाली थी। ससुराल में पूरी तरह रम भी न पाई। पूनम ने महसूस किया कि जिस ज़मीन पर उसने नए सपनों की फसल के बीज बोए थे वह धरती ही अब उसकी नहीं रहेगी? अब फिर उजड़कर कहीं और बसना होगा। चिन्ता सिर्फ ज़मीन से उजड़ने की नहीं थी बल्कि भरे-पूरे घर में सबके साथ की थी। उस साथ की जो अब छूटनेवाला था। यहाँ तो सब साथ थे सँभालनेवाले पर नई जगह कौन होगा? दोनों कहाँ जाएँगे? क्या करेंगे? कैसे रहना-सहना हो पाएगा-चिन्ता के स्याह बादलों से आसमान भर गया। चिन्तित तो सूरज भी था पर पूनम का हौसला बढ़ाता रहा। आगे की राह कैसे सरल होगी इस बारे में लगातार सोचते हुए सूरज को पिछले साल आसपास के गाँवों के बहुत सारे परिचित चेहरे याद आने लगे जो बोरिया-बिस्तर बाँधकर अकेले या परिवार सहित दिल्ली चले गए थे। बहुत बड़ी तादात में लोग नहीं उनकी उम्मीदें संग गई थीं। नेचू ने भी उसे कुछ के बारे में बताया था। अब सूरज भी उनमें से एक होगा। एक अच्छी ज़िन्दगी के सपनों को पूरा करने की ख्वाहिशें उचककर आसमान छूने को बेताब थीं।

"किस सोच में है ?" कमरे में देर से फैली चुप्पी को तोड़ते हुए सूरज ने पूनम से पूछा।

सूरज की बात के जवाब में पूनम उसे एकटक देखती रही। बोली कुछ नहीं।

"घबराती क्यों है पूनम। कुछ पाने के लिए कष्ट तो उठाने पड़ते हैं फिर किताबें पढ़नेवाले क्या सिर्फ बदायूँ-कानपुर में हैं? हर जगह किताबों की माँग है और दिल्ली तो बड़ा शहर है। राजधानी है। किताबों का बड़ा बाजार। वहाँ कितनों को शरण मिली है हमें भी मिलेगी। आने-जाने का किराया बचेगा सो अलग। आड़े वक्त में काम आएगी बचत फिर दिल्ली में कागज सस्ता, छपाई सस्ती। कभी धन्धा आगे बढ़ा तो यह भी सहारा रहेगा।" सूरज ने पूनम का हाथ भरोसे के साथ अपने हाथ में लिया।

"इतने बड़े शहर में कहाँ दुकान लगाओगे? दिल्ली में कौन है हमारी पहचान का? हारी-बीमारी-मुसीबत में कौन आएगा मदद को?" इस बार पूनम ने फिर अपने सन्देह की पक्की पड़ताल की।

"सिर्फ हमारी हिम्मत।"

पूनम की आँखें सूरज के चेहरे पर गड़ी रहीं पर सूरज कुछ नहीं बोला। रात के अँधेरे में बाहर की आवाज़ों के रास्ते उजले थे। कमरे में उन दो के अलावा बाहर चल रही हवा और हवा के दबाव से खटक रहे किसी खिड़की के पल्ले की खटखट साफ सुनाई दे रही थी। सहसा पूनम उठी। उसने बल्ब जलाया और उठकर कपड़े तहाने लगी। सूरज को इस समय उसका यह काम अटपटा लगा। उसकी घूरती आँखों ने पूनम को टटोला।

"जब चलना ही है तो फिर कैसी देरी। कब निकलना है?" पूनम ने सूरज से कहा।

"यह हुई न पूनम कानपुरिया जैसी बात... और तू चिन्ता न कर पूनम। तुझे बताया नहीं पर मैं इस बार सब बात पक्की करके लौटा हूँ। किराए का मकान भी तय कर लिया है। काम करेंगे और नहीं जमा तो कुछ साल कमाकर फिर वापिस आ जाएँगे अपने बदायूँ।" बहुत दिनों की चिन्ता के बाद सूरज का चेहरा खिल उठा। उसकी आँखें काम में लगी पूनम पर जमी रहीं। पूनम उसे बहुत सुन्दर लग रही थी। सूरज को वह दिन याद आया जब पूनम के पिता की दुकान में उसने पहली बार पूनम को देखा था। किताबों के बंडल के साथ पूनम दुकान में आई और उसने किताबें करीने से सजा दी थीं। रेलवे से रिटायर हुए पूनम के पिता ने खुद को व्यस्त रखने और किताबों के पुराने इश्क को परवान चढ़ाने के लिए घर के आगे के हिस्से में दुकान खोल ली थी। किताबें बेचने-खरीदने सूरज अक्सर कानपुर भी जाया करता। जगह-जगह से किताबें लाकर सूरज बदायूँ के अपने पड़ोसी की दुकान के बाहर जमीन पर किताबें फैलाता और धन्धा करता।

पूनम-सूरज की शादी प्यार-मोहब्बतवाली शादी तो नहीं थी पर पूनम को पहली बार देखकर सूरज के दिल में हूक ज़रूर उठी थी।

रात में ही दोनों सामान बाँधने में जुट गए। सामान में कपड़े-लत्तों से ज्यादा किताबों के बंडल थे। जासूसी उपन्यास, शेरों-शायरी की किताबें, चुटकुलों और फिल्मी गीतों की किताबें, बच्चों के लिए पहेलियों-कविताओं-गीतोंवाली और औरतों के लिए धार्मिक किताबों के साथ और भी न ज़ाने कितने बंडल बँधे। पूनम के अपने सामान में भी उसकी कुछ किताबें शामिल थीं। किताबों का शौक उसने अपने पापा से विरासत में नहीं पाया था बल्कि बचपन की अपनी सहेली अपर्णा से पाया था। बंगाली परिवार में जन्मी अपर्णा उसकी अकेली पक्की सहेली थी। बचपन से ही पूनम अपने घर कम उसके घर अधिक टिकती। अपर्णा के घर में उसके माता-पिता को पढ़ने का बहुत शौक था। रवीन्द्रनाथ टैगोर, शरतचन्द्र की किताबों से लेकर प्रेमचन्द के कई कहानी-उपन्यासों से उसका घर भरा था। पूनम को पढ़ने का शौक वहीं से लगा। यही नहीं बंगाली समझना और कुछ हद तक बोल लेना भी उसने अपर्णा के घर से सीखा। बाद में लिखने का शौक हुआ जो केवल हुनर का नतीजा नहीं था बल्कि कुछ कर दिखाने की इच्छा से जुड़ा था। पूनम शुरू से ही अपने भाई-बहनों से जरा अलग तबीयत की लड़की थी। स्कूल में हिन्दी लेखन प्रतियोगिता में देशभक्ति की कविताएँ लिखकर उसने बहुत से पुरस्कार जीते। बारहवीं के बाद चाहते हुए भी उसका स्कूल छूट गया पर धीरे-धीरे लिखने के हुनर को पंख लग गए। एक दिन पिता जी के साथ लखनऊ जाते हुए रेलवे स्टेशन पर बिक रही किताबों का जायज़ा लिया। वहाँ तेजी से बिक रहे प्यार-मोहब्बत के तरानों और कहानियों की किताबों ने उसके जीवन को एक और नई दिशा दी। उसने नए सिरे से कलम आज़माई। कुछ किस्से गढ़े। एक दिन पिताजी से उन्हें छपवाने की इच्छा जाहिर की। पिता जी के पहचानवाले एक पब्लिशिंग हाउस में काम करते थे। पूनम के दिलचस्प किस्सों को पढ़कर उन्होंने जोश दिलाया और पूनम ने कम उम्र में प्यार-मोहब्बत की कहानियाँ लिखना शुरू कर दिया। बीस की होते-होते पूनम ने छोटी-छोटी दो किताबें लिख डालीं। प्रेम की उमंगों से भरे उसके किस्सों की किताबें दस-बीस रुपये में आराम से बिक जाती थीं। पूनम को भी कुछ पैसा देर-सबेर मिल जाता । पब्लिशर दुकानदार आदमी था जिसका एक ही उसूल था कम लागत अधिक मुनाफा। रायल्टी के अनुबन्ध का झंझट उसने किसी से कभी पाला नहीं। पूनम को कुछ पैसा मिल जाया करता था पर लिखे हुए किस्से जब किताब की शक्ल में आते तो उसका हौसला बढ़ जाता। लगन और मेहनत

उसके जीवन के दो मूलमन्त्र थे। कम उम्र में लोग उसे पूनम कानपुरिया के नाम से जानने लगे थे। सूरज से रिश्ते का आधार भी यही किताबें बनीं। किताबों के साथ अपने जीवन की राह खोजते दोनों एक दिन बदायूँ छोड़कर दिल्ली जानेवाली ट्रेन पकड़ने के लिए कानपुर स्टेशन चले आए। कानपुर आकर पूनम अपने माता-पिता से भी मिल ली। दोनों बड़े भाइयों ने बहन को रोकने की बहुत कोशिश की। उसके दिल्ली जाने को लेकर घर में कोई भी खुश नहीं था पर सूरज की मर्जी के आगे सब चुप रहे।

❄

गोमती एक्सप्रेस कुछ मिनिट पहले ही नई दिल्ली रेलवे स्टेशन के लिए रवाना हुई थी। लखनऊ, उन्नाव, कानपुर, हाथरस होते हुए दिल्ली तक हजारों यात्रियों को उसे मंज़िल पर पहुँचाना था। इस ट्रेन के अनेक मुसाफिरों में अनीश भी था जो लखनऊ से दिल्ली आ रहा था। लखनऊ के गोमती नगर में उसके पापा का घर था और दिल्ली के दरियागंज में उसकी मम्मी रहती थीं। दो-दो राजधानियों में रहनेवाले माता-पिता की इकलौती सन्तान था अनीश। माँ-बाप भले ही विवाह निभाने में असफल रहे थे पर अनीश को पालने-पोसने के मामले में दोनों का अलिखित समझौता था। एक तरफ दादी-पापा का लाड़ तो दूसरी तरफ मम्मी की सरपरस्ती। लखनऊ में पापा का कपड़ों का खानदानी बिज़नेस था और दिल्ली के दरियागंज में माँ अपने बड़े से मकान में बरसों से रह रही थीं। अनीश के नाना नामी वकील थे। दरियागंज में रहनेवाले श्रीकान्त सिन्हा को आज भी लोग इज्जत से याद करते हैं। वह चाहते थे उनकी होनहार बेटी सुगन्धा भी उनके नक्शेकदम पर चले पर यह हो न सका। कॉलेज में साथ पढ़नेवाले यश माथुर से उसकी पहचान प्रेम में बदली और दोनों ने शादी कर ली। जाति दोनों की एक थी पर यश और उसके परिवार को सिन्हा साहब जीते जी कभी अपना नहीं पाए और उनके जाने के बाद सुगन्धा और यश ही अलग हो गए। सुगन्धा के बड़े भाई सुकान्त अर्से से विदेश में बस चुके थे पर बहन से बहुत प्यार करते थे। पिता की छोड़ी जायदाद में से सुकान्त ने सुगन्धा के भावी जीवन का इन्तज़ाम करते हुए अचल सम्पत्ति से कोई हिस्सा नहीं लिया। यश से अलग होकर सुगन्धा पापा के दरियागंजवाले घर में ही बस गई। जाना-पहचाना मोहल्ला और मोहल्ले के दो घरों और नीचे की दुकानों से आता किराया सुगन्धा की नियमित आय का पुख्ता जरिया था। यों भाई भी उसका सहारा था और यश ने भी अनीश की पढ़ाई-

लिखाई का भार अपने सिर लिया हुआ था पर दोनों की सम्पन्नता गृहस्थी के सुख से वंचित रही। दुनिया के बड़े से बड़े बाज़ारों में ऊँचे से ऊँचा दाम देकर भी सुख कहाँ खरीदा जा सकता है। अनीश उस समय दो-ढाई साल का रहा होगा जब उसके मम्मी-पापा अलग हुए। प्रेम और साथी के अभाव ने मुगन्धा को भीतर से बहुत तोड़ा पर उसने अभाव के खानों को अनीश का मुँह देखकर उपेक्षित छोड़ दिया। अनीश को पालने में उसने अपना जीवन लगाया। बहुत समझदारी के साथ उसने बेटे को भावनात्मक रूप से कभी कमज़ोर नहीं पड़ने दिया और इसी कारण अनीश का दादी और पिता से सहज रिश्ता बना रहा।

ज़िन्दगी की बहुत-सी तकलीफों से बेपरवाह अनीश अब तीन साल दादी-पापा के साथ रहकर दिल्ली लौट रहा था। ट्रेन की खिड़की से भाग रहे दृश्यों के बीच उसे पिछली बार मम्मी से फोन पर हुई बात याद आने लगी।

"अनीश! बी.ए. तो पूरा होनेवाला है। अब आगे क्या सोचा है?"

"मास्टर्स या फिर मास कॉम में डिप्लोमा। आप जानती हैं पिछले तीन साल में इस फील्ड में जाने का मन बना लिया है। जर्नलिस्ट बनना है।"

"अब तुम्हारी सारी काबिलियत का हासिल मिलनेवाला है। डिबेटर तो तुम शानदार रहे और क्रिएटिव स्पार्क भी तुममें कम नहीं। देश-दुनिया को देखने-समझने की आँख भी है बस सोच-समझ के कदम उठाना। एक बार अपने पैशन को ढूँढ लिया उससे जुड़ गए तो पीछे लौटना मुमकिन नहीं होगा।"

पीछे लौटना—अब तक भी मम्मी के यह दो शब्द अनीश के ज़ेहन में हलचल मचाए हुए थे। इन दो शब्दों में एक पूरा अतीत छिपा था। अतीत जो वर्तमान से हर हाल में तुलना करने पर अच्छा ज़रूर लगता है पर जिसे कभी पूरा लौटाया नहीं जा सकता। दो मुख्तलिफ दुनियाओं में जीनेवाले अनीश को जीवन में एक वरदान मिला था कि वह जब चाहे किसी भी दुनिया का हिस्सा हो जाए। दोनों दुनियाओं के दरवाजे उसके लिए हमेशा बाहें फैलाए थे। दुनिया की नज़र में ऐसा कोई भी शख्स बेहद खुशकिस्मत था पर इन दो दुनियाओं के भरे-पूरेपन को देखनेवाली निगाहें अनीश के मन की वह खाली ज़मीन कभी न देख पाई थीं जिसका भरना इस जीवन में सम्भव नहीं था। पीछे लौटना-बार-बार यह दो शब्द कितनी तरह के तूफान अनीश के मन में उठा रहे थे। जहाँ से चला था वहाँ भी कितना कुछ छोड़ आया था अनीश। पापा, दादी, दोस्त सबके चेहरे दिमाग में गड्डमड्ड होने लगे जैसे एक रोलरकोस्टर में बैठा वह तेजी से घूम रहा हो। आड़े-टेढ़े चक्करदार रास्तों से भाग रहा अनीश स्मृति में दर्ज पन्ने उलट

रहा था। उनमें एक पन्ना नेहा के नाम का था जो देर तक फड़फड़ाता रहा। वह पन्ना भी आधा खाली था। क्या अब उस आधे हिस्से के शब्दों से कभी कोई कहानी पूरी हो सकेगी? उस कहानी को कभी मुकम्मल करने पीछे लौटेगा अनीश? रोलरकोस्टर बहुत ऊँचाई तक पहुँचकर तेजी से नीचे की ओर आने लगा। अनीश की ज़िन्दगी के कोलाज में हर तस्वीर आधी-अधूरी थी। उसके हाथ पसीने से भर गए। बचपन से ही किसी भी उत्तेजना को महसूस करनेवाले अनीश के हाथ यूँ ही परेशानी से भर जाया करते। उसने जेब से रूमाल निकाला और हाथों को पोंछा। सीधे हाथ को पोंछते हुए कलाई में बँधे ब्रेसलेट का हुक रूमाल में अटक गया। अनीश ने रूमाल को उसकी कैद से आज़ाद कर दिया पर उँगलियाँ ब्रेसलेट पर फिरते हुए नेहा के करीब होने का एहसास दिलाने लगीं। ट्रेन बहुत आगे निकल आई थी। अनीश क्या पीछे लौट पाएगा? पापा के पास बिताई तीन साल की शानदार ज़िन्दगी में कब लौटना होगा? वहाँ लौटना नेहा के पास लौटना भी होगा... क्या अब लौट पाएगा? सवाल उसके दिमाग़ को लगातार झटका दे रहे थे। हाथ पसीजे जा रहे थे। दिल की धड़कनें अचानक संयत नहीं हो रही थीं। ट्रेन ने स्पीड पकड़ ली। खिड़की के बाहर का एक भी दृश्य आँखें पकड़ पाने में नाकाम थीं कि अचानक कानों में पापा के हर बार समझाए शब्द गूँजे-बी प्रैक्टिकल अनीश। अनीश की उँगलियाँ ब्रेसलेट को छूने लगीं और एक क्षण के पशोपेश के बाद उसने ब्रेसलेट को कलाई से उतारकर जेब में रख लिया। कलाई की त्वचा पर ब्रेसलेट के निशान बाकी थे।

बेसब्री से अनीश की राह तक रही सुगन्धा को आजकल ज़रा आराम नहीं था। दो दिन से कनॉट प्लेस के चक्कर लगा रही थी अनीश की पसन्द का सामान खरीदने। वेंगर्स के क्रीम रोल्स उसे बहुत पसन्द थे। वही लेने गई थी। आज लौटी तो सामान डाइनिंग टेबल पर रखते ही शरीर थकान से बोझिल हो गया। बिना कपड़े बदले आदतन सोफे पर लेटी और जाने कितनी देर सोती रही। कॉलबेल का बजना उसे गहरी नींद के सपने का हिस्सा लग रहा था। बड़ी देर तक बजती रही घंटी आखिर उसकी नींद तोड़ने में सफल रही। सुगन्धा नंगे पैर दरवाजे तक गई। दरवाजे के बाहर मुनमुन खड़ी थी।

"मैंने तो सोच लिया था आज मेरे काम की छुट्टी हो गई। आप घर में नहीं हो।" अन्दर घुसते हुए मुनमुन ने कहा और एक नज़र भरकर सुगन्धा को देखा। सुगन्धा अभी भी नींद की खुमारी में थी।

"आप सो जाओ मैं काम निबटाकर चली जाऊँगी।" इस बार मुनमुन की आवाज़ प्यार भरे आग्रह में डूबी थी।

"न री। आज बहुत सो ली। अब चाय पीयूँगी।" अलसाई-सी आवाज़ में सुगन्धा ने बिखरे बालों को समेटकर हाथों में लिया और जूड़ा बाँध लिया। मुनमुन किचन की तरफ बढ़ी तो सुगन्धा बोली—"अपनी चाय भी बना ला।" अक्सर दोनों फुर्सत में एकसाथ चाय पीतीं और एक-दूसरे के सुख-दुख बाँटतीं। सुगन्धा के घर में दो ही तो लोग स्थाई थे। रोज़ लम्बे समय तक रहनेवाली मुनमुन और सुगन्धा।

"शोना बाबू के लिए खूब भागदौड़ कर रही हो दीदी।" किचन से ही मुनमुन बोली। यह उसकी आदत है। बोले बिना रह नहीं सकती। झटपट काम निबटानेवाली सुघड़ मुनमुन बरसों से सुगन्धा के घर काम रही है। होशियार इतनी कि दिल्ली आकर भाषा और काम दोनों सीख लिए। अपने संगठन जनमंच का काम करते हुए अचानक सुगन्धा को एक दिन मुनमुन मिली और फिर घर का हिस्सा हो गई। उस साल ही अनीश ने दिल्ली छोड़ी थी। टेबल पर पड़े थैले समेटकर मुनमुन बेडरूम में रख आई और सुगन्धा के सोफे के नज़दीक डाइनिंग टेबल से कुर्सी खींचकर बैठ गई। डाइनिंग टेबल किचन और सोफे से बराबर दूरी पर है इसलिए मुनमुन को वही जगह सबसे अच्छी लगती है। शुरू-शुरू में तो कुर्सी पर बैठने में ही उसे खासी शर्म लगती थी पर धीरे-धीरे सुगन्धा के अपनेपन ने उसे मुक्त कर दिया।

"लगता है पूरा बाजार उठा लाईं शोना बाबू के लिए।" मुनमुन आदत से मजबूर फिर बोली।

"तू शोना बाबू क्यों कहती है अनीश को?" सुगन्धा ने यह बात पहले भी मुनमुन से की थी पर उसने जवाब नहीं दिया। आज भी सवाल सुनकर मुस्कुराई।

"बता न?" सुगन्धा ने इसरार किया।

"दीदी! हमारे घर में बचपन से ही माँ ऐसे ही बुलाती थी। बंगाली लोग ऐसे ही बुलाते हैं बच्चों को और फिर जहाँ मैं रहती थी सिवान...बिहार में... वहाँ भी छोटे बच्चे को प्यार से बाबू ही कहा जाता है।" कहकर मुनमुन फिक्क से हँस दी।

"चल जैसी तेरी मर्ज़ी पर अनीश अब इतना छोटा बच्चा भी नहीं रहा और फिर तू कौन-सी दादी अम्माँ हो गई।" सुगन्धा चुप न रही।

"पर बाबू की शादी तो नहीं हुई, बाल-बच्चेदार तो नहीं है। मैं ठहरी शादीशुदा। बच्चों वाली। मेरी उम्र भले कम हो पर तर्जुबा तो ज्यादा है।" मुनमुन जोर से हँसी।

"तुझसे कौन जीत सकता है बातों में। हाँ तू बड़ी है। दादी अम्माँ... बाबू कहनेवाली।" सुगन्धा भी तेजी से हँसी।

चाय पीकर, बर्तन समेटकर मुनमुन अपने काम में लग गई। सुगन्धा कुछ साल पहले घर में आई मुनमुन के बारे में सोचने लगी। परेशानहाल मुनमुन को जनमंच की उसकी साथी सोनिया ने ही उससे मिलवाया था। सोनिया, सुगन्धा सहित जनमंच की एक बड़ी टीम गरीब और बेसहारा लोगों की मदद किया करती थी। जनमंच एक जनसेवी संगठन था जिसमें सोनिया रोज़गार के मसले देखती और सुगन्धा लोगों के अधिकारों के। ऐसे ही एक दिन मुनमुन के पति सलीम के बीमार पड़ जाने से घर की गाड़ी चलनी मुश्किल हो गई तो मुनमुन ने काम के लिए सोनिया के हाथ जोड़े। सलीम पेंटर था जो बंगाल के एक छोटे से गाँव से दिल्ली आया था। सोनिया दरियागंज के इलाके में घरेलू श्रमिकों के रोज़गार की व्यवस्था करती थी। रोज़गार दिलाने के साथ-साथ सबसे ज़रूरी पक्ष था इन गृह सेविकाओं के साथ किसी किस्म की कोई बदसलूकी न होने पाए। बात-बेबात तनख्वाह न काटी जाए और इनकी सेवाओं के बदले इनसे हमदर्दी का सुलूक हो। यमुना पुश्ते में इस काम से पिछले कई सालों में औरतों की ज़िन्दगी में एक बड़ा बदलाव आने लगा था। पूरे दिन घर में काम करने का महीने में पाँच सौ रुपया उनके लिए तय किया गया था। पाँच सौ बड़ी रकम थी पर उसके साथ मिला खुद पर भरोसा अनमोल था। घर से बाहर निकलने में जहाँ औरतें साहस की डोर से आगे बढ़ीं वहीं मेहनत के दम पर कमाने से खुद पर विश्वास करने लगीं। मुनमुन के लिए तुरन्त कोई काम नहीं मिलने के चलते उसकी समस्या का हल ढूँढते हुए सोनिया ने कुछ दिन उसे सुगन्धा के घर रखवा दिया। तबसे लेकर आज तक इस घर में रहते हुए मुनमुन घर का हिस्सा हो गई।

❋

दिल्ली के रेलवे स्टेशन पर अपनी-अपनी मंज़िल की ओर भागे चले जा रहे लोगों के रेले में पूनम और सूरज भी शामिल थे। स्टेशन की सीढ़ियाँ चढ़ते हुए जहाँ पूनम इस नए शहर को आँखें फाड़े देख रही थी वहाँ सूरज का हाथ बार-बार कमीज़ की जेब पर जाकर उसमें पड़े कागज के पुर्जे की सलामती की पड़ताल कर रहा था। हालाँकि जगह का नक्शा उसे याद था। नेचू का लिखा पता सूरज की जेब में था। बिना कहीं रुके दोनों सीधे कैलाश नगर पहुँचे। स्वागत को अजनबी आँखें थीं। मदद के लिए कोई सामने नहीं आया। कुछ औरतें, बच्चों के संग खड़ी उन्हें अजूबे की तरह देखती रहीं। घिच्ची-पिच्ची गलियों में बने बरसों से झड़े हुए प्लस्तर की दीवार लिए बेरौनक घरोंवाले इस मोहल्ले को देखकर पूनम अचरज

में पड़ गई। यह सभी घर, घर की गली और गली का मोहल्ला देखकर महानगर की पूनम की कल्पना में एक गहरी दरार पड़ गई। दूर के ढोल सुहावने—एक गहरी साँस लेने के साथ ही उसे पहले कानपुर और फिर बदायूँ याद आया। चारों तरफ फैली गन्दगी और कचरे के ढेर देखकर पूनम को घिन्न-सी उठी। जिन सपनों, उमंगों को लिए वह घर से चली थी उनकी चमक फीकी पड़ गई। सूरज ने पूनम के चेहरे से उसके दिल का हाल भाँप लिया। कमरे के भीतर आकर सामान रखने के बाद सूरज ने पूनम के चेहरे को प्यार से अपने हाथों में लिया और गाल थपथपाकर उसकी हिम्मत बढ़ाई। पूनम खामोश रही तो सूरज ने धीरे से उसे नज़दीक लाकर गले लगाया। पूनम देर तक उसके गले से लगी रही।

"अभी सब नया है धीरे-धीरे आदत हो जाएगी। थोड़ा पैसा सँभालकर चलेंगे और बाद में कोई ठीक-ठाक जगह ले लेंगे तब तलक के लिए सबर रख ले।" सूरज की आँखों में प्यार भरा था और ज़बान पर अनुरोध। सफर की थकान और नए आशियाने की लचर हालत से परेशान पूनम ने सूरज के शब्दों की गर्मी को महसूस किया। ज़िन्दगी के इस नए मोड़ पर सारी तकलीफों के बीच सूरज का साथ और प्यार ही उसका सरमाया था। अगली सुबह नए शहर के मकान में दोनों की पहली सुबह थी। आकाश के सूरज की किरणें ज़मीन के सूरज का पता खोजती कमरे के बाहर के छज्जे पर ही टिक गईं। इतनी बसावट के बीच छज्जे के एक हिस्से का ज़रा-सी रोशनी में सँवर जाना किसी चमत्कार से कम नहीं था। कमरे के भीतर पूनम पूरे जतन से उसमें जन्नत उतार लाने के लिए कमर कसकर काम करने लगी। सुबह से शाम हो चली। पूनम और सूरज की मेहनत से आखिरकार बन्द कमरे में घर का हुस्न जगमगाने लगा। रात को खाना बना तो जगह कुछ और घर हो गई। कमरे के बाहर का छज्जा सबका साझा था। वहाँ अगली सुबह के रंग दिखाई दे रहे थे। घर के ज़रूरी इन्तज़ाम करने के बाद सूरज को काम के सिलसिले में निकलना पड़ा। काम भले ही पुराना था पर नए शहर में जमना और रोज़ी-रोटी कमाना आसान नहीं था। किताबों के बंडल हाथ में उठाए सूरज लालकिले के लिए निकल गया। नेचू की मदद से वहाँ काम-धन्धा शुरू किया।

पहले कुछ दिन घर और दुकान जमाने की जद्दोजहद के जरूर रहे। दिन कहाँ निकल जाता पूनम-सूरज को पता ही नहीं चलता। दिल्ली दिलवालों की नगरी थी और कानपुर-बदायूँ आत्मा का हिस्सा थे। रह-रहकर याद आते। पूनम को यही लगता कि नई जगह रहना नए कपड़े बदलने जैसा आसान कहाँ होता है? पूनम रात-दिन यादों की गलियों में चक्कर काटा करती।

"पूनम! क्या करती रहती है सारा दिन? मैं तो काम पर चला जाता हूँ। खाना तू सुबह बना ही लेती है फिर कैसे काटती है समय?" सूरज ने कुछ दिन से कानपुर को बार-बार याद करके उदास हो रही पूनम का ध्यान बँटाने की मंशा से कहा।

"कुछ ख़ास तो नहीं..." पूनम का जवाब संक्षिप्त था।

"कुछ नया पढ़ लिया कर। पड़ोस की औरतों के संग जी बहला और जी चाहे तो कुछ लिख ले। कोई नया किस्सा-कहानी। यह तो तेरी पसन्द का काम है।"

पूनम ने सूरज को आँख उठाकर देखा पर फिर अपने पैरों पर उछर आए खुरंट को छीलने में लग गई। खुरंट का आखिरी हिस्सा कच्चा था। पूनम के ज़ोर लगाकर उसे उखाड़ने के साथ ही खून की बूँदें पैर में उछर आईं। दर्द से पूनम के होंठ फैले और हल्की सी-सी की आवाज़ निकली।

"सुन रही है कि नहीं?" सूरज ने कमरे में फैली चुप्पी को तोड़ा।

"हाँ सुन रही हूँ पर अभी लिखने-पढ़ने की तबीयत नहीं हो रही।" पूनम ने साड़ी के पल्ले से खून पोंछते हुए कहा।

"दिन भर अकेली रहती है। आसपास ही घूम आया कर...देख भई! मन तो उड़ता पंछी है इसे किसी ठिकाने पर प्यार से थपकी देकर बिठलाना पड़ता है।" समझाते हुए सूरज ने कहा तो पहली बार पूनम ने गौर किया दिल्ली आए हुए इतने दिन बीते पर सूरज ने पूनम से एक बार भी नहीं कहा कि उसका मन यहाँ नहीं लग रहा। न ही पूनम के काम को लेकर किसी तरह की कोई शिकायत की। अच्छा-बुरा पूनम ने जो किया पूरी खुशी के साथ उसे सराहा। उसने सूरज के चेहरे को घूरकर देखा। वहाँ भी किसी परेशानी का कोई पक्का सुराग नहीं मिला। सूरज पूरी हिम्मत से नएपन को अपनाने की कोशिश ही नहीं कर रहा था बल्कि पूनम की हिम्मत भी बढ़ा रहा था। अचानक पूनम को खुरंट उखड़ने के बाद से टीस रहा दर्द कुछ कम महसूस हुआ। वह धीरे से उठी और सूरज की बगल में बैठ गई। पूनम का सिर सूरज के कन्धे पर झुक गया। कमरे के छोटे से रोशनदान से ढलती शाम कमरे में पूरी उतर आई।

धीरे-धीरे नई जगह पूनम की आदत का हिस्सा होने लगी। आसपास कुछ घरों में जान-पहचान के बाद अजनबीपन दूर हुआ। संयुक्त परिवार की छोटी बहू पूनम यहाँ एक नई पूनम में ढलने लगी। घर में रहनेवाली पूनम अकेली बाहर सौदा-सुलफ लाने के काम में माहिर होने लगी। शुरू में अटपटे लगनेवाले जीवन ने पूनम के लिए नई आज़ादी का आसमान खोल दिया। यह उड़ान उसे रास आ रही थी। आसपास के इलाकों से अब जान-पहचान-सी होने लगी।

कैलाश नगर के नज़दीक शास्त्री पार्क में फल-सब्जी की कई दुकानें पटरी-रेहड़ी पर लगती थीं। सूरज ने पूनम को वह जगह दिखा दी। घर में कभी कोई ज़रूरत पड़ने पर पूनम बाज़ार हो आती। शास्त्री पार्क के पास ही शराब के ठेके के बाद बदबू उठाता कूड़े का खत्ता था जिसके आगे कुछ कदमों की दूरी के बाद एक लम्बी सड़क पर फल-सब्जी का बाज़ार था। अनगिनत सब्जीवाले वहाँ बैठे थे। पूनम लगभग रोज ताज़ा सब्जी के लिए वहाँ जाने लगी। कई बार छोटे-छोटे बच्चों को सड़क पर धनिया-पोदीना पत्ती लेकर दौड़ते देखती तो उन पर प्यार भी आता साथ ही चिंता भी होती कि पढ़ने-लिखने की उम्र में ये बच्चे किस काम में लगे हैं। इन बच्चों का सड़क पर तेज़ रफ्तार वाहनों की चपेट में आने का खतरा भाँपकर उसकी धड़कनें बढ़ जातीं। सब्जी के अनेक ठियों में कम दाम और अच्छी सब्जी के कुछ ठिए पूनम ने चुन लिए। सारी दुकानों से अलग गोलचक्कर की पटरी पर बैठे बिलैती के ठोस लाल-हरे देसी टमाटर उसे पसन्द आने लगे। टमाटर बेचनेवाला बातूनी बिलैती ही क्यूँ बात-बेबात झगड़नेवाली केसर से भी पूनम की जान-पहचान हो गई। वह कभी रोज़गार के लिए दिल्ली आई थी और अब यमुना के किनारे लगे खेतों में उसका पति सब्जी उगाता और वह यहाँ लाकर बेचती। केसर ने ही उसे सुमेर से केले-अमरूद खरीदने की बात कही। एक तो सुमेर केसर के गाँव के रिश्ते का था दूसरा उसका माल बढ़िया और तोल पक्की थी। केसर को पूनम ने कभी चुप नहीं देखा। रोज की तरह आज भी उसके पास बातों का खज़ाना खुला था पर आज एक मनुहार के साथ—

"दीदी! कल यहाँ भजन-कीर्तन और भंडारा होगा। सुबह से पंडाल सज जाएगा। वहीं बिल्डिंग के कोने में लगेगा। कल जरूर आना। चाहो तो अपने उनको, हमारे जीजाजी को लाना और खाकर जाना।" पूनम से दीदी का रिश्ता जोड़ बैठी केसर ने पूनम के सब्जी लेकर लौटते हुए भी पीछे से आवाज़ लगाई—"दीदी! कल आओगी न? जरूर आना।" पूनम ने पलटकर देखा और मुस्कुराई। केसर ने आँखों से चेताया तो पूनम ने आँखों से ही उसके प्रस्ताव पर अपनी रज़ामन्दी दे डाली।

अगले दिन रोज की तरह सूरज किताबें उठाए समय से निकल गया। आज उसे दरियागंज होते हुए निकलना था। काम ने अभी जोर नहीं पकड़ा था पर रोज कुछ न कुछ आमदनी ज़रूर हो जाती। कोई-कोई दिन अच्छा भी निकलता। किताबों की दुकान में किताबों की ज़रूरत हमेशा रहती है। इस ज़रूरत को पूरा करने के लिए पिछले कई बरसों से सूरज दरियागंज में भग्गू

की दुकान पर आता रहता था। भग्गू पक्का लाला था। उसका पूरा नाम भगतराम बन्सल था पर इस नाम से कोई उसकी दुकान पूछ ले तो उसके पड़ोसी दुकानदारों के माथे पर भी बल पड़ जाएँ। भगतराम बन्सल को उम्र में बड़े और बराबर के सभी लोग भग्गू के नाम से पुकारते और काम-धन्धेवाले उसे लालाजी या बाऊजी कहते। भगतराम बन्सल उसका नाम होते हुए भी पूरे बाज़ार के लिए कोई और ही व्यक्ति जान पड़ता था। भग्गू दुकान पर कई तरह की किताबें रखता था जो आम लोगों की वक्तकटी और मनोरंजन का जरिया थीं। औसत और औसत से नीचे गुजर-बसर कर रहे लोगों के घरों में टी.वी. अभी पहुँचा नहीं था फिर टी.वी पर कार्यक्रमों के प्रसारण का समय निश्चित था। पढ़ने का शौकीन व्यक्ति किसी खास तबके का ही नहीं होता। आम लोगों के जीवन का मुख्य मनोरंजन किताबें थीं। जासूसी उपन्यास, अपराध से जुड़े उपन्यास, प्रेम की कहानीवाले उपन्यास, बच्चों के लिए फैंटम और चाचा चौधरी-साबू जैसी कई कॉमिक्स। महिलाओं के लिए व्रत-त्योहार की जानकारी से लेकर पकवान बनाने की विधिवाली किताबें। हरदिलअजीज़ शेरों-शायरी और चुटकुले। साथ ही महान व्यक्तियों की जीवनियाँ और राजनीति पर नज़र रखनेवाली कुछ पत्रिकाएँ भी दुकान में रहतीं। दुकान में आगे की तरफ लाला मोहल्ले के बच्चों के लिए कॉपी-पेन्सिल और स्टेशनरी का सामान भी रखता। हँसोड़ किस्म का आदमी था लाला। हँसता तो ऊपर का पूरा जबड़ा बड़े-बड़े दाँतों के साथ दिखाई देता। पान का ज़बरदस्त शौकीन लाला बड़े मजे से कुर्सी पर बैठता। दुकान सँभालने और उसके आदेशों का पालन करने के लिए बरसों पुराना नौकर मुकेश साथ था। फुर्तीला मुकेश यों तो पूरी दुकान अकेले सँभाल लेता पर एक तो लाला को अपनी कुर्सी बहुत प्यारी थी जिसे वह सिंहासन से कम नहीं समझता था और दूसरे मुकेश पर उसे पूरा भरोसा भी नहीं था। आज दुकान खुलते ही सूरज को आया देखकर लाला ने गल्ले को हाथ से सहलाकर रोज का टोटका किया।

"अबकी बड़े दिन में आया...कहाँ रह गया था?" लाला ने सूरज को देखते ही सवाल दाग दिया।

"बाऊजी! अब तो यहीं आ गया हूँ।" सूरज ने बैठते हुए कहा।

"क्या मल्लब?"

"पिछले महीने से दिल्ली में...कैलाश नगर में डेरा जमाया है। यहीं रहना और यहीं काम। सोच रहा हूँ कि काम-धन्धा थोड़ा ठीक हो जाए, जरा पैसा-वैसा जुड़ जाए तो वापिस घर चले जाएँ हम दोनों।" सूरज की बात सुनकर

लाला जोर से हँसा। सूरज की समझ में कुछ नहीं आया। कुछ देर बाद अपनी हँसी को थामकर लाला ने कहा—

"बढ़िया बात कही पर सुन भाई ऐसे बोलनेवाले तो भोत आवें हैं पर लोटके जानेवाला कोई नहीं देखा। हैं... इस सहर में काम-धन्धा जब जम जावे तो आदमी जा न सके कहीं। हैं।" बात-बेबात सीधा हाथ चमकाकर 'हैं ' बोलने की आदत से लाला के पहचानवाले वाकिफ थे। कुछ देर में सूरज की बताई किताबों का बंडल मुकेश ने बाँध दिया। लाला घूरकर बंडल देखने लगा।

"कैसी किताबें बेचता है तू? एकदम सीधी-सादी। कुछ रंगीन, चटखारेदार किताबें बेचा कर...हैं। कमा खाएगा। न हो तो यहाँ से ले जा.. कुछ कस्टम्बर माँगते हैं तो हम रखते हैं। ले जा तू भी। याद करेगा लाला को।" ऐसा कहकर लाला नाक पर उतर आए अपने चश्मे में से सूरज को देखते हुए ज़ोर से हँसा। लाला अपने फेंके पत्ते के साथ सूरज का लालच बढ़ा रहा था। उसकी यह तरकीब पहले भी कई बार कारगर रही थी पर सूरज ने बिना एक क्षण गँवाए साफ कहा—

"न.. न बाऊजी! ऐसी किताबें न कभी बेची हैं न कभी बेचूँगा। भले एक रोटी कम खा लूँ पर सीधी-सादी किताबों से ही खाऊँगा।" अपनी किताबें लेकर सूरज दुकान से निकला। दिमाग में लाला की बात घूम रही थी। आमदनी बढ़ाने के लिए लाला की पेशकश उसे खराब लगी। देखी थीं उसने पीली पन्नी की वह रंगीन किताबें। दुकानों पर ही नहीं रेलवे स्टेशन और गाँव-कस्बों की पटरियों पर भी खूब बिकती थीं। आदमी-औरत की भड़काऊ मुद्रावाले कवर की और अन्दर की उत्तेजक कहानी वाली। बदायूँ में भी कई ग्राहक सूरज से ऐसी किताबों की दबी-छिपी फरमाइशें किया करते थे पर सूरज का मन इसके लिए कभी तैयार नहीं हुआ।

भंडारा बारह बजे के आसपास शुरू हो जाना चाहिए पूनम ने ऐसा अनुमान लगाया और घर से निकल गई। सूरज के बिना अकेले भंडारे में जाने में उसे संकोच हो रहा था पर जाना तो था कल केसर को हाँ जो कर आई थी कि ज़रूर आएगी। वैसे भी सूरज ने कल ही बता दिया था कि वह नहीं जा पाएगा। पूनम को दूर से ही शास्त्री पार्क के चौक पर भीड़ लगी दिख गई। रंगबिरंगी कनात और लाल-पीली झंडियाँ दूर से ही चमक रही थीं। सड़क के किनारे जाने कितने रिक्शे, ऑटो, तांगे-ठेलेवाले बेतरतीब खड़े थे। उनके सवार प्रसाद के लिए लाइन में लगे थे। जिनको प्रसाद मिल गया था वह सड़क के किनारे या अपने-अपने रिक्शे-स्कूटरों पर ही पत्तल पर परोसा प्रसाद चटखारे लेकर खा

रहे थे। बच्चे मस्ती में भाग-दौड़ कर रहे थे। खाते-पीते हुडदंग मचाते बच्चों को आज न किसी का खौफ था न परवाह। बीच सड़क में जब कोई दुपहिया या टैम्पू का हॉर्न चिंघाड़ता या चींईईई करता वाहन एकदम नज़दीक आकर ब्रेक मारता तभी बच्चे होश में आते। भीड़ में भी केसर ने पूनम को पहचान लिया पूरे शोर-शराबे में वह पूनम दीदी-पूनम दीदी कहकर जोर-जोर से चीखी और उसे अपने पास बुला लिया। लम्बी लाइन लगी थी। धर्म का कारज था पर भक्ति पर प्रसाद का स्वाद हावी था। माता के आगे भजन-कीर्तन गाती कुछ औरतों का टेंट खाली-सा पड़ा था। लाउडस्पीकर पर उनकी गला फाड़ती आवाज़ दूर-दूर तक पहुँच रही थी। भंडारे के पंडाल के पास ही हलवाई जमे थे। बड़े से पतीलों से सब्जी, परोसनेवाले भगोने में पलटी जा रही थी जिसमें डाली कसूरी मैथी की गन्ध भूख को बढ़ा रही थी। पास ही गरमागरम सुर्ख पूड़ियाँ छन रही थीं। हवा में हलवे की खुशबू फैली थी। इन्तज़ार करते लाइन में खड़े लोगों के मुँह में पानी आ रहा था। सामने टेबल पर प्रसाद का सामान रखा था और दो आदमी पूरी भीड़ को नियन्त्रित करते हुए उसे बाँट रहे थे। लोग अपनी-अपनी पत्तल उठाते और नम्बर आने पर प्रसाद लेकर आगे बढ़ जाते। अचानक़ पीछे से आए एक जोरधार धक्के ने भीड़ को आगे ठेला तो भंडारे की मेज के पास खड़ी एक बुढ़िया जो पहले ही एक पैर से लाचार थी, एक हाथ में पत्तल थामे.शरीर का सन्तुलन न बना सकी और टेबल पर आगे की तरफ गिर पड़ी। उसके गिरने से सब्जी का भगोना पलट गया और पूड़ियों के ढेर पर जा गिऱा। हाथ का प्रसाद भी उसकी साड़ी पर उलट गया और पूड़ी-हलवा जमीन की धूल फाँकने लगे। बुढ़िया अभी सँभल भी नहीं पाई कि झक सफेद कुर्ते-पायजामे में भागदौड़ कर रहा एक आदमी लपककर आया और बुढ़िया पर गुस्सा उतारने लगा—

"कर दिया सब माल खराब। हट यहाँ से। कब तक यहाँ खड़ी रहेगी? मिल गया न प्रसाद?" उसने आँखें तरेरकर बुढ़िया को फटकारा और उसे बाहर की तरफ धकेलने लगा। बुढ़िया साड़ी से सब्जी हटाते हुए अपनी विवशता और लगे धक्के का बखान करने लगी। धक्के से गिरने पर कोहनी में लगी चोट को बुढ़िया ने उस आदमी को दिखाया। आदमी को इससे कोई लेना-देना नहीं था। वह मेज साफ करवाने लगा। उसके गले में तिरंगा बँधा था और उसमें से हाथ झाँक रहा था। बुढ़िया को सहारा देने की बजाय वह अब और झुँझलाया। बार-बार सामान खराब कर देने का दोष बुढ़िया पर लगाता हुआ गुस्से में आ गया। जब उसने दोबारा पत्तल की ओर बढ़ते बुढ़िया के हाथ को पकड़ा तब पूनम से

रहा नहीं गया। भीड़ से निकलकर पूनम ने बुढ़िया को सहारा दिया। आदमी की बड़बड़ाहट अभी खत्म नहीं हुई थी! पूनम ने उसे आड़े हाथों लिया-

"और कुछ नहीं तो बुढ़िया की उम्र का ख्याल करो। धर्म कमाने चले हो इंसानों से भला व्यवहार तो करो।" पूनम ने दो टूक कहा।

"तू सिखाएगी धर्म? हम कबसे सेवा का ही काम कर रहे हैं।" अबकी बार मामला तूल पकड़ गया।

"अगर बुढ़िया ने फिर से खाना माँग लिया तो उस पर एहसान दिखा रहे हो... यह सेवा है?" पूनम गुस्से में चिल्लाई तो लाइन के बहुत-से लोग पहली बार उसके समर्थन में सिर हिलाने लगे। आदमी के भाई-बन्द भी झगड़ा सुनकर चले आए और पूनम को धमकाने लगे। उस नेतानुमा आदमी ने आँख के इशारे से सबको चुप कराया। केसर, पूनम और बुढ़िया के बगल में आ खड़ी हुई। पूनम ने सहारा देकर बुढ़िया को पटरी पर बिठाया और बगल से पानी लेकर कोहनी से निकल रहे खून को साफ किया। तब तक केसर उसके लिए पत्तल सजा लाई। नेता, पूनम को गौर से देखता रहा और फिर इन्तज़ाम करने दूसरी तरफ निकल गया। उसकी पार्टी का बड़ा नेता जल्दी ही आने को था सो उसके लग्गू-भग्गू भी महावीर भाई-महावीर भाई कहते हुए उसके पीछे लपक लिए। इधर पूनम की ज़रूरी मदद से प्रसन्न बुढ़िया ने उसे खूब आशीर्वाद दिए। बुढ़िया नज़दीक ही कहीं रहती थी। पूनम उसे घर तक छोड़कर आने की जिद करती रही पर वह केसर के बगल में ही दुकान करती थी। दुकान छोड़कर कहीं नहीं गई।

बुढ़िया रामवती के जीवन का कोई सहारा नहीं था। बरसों से अकेली रहती थी। पति जब तक साथ रहा उसने खूब मारा-पीटा। एक बेटी भी हुई जिसे बड़ी मुश्किल से बुढ़िया ने पाला। एक दिन पति ने रामवती की वह धुनाई की कि उसके बाएँ पैर की हड्डियाँ तोड़ डालीं। कई महीनों में रामवती ठीक हुई पर बायाँ पैर दाएँ से पिछड़ गया। पति कुछ साल साथ रहा फिर कहाँ गया, कुछ पता नहीं चला। रामवती ने बेटी को अपने दम पर पाला और उसकी शादी की। मथुरा ब्याही बेटी कभी-कभी ही उसके पास आ पाती पर तीन-चार महीने में कुछ पैसा ज़रूर भिजवा देती। बुढ़िया नींबू-मिर्ची-अदरक आदि की छोटी-सी दुकान लगाती थी। पास-पड़ोसी भी उसे अकेला समझकर तंग किया करते थे। यों बुढ़िया बेचारी नहीं थी। पैसे-रुपये से ठीक थी पर अकेलेपन की मारी थी। पूनम से पहचान होने के बाद अक्सर दोनों में बातचीत होने लगी। मेलजोल बढ़ा तो सुख-दुख की बातें भी साझा हुईं। बुढ़िया को पूनम अब अम्माँ कहने

लगी थी उसने उसे सूरज से भी मिलवा दिया। कुछ महीने गुजरे एक दिन बातों ही बातों में अम्माँ ने पूनम को रहने लायक एक सस्ती जगह दिलाने का वायदा किया। पहले तो पूनम को अपने कानों पर भरोसा नहीं हुआ पर अम्माँ अपनी बात दोहराने-तिहराने लगी। आखिरकार पूनम ने सूरज से सलाह लेने की बात कही तो अम्माँ ने यहीं शास्त्री पार्क में किसी बिल्डिंग का पता उसे बताया। कह भी दिया खुद न आ सके तो पति को ही भेज देना। सूरज ने सारा हाल जाना तो उसे भी भरोसा नहीं हुआ पर एक बार अम्माँ से मिलने और जगह देख आने की बात उसके दिल ने मान ली। अगले दिन पूनम को साथ लेकर सूरज बिहारी बिल्डिंग पहुँच गया। अम्माँ यहीं रहती थी। पूनम को बाहर पड़े तख्त के पास खड़ा करके सूरज अकेले भीतर गया। वह पहले सब हाल जानकर निश्चिन्त हो जाना चाहता था।

बिहारी बिल्डिंग के ठीक सामने खड़ी पूनम बिल्डिंग को अचरज से देखने लगी। पुरानी एकमंज़िला इमारत में एक तरफ बाहर की ओर रेल की पटरी निकली हुई थी। छत पर रेल पटरी का एक पुराना हिस्सा देखकर पूनम चौंकी। उसे लगा पटरी को आकार देते लकड़ी के चार पुराने फट्टे बाहर की ओर क्यों निकले हुए हैं। कुछ देर उन्हें एकटक घूरते हुए कोई हल न मिलने पर पूनम ने सिर को झटका दिया। उसने कभी नहीं सोचा था कि ज़िन्दगी की एक करवट उसका ठौर-ठिकाना बदल देगी। कहाँ कानपुर के खूब देखे-भाले मोहल्ले में जाने-पहचाने लोगों से मेल-मिलाप, लड़ाई-झगड़े, हँसी-ठट्ठे और वहाँ से कैलाश नगर और अब फिर यह अनजान जगह। ज़िन्दगी की ट्रेन जैसे एक लम्बा चक्कर काटकर फिर से जंक्शन पर पहुँच गई लेकिन अब जंक्शन भी बदल गया। आज अनेक आशंकाओं के साथ कुछ धड़कते सपनों को मन की पोटली में दुबकाए पूनम यहाँ खड़ी थी। नई जगह के नक्शे को वह जिज्ञासा से भरी आँखों से ही नहीं देख रही थी बल्कि अनेक तरंगें उठा रहे मन में भी भर रही थी। चौड़ी सड़क के ऐन बीच में यह बिल्डिंग उसे अजीब-सी लगी। पुरानी और जगह-जगह से मरम्मत को तरसती। पूनम सोचने लगी किसी जमाने में जब इस बिल्डिंग का नाम रखा गया होगा तो रही होगी बुलन्द। अजनबी आखों ने बिल्डिंग को अपना बनाने की पहल की। नीचे के घेरे में दुकानें फैली थीं। उनमें कई तरह के काम चल रहे थे। सामने एक दुकान पर वेल्डिंग का काम हो रहा था। पूनम की नज़रें तेजी से घूम रही थीं। परचून की एक दुकान के साथ सटी एक दुकान में तरह-तरह का लोहा-लक्कड़ बिखरा था। उसने पीछे घूमकर देखा सड़क पर चिल्लाते-भागते वाहनों के साथ धीमे चल रही घोड़ा गाड़ियों

का भी शोर था जो सामान लादे अपनी मंज़िल की ओर बढ़ रही थीं। सड़क के पार फल-सब्जियों की अनगिनत दुकानें लाइन से लगी दिखाई दीं। यही लाइन आगे जाकर केसर की दुकान से मिल जाती थी जहाँ उसे बुढ़िया मिली थी। यहाँ नीचे गोलाई में घूमती दुकानें थीं और ऊपर कच्चे-पक्के मकान बने थे। बहुत से लोग अपनी-अपनी ज़िन्दगी की उलझनों में उलझे साफ दिख रहे थे। किसी को पूनम दिखाई नहीं दे रही थी। पूनम ने दूसरी तरफ सिर घुमाया इस बार सामने एक मज़ार को पाया और उसके पीछे मस्जिद की दीवार से सटा लम्बा बुर्ज दिखाई दिया। नई जगह को अपना बनाने की पहली कोशिश में खुदा के घर के अचानक यूँ मिलने से पूनम के चेहरे पर मुस्कान दौड़ गई। उसने आदतन हाथ जोड़े और सिर नवाया। कानपुर में उसके मोहल्ले के नज़दीक सैयद बाबा की नामी मज़ार थी जिसकी जाली पर मन्नतों के अनेक धागे बँधे थे। कितने लोगों की उम्मीदें बँधी थीं मन्नतों को पूरा करनेवाली मज़ार से। पूनम ने भी कभी एक धागा बांधा था जिसे चलते समय वह खोल आई थी। सामने दिख रही मज़ार के पीर औलिया से अनजान पूनम को इस मज़ार और मस्जिद का दिखना ज़िन्दगी की दुआ सरीखा लगा। नई जगह से पहली बार उसका अपनापा कायम हुआ। वह पलटी तो फिर से बिहारी बिल्डिंग सामने थी।

पूनम का मन देर से इन्तज़ार के बाद सवाल करने लगा—"क्या कर रहा है सूरज? उसे यहाँ अकेली क्यों छोड़ गया?... इतनी देर-दार क्यूँ? अम्माँ से क्या बात हो रही होगी? जमीन क्या सच में मिल जाएगी?" सवालों से घिरी पूनम अब उकताने लगी। बाहर खड़ी पूनम को आसपास के लोग घूरकर देख रहे थे। कुछ उसकी तरफ इशारा करके एक-दूसरे से फुसाफुसाकर बतिया रहे थे। पूनम ने उन्हें देखकर सावधानी से सर से सरक गए साड़ी के पल्ले को अच्छी तरह सिर पर टिकाया और पल्ले का सिरा कमर में खोंस लिया। ऊपर आसमान एकदम साफ था पर आसमान और जमीन के बीच बिल्डिंग का पहला माला टूटा-फूटा और बदरंग था। जाने कहाँ से एक पाँच-छह साल का शैतान बच्चा वहाँ चढ़कर पूनम को घूरने लगा। जैसे ही पूनम उसे देखकर मुस्कुराई बच्चा खम्भे की ओट में छिप गया। पूनम देखती रही। कुछ देर बाद ओट से बाहर आए बच्चे ने पूनम को बिना शर्माए पूरा देखने की तरकीब ढूंढ ली। पहली मंज़िल की मुँडेर पर खम्भे से टिके एक छोटे-से गमले को उठाकर उसके मुँह में अपना मुँह छिपाकर लड़का गमले के तले के छेद में से पूनम को देखने लगा। मानो गमला न हो कोई दूरबीन हो। पूनम उसकी हरकत पर ठठाकर हँस पड़ी।

"आजा पूनम...इधर को..ध्यान से, पैर जमाकर नाली में न गिर पड़ियो।"

सूरज की आवाज़ सुनकर उसने फिर से लड़के की तरफ प्यार की निगाह फेंकी। दुकानों के बीच से गुजर रहे एक सँकरे रास्ते से सटी दीवार पर एक हाथ का सहारा लेकर पूनम एक हाथ से अपना पर्स सँभाले ऊबड़-खाबड़ रास्ते पर आगे बढ़ गई। अन्दर जर्जर से कमरे थे। कुछ कमरों के साथ ही बची-खुची खाली जगहें थीं और बीच में एक बरामदा। बिल्डिंग जैसी कोई बिल्डिंग नहीं थी जिसका अन्दाजा पूनम को बाहर से ही हो चला था। कुछ कदम आगे बढ़ने के बाद दाहिनी हाथ की तरफ सूरज ने इशारा किया। बुढ़िया यहीं एक पुरानी चारपाई पर बैठी थी। मुस्कुराकर उसने पूनम का स्वागत किया और बाँहों में भर लिया। सब बात पक्की हो गई थी। अम्माँ के कमरे के साथ एक छोटी-सी जमीन थी। उस पर झाड़-झंखाड़ उगे थे। वहाँ दो गाय और एक बकरी बँधी थी। खाली पड़ी जमीन पर बुढ़िया ने कब्जा किया हुआ था। जमीन के ठीक सामने मन्दिर था जिसमें भगवान की एक टूटी मूर्ति रखी थी। मन्दिर भी जगह-जगह से टूटा-फूटा था।

"देख लो यही जमीन है। कमरा जैसा तुम बनाना चाहो। अपने गाय-बकरी मैं कहीं और बाँध लूँगी। बहुत जगह है यहाँ। पति साथ रहता नहीं। ऐसा गया कि लौटकर नहीं आया। अच्छा ही हुआ। यह जो पैर की हालत है न उसी ने मार-मारकर ऐसा बना दिया। वरना जन्म से लँगड़ाती नहीं थी। अब यहाँ क्या लेने आएगा?... तुम देख लो। रुपैया लगेंगे पाँच हजार। कीमत तो इससे कहीं ज्यादा है पर इस पूनम से परेम का नाता हो गया है सो सस्ते में लगा दी।" अम्माँ ने कहा। पूनम ने जितना आसान सोचा था मामला उतना सीधा नहीं था। अम्माँ से मोल-भाव करते हुए पूनम ने कहा—"अम्माँ पाँच हजार कहाँ से लाएँगे। यह तो बहुत हैं। जो कुछ था सो बिक गया। दो-चार जेवर हैं उन्हें बेचकर बहुत नहीं दो हजार के आसपास कुछ बन जाएगा। बाकी का इन्तजाम भी करना होगा।" पूनम का मन तेजी से धड़क रहा था कि बात बनेगी या नहीं बनेगी। जमीन देखने के बाद उसे पाने की इच्छा बहुत बढ़ गई थी। उसने मन में हिसाब भी लगा लिया कि मामला तीन हजार में भी बैठ जाए तो बुरा नहीं। पूनम ने कुछ क्षण की चुप्पी के बाद आवाज़ में पूरी मिठास घोलते हुए अम्माँ से कहा—"तुम ही तो कहती हो अम्माँ लोग तुम्हें परेशान करते हैं। हम रहेंगे तो थोड़ा-बहुत ध्यान रख ही लेंगे तुम्हारा। वकत-जरूरत अपने ही मदद करते हैं।"

"देख पूनम! दिल्ली में जमीन मिलना हँसी-खेल नहीं। पुस्ता में देखकर आ गन्दगी के ढेर में जमीन है तब भी लोग कितना पैसा दे रहे हैं और कैलास नगर

जहाँ तू रहती है उससे तो यह जगह बहुत साफ-सुथरी है। तेरी लिए ज्यादा से ज्यादा तीन हजार कर दूँगी।" सूरज ने जरा और जोर लगाया तो बात अट्ठाइस सौ रुपये में पक्की हो गई। पूरी बात करके जब दोनों घर लौटे तो उनकी हैरानी और खुशी का ठिकाना नहीं रहा। कभी नहीं सोचा था कि दिल्ली शहर में इतनी जल्दी उन्हें सिर छिपाने की छोटी ही सही पर अपनी जगह मिल जाएगी। आज दोनों की आँखों से नींद गायब थी। कितनी सारी योजनाएँ उनके मन में आकार लेकर होंठों पर मुस्कुराहट सजा रही थीं। अगले ही दिन सूरज रकम लेकर अम्माँ के पास पहुँचा। बात पहले ही तय थी। कुछ परिवारों का एक छोटा-सा मोहल्ला बसा था बिहारी बिल्डिंग में। जात से गरीब और धर्म से मज़दूर। कभी इस बिल्डिंग के मालिक रहे बिहारीलाल अरोड़ा जाने कबके गुजर चुके थे। उनके बेटे थे सो वह भी यहाँ आते-जाते न थे। पहले के बसे किराएदार अपनी-अपनी जगह के मालिक हो चले थे। कागज़ किसी के पास नहीं थे पर जमीन पर वर्षों से रहने और कब्जा कर लेने के कारण अब सब मालिक थे। सूरज का मालिकाना हक भी जबानी था। सूरज ने भग्गू लाला की मदद से पूनम के गहने बेच दिए। ज्यादा तो नहीं मिला पर जो पैसा बदायूँ में बँटवारे से सूरज के हिस्से में आया था उसमें गहनों का पैसा मिलाकर जमीन की रकम पूरी हो गई। सूरज ने बात नेचू को बताई तो वह भी हैरत में पड़ गया। इतनी जल्दी अपनी जमीन और किराए के झंझट से मुक्ति की बात भला कौन सोच सकता था। नेचू ने अपने स्वभाव के मुताबिक कमरा बनवाने की जिम्मेदारी खुद पर ले ली और अगले ही दिन पुश्ते के अपनी पहचानवाले रफीकुद्दीन मिस्त्री को कमरा बनाने के लिए लेता आया। अगले कुछ दिनों में जमीन को समतल करके एक फुट की नींव खोदकर एक ईंट की दीवार खड़ी कर दी गई। बिहारी बिल्डिंग के लोग भी इस नई हलचल का हिस्सा बन गए। कमरा बनवाने रोज आते सूरज से आसपास के लोगों की पहचान हो गई। कम बोलनेवाले और सबकी सुननेवाले सूरज के व्यवहार ने जल्दी ही सबका मन मोह लिया। चारों तरफ की दीवार उठ गई तो प्लस्तर का काम शुरू हुआ। सूरज और नेचू पास ही उस्मान नगर के बाज़ार से छत के लिए पुरानी लेकिन साबुत टीन का इन्तज़ाम कर आए। पैसे कम पड़ रहे थे तो सूरज ने नेचू से उधार ले लिया। काम पूरा होने में कुछ ही दिन बाकी थे। छत डल चुकी थी। प्लस्तर सूख गया था। कबाड़ी बाजार से एक हरे रंग का दरवाज़ा भी चौखट समेत खरीदकर मिस्त्री ने फिट कर दिया। पुताई और एकाध जगह मरम्मत का काम बाकी था। अगले दिन सब काम फाइनल करने और शाम तक अपने नए घर में चले आने की बात सोचने से ही पूनम

और सूरज की कल्पना को पंख लग गए। सुख का एकमात्र धागा पूरे ताने-बाने के साथ बढ़ते हुए जिस्म पर लिपटनेवाली आरामदायक चादर हो गया। उसे ओढ़कर दोनों एक ही जन्नत में पहुँच गए। रात के सब ख्वाब सच कहाँ होते हैं सुबह एक नई परीक्षा लिए तैयार थी। पूनम-सूरज जैसे ही अपने सपनों के घर पहुँचे दरवाजे पर एक ताला लगा दिखाई दिया। मिस्त्री अपने सामान के साथ हाथ पर हाथ धरे खाली बैठा था। सूरज तेजी से अम्माँ के कमरे की तरफ बढ़ गया। अम्माँ के तेवर आज बदले हुए थे।

"जा नहीं देनी जमीन। वापिस ले अपने रुपैये और चलता बन।" अम्माँ के चेहरे पर ममता की तरलता की जगह बेगानेपन की सूखी धरती दिखाई दे रही थी। कल तक के मेल-मिलाप, अपनेपन का कोई निशान वहाँ बाकी नहीं था। सूरज के दिल में तेज़ दर्द उठा। कलेजा चाक होने लगा। पैरों में जान नहीं थी। हलक सूख चला। उसे चक्कर आया और पैर लड़खड़ाने लगे। पूनम ने उसे सहारा देकर अम्माँ से कहा—"एक ही रात में ऐसा क्या हो गया अम्माँ?" अम्माँ ने मुँह फेर लिया। पूनम ने हाथ से उसे हिलाया तो अम्माँ ने बदन को झटका देकर अपना गुस्सा जाहिर किया। हिकारत से बोली—"निकल यहाँ से। ले जा अपने आदमी को यहाँ से।"

"अम्माँ! ऐसे कैसे छीन लोगी जमीन?" इस बार सूरज को चुप देखकर पूनम ने मोर्चा सँभाला।

"इतने कम पैसे में दिल्ली में जमीन मिलती है भला? मेरे दामाद ने मना कर दी।" अम्माँ, पूनम से भी ऊँचा सुर लगाकर बोली।

"अम्माँ! तुमने जितने माँगे थे उतने हमने दिए। न कम न ज्यादा।" पूनम हिम्मत और तर्क से अपनी बात रखती रही।

"कह तो दिया अब नहीं देनी। मेरी जमीन है।" अम्माँ ने जिरह के रास्ते बन्द करते हुए कहा।

पूनम जान रही थी सूरज की सारी बचत कमरे के हवाले हो गई है। अब उसके पास कुछ नहीं बचा, ऊपर से कर्जा और हो गया। पूनम अपना अधिकार छोड़ने के लिए तैयार नहीं थी।

"जब जमीन देनी नहीं थी तो पहले ही मना कर देतीं या जब छत डल रही थी तब मना कर दिया होता।" सूरज की आवाज़ में विनय और गुस्सा मिला-जुला था। उसे लगा जैसे आसमान से बिजली उस पर गिर पड़ी हो।

"अम्माँ! जीवन भर की कमाई लग गई इसमें, अब तुम मना कर रही हो।" पूनम ने समझाने की कोशिश की।

"नहीं देनी तो नहीं देनी।" अम्माँ अड़ी रही।

"मैं रिपोर्ट करूँगी पुलिस में।" पूनम ने आव देखा न ताव और बुढ़िया को धमकी दी। अम्माँ कहलाने की इज्जत बुढ़िया खो चुकी थी। पूनम अपने होनेवाले घर को किसी कीमत पर छोड़ने को तैयार नहीं थी। घर के लिए लड़ना उसे हालात ने सिखा दिया।

"जा जिधर जाना है चली जा। जिससे मरजी शिकायत लगा। कोरट-फोरट कर ले। जमीन मेरी है मेरी रहेगी।" बुढ़िया पूरी ठसक में बोली। पड़ोस के लोग भी बुढ़िया को समझाने और मामले को रफा-दफा करने में लग गए पर सब बेकार गया। बुढ़िया टस से मस न हुई। झगड़ा बढ़ा तो बाहर दुकानों तक भी आया। आज वहाँ महावीर सिंह का दरबार लगा था। मोहल्ले में अपना रुतबा बनाए रखने के लिए वह जब-तब खोज-खबर लेता रहता था। आज बिहारी बिल्डिंग का नम्बर था। अन्दर चल रही लड़ाई की खबर उसके लग्गू-भग्गुओं ने उसे दे दी। पहले तो महावीर सिंह ने औरतों की लड़ाई से खुद को अलग रखा पर बाद में बुढ़िया की बदतमीजी और उससे ज्यादा पूनम की उससे लोहा लेने की अदा पर रीझ गया। उसके दिमाग ने भविष्य में पूनम को एक पक्का वोटर दिखाई दिया। पूनम, सूरज की हिम्मत बँधाती नज़दीकी पुलिस थाने गई और सारा मामला खोलकर रख दिया। पहले तो थाने में उसकी बात सुनी ही नहीं गई पर स्थानीय नेता महावीर सिंह के दखल देने पर थानेदार ज़रा मुलायम पड़ा और उसकी सारी बात ध्यान से सुनी। नेता ने थानेदार से पूनम की पैरवी की तो थानेदार ने बिहारी बिल्डिंग के कुछ लोगों को गवाही के लिए बुलवाया। यों भी सूरज के पीछे-पीछे बिल्डिंग के लोग, बाहर के दुकानदार और जिज्ञासु ग्राहक साथ हो लिए थे। बुढ़िया से परेशान लोगों में गुरजिन्दर की बीबी सुखचैन और वहाँ रह रहे दिनेश ने सूरज का पक्ष लिया। जमीनवाली बात पर हामी भरी तो थानेदार ने बुढ़िया को बुलाकर डाँटा और एक कान्स्टेबल की मौजूदगी में कमरे का ताला खुलवाया। स्थानीय नेता महावीर सिंह पूरे समय मौजूद रहा। ऐसे मामले में सुर्खरू बनने का मौका वह भला कैसे गँवाता।

"जे इह मेरी बहणा न हुंदी तां तुहाणुं इह कमरा कदे वी नी मिलदाँ।" कमरे के बाहर मौजूद भीड़ में से सुखचैन, पूनम की ओर इशारा करते हुए सूरज से बोली।

"सही कह रही है। इसके आदमी में बुढ़िया से लड़ने की हिम्मत न थी। इस बुढ़िया की ढिबरी टाइट करनेवाली दीदी आ गई अब।" कहते हुए गुरजिन्दर

भी पूनम के पक्ष में आ खड़ा हुआ जिसे सुनकर जमा भीड़ में हँसी फैल गई। आसपास के वे लोग जिन्होंने पूनम के हक में गवाही दी थी वे भी लड़ाई-झगड़े में अपने उम्मीदवार की जीत का सेहरा अपने-अपने सिर बाँधे खुशी-खुशी विदा हुए। महानगर में पूनम और सूरज अपने घर की लड़ाई जीत गए। बुढ़िया की गालियाँ बन्द नहीं हुईं। वह घायल नागिन-सी फुफकार रही थी। पूनम सन्तुष्ट थी और सूरज लड़ाई-झगड़े के बाद मिले फल से बेहद खुश था।

उसी शाम सूरज कैलाश नगर से सारा सामान बिहारी बिल्डिंग ले आया। हरे रंग का लोहे का दरवाज़ा भीतर धकेलते हुए पूनम ने अपने घर में पहला कदम रखा। वह घर जो बरस-दर-बरस माँ-बाप, मौसियों-बुआओं के लाड़ से पूनम की कल्पना में धीरे-धीरे खड़ा कर दिया गया था। जिस घर के लिए उसने मन्नत माँगी थी। पहली नज़र में वह छोटा-सा घर कल्पना के संसार से जुदा लगा पर फर्श-आले-दीवार-छत निहारते जब इस घर में उसने पहली बार प्यार से सूरज को बिना पलक झपकाए देखा तो उसे यह घर अपना-सा लगने लगा। पूनम के लिए सूरज जल्दबाज़ी में घर को ठीक-ठाक करने में लग गया। लगातार इतने दिनों की भागदौड़ और परेशानी के बाद दोनों को आज सुकून भरा एकान्त मिला था। सूरज ने जी भरकर पूनम को देखा और बाँहें फैला दीं। नन्हीं पर जीवटवाली गौरैया-सी पूनम उसकी बाँहों के घेरे में समा गई। बाहर का शोर मद्धिम पड़ने लगा।

नए सिक्के

नए निजाम का चेहरा अक्सर नए सिक्कों में दिखाई देता है। पुरानी हुकूमतों के उतर रहे रंग को नए सिक्के और भी बदरंग करके चलन से पूरी तरह बाहर कर देते हैं। उनकी नई चमक-धमक और खनक जेबों और जिन्दगियों को मिला सबक होती हैं। दरियाओं के पानी, पहाड़ों के पत्थर, रेगिस्तान की रेत और धरती की मज़बूत सतह यहाँ तक कि इंसान की ज़िन्दगी के दिन-रात भी वही रहते हैं पर नए सिक्के हुक्मरानों की ताजपोशी और नए तौर-तरीकों का ऐलान होते हैं। मज़े की बात यह है कि बहुत-से ताजों का अरमान रही दिल्ली में बिना हुकूमत बदले एक नया सिक्का चलन में आया और पुराने सिक्के की शक्ल बदल गई। दो रुपये का सिक्का दिल्ली के ऐतिहासिक महत्त्व का प्रतीक था। उस पर जन्तर-मन्तर की इमारत छपी थी जो दिल्ली की धरोहर थी पर इस धरोहर के साथ जो नयापन था वह नवें एशियाई खेल के तीन शब्दों के साथ जगमगाता सूरज। पुरानी हुकूमत, पुराना निजाम पर दिल्ली का नया चेहरा और चलन में आया नया सिक्का। सुबह से किसी कागज़ को खोजते हुए सुगन्धा को दराज़ में दो रुपये का यह सिक्का मिला। चार साल बाद भी सिक्के की चमक अभी बाकी थी। अँगूठे और उँगली के बीच सिक्के को रोशनी की तरफ ले जाकर सुगन्धा ने देखा तो जैसे चार साल पहले एशियाई खेलों का सारा मंज़र उसकी आँखों के आगे घूम गया।

उस समय दिल्ली का चेहरा नई रोशनी में नहाया था। उसकी पुरानी शक्लोसूरत बदल रही थी। दिल्ली खेलों की नगरी होने को बेताब थी। एशियाई खेलों की मेज़बानी कर रही थी दिल्ली। दुनिया के स्वागत में दिल्ली बदली-सजी और नई होने जा रही थी। एशिया के नक्शे में दिल्ली को चमकना था। सड़कें पुराने चोगे को ही नहीं जिस्म को भी बदलने पर आमादा थीं। देश के आईने

में दिल्ली की नई शक्ल में अनगिनत स्टेडियम और पुल बनकर तैयार हो गए। देश न जाने कितने देशों की मेज़बानी के लिए पलकपाँवडे बिछाए मुस्तैद हुआ। नए और बेहतर इन्तज़ामों पर इतरा उठी दिल्ली। सोलह दिन अबाध चलनेवाले खेलों की तैयारी में दिल्ली बिना थके दस बसन्त देख चुकी थी। देश की राजधानी उड़नपरी की तरह हवा से बातें करने लगी। जमीन उसे कहाँ दिखाई दे रही थी। वह उन्नीस सौ बयासी का साल था। एक दशक की कड़ी मशक्कत के बाद दिल्ली की शक्ल सुधारनेवाले दिहाड़ी और ठेका मज़दूर पिछले कुछ सालों में अपने हुनर से सात आसमान पार कर चुके थे। उस समय से लेकर आज तक उनके बनाए स्टेडियमों में न जाने कितनी प्रतियोगिताएँ हो चुकी हैं पर उनमें से एक को भी सम्मान से देखने का उन्हें अधिकार नहीं मिला। भूल से भी यह मज़दूर स्टेडियम के दरवाजे तक चले आएँ तो इन्हें वहीं से रवाना कर दिया जाए। आज जो खिलाड़ी अपने सर्वोत्तम प्रदर्शन की आस लगाए थे या हार का मातम मना रहे थे उनके ज़ेहन में एक बार भी इन ट्रैक्स को और तमाम सुविधाओं से स्टेडियम को लैस करनेवाले मज़दूरों का ख्याल तक नहीं आया। कल का मंच आज नेपथ्य से भी बाहर था। हर बार यही तो होता है दूसरों की दुनिया का स्वर्ग रचनेवालों की दुनिया खानाबदोशों की-सी रहती है। यमुना पुश्ता की इंच-इंच जमीन देश के कई हिस्सों से आए मज़दूरों से भर चुकी थी। कुछ पीढ़ियों से वहाँ रहकर काम-धन्धे कर रहे थे तो कुछ नए थे। दिल्ली अपने नवीनीकरण के बाद नए ढर्रे पर दौड़ती रही पर यह मज़दूर कहाँ जाएँ? सुन्दर दिल्ली के यह बदनुमा दाग थे। एक देश के भीतर दो देश पल रहे थे। यमुना पुश्ते से लेकर आगे शास्त्री पार्क, गाँधी नगर पुश्ता और वहाँ से दूसरी तरफ लक्ष्मी नगर पुश्ते सहित अनेक झुग्गियाँ दूसरे देश की गवाह बनी खड़ी थीं। सुगन्धा की उँगली में दबा सिक्का एक पूरा इतिहास खुद में समेटे था। यह इतिहास हज़ारों मज़दूरों की गाथा कह रहा था। इनमें से कितने मज़दूर परिवारों के बीच सुगन्धा एक बेहतर ज़िन्दगी का सपना खोज रही थी।

पुश्ते की ढोलक बस्ती में नेचू की खुशियाँ आसमान तक जा पहुँची थीं। दो लोगों की अलग-थलग ज़िन्दगी को एक करनेवाले नेचू-गुड़िया के घर में उनकी पहली सन्तान अमित ने जन्म लिया। नेचू खुशी में पागल झूम रहा था और गुड़िया को बेटे के जन्म के बाद अपनी कोख पर गुमान हो आया। नेचू ने कमरे की दीवार पर एक दिल बनाकर भीतर लिखा साल छियासी। बच्चे का नाम नेचू ने पहले ही सोच रखा था। बेटा हुआ तो अमित और बेटी हुई तो परवीन। फिल्मों के पागलपन में नेचू बहुत छोटी उम्र से ही अमिताभ बच्चन का

दीवाना हो गया था और बाद में परवीन बॉबी का आशिक। अमित के होने की खुशी में आज बस्ती के कुछ लोगों की दावत उसके घर थी। दावत में सूरज और पूनम को भी शामिल होना था। दिल्ली आए लम्बा समय बीता पर पूनम की दुनिया अभी पुल के पार नहीं गई थी। ज़रा-सी दूरी होते हुए भी इस तरफ आने का कोई कारण नहीं था। दिल्ली आने पर कबसे वह सूरज से राजघाट जाने की रट लगाए थी। वह रट भी आज पूरी होनेवाली थी। जमुना पर बने लोहा पुल से पूनम पहली बार पैदल गुजरी। सूरज से पुल के बारे में पूनम ने सुना भर था आज देख लिया। देर तक उसे देखती पूनम सोचने लगी मनुष्य और चीजें तो कभी समान नहीं होतीं पर शायद बुढ़ापा और मजबूरी दोनों को एक जगह लाकर खड़ी कर देती है। बूढ़े-बीमार लोग पुराने सामान की तरह अपनी सारी चमक खो बैठे अक्सर अकेले में बेकार मशीन की तरह घिर्र-घिर्र करके बजते रहते हैं। घर के लोगों की मजबूरी कह लें या पुरानी चीजों-लोगों का मोह-इसी कारण घर के किसी कोने में वे धँसे रहते हैं। यमुना के इस पुल की कहानी भी पूनम को कुछ ऐसी ही लगी। बरसों से नहीं सोया यह पुल अपनी उम्र जीने के बाद भी न जाने किस शक्ति के कारण ज़िन्दा है। दिन हो या रात इसे थकने-रुकने-सुस्ताने की इजाज़त ही नहीं। दोतल्ले का यह लम्बा पुल ऊपर आने-जानेवाली ट्रेनों और नीचे आने-जानेवाले व्यस्त यातायात को झेलते हुए हर साँस के साथ काँपता है पर शहर इसे पुचकारकर अपने भरोसे से जिलाए चला जा रहा है। सोचते हुए पूनम को अचानक नीचे बहती नदी दिखी। उसे याद आया माँ कहा करती थी कि नदियाँ जीवन देती हैं उनका आदर करो। माँ की आदत थी किसी भी यात्रा पर जाए घर की बड़ी बेटी से एक सिक्का नदी में जरूर डलवाती। पूनम ने बड़ी बेटी का फर्ज हमेशा अदा किया था।

"एक सिक्का तो देना।" पूनम ने सूरज से कहा तो सूरज की आँखें मुस्कुराईं।

"अब क्या मनौती माँगनी है?" सूरज ने उसे छेड़ते हुए कहा।

"कुछ नहीं बस प्रणाम करना है।" पूनम ने शर्माते हुए सूरज का दिया सिक्का लिया। हाथ जोड़कर कुछ शब्द बड़बड़ाए और सिक्का यमुना में डाल दिया। वह गिरते हुए सिक्के को नदी में जाते देखती रही। नदियाँ उसने पहले भी देखी थीं। सिक्के उसने पहले भी डाले थे पर वहाँ नदियों का पानी साफ था। माटी के रंग में जरूर घुला था पर किनारे भी साफ थे और अन्दर का पानी अठखेलियाँ करता आगे की ओर बहता दिखता था। कई अन्य जगह तट से डाला गया सिक्का पूनम को पारदर्शी जल से नीचे जाता दिखाई भी दिया था पर

यहाँ यमुना के प्रति बरसों की श्रद्धा की उसकी धरती चटख गई। गन्दगी और कूड़े के ढेर के साथ काली यमुना एकदम स्थिर थी। नदी में चंचलता और गति का कोई चिह्न वहाँ न था। सब ठहरा हुआ और स्याह।

राजघाट पर गाँधी जी की समाधि को पूनम ध्यान से देखती रही। अब तक उसने राजघाट को स्कूलों की किताबों या ऐतिहासिक स्थल के पोस्टर में ही देखा था। वह पोस्टर जो स्कूल की बहन जी कॉपियों में चिपकवाती थीं। असहाय के संगी मसीहा की समाधि को पूनम ने हाथ जोड़कर नमस्कार किया। कुछ देर वहाँ ठहरकर दोनों ढोलक बस्ती की ओर चल दिए। राजघाट से आगे लोहा पुल तक पुश्ता फैला था। कई समाधियों के पीछे पुश्ता पुल तक चला गया था। नदी किनारे कुछ घर तो पूनम ने पहले भी देखे थे पर ऐसा बड़ा पुश्ता नहीं। नेचू पुश्ते की ढोलक बस्ती का रहवासी था। वही ढोलक बस्ती जिसे बाद में संजय अमर कॉलोनी से जाना गया। कहते हैं कभी ढोलकवालों ने ही यहाँ पहले-पहल छप्पर डाला था। वे लोग ढोलक बनाते भी थे और गाते-बजाते भी थे। अब भी वहाँ कुछ लोग यह काम करते थे। बदहाली चारों तरफ फैली थी। ढोलक बनाने-सुधारने का काम घरों और उनके बाहर चल रहा था। बच्चों के लिए छोटी-छोटी तैयार ढोलकियों के संग बड़ी-बड़ी अधबनी खोखली ढोलक गली में एक के ऊपर एक रखी हुई थीं। उनके करीब बाँस से झूलती रस्सियों पर बकरे की खालें सूख रही थीं। कुछ लोग खालों को ढोलक के साइज की गोलाई में काटकर ढोलक के मुँह पर कसकर बाँध रहे थे। एक आदमी उन्हें बाँधता तो दूसरा मसाले से काला गोला कसी हुई खाल के बीचोंबीच हाथ से फेरकर गोल आकार दे देता। सूखने पर ढोलक पर थाप इसी जगह पड़ती। एक आदमी ढोलक को कसकर सुतली से लपेटकर रख रहा था। उसके बदन पर चीथड़ा बनियान थी। पूनम उनकी मेहनत को देखती चल रही थी। अचानक एक बच्चा उसके करीब से भागकर गया। पढ़ने-लिखने की उम्रवाले छोटे-छोटे कई बच्चे या तो काम में जुटे थे या बेमतलब भाग-दौड़ कर रहे थे। ऊँची-नीची जमीन होने के कारण सूरज, पूनम का हाथ थामे था।

नेचू का घर दूर से ही पहचान में आ गया।

"आज मेरे अँगना में बजत बधाई है। शुभ घड़ी आई है जी शुभ घड़ी आई है। पैरों मे पैंजनियाँ बाँधे लाला छम-छम डोलेगा-अम्माँ-बाबा बोलेगा...ताऊ-ताई बोलेगा...जी चाचा-चाची बोलेगा...जी बुआ-फूफा बोलेगा..." ढोलक की थाप पर चम्मच की संगत और औरतों के गीत पूनम-सूरज को साफ सुनाई दे रहे थे। एक ढोलक पूनम अभी रास्ते में देखती आ रही थी और दूसरी को यहाँ

सुन रही थी। दोनों ही पुश्ते का सच थीं। ढोलक से गूँज रही आनन्द के उत्सव की थाप के पीछे बदहाली का राग भी पूनम ने अभी कुछ समय पहले, रास्ते में सुना था।

अमित के घर चले रहे उत्तर प्रदेश के ये गीत पूनम के लिए नए नहीं थे। नेचू के छोटे-से कमरे में औरतों के संग उसकी पत्नी गुड़िया और बेटा थे। आदमी बाहर गली में ही बैठे थे। नेचू ने पूनम और सूरज को गुड़िया से मिलवाया। पुश्ते की राधा, सुनीता, परमेसरी सबको बताशे बाँट रही थीं। रफीकुद्दीन की बीबी अमीना बच्चे को गोद में लिए थी। पूनम ने भी अमित को गोद में लेकर पुचकारा और उसका दिठौना लगा माथा चूम लिया। पहली बार गोद लेने पर एक रुपया बच्चे की बँधी मुट्ठी के सुपुर्द कर दिया। बच्चा दीन-दुनिया से बेखबर था। कमरे में भले ही बहुत भीड़ थी पर जश्न का माहौल था। गुड़िया के मायके और ससुराल के कुछ लोग भी आए हुए थे। देर तक गीत गाये गए और खाना-पीना चला। घर की बड़ी-बूढ़ी औरतों ने पूनम को भी माँ बनने का आशीष दिया। एक पूरा दिन खुशी से बिताने के बाद रात को जब पूनम-सूरज घर लौटे तो बुढ़िया ने फिर से नया तमाशा खड़ा कर दिया।

"अब यह क्या मुसीबत है?" सूरज ने घर के बाहर की हालत देखकर सिर पीट लिया। पीछे से आती पूनम ने जब सामने का नज़ारा देखा तो गुस्से की जगह उसकी हँसी छूट गई। हँसते हुए बोली—"अम्माँ की मेहरबानी है और क्या।"

पूनम को दी जानेवाली जगह तो बुढ़िया के हाथ से निकल चुकी थी पर तंग करने की उसकी नीयत नहीं गई थी। पूनम-सूरज के कमरे पर ताला लगा देखकर उसने फौरन अपनी गाय लाकर वहाँ बाँध दी और उसके सामने खली-भूसा भी डाल दिया। गाय को बड़ी मुश्किल से वहाँ से हटाकर दोनों कमरे में घुस पाए।

बिहारी बिल्डिंग के कई हिस्से अभी खाली पड़े थे। हालाँकि कई हिस्से लोगों द्वारा कब्जा करके ताला लगा दिए गए थे या उनमें कबाड़ के गोदाम थे। पूनम-सूरज और बुढ़िया के अलावा आँगन से सटा सुखचैन-गुरजिन्दर का परिवार अपने दो बच्चों के साथ रहता था और उनके साथ ही एक लड़का दिनेश भी रहता था। पूनम के साथ घुलमिल गई सुखचैन से भी बुढ़िया का छत्तीस का आँकड़ा था। पूनम के घर के सामने बिल्डिंग के बीच के छोटे-से आँगन में जर्जर-सी सीढ़ी दाहिने हाथ की तरफ जा रही थी और दूसरी बाएँ हाथ की तरफ। गोलाई में दोनों रास्ते एक-दूसरे से मिलते थे पर ऊपर की मंज़िल पर टूट-फूट ज्यादा थी। ऊपर की मंज़िल पर दाहिने हाथ की तरफ सूने से

गलियारेवाले कोने के एक कमरे में एक अकेला आदमी रहता था। उसकी तरफ का जीना पूनम के कमरे से साफ दिखाई देता और ऊपर के गलियारे में अपने कमरे तक जाता आदमी भी। कुछ देर तक दिखता वह आदमी जब कमरे तक पहुँचानेवाले गलियारे के पास आता तो नीचे से दिखना बन्द हो जाता। कभी सुनहरे और हरे पेंट से जगमगाती रहीं बिहारी बिल्डिंग की दीवारें न जाने कितने बरसों में अब रँगाई पुताई की रौनक भी भूल चुकी थीं। पूरी मंज़िल मरम्मत को तरस रही थी जिससे इमारत के कई हिस्से कुछ समय में मलबा हो जानेवाले थे। दीवार में जड़े गोलाकार डिज़ाइन को कोई खोजी आँख ही ढूँढ सकती थी। बिहारीलाल जीवित थे नहीं और बिल्डिंग की पूछताछ अगली पीढ़ी ने की नहीं। बिल्डिंग में छत तक जाने का कोई रास्ता नहीं था। दाहिने जीने से पहली मंज़िल पर रहनेवाले उस रहस्यमय आदमी के पास कई बार एक औरत भी आया करती थी और कभी-कभार कुछ आदमी। अजीब बात यह थी कि उस घर में कभी खाना नहीं बनता था न ही वह आदमी किसी से हँसता-बतियाता था। उसके काम-धन्धे के बारे में भी कोई नहीं जानता था। वह आदमी कई बार अचानक गायब हो जाता और फिर दो-दो महीने उसकी सूरत दिखाई नहीं पड़ती। बुढ़िया रामवती कई बार उसे टोकती, जानने की कोशिश करती पर वह आदमी एक शब्द न कहता। बुढ़िया जी भरकर उसे कोसती। कुछ समय बाद जर्जर-सी हालत की पहली मंज़िल के बाएँ हाथ के हिस्से में फरीदा का परिवार आ बसा और नीचे के एक हिस्से में गुरजिन्दर के घर से कुछ कदम आगे रामखिलाड़ी नाम का आदमी अपने परिवार के संग आकर टिक गया। दोनों के आने से बिल्डिंग में जान आ गई। बाल-बच्चों के आने से रौनक लग गई। फरीदा अपने पति और तीन बच्चों के साथ थी। घर में बहुत गरीबी थी। पति वेल्डिंग का काम करता था। ऊपर की खाली पड़ी मंज़िल आबाद हो गई। दिन-रात वहाँ से हँसी-ठट्ठे से लेकर लड़ाई-झगड़े और मान-मनुहार की आवाज़ें आती रहतीं। एक दिन फरीदा के बच्चे फुरकान, सफिया और आसिफ नीचे पूनम के कमरे के बाहर बरामदे में खेल रहे थे। खेलते-खेलते आसिफ गिर पड़ा और उसका घुटना छिल गया। जब तक फरीदा या कोई नीचे उतरता पूनम बच्चों का शोर सुनकर बाहर आई।

"बस-बस बहादुर बच्चे रोते हैं क्या?" गोद में आसिफ को उठाए पूनम अपने कमरे के भीतर आई और उसकी चोट पर हल्दी लगा दी। आसिफ चुप नहीं हुआ तो पूनम ने सफिया और फुरकान से पूछा—

"बहादुर बच्चे कैसे?"

दोनों बच्चों ने हाथ उठाकर कहा—"हमारे जैसे"

रो रहा आसिफ अचानक चुप हो गया फिर धीरे से बोला—'मे...मे'। 'मेरे जैसे' न कहकर आसिफ ने हाथ सीने पर मारकर अपनी ओर इशारा किया।

इतने में फरीदा, पूनम की चौखट पर आ खड़ी हुई। पूनम ने उसे आसिफ की चोट पर पुलटिस बाँधने को कहा। बस उस दिन के बाद बिहारी बिल्डिंग में मोहल्लेदारी का नया ढब शुरू हो गया। घर में कोई सब्जी-दाल बनी हो या खीर-हलुआ जीना चढ़ा-उतरा जाने लगा। पूनम को एक नया घर मिल गया। फरीदा के बच्चे नीचे आँगन में खेलते तो कई बार पूनम उनके खेल में शामिल हो जाती कभी कविताएँ-गीत सिखाती। धीरे-धीरे पूनम ने उनको पढ़ाना शुरू कर दिया। पूनम के कमरे के बाहर खुली जगह में अम्माँ के लाख चीख-पुकार मचाने के बावजूद पूनम का पढ़ाना नहीं रुका। उस इलाके में इन बच्चों के लिए वैसे भी कोई स्कूल नहीं था और होता भी तो रशीद-फरीदा के पास इतने पैसे कहाँ थे कि वे बच्चों को स्कूल भेज पाते।

❄

दिल्ली शहर अनीश के लिए नया कहाँ था। उसकी सारी पढ़ाई अनुशासन और नफासत के साथ दिल्ली के नामी सेंट कोलम्बस स्कूल से हुई थी। दिल्ली उसकी पैदाइश-परवरिश का शहर था। तीन साल लखनऊ रह आने से यह शहर उसके लिए बेगाना नहीं हुआ। यहाँ के चप्पे-चप्पे से वाकिफ अनीश ने फिर से अपने पुराने दोस्त ढूँढ लिए। अनीश के आने से सुगन्धा का घर शोरोगुल से भर गया। हर दिन अनीश का कोई न कोई दोस्त घर आया रहता और कोई-कोई तो दो-तीन दिन वहीं टिक जाता। दो साल में एम.ए. करते हुए नए दोस्त भी खूब बना लिए। पिछले कुछ सालों में बदली और सुन्दर हो रही दिल्ली उसे पहले से बेहतर लगी। घूमने-फिरने और खाने-पीने का उसने जी भरकर लुत्फ उठाया। कहाँ तो लखनऊ से आते ही उसे कुछ पाने की बेताबी थी और कहाँ अब ऐसा इत्मीनान था जैसे आगे कोई राह ही नहीं हो। एम.ए. की अन्तिम परीक्षा गुजरे कई दिन बीत चले थे। रोज देर से उठना और पूरा दिन व्यर्थ बिता देना उसका शगल हो चुका था। सुगन्धा घर से निकलती तो वह सोया रहता और जब लौटती तो घर से निकल रहा होता। एक दिन सुगन्धा ने पूरी गम्भीरता से पूछ ही लिया—"अब आगे क्या अनीश?"

अनीश देर तक सुगन्धा को देखता रहा और फिर अनमनेपन से बोला—"कुछ सोचा नहीं।" उसके बेफिक्र शब्द सुनकर सुगन्धा ने उसे चौंककर देखा। कुछ बोली नहीं पर यह ज़रूर जता दिया कि जो कुछ हो रहा है वह सुगन्धा को रास नहीं आ रहा। सुगन्धा के मन में बैठा संशय इशारा कर रहा था कि लड़का कहीं फिर लखनऊ न लौट जाए। उसके कुछ नहीं सोचने का सीधा अर्थ सुगन्धा ने यही लगाया कि हो न हो यह अपने पिता के कारोबार से ही जुड़ेगा। एक पत्रकार का सपना और पत्रकार हो पाना-दो जुदा बातें हैं। जिस दिन से अनीश ने मास कम्युनिकेशन के कोर्स की बात कही थी सुगन्धा को लगने लगा था कि बेटे की दिशा उसकी दिशा से एक दिन ज़रूर मिल जाएगी। सुगन्धा कुछ समय चुप रही पर तीन दिन बाद अनीश को अपने कमरे में डिप्लोमा कोर्स का फॉर्म मिला। इन्स्टीट्यूट ऑफ मास कम्युनिकेशन पत्रकारिता का नामी संस्थान था। यहाँ प्रवेश मिलना आसान नहीं था। फॉर्म देखकर अनीश को अपने से किया वायदा याद आया। कुछ दिन बाद सुगन्धा ने अनीश की टेबल पर वही फॉर्म देखा। फॉर्म भरा हुआ था। सुगन्धा ने टेबल पर एंट्रेस टैस्ट से सम्बन्धित कुछ किताबें भी देखीं। बहुत दिनों की बेचैनी के बाद आज की शाम सुगन्धा के लिए इत्मीनान ले लाई।

अनीश का एंट्रेस टेस्ट नज़दीक आ रहा था। इस एंट्रेस में सफल होने के बाद एक साक्षात्कार भी था। दोनों परीक्षाओं में सफल होने पर ही संस्थान में दाखिला तय था। सुगन्धा इन दिनों जनमंच की ज़रूरी मीटिंगों में व्यस्त चल रही थी। जब तक अनीश घर से बाहर या दोस्तों से घिरा रहता था तब तक सुगन्धा की कमी उसे नहीं खली थी पर अब जब वह अधिकांश समय घर रह रहा था तो चाहता था कि मम्मी घर पर रहें। लखनऊ में दादी भी तो हर समय उसकी ज़रूरतों का ध्यान रखती थीं—ऐसा सोचकर वह सुगन्धा से भी वही अपेक्षा करने लगा। दादी और सुगन्धा की विपरीत ध्रुवीय दिनचर्या के बारे में सब जानते हुए भी इन दिनों उसका व्यवहार चिड़चिड़ा होता जा रहा था। पापा और दादी से फोन पर जी खोलकर बात करता पर सुगन्धा के आते ही या तो फोन रख देता या इतने धीमे स्वर में बोलता कि बात किसी को सुनाई नहीं दे। कई दिनों से खिंचे-खिंचे दिख रहे अनीश की नाराज़गी दूर करने के लिए आज सुगन्धा ने घर रहकर पूरा दिन बेटे के साथ बिताने की बात सुबह उठते ही सोच ली। अनीश की पसन्द के आलू के परांठे, सूजी का हलवा और कस्टर्ड का नाश्ता खुद बनाने का पूरा कार्यक्रम तय करके सुगन्धा सुबह से रसोई में लग गई। मुनमुन ने घर में कदम रखा तो उसे सूजी भुनने की गन्ध मिल गई। मुस्कुराते हुए उसने सुगन्धा को देखा और नाक से तेज़ साँस खींचकर बोली—

"कि शुवाश...आज तो पूरे दरियागंज में खुशबू फैली है। हलवे के लिए बाहर लाइन लग जाएगी।" दाँत निकालकर हँसते हुए मुनमुन ने उबले आलू छीलने के लिए एक आलू जैसे ही उठाया सुगन्धा ने उसके हाथ पर अपना हाथ दे मारा—"चल हट...छोड़ फौरन। आज ब्रंच का प्रोग्राम है और सारी चीजें मैं ही बनाऊँगी। तू जा और ऊपर के काम देख।" नकली सख्ती दिखाते हुए सुगन्धा बोली।

"तो आज बाबू को खुश करने का दिन है, क्यूँ दीदी?" कहती हुई मुनमुन झाड़ू को कन्धे पर रखे रसोई से निकल गई।

अनीश सुबह का यह नया रंग देखकर बन्द होंठों के भीतर गुनगुनाने लगा। सुगन्धा बार-बार उसके कमरे में आकर उसे नहा-धोकर नाश्ते के लिए टेबल पर आने की जिद करने लगी और वह छोटे बच्चों की तरह एक मिनिट-एक मिनिट करता हुआ बात टालने लगा। हलवा बनाने के बाद सुगन्धा सूखे मेवे उस पर सजाने लगी कि फोन की घंटी बज गई। अपनी धुन में सुगन्धा ने रिसीवर उठाया दूसरी तरफ पंकज था। जनमंच का नया साथी। पंकज की आवाज़ में दहशत थी जिसे सुनकर सुगन्धा के पाँव तले की जमीन खिसक गई। आधा-अधूरा ब्रंच रसोई में वैसे ही पड़ा रहा और सुगन्धा बिना कुछ कहे मुनमुन का हाथ पकड़कर घर से निकल गई।

दिन के ग्यारह बजे थे। घंटा भर पहले पुश्ते में आग लगी और तेजी से फैल गई। अधिकांश मजदूर तब तक काम पर निकल चुके थे। बूढ़े, औरतें और बच्चे ही इस समय वहाँ अधिक थे। पुश्ता पिछली तरफ से धू-धू करके जल रहा था। आग की ऊँची-ऊँची लपटें पीछे की तरफ की झुग्गियों से उठ रही थीं। खादर की तरफ के झाड़-झंखाड़ों में भी आग फैल गई। बीच-बीच में मिट्टी के तेल भरे स्टोव के धमाके सुनाई दे रहे थे। आग में डूब रहे घर बढ़ते जा रहे थे। बदहवास लोग घर को बचाते, बाल-बच्चौं को बचाते या खुद को। दोपहर के समय लगी इस आग में पुश्ता धधकने लगा।

पीछे की तरफ सामने की कतार के घरों को तो दमकल केन्द्र की गाड़ियाँ पानी से बुझा पाईं। वहाँ तेज धुँआ उठ रहा था। धुँए के बवंडर से आसमान काला पड़ गया। सुगन्धा को पीछे छोड़कर मुनमुन चीखती हुई घर की तरफ तेजी से दौड़ी।

"सलीम...सलीम...ज़ुबैर-परवेज़-अफ़साना-समन्दर" जली हुई झुग्गियों की तरफ आँसुओं से दौड़ती मुनमुन के गले की नसें पति और बच्चों को खोजती पूरी तरह उभर आईं। दूर से ही सलीम की साइकिल जली हुई हालत में उसे

दिखाई दी। दोनों टायर स्वाहा हो चुके थे और साइकिल एकदम काली पड़ गई थी। दहशत के इस आलम में उसने अपने माथे को दोनों हाथों से पीटा। बार-बार सलीम और बच्चों का नाम लेने और तेज़ आवाज़ में रोने से उसकी साँस घुटने लगी। आँखें बुरी तरह बह रही थीं। मुनमुन का दिल काँपने लगा। पीछे से सुगन्धा ने आकर उसे सँभाला। आसपास जले हुए घरों की हालत पर औरतें रो रही थीं। बेध्यानी में जलते हुए सामान पर पैर पड़ने से बचाने के लिए उनमें से एक ने मुनमुन को अपनी तरफ खींचा।

"मेरा नौमान बुरी तरह झुलस गया कोई तो इसे अस्पताल पहुँचाओ।" बच्चे को गोद में लिए भाग रहा रफीकुद्दीन मिस्त्री ज़ार-ज़ार रो रहा था। उसका घर आग के पीछे कहीं खो चुका था। तकरीबन दो सौ झुग्गियाँ आग के हवाले थीं। मन्दिर के साथ सटी झुग्गियों में प्लास्टिक का बहुत सारा कबाड़ जमा था। एक झोंके में उसने आग पकड़ ली। राधा की सास दहाड़ें मार-मार से रो रही थी। नई बहू के गहने और सारा सामान झुग्गी के साथ ही जल गया था।

"बचाओ-भागो-बच्चों को निकालो..." हर तरफ यही शोर था। आग और शोर दोनों एक-दूसरे को चुनौती दे रहे थे। पुश्ते में अफरा-तफरी का माहौल था। बाल-बच्चों और सामान को बचाते कई लोग बुरी तरह झुलस गए। कुछ बच्चे भी आग की चपेट में आए। जिसे जहाँ जितना पानी मिला उसने आग पर उँडेल दिया। पूरा पुश्ता एक होकर आग से लड़ने लगा। आग की विकरालता घरों में भेद कहाँ करती है। हवा में टायर,कपड़े,सामान जलने की तीखी गन्ध थी।

दमकल केन्द्र की गाड़ियाँ सूचना मिलने के कुछ देर बाद ही दुर्घटना स्थल पर पहुँच गई थीं पर तब तक पुश्ते का एक हिस्सा आग के बवंडर के नीचे छिप गया था। कुछ देर में आगे की पचास झुग्गियों की आग पर काबू पाया गया। बचा कुछ भी नहीं था झुग्गियों का मलबा पानी में भीगा था। झुग्गियों के साथ दूधवाले, बनिए समेत कई लोगों की छोटी-मोटी दुकानें भी जली थीं। आग ने दो क्लीनिक भी नहीं छोड़े थे। गनीमत थी कि आग दूसरी तरफ के पक्के मकानों तक नहीं पहुँच पाई। यहाँ पुश्ते की सत्तर फीसद आबादी रहती थी। पुलिस के सिपाही, दमकल केंद्र के कर्मचारी अपनी ड्यूटी निभा रहे थे। मुसीबत में ही इंसान की परख होती है। पुश्ते के कितने लोग एक-दूसरे की मदद को आगे आए। दिल्ली के अनेक जनसंगठन भी मुस्तैदी से खड़े हो गए। राजनीतिक पार्टियाँ ऐसी घटनाओं में अपनी छवि चमकाने का कोई मौका नहीं छोड़तीं। शाम तक पुश्ते में आदमी ही आदमी दिखाई देने लगे। जो आग के शिकार थे वह भी और दूसरे वे जो पुश्ते की घटना के चश्मदीद गवाह थे। कुछ तत्काल

मदद के इन्तज़ाम में जुटे थे तो कुछ वायदे की लफ्फाज़ी कर रहे थे। आगजनी में हताहत लोगों को अस्पताल पहुँचाने के काम में सुगन्धा, पंकज और सोनिया सहित कई अन्य संगठनों के लोग शामिल थे। दो बच्चों की गुमशुदगी की रिपोर्ट के लिए सुगन्धा को दरियागंज थाने भी जाना पड़ा। गनीमत रही कि इस दुर्घटना में किसी की जान नहीं गई। रो-रोकर बेहोश हो गई मुनमुन की गोद में नन्हीं अफ़साना को देकर सलीम ने सहारा दिया। सभी बच्चे सलामत थे। शाम तक पुश्ते के एक हिस्से के गमगीन घर आसरे के साथ रसद, कपड़े समेत कच्चे-पक्के सभी सपने खो चुके थे। वे सपने जो कड़ी मेहनत से जीवन को कुछ सँवारकर देखे गए थे। एक झटके में तबाही तक पहुँचने की वजह से हताश बैठी औरतें रो-रोकर बेहाल थीं। घर से किसी के साये के उठ जाने जैसा विलाप उनका था पर जीवन कितने भी इम्तिहान क्यों न ले फेल हो-होकर भी पास होने की उम्मीद कहाँ टूटती है। अपने परिवार और बच्चों को सीने से सटाए लोगों के हिस्से में यही सन्तोष था कि जान है तो जहान है। उस पूरी जगह में जले सामान के साथ घरों के बाँस-बल्लियों सहित छत की उखड़ी टीन जगह-जगह फैली थी। राख हो चुकी झुग्गियों के मलबे को लोग उलट-पलट रहे थे। उन्हें आस थी कि कोई साबुत सामान अभी भी उन्हें मिल ही जाएगा। शायद वह लोग राख के नीचे दबी ज़िन्दगी का सिरा ढूँढ रहे थे।

उस दिन सुगन्धा देर रात घर लौटी। बेहद हताश सुगन्धा के चेहरे पर निराशा की लकीरें थीं। अनीश ने दरवाज़ा खोला। सुगन्धा कुछ नहीं बोली। कुछ देर अनीश रुका फिर अपने कमरे में चला गया। सुबह की भूखी-प्यासी सुगन्धा शरीर और मन से थकी हुई थी। अनीश की बेरुखी पढ़ने की हिम्मत उसकी नहीं थी। जिस मन:स्थिति में सुगन्धा थी वहाँ तबाही की भयानक छाप थी। घरों का उजड़ना और फिर बसना कितना कठिन होता है यह तकलीफ सुगन्धा जानती थी। थकी देह को बिस्तर के सुपुर्द करके सुगन्धा न जाने कब नींद की आगोश में चली गई। अगली सुबह मुनमुन को नहीं आना था। कल की बिखरी रसोई अभी तक वैसी ही पड़ी थी। सुगन्धा ने देखा अनीश जागा हुआ था। सुगन्धा ने पास जाकर प्यार से उसके सिर पर हाथ फेरा तो उसने अपना सिर पीछे कर लिया। गुस्से को उसने छिपाने का नाटक तक नहीं किया। सुगन्धा हैरत में थी कि अखबार और टेलिविज़न से सारा हाल जान लेने पर भी अनीश इस तरह का व्यवहार क्यों कर रहा है? फिर भी उसने कोशिश नहीं छोड़ी। सुगन्धा के प्यार भरे हाथ को अनीश ने बेतरह झटका तब सुगन्धा ने उसकी नाराज़गी की वजह जाननी चाही—

"अनीश! ऐसा क्या हो गया आखिर?" सुगन्धा ने कुर्सी सरकाई और अनीश के सामने बैठ गई।

अनीश बोला कुछ नहीं पर उसके होंठ हमेशा की तरह गुस्से में खिंचे हुए थे और आँखें मम्मी की पूरी उपेक्षा कर रही थीं।

"बात करो अनीश...मुझे बताओ क्या खता है मेरी?" सुगन्धा ने उसका चेहरा अपनी ओर लाते हुए कहा।

"आपको मेरी या इस घर की कोई परवाह है ? पापा की? दादी की?" अनीश की आवाज़ में नमी का एक कतरा बाकी नहीं था।

"यह कैसा सवाल है?" बिना संयम खोए सुगन्धा ने कहा।

"सही सवाल आपको समझ ही कहाँ आते हैं?" अनीश बेपरवाही से बोला। सुगन्धा की तरफ देखने से वह साफ बच रहा था।

"तो समझाओ मुझे।" सुगन्धा ने पूरे धैर्य के साथ अनीश के गुस्से की वजह जानना चाहती थी।

"आप यहाँ से जाओ मम्मी। वहीं अपने पुश्ते में। वही लोग आपके सगे हैं, मैं नहीं।" अनीश बिफरकर बोला।

"यह क्या बात हुई अनीश? उनके लिए मेरा कमिटमेंट है उसे मैं कैसे छोड़ सकती हूँ।" सुगन्धा ने तर्क दिया।

"जानता हूँ...आप मुझे छोड़ सकती हो, पापा की तरह।" अनीश ने बेरुखी से कहा।

"तुम्हें कब छोड़ा मैंने? और रही तुम्हारे पापा की बात सब जानते हो तुम फिर भी ऐसा कैसे कह सकते हो?" सुगन्धा के सवालों को सुनकर अनीश ने उसके चेहरे की तरफ देखा। दो मिनिट खामोश रहा फिर कमरे की खामोशी तोड़ते हुए बोला—"आपको कब मेरी परवाह रही है। अच्छी तरह याद कीजिए बचपन में आपकी मेड के बच्चे ने मुझे इतना मारा था पर मेरे एक बार उसे मारने पर आपने मेरी ही पिटाई की थी उसके सामने। दैट ब्लडी मॉन्स्टर..." अनीश के दाँत गुस्से में एक-दूसरे पर अपना पूरा दबाव बनाए हुए थे और उसकी मुट्ठियाँ कस गई थीं मानो अतीत के उस हिस्से से बदला लेने को आमादा हों। सुगन्धा हैरानी से उसे देखती रही। अनीश के मन में बरसों से बैठा ज्वालामुखी आज फट पड़ा—

"अपने आपको बहुत महान समझती हैं आप। इतनी महान हैं कि आपका अपना बच्चा भी उस झुग्गी क्लस्टर के बच्चों से गया बीता है। उस दिन आपने एक बार भी मेरी बात नहीं सुनी थी। उस मॉन्स्टर की ही तरफदारी की।" अनीश

चीखा। सुगन्धा को अतीत की वह घटना एकदम याद आ गई। कितने दिन लगे थे अनीश को मनाकर समझाने में। सुगन्धा ने सोचा था अनीश के माथे पर उस समय लगी चोट के घाव के भरने के साथ उसके मन के जख्म भी भर चुके होंगे। वह कहाँ जानती थी कि घाव, नासूर हो चले हैं। उनसे घृणा का मवाद अभी तक बह रहा है।

"देख रही हैं न यह निशान। यह सिर्फ माथे का है मन के निशान देखे ही कहाँ आपने? आपको फुर्सत कहाँ थी? कभी आपका सोशल वर्क चल रहा था तो कभी किसी का झगड़ा सुलझाने जाना था। कभी किसी एडवोकेट के पास तो कभी किसी ऑफ़िस... मेरे कमरे से जाओ मम्मी....मुझे और कोई बात नहीं करनी इस वक्त...जाओ उसी पुश्ते में। वही लोग आपके हैं। ब्लडी पुश्ता।" अन्तिम दो शब्द अनीश ने धीमे से कहे पर सुगन्धा ने सुन लिया। धीरे से कुर्सी सरकाई और उठी। कुछ देर अनीश को देखा। वहाँ अभी भी गुस्सा था।

"तुम्हारा गुस्सा शान्त हो जाए फिर बात करते हैं अनीश।" दुखी मन से कहते हुए सुगन्धा ने बाहर जाते हुए अनीश के कमरे का दरवाज़ा आहिस्ता से बन्द किया। अनीश ने उठकर भीतर से दरवाज़े को लॉक कर लिया। वापिस आकर कुर्सी पर बैठा तो उसकी उँगलियाँ माथे पर गईं और पुरानी चोट के निशान को सहलाने लगीं। सुगन्धा भीतर तक एक ही सवाल से जूझ रही थी कि अनीश कैसे इतने लोगों की तकलीफ से उदासीन रह सकता है?

❄

बिहारी बिल्डिंग में फरीदा के आ जाने से एकसाथ कई काम हुए। पहली मंज़िल पर कमरों से बाहर लगे बरामदे के एक कोने में फरीदा ने अपनी रसोई सजा ली दूसरी तरफ तख्त डाल लिया। बरामदा खासा बड़ा था जो रसोई के साथ तख्त डल जाने पर भी काफ़ी जगह लिए था। तख्त पूरी गृहस्थी का आधा बोझ बँटा रहा था। बच्चों के खेलने-खाने से लेकर, दाल-चावल बीनना, फटे-पुराने कपड़ों को सिलना जैसे दिनभर के कामों की जगह तख्त ही था। कामों के बाद दो घड़ी आराम और नीचे से पूनम के आ जाने पर बतकही का अड्डा था तख्त। जहाँ ऊपर की मंज़िल बसी वहीं फरीदा ने अपने डेढ़ कमरे के बाहर लगे छज्जे में लोहे की सीढ़ी सटाकर छत के खाली पड़े हिस्से को भी गुलज़ार कर दिया। फरीदा का पति रशीद कारीगर आदमी था उसी ने यह जीना वैल्डिंग की दुकान में बना लिया। लोहे का जीना पुरानी दीवार से सटा दिया गया। ज़रा सावधानी

हटती तो जीना जन्नत की नसैनी बन सकता था। लोहे के जीने को सँभालती पुरानी दीवार जैसे तर माल खाए बूढ़े शरीर-सी थी। साठे पर पाठा-सी। धीरे-धीरे लोगों और बच्चों के लिए जीना चढ़ना आसान होता गया। गोलाई में घूमती छत के नीचे पहली मंज़िल पर फरीदा और उसके सामने दूसरी तरफ वह अकेला आदमी डेरा जमाए था। इस साल की जानलेवा गर्मियों में सब छत पर सोने लगे। सूरज कई बार पूनम को चढ़ने से मना भी करता कि कहीं पैर ऊँचा-नीचा पड़ गया तो? पर पूनम कहाँ माननेवाली थी। फरीदा और पूनम ने मिलकर पूरी छत साफ कर दी। किनारे पर एक उजड़ी क्यारी में सेम की बेल रोप दी। खुली धूप-हवा मिलने से बेल कुछ समय में ही क्यारी में फैल गई। छत बड़ी बहुत थी पर उसके किनारे पर कोई मुंडेर नहीं थी। ज़िन्दगी का खुलापन दूर तक फैला था यहाँ। आसमान में उड़ते पंछी। हरियाली का विस्तार, लोगों को मंज़िल तक पहुँचाते रास्ते। सामने दिखती साबरी मस्जिद। सड़क पार की बस्ती। हवा में फैली गन्ध, दूर खेल रहे बच्चों का शोर जैसे रेगिस्तान में खड़ा कोई दरख्त अजान स्रोत से जलधार खींच रहा हो। कहाँ बिहारी बिल्डिंग में फैली गुरबत और कहाँ छत का नूर। छत न जाने कितने मौसम देख चुकी थी पर सब मौसम हर बार नए बनकर उतरते रहे छत पर। मुंडेर और कोई रोक न होने के कारण छत पर बच्चों को छोड़ना खतरे से खाली नहीं था। दिन में छत वीरान ही रहती पर शाम को अक्सर एक हिस्से में छिड़काव के बाद सबके सोने का बढ़िया इन्तज़ाम हो जाता। बुढ़िया रामवती छत का सुख उठा न पाने के कारण नीचे से सबको कोसती रहती।

एक रात पूनम, सूरज के इन्तज़ार में जाग रही थी। बाकी सब लोग छत पर जा चुके थे। पूनम ने साड़ी के पल्ले से माथे पर बह रहे पसीने को पोंछा। इस साल गर्मी जानलेवा थी इसलिए उसके शरीर में एक थकान और बेचैनी बनी रहती। दो बार बाहर जाकर सड़क की तरफ भी पूनम, सूरज को देख आई। इतनी देर सूरज ने पहले कभी नहीं लगाई। तभी पूनम को बाहर आहट सुनाई दी। उसने दरवाज़ा खोला ही था कि अँधेरे में कुछ आकृतियाँ उसे दिखाई दीं। पूनम खोले हुए दरवाजे को भेड़कर उसकी ओट में समा गई। वे सभी आकृतियाँ दाहिनेवाले जीने की ओर बढ़ीं और थोड़ी देर तक वहीं खड़ी रहीं। वह सब शायद कुछ बात कर रहे थे। पूनम ने देखा आदमी अकेला नहीं था उसके साथ तीन लड़कियाँ और एक दूसरा आदमी भी था।

"अरे! कौन है इस बखत, दो घड़ी सो भी न सके कोई?" बाहर बरामदे में खाट पर लेटी बुढ़िया आदतन चीख पड़ी और उठकर बैठ गई। दूसरी तरफ

से कोई आवाज़ नहीं आई। कुछ लोग फुसफुसाकर बातें कर रहे थे। बुढ़िया की डाँट सुनकर एकदम जीना चढ़ गए। पूनम सोच में पड़ गई कि कौन हैं यह लड़कियाँ? कहाँ से आई हैं? इतने सारे लोग उस छोटे से कमरे में कैसे समाएँगे?

"कौन है? कोई बोलता नहीं?" बुढ़िया भले ही सबकी नाक में दम किए रहती पर उसके जैसा रखवाला बिहारी बिल्डिंग का कोई दूसरा नहीं था।

"मैं हूँ अम्माँ।" बाहर से साइकिल ठेलते आते सूरज ने कहा। साइकिल पर किताबों के वजनी बोझवाला थैला था।

"अरे! तू नहीं...वहाँ ...वहाँ कौन है?" इस बार बुढ़िया ने दाहिने जीने की तरफ इशारा करते हुए ज़ोर से कहा। सूरज की आवाज़ सुनकर पूनम ने दरवाज़ा खोल दिया।

"आज इतनी देर लगा दी।" पूनम ने किताबों का भारी थैला सँभालते हुए सूरज से पूछा।

"तू सोती क्यों नहीं देर-सबेर घर ही आऊँगा न।" सूरज थका हुआ था। उसने साइकिल दीवार से सटा दी।

"रोज तो टाइम से आते हो?" पूनम ने अपना सवाल दूसरे शब्दों में दोहराया।

"पूनम कमेटीवाले आ गए आज। सब लोग दुकान हटाकर छिपते भागे। पूरा बाजार तितर-बितर हो गया। मैं भी बस जल्दी-जल्दी किताबें लेकर भागा। सारी दुकनदारी की रेड़ मार दी और तो और कुछ किताबों का भी नुकसान हो गया। जल्दी-जल्दी कपड़े बदलता सूरज निराशा में बोला। पूनम ने तब तक खाना लगा दिया। उड़द की छौंक लगी दाल,तीन रोटी और एक हरी मिर्च। दाल सूरज की पसन्द की थी और भूख भी बहुत थी इसलिए वह ताबड़तोड़ खाने लगा। सारे दिन के बाद उसे अब खाना नसीब हो रहा था। दो रोटी के बाद स्वाद आने लगा। थाली में एक रोटी बाकी थी। मन किया पूनम से कह दे एक और रोटी सेंक दे पर देखा पूनम तब तक चौका-चूल्हा समेट चुकी है। वैसे भी तीन रोटी खाने के नियम का पक्का था सूरज।

"बाहर क्या देख रही है पूनम?" सूरज ने दरवाज़े की ओट से बाहर झाँकती पूनम को देखा।

"ऊपरवाले आदमी के कमरे में बड़ी हलचल है आज।" पूनम की आवाज़ में जिज्ञासा और भय घुला था।

"मत ध्यान दे। सही नहीं है वह आदमी।" सूरज ने पूनम को समझाते हुए कहा।

"तुम्हें कुछ पता है क्या?" पूनम ने जिज्ञासा से भरकर कहा।

"सारे दिन की थकी है सो जा। बेकार की बातें मत सोचा कर।" कहते हुए सूरज ने बर्तन सकेरकर कोने में बनी रसोई में रखे और हाथ धोकर पूनम के नज़दीक आ गया। ऊपर की मंज़िल से कुछ गिरने की आवाज़ आई। पूनम ने फिर दरवाज़ा खोला। पूनम के पीछे खड़े सूरज ने भी उचककर देखा। वहाँ कुछ नहीं दिखा पर ऊपर से कुछ आवाज़ें ज़रूर सुनाई दीं।

"बताओ पूरी बात...उसके बारे में" पूनम ने पलटकर सूरज की ओर देखते हुए कहा।

"तुझे क्या लेना-देना है। सो जा। सुबह फिर काम में लगना है। सूरज की आवाज़ सुनकर पूनम खाट पर बैठ गई।

"छत पर चलो न यहाँ नींद नहीं आएगी।" चादर में लिपटी दो पतली दरियाँ उठाते हुए पूनम ने कहा। अनमनेपन से सूरज ने दरियाँ लीं और पूनम के साथ बाहर निकला। पूनम ने दरवाजे को ताला लगाया।

"चैन से यहाँ कोई सो भी न सके है। पहले वह आदमी न जाने किन-किन को लिए चला आया। कब आता है कब जाता है राम जाने... पर मुझे सब पता है इतनी रात में क्या हो रहा है...और अब यह दोनों.. क्या जीने भी नहीं दोगे?" बुढ़िया आहट पाकर चीखी। दोनों चुपचाप ऊपर चले गए। छत पर कई लोग सो रहे थे फिर भी कितनी खाली थी छत। सूरज ने अपनी तय जगह पर दरियाँ बिछाईं और पहले बिछाई दरी पर हाथ से थपकी देकर पूनम को सोने के लिए कहा। खुद भी उसके पास ही दरी बिछाकर लेट गया। कुछ समय बाद ही सूरज के हलके-हलके खर्राटे पूनम को सुनाई देने लगे। गर्मी कुछ ज्यादा थी। पूनम को नींद नहीं आ रही थी वह चुपचाप लेटी आसमान निहार रही थी। आसमान में तारे साफ दिखाई दे रहे थे। उमस के कारण हवा एकदम शान्त थी। तभी सीढ़ियों पर पूनम को आहट सुनाई दी। दो लोगों के फुसफुसाने की आवाज़ें भी उसने सुनीं। पूनम दम साधकर लेट गई। धीरे-धीरे दो लोग छत पर चढ़े। अँधेरे में आँखे फाड़े पूनम उन्हें देख रही थी। नीचे कोने में रह रहे आदमी के पीछे एक और आदमी था। वही जो अक्सर आता था। उस आदमी ने नीचे सो रही पूनम को देखा। नींद का नाटक कर रही पूनम को ऐसा लगा कोई पास खड़ा घूर रहा है। उसने आँखें खोलीं तो उस आदमी से पूनम की आँखें टकराईं। पूनम की आँखें पत्थर-सी हो गईं। आदमी कुछ देर ठिठककर आगे बढ़ गया। आज

से पहले कभी ऐसा नहीं हुआ था कि वह आदमी छत पर सोने के लिए आया हो। करवट लेकर अधखुली आँखों से पूनम देखती रही। छत के दूसरे कोने में वह दोनों कोई ज़रूरी बात कर रहे थे फिर रात में दो-तीन बार वह आदमी नीचे गया। शुरू में पूनम की नींद उचटती रही और बाद में आवाज़ें शान्त होने पर ही पूनम को नींद आई।

बिहारी बिल्डिंग में नींद खुलना ही सुबह होना था चाहे रात के किसी भी पहर खुले। पूनम नीचे उतरी और फरीदा के बरामदे में आ गई। सामने के कमरे का मालिक और उसके साथ का आदमी अभी छत पर ही सोए थे। सूरज भी वहीं था। पूनम का मन नहीं माना तो वह उस आदमी के कमरे के पास पहुँची। कमरे पर ताला जड़ा था। कुछ देर बाद नीचे आकर पूनम काम में लग गई। सुबह पूरी तरह हो चुकी थी। सूरज भी नीचे आ गया। शौच के लिए आई पूनम को बिल्डिंग में दो लड़कियाँ पहली बार दिखाई दीं। दोनों ने स्कूल की वर्दी पहन रखी थी। उम्र कुछ ज्यादा नहीं थी। दोनों पन्द्रह बरस से कम ही होंगी। अच्छे नैन-नक्श की थीं। पूनम अचरज से उन्हें देखते हुए सोचने लगी कि रात को यह लड़कियाँ उस जरा से कमरे में ही सोईं। उसके मन में दो सवाल उपजे। पहला यह कि इतनी गर्मी में भी यह कमरे में कैसे सोईं? और दूसरा उस आदमी ने इन्हें ताले में क्यों बंद किया? पूनम सोच ही रही थी कि इतने में तीसरी लड़की भी चली आई। यह तीनों में सबसे सुन्दर थी।

"किसके घर आई हो?"

पूनम ने बातचीत का सिरा ढूँढ निकाला।

"वह जो वहाँ...अं आ..." कहते हुए मंझली रुक गई तो बात की कमान बड़ी लड़की ने सँभाली।

"चाचा के घर आए हैं।"

"कहाँ की हो?" बोली से पूनम ने जान लिया कि यह दिल्ली की नहीं हैं।

"मैं बिजनौर से और यह गोरखपुर से।" छोटी लड़की बोली।

पूनम का अनुमान सच निकला। बात की गहराई में जाकर पूनम ने फिर सवाल किया-

"बड़ी जल्दी में चली आईं...स्कूल की वर्दी में ही... तुम्हारे घर का कोई नहीं आया साथ?"

"चाचा काम दिलाएँगे यहाँ..." इससे पहले बड़ी लड़की अपनी बात पूरी करती कि वह आदमी जिसे लड़कियाँ चाचा कह रही थीं, जीने से उतरता वहाँ आ गया।

“क्या बेकार की बातें कर रही हो? दो घड़ी चुप नहीं रहा जाता।” उस आदमी ने बड़ी ही सख्ती के साथ कहा और उनके संग खड़ा हो गया। उसकी मौजूदगी में तीनों खामोश रहीं। पूनम को खटका हो गया कि मामला कुछ गड़बड़ है। तीनों लड़कियाँ सुबह के बाद किसी को नहीं दिखीं। दूसरा आदमी एक बार बाहर से कुछ सामान लेकर आया और उसके कुछ देर बाद ही दोनों आदमी बाहर निकल गए। हर घड़ी जीने पर नज़र रखनेवाली पूनम ने जान लिया कि लड़कियाँ ऊपर कमरे में ही हैं। 'कमरे के दरवाजे पर ताला भी ज़रूर होगा'-पूनम ने सूरज को टटोला पर सूरज ने पूनम की पड़ताल पर कोई तवज्जो नहीं दी। सूरज के जाने के बाद फरीदा एक कटोरी चीनी माँगने नीचे आई। फरीदा को पूनम ने सारी बात बताई तो फरीदा की आँखें फटी की फटी रह गईं।

“सफिया के अब्बा ने बताया था कि यह आदमी ठीक नहीं।” फरीदा ने पूनम का हाथ दबाकर कहा। उसके चेहरे पर रहस्य की रेखाएँ बहुत कुछ कह रही थीं।

“क्या बताया इसके बारे में?” पूनम की जिज्ञासा ने विराम नहीं लिया।

“यही कहा कि उसने इसे कुछ महीने पहले पुश्ते के पास एक औरत और एक बच्ची के साथ देखा था। औरत सही चाल-चलन की नहीं थी। अक्सर वहाँ घूमती दिखती है। इन्हें तो पूरा शक है कि यह आदमी उस बच्ची को उठाकर लाया था।” फरीदा ने धीमे शब्दों में सब कह दिया।

“पर ये तीनों तो उसे चाचा कह रही थीं।” पूनम ने सुबह की बात फरीदा को बताई।

“चाचा है तो लड़कियों को ताले में बन्द क्यों कर गया? जैसे कीमती सामान हों फिर देखा नहीं तूने कैसी खराब-सी नज़र है उसकी। जब कहीं टकराता है तो घूरता रहता है।” फरीदा कहते हुए पूनम के और पास आ गई।

“तूने मेरे मन की बात कह दी। एक बार ऐसे ही मेरा सामना हो गया था। मुझे ऐसा घूरकर गया कि देर तक उसकी निगाह चींटी-सी शरीर पर फिरती रही... पर क्या करें? सच्चाई का कैसे पता लगाएँ? दरवाज़ा खटकाऊँ...पूछूँ लड़कियों से?” पूनम ने एकसाथ कई सवाल कर डाले।

“अरे! नहीं। तुझे क्या पड़ी है। अपने काम से काम रख।” फरीदा ने डपटकर कहा और ऊपर चली गई। कुछ देर में बच्चे नीचे आ गए। पूनम उन्हें पढ़ाती रही पर सारा ध्यान दाहिने तरफ के जीने पर लगा रहा। दिन अपनी गति से भाग रहा था। सुबह से दोपहर हुई दोपहर से साँझ और रात घिरने लगी। सुबह

से बेचैन पूनम का मन अब रोके नहीं रुका। वह उठी और जीने की तरफ गई। जितनी तेजी से जीने के पास पहुँची सीढ़ियों पर कदम रखते हुए मन ने कहा वापिस लौट चल। एक पल को पैर जड़ हुए पर मन के किसी कोने ने आगे बढ़ने की हिम्मत दी। सीढ़ियाँ चढ़कर पूनम ऊपर पहुँची। आदमी का कमरा एकदम कोने में था। जीने से चढ़कर बरामदे से भीतर की ओर। वहाँ पहुँचने का रास्ता फरीदा के घर की तरह खुला नहीं था। गलियारे की खुली जगह से अन्दर एक सँकरे से रास्ते में कमरा पड़ता था। पूनम का दिल जोरों से धड़कने लगा। आगे बढ़ते कदम बार-बार ठिठक रहे थे। एक सवाल पूनम को लगातार परेशान करने लगा कि क्यों किसी और को इन लड़कियों की कोई चिन्ता नहीं? लोग देखते हुए भी क्यों कुछ नहीं बोलते? न सूरज, न फरीदा यहाँ तक कि आसमान सिर पर उठा लेनेवाली अम्माँ भी। पूनम को खुद पर हैरानी भी हो रही थी कि उसे ही क्या पड़ी है इस खतरे में खुद को डालने की। मैं ही अकेले इस जोखिम में क्यूँ पडूँ? एक गहरा द्वंद्व पूनम के आगे आग का दरिया बनकर खड़ा था। आगे बढ़ने से हिचक रही पूनम के दिमाग में एक ही बात कौंधी-कि सब आँख मूंदकर सोते रहे तो सुबह कैसे होगी? किसी को तो अँधेरा मिटाने के लिए आगे बढ़ना ही होगा। मन पर यही शब्द बार-बार दस्तक देने लगे। पूनम का इरादा दृढ़ होने लगा। इरादे ने उसके मन में द्वन्द्व की दीवार गिराकर मन और कदमों में जान भर दी। पूनम आगे बढ़ी। कमरे के बाहर बहुत-सा कबाड़ जमा था। एक समय में एक आदमी ही कमरे तक पहुँच सकता था। पूनम ने देखा उस आदमी ने बड़ी ही चालाकी के साथ कमरे के सँकरे रास्ते से बाहर निकलकर आगे फरीदा की तरफ मिलते गलियारे में पुराना लोहा-लक्कड़ फैलाया हुआ था और उसके आगे दो-ढाई फुट की एक कच्ची-सी दीवार खड़ी कर दी थी जिससे दूसरी तरफ का कोई आदमी उसकी तरफ आसानी से न आ सके। वैसे भी वहाँ कोई नहीं जाता था। दबे कदमों से पूनम जगह बनाती कमरे के पास पहुँच गई। वहाँ रोशनी नहीं थी। अँधेरा था पर कमरे की चौखट के नीचे से भीतर की कुछ रोशनी बाहर झाँक रही थी। कमरे के दरवाजे से भीतर का शोर पूनम के कानों से जा टकराया। शायद लड़कियों में कुछ झगड़ेबाज़ी चल रही थी।

"मुझे नहीं रहना यहाँ...अपने घर जाना है।" विवशता में एक लड़की गुस्से में रोते हुए बोल रही थी। दूसरी भी सिसकते हुए उसे चुप करा रही थी।

"तू रोती क्यों है। मत रो। घर से दूर यहाँ हम काम के लिए आए थे न।" लड़की खुद भी टूटी हुई मन:स्थिति में थी पर दूसरी को समझा रही थी। लड़की के धीमे-धीमे रोने की आवाज़ें बाहर आ रही थीं।

"मुझे जाना है बस। कुछ ठीक नहीं लग रहा मुझे यहाँ। कल से हम कमरे में बन्द हैं। न कहीं जा सकते न किसी से मिल सकते। जेल में बन्द कर दिया है।" लड़की फिर बोली। यह स्वर बेहद उदासी और हताशा में डूबा था। जीवन में यातना की दीवारें कितनी कठोर होती हैं यह लड़कियों का दुख व्यक्त कर रहा था जिसे सुनकर पूनम उनकी पीड़ा को महसूस करने लगी। जैसे-जैसे लड़कियाँ अपनी पीड़ा के द्वार खोलती जा रही थीं वैसे-वैसे उन्हें बचाने का इरादा पूनम के मन में पक्का होता जा रहा था।

"ठीक तो मुझे भी नहीं लग रहा। हमसे तो कहा था काम दिलाएँगे। यहाँ तो अभी तक तो कुछ नहीं हुआ और कल चाचा के साथ जो आदमी आया था वह मुझे गन्दी तरह छू रहा था।" भीतर की एक आवाज़ों में चिन्ता घुला डर समाया था। सब सुन रही पूनम उनकी असहाय स्थिति को महसूस कर रही थी। उनके साथ भविष्य में होनेवाली भयानक दुर्घटनाओं के विषय में सोचकर पूनम के माथे से पसीना चूने लगा। कुछ ठोस सोच न पाने की विवशता और लड़कियों से बात करने की कोशिश ने पूनम को दुविधा में डाल दिया।

"अब जाएँगे भी तो कैसे? किसके साथ? तेरे तो भाई ने ही तुझे यहाँ भेजा है। अब वापिस जाएगी तो वहाँ भी मार पड़ेगी।" यह बात सुनकर भीतर की एक हिचकी और तेज़ हुई तो एक स्वर हवा में तैरा—"हो सकता है आज चाचा काम ढूँढकर लौटे। तू रो मत।" हिम्मत बँधा रही लड़की भी दूसरी लड़की को चुप कराते-कराते खुद रो पड़ी। कमरे के भीतर बन्द लड़कियाँ उम्र से मासूम और हालात से बहुत मायूस थीं। पूनम के लिए यह फैसले की घड़ी थी। दीवार से सटी पूनम तय नहीं कर पा रही थी कि अगला कदम क्या उठाए। तभी दुविधा में पड़ी पूनम को नीचे बुढ़िया की आवाज़ सुनाई दी। वह आदमी शायद लौट आया था। बुढ़िया उसके आने पर हर बार की तरह खरी-खोटी सुना रही थी। पूनम को काटो तो खून नहीं। कलेजा मुँह को आ गया। कहाँ जाए? कैसे बचे? जीने की तरफ जा नहीं सकती थी। सँकरे से रास्ते से निकलती पूनम को एक ही रास्ता दिखाई दिया फरीदा के घर की तरफवाले बरामदे तक किसी भी तरह पहुँचने का। कमरे के आगे के सँकरे से रास्ते को जैसे ही पूनम पार करके गलियारे की तरफ घूमते रास्ते में आई लोहे-लक्कड़ की ओट में उसने खुद को छिपा लिया। तब तक आदमी सीढ़ियाँ चढ़ चुका था। पूनम कुछ देर दम साधे बैठी रही। उसके कान आदमी की हर हरकत पर लगे थे। कमरे से एक लड़की की दबी सिसकियाँ सुनाई देने लगीं जैसे किसी ने उसका मुँह दबा दिया हो। डाँटने-पीटने की आवाज़ें भी पूनम को सुनाई दे रही थीं। थोड़ी देर में आदमी के

कमरे का दरवाज़ा फिर खुला। पूनम का माथा चकराया। उसके दिल ने कहा हो न हो आदमी अब इसी तरफ आएगा। पूनम हौले से उठी और आगे की ओर भागने लगी। फरीदा का बरामदा इस समय उसे बहुत दूर जान पड़ रहा था। डर और उत्तेजना से उसका पूरा शरीर पसीने से तर हो गया। गलियारे में बिखरे कबाड़ से बचती-बचाती पूनम उस अधबनी दीवार तक पहुँच गई। इस दीवार को उसे हर हाल में तुरन्त लाँघना था। कहीं कोई चूक न हो जाए इससे पूनम ठिठक गई। पीछे से फिर कोई आवाज़ हुई। इस बार पूनम ने अचक से नीचे पड़े सामान पर पैर रखा और दूसरे हाथ के सहारे से दीवार पर जा चढ़ी। अगले ही क्षण पूनम ने दीवार लाँघ ली। दो पल को दीवार के पास साँस लेकर पूनम आगे की ओर भागी। फरीदा के बरामदे में रोशनी नहीं थी। वह दोपहर ही बच्चों के साथ पुश्ते में रह रही अपनी दूर की बहन के घर निकल गई थी। अँधेरे में फरीदा के बरामदे में पहुँचकर पूनम के पूरे बदन में भयानक झुरझुरी-सी उठी। डर और राहत के मिले-जुले भावों से उसका बदन कँपकँपा गया। पूनम नीचे अपने कमरे में आई और गटागट दो गिलास पानी पी गई। उस रात सूरज के लौटने पर भी पूनम गुमसुम रही।

अगले दिन सुबह पूनम का सिर भारी था। बिना खाए-पिए और भारी चिन्ता लिए सोने के कारण उसका सारा बदन टूट रहा था और बिस्तर से उठने का भी उसका मन नहीं हुआ। सूरज सुबह की भागदौड़ में लगा था। एकबारगी पूनम का मन हुआ कि सूरज को सब बात बता दे। उसे जल्दी ही कुछ करना था इससे पहले कि वह आदमी इन लड़कियों को यहाँ से कहीं और ले जाए। पूनम समझ चुकी थी कि काम का झाँसा देकर ही वह इन लड़कियों को यहाँ लाया है। सूरज को चाहकर भी बता नहीं पाई। जानती थी कि सूरज मना ही करेगा। यही कहेगा—"क्या लेना-देना हमें? हम नए हैं यहाँ झंझट हो जाएगा तो कैसे रहेंगे।" सूरज के जाने के बाद पूनम कुछ देर चिन्ता में कमरे में बैठी रही। उसने बाहर देखा तो आदमी कल की तरह अकेला कहीं निकल रहा था। इसका मतलब लड़कियाँ ऊपर ही थीं। कुछ सोचकर पूनम अचानक तैयार होने लगी। साड़ी बदली और बाल सँवारे। उसने तय कर लिया अब थाने जाने के अलावा कोई रास्ता नहीं। आखिर तीन बच्चियों की ज़िन्दगी का सवाल है। पूनम के भाइयों की बच्चियों की उम्र की बच्चियाँ उसे अपने परिवार जैसी लग रही थीं। भोली और मासूम। उसने सोचा कि जल्द कुछ नहीं किया तो इनकी ज़िन्दगी खराब हो जाएगी। अपने कमरे से कदम बाहर निकाला ही था कि कदम एकाएक रुक गए। बाहर किसी ने पूछ लिया कि कहाँ जा रही है तो क्या जवाब देगी? आज

फरीदा भी नहीं थी कि उसे साथ ले लेती। अपने मन में उठ रहे सवालों का जवाब तैयार करती पूनम ने यही सोचा कि यदि कोई पूछेगा भी तो कह दूँगी डॉक्टर के पास जा रही हूँ। रात से तबीयत ठीक नहीं!

"साहब से मिलना था।" थाने पहुँचने पर पूनम ने एस.एच.ओ. के कमरे की तरफ बढ़ते हुए एक सिपाही के सवाल करने पर कहा।

"यहीं इन्तजार कर। साहब देर से आएँगे।" अक्खड़ भाषा बोलता सिपाही अपने काम में लग गया। पूनम वहीं पड़े बेंच पर बैठी रही। बार-बार उचककर गेट की तरफ झाँकती। थोड़ी देर बाद गाड़ी रुकी और एस.एच.ओ. पूनम को दिखाई दिया। बिहारी बिल्डिंग में पूनम के कमरे को लेकर रामवती बुढ़िया के मामले में इसी एस.एच.ओ. ने ही पूनम का साथ दिया था। जैसे ही वह पूनम के करीब से गुजरकर अपने ऑफ़िस में जाने को हुआ पूनम ने हाथ जोड़कर नमस्ते की। एस.एच.ओ. ने उसे पहचानने की कोशिश की और पहचानते ही बोला—"क्या फिर से बुढ़िया से झगड़ा हो गया। दोबारा परेशान कर रही है क्या?"

"नहीं साहब! बुढ़िया तो परेशान नहीं कर रही पर उससे भी बड़ी एक परेशानी आ गई है। तीन मासूम लड़कियों की ज़िन्दगी का सवाल है। आपको कुछ करना होगा।"

"तू भी किन चक्करों में पड़ी रहती है।" एस.एच.ओ. ने पूनम की बात को हवा में उड़ाते हुए कहा।

"साहब! बिहारी बिल्डिंग में दो दिन से तीन लड़कियाँ आई हुई हैं कहती तो हैं चाचा के घर आई हैं पर मुझे शक है कि मामला कुछ और है। मैंने पता लगाया है उनमें से एक तो जाने की कह रही थी। उस आदमी ने लड़कियों को मारा-पीटा भी है। आप अभी चलो मेरे साथ। लड़कियाँ कमरे में ही हैं उन्हें छुड़ाकर उनके घर भेज दो। बहुत भला होगा साहब।" एक साँस में पूनम ने सारा वाकया सुनाकर एस.एच.ओ. से विनती की।

"अभी वो आदमी भी है क्या वहाँ?" एस.एच.ओ. ने पूछा।

"वो रात को ही आएगा शायद।" पूनम ने अनुमान लगाया।

"देख! ऐसा है सिर्फ लड़कियों को ही नहीं बचाना उस आदमी को भी पकड़ना है। तू जा और जब वो आए तो हमें खबर करना।"

"साहब! मैं कैसे बताऊँगी आपको? बार-बार यहाँ आना मेरे लिए कैसे..." पूनम ने अपनी दिक्कत को अधूरे से शब्दों में समझा दिया।

"ठीक है। पुलिस की एक गाड़ी वहीं घूमती रहेगी...बिहारी बिल्डिंग के करीब। रात को आदमी जैसे ही लौटे खबर करना।"

पूनम को एस.एच.ओ. की बात समझ नहीं आई। वह कैसे खबर करेगी? पूनम के चेहरे की चिन्ता भाँपकर थानेदार ने अपनी योजना बताई कि पुलिस की गाड़ी रात होते ही बिहारी बिल्डिंग के नीचे खड़ी रहेगी। आदमी के लौट आने पर पूनम छत से कोई इशारा कर दे या हो सके तो कोई पर्ची लिखकर गाड़ी की दिशा में लटका दे। जिससे समय रहते आदमी भी पकड़ा जाए और लड़कियों को छुड़ाया जा सके।

"साहब! एक बात और...इस मामले में मुझ पर तो कोई मुसीबत नहीं आएगी न?" पूनम ने धीमे स्वर में पूछा तो एस.एच.ओ. ने हाथ से निश्चिन्त रहने का इशारा किया। पूनम को तसल्ली हुई। सब समझकर पूनम घर लौट आई। थाने तक जाने और सारी घटना के बारे में पूनम सोचने लगी कि ऐसे अचानक अकेली कैसे थाने चली गई? सूरज को बिना बताए? उसके बिना अकेले? उसे बड़ी हैरानी हो रही थी। सारा दिन आज उसे आदमी पर चौकस निगाह रखनी थी। हर आहट पर बाहर झाँकती पूनम का दिल धड़कने लगा। बाहर सबका जीवन रोज की तरह सामान्य था पर पूनम की दुनिया में आज कुछ भी सामान्य नहीं था। बिना खाए-पिए एक टांग पर पूनम दरवाज़े तक जाती और लौट आती। बाहर पुलिस की गाड़ी का सायरन उसे सुनाई दिया। पूरे दिन आदमी के लौटने की राह देखते शाम ढलकर रात हो चली। पूनम के लिए वह कयामत की रात थी। थोड़ी देर बाद उसने देखा वह आदमी एक औरत के साथ लौटा है। अब पूनम के इम्तिहान की घड़ी थी। पूनम ने कागज़ की पुर्जी पर आदमी के आने की बात लिखी। कुछ सोचकर आले में देखा तो किताबों के बंडल बाँधने की सुतली का गोला था। उसने झटपट उसे उठाया और छत की ओर भागी। छत से नीचे देखा वहाँ कोई गाड़ी नहीं थी। पूनम का दिल बैठने लगा। कुछ देर वहीं रुककर पूनम इन्तजार करती रही। अजीब-सी हालत थी पूनम की। सौ सवाल मन को घेरे थे। अचानक उसे गाड़ी का सायरन सुनाई दिया। छत से झाँका तो नीचे एक पुलिसवाले को ऊपर देखते हुए पाया। पूनम ने आनन-फानन में छत पर पड़े एक पत्थर को उठाकर सूचनावाले कागज की पुर्जी में लपेट दिया और उसे सुतली से बाँधकर नीचे लटका दिया। सूचना पहुँचाकर पूनम नीचे आ गई। बिल्डिंग के सारे काम अपनी गति से चल रहे थे। कमरे में सूरज उसका इन्तज़ार कर रहा था। इससे पहले कि उनमें कोई बात होती पाँच-सात पुलिसवाले डंडे-बन्दूकों के साथ बिल्डिंग में घुस आए।

अचानक इतनी पुलिस को देखकर आँगन में हल्ला-सा मच गया। हल्ला सुनकर घर के अन्दर के लोग भी बाहर निकल आए। पुलिसवाले सीधा ऊपर गए। ऊपर मचे शोर-शराबे के बाद पुलिस ने उस आदमी को धर दबोचा। उसके साथ की औरत को गिरफ्तार किया। तीनों बच्चियाँ उसके शिकंजे से आज़ाद करा ली गईं। पूनम ने उन लड़कियों की तरफ प्यार से देखकर चैन की एक गहरी साँस भीतर खींची। अब आसमान बेहद साफ था और बिहारी बिल्डिंग की हलचलें शान्त थीं। सबको गाड़ी में बिठाकर पुलिस वहाँ से चली गई। बिल्डिंग में सब लोग काम छोड़कर उस आदमी की असलियत जानकर उसे गालियाँ देने लगे। एक बुरा आदमी उनके पड़ोस से चला गया इसकी भी सबको खुशी थी। पूनम की मुस्कुराहट रोके नहीं रुक रही थी। सूरज की नज़र पूनम पर पड़ी तो कल तक पीले पड़े चेहरे पर चमकदार मुस्कान देखकर वह चौंका। ऐसी मुस्कान जो हँसी के झरने को अपने भीतर की कैद से आज़ाद कर रही थी। उसने पूनम को गौर से देखा। पूनम भी सूरज को देख रही थी। एक झटके में सारा मामला सूरज की समझ में आ गया। हैरानी सूरज के माथे की सिकुड़ गई रेखाओं से, गुस्सा उसके होंठो के खिंचाव से और प्यार उसकी नमी भरी आँखों से पूनम के लिए व्यक्त होने लगा। बदले में पूनम की आँखों की नमी में झाँकता प्यार था। अनेक रंग सूरज के चेहरे पर सज गए। पूनम मुस्कुराती रही। सूरज उसके करीब आया और बोला—"मानी नहीं न तू... लाख मना करने पर भी। करके रही न अपने मन की।" सूरज की बात पर पूनम और मुस्कुराई। कमरे में लौटकर सूरज ने पूनम से एक ही बात कही—"कल की पूनम कानपुरिया अब झाँसी की रानी बन गई है।"

गति

प्रकृति की कोख में जादू-टोने का कोई अजब संसार समाया है। अनगिनत रहस्य सतह पर जितना चमत्कृत करते हैं सतह से नीचे उससे कहीं अधिक। एक लम्बा समय लेकर कभी सामने आ जाते हैं तो कभी सतह पर ही कुंडली जमाए बरसों-बरस, युगों तक मौन रहते हैं। उद्दाम वेग से पहाड़ के सीने से टकराकर धरती की सतह पर उतरती नदी की समूची यात्रा, देखनेवाले के लिए किसी जादू से कम नहीं। खूबसूरती देख लेनेवाली निगाहें ही आदमी और प्रकृति दोनों को खास बना देती हैं। इसी निगाह से कहीं यमुना यम-छाया की बेटी और यमराज की बहन है तो कहीं कालिन्दी। कहीं साँवले कान्हा की प्यारी काली यमुना तो कहीं सूर की कविताई में समाई यमुना। संगम में गंगा से मिलती यमुना। ताजमहल के पीछे बहती यमुना। इंसान हो या नदी दोनों का एक ही धर्म है बढ़ना। यह प्रवाह न रहे तो दोनों अपनी पहचान खो बैठें। यह गति ही इंसान और नदी की मति है। तीन नदियों के संगमवाली सरस्वती कबकी अपनी पहचान खो चुकी। संगम का नाम आज भी जीवित है। कुम्भ और मेले-ठेले आज भी चल रहे हैं पर सरस्वती की धार अब कहाँ? दूरदराज की अपनी बहनों से बिछड़ी नदी आज केवल एक नाम भर है।

पुश्ते में आज छठ पर्व मन रहा था। यमुना का किनारा सूरज की पहली किरण के इन्तजार में कबसे जागा था। पुश्ते की अपनी बस्तियों में छठ मनानेवाले कुछ परिवार खादर के किनारे खड़े थे और पुश्ते के दूसरी तरफ आसपास के इलाकों के कई लोग मौजूद थे। छह दिन पहले ही यहाँ दीवाली की रौनक रही। पुश्ते में लोगों के धर्म-जाति-क्षेत्र भले अलग हों पर पर्व सबके साझे थे। नेचू के घर की चौखट से दीवाली निकली तो राधा के आँगन में छठ बनकर उतर गई। इधर छठ विदा होगी तो मुनमुन-सलीम और रफीकुद्दीन के घर ईद का चाँद उतर आएगा। आज छठ के दिन नहाए-खाए और खरना के बाद कुछ औरतें

पूरे साज-शृंगार में यमुना में उतरी हुई थीं। डेढ़ दिन से भूखी-प्यासी इन औरतों के साथ परिवार यहाँ जुटे थे। आसमान की नीलिमा और काली यमुना के साथ घाट पर जीवन के अनेक रंग बिखरे थे। पर्व कोई भी हो जेब के मुताबिक मना लिए जाते हैं। आज यमुना के किनारे मौजूद पुश्ते के लोगों की खुशी का एक हिस्सा जेब ज़रूर थी पर बाकी बचे तीन हिस्से थे—उनका जोश, उनकी उमंग और तरंग। मुँह अँधेरे ठंड में यमुना के जल में खड़ी यह औरतें जीवट की जीती-जागती प्रतिमाएँ लग रही थीं। माथे से माँग तक भरे सिंदूर को प्रमाणित करती यह सभी न जाने कबसे घर-परिवार की सलामती के लिए हारी-बीमारी की हालत में भी नियम-कायदे और तीज-त्योहार निभाती चली आ रही थीं। दुख हो या सुख गीतों में उन्हें गाती यह जीवन के राग को मजबूती से पकड़े हैं। आज सूरज की पहली किरण के साथ यमुना में डुबकी लगाकर सूरज और छठी मैया का ध्यान करके घाट पर आई औरतों ने पर्व पूरा किया। आसमान में पटाखों का शोर था और घाट पर लोगों की खुशी का रंग बिखर गया। पूजा के बाद पूजन सामग्री लिए सब लोग घर लौटने लगे।

"राधा! सारे ठेकुए अकेली हजम कर जाएगी या हमें भी देगी?" संजय अमर कॉलोनी में राधा के कमरे के बाहर खड़ी मुनमुन ने शाम को काम से लौटकर आवाज़ लगाई। बिहार के कटिहार जिले के आलमपुर गाँव से राधा दिल्ली आई थी। मुनमुन भी शादी से पहले सिवान रही थी तो छठ का पर्व भला उससे कैसे छूटता? दिल्ली आकर राधा, पड़ोस में रह रही मुनमुन की सहेली बन गई । मुनमुन के साथ अमीना भी ठेकुओं के लालच में चली आई। दो मिनिट जवाब के इन्तज़ार में बाहर खड़ी रहकर द़ोनों ने दरवाज़ा धकेला और भीतर चली आईं। भीतर का नज़ारा देखकर दोनों दंग रह गईं। सर पर रूमाल बाँधे राधा कोने में बैठी थी। दो दिन से जिस जतन से व्रत का प्रसाद बना रही थी वह फर्श पर बिखरा पड़ा था। सुबह घाट पर ले जानेवाले गन्ने, सेब, केले सभी दुर्गत झेल रहे थे। राधा का पति लल्लन घर पर नहीं था। पूजा के बाद ही अपने ढाबे की तरफ निकल गया था।

"क्या हुआ...?" मुनमुन सब जान गई पर फिर भी चुप्पा बैठी राधा को हिलाते हुए उसने पूछा। राधा की नई पीली साड़ी पर सिलवटें जमा थीं, नई पहनी चूड़ियों के टुकड़े फर्श पर बिखरे थे। आँखों से बहते दुख से सुबह का सारा साज-शृंगार काली-लाल रेखाओं में चेहरे पर फैल चुका था। राधा का चेहरा कुरूप लग रहा था पर उसकी माँग का सिंदूर हर दुख से परे दिपदिप कर रहा था।

"छठी मैया गुस्साई हैं हमसे। कोई भूल-चूक हो गई हो तो माफ करना मैया।" कराहती राधा ने आसमान की तरफ हाथ जोड़कर रोते हुए कहा तो पास खड़ा उसका बेटा सहम गया।

"पागल है क्या राधा? कितने मन से पर्व किया है। रो मत।" अमीना ने आगे बढ़कर दुखी राधा को सहारा दिया और बच्चे को सीने से चिपटा लिया। मुनमुन कोने में खड़ी सोचती बोली—

"भूल तो औरत का जनम लेना है। राधा! यह जनम तो भाग में लिखा है।" राधा के गाल पर पिटाई से उछर आई उँगलियों के निशान मुनमुन को साफ दिख रहे थे। ऐसे निशान जिन्हें देखकर मुनमुन के हिस्से के पुराने जख्म भी हरे हो गए। उन्हें बताकर राधा के ज़ख्मों पर नमक छिड़कने का कोई फायदा नहीं था। मुनमुन जानती थी लल्लन ने आज फिर उसे पीटा है। कारण से भी बेखबर नहीं थी। कोई दिन हो पियक्कड़ लल्लन को अपनी खुराक चाहिए ही चाहिए।

"उठ बैठ...कुछ खा-पी। दो दिन से भूखी है। कोई फर्क नहीं पड़ता तेरे देवता को कि तू यहाँ दुखी है। रो रही है। उसके आने और मनाने की राह देख रही है। ऐसा है इस जनम की तो जो हो गई अगले जनम में लल्लन बनकर तू भी पीट लियो अपनी राधा को।" कहते हुए मुनमुन ने कमरे में फैले सामान को उठाया और स्टोव जलाकर राधा के लिए चाय चढ़ा दी। चाय के संग पूजा के सामान से निकालकर एक ठेकुआ और खाजा भी थाली में रखकर राधा को दिया। चाय के साथ कुछ खाकर राधा की जान में जान आई। उठकर मुँह धोया। तकलीफ के बावजूद पहले से ठीक लगने लगी। तीनों कमरे के बीच की खाली जगह में साथ बैठ गईं।

"मुझे अगर लल्लन का जनम मिला तो प्यार से नहला दूँगी अपनी राधा को।" राधा कुछ सोचते हुए बोली। मुनमुन और अमीना उसे देखते रह गए।

"नौमान का अब्बा सबके सामने व्यवहार में बड़ा शरीफ है। चूँ नहीं निकलती किसी के सामने। सब उसकी तारीफ पीठ पीछे भी करते हैं पर आ जाए गुस्सा तो सामने परसी थाली लात मारकर फेंक दे। अकेले में ऐसी गन्दी गाली देता है कि कान में मवाद का फोड़ा-सा बहने लगे। पहले बिल्कुल ऐसा नहीं था। गुस्सा करना उसने जाना ही नहीं था। उन्नाव से चला था तो कुछ और था यहाँ न किसी बड़े का साया, न किसी का डर। यहाँ आकर बदल गया। मन का बुरा नहीं है पर जिस दिन आपा खो बैठता है उस दिन तो बस..." अमीना ने रफीकुद्दीन की पोल खोल दी।

"मैं भी कहाँ भूली हूँ जब तक दरियागंज का काम नहीं पकड़ा था तब तक बात-बेबात सलीम कोई न कोई दोष निकाल ही देता था काम में। मैं खामखां पिटती पर जबसे काम पकड़ा दो पैसे आए तो कुछ इज्जत-सी बन गई। पीटता तब भी था पर जरा कम पर नौटंकी का खेला जिस दिन पूरा हो जाता तो निकाल लेता सारी कसर। मेरा सूजा शरीर और नीली देह देखकर सुगन्धा दीदी एक दिन चली आईं और सलीम को थाने ले जाने की धमकी दी। तबसे डरता है उनसे। जीवन की गति न्यारी है। अब चीखता भले हो मारता नहीं...पर उन दिनों की याद पीछा नहीं छोड़ती... देह के निशान भले गायब हो गए मन के निशान तो कभी न कभी हरे हो ही जाते हैं।" मुनमुन का स्वर हताश हो गया। अमीना और मुनमुन की कहानी सुनकर राधा भी गमगीन हो गई।

"अब ऐसे समझाएगी तू इसे?...ऐसा मुँह बनाकर?" अमीना ने मुनमुन को इशारा किया तो मुनमुन के चेहरे का रंग बदला।

"कंजूस कहीं की। इतनी देर से तेरी सेवा कर रहे हैं और मेवा भी न देगी? निकाल ठेकुए।" मुनमुन और अमीना की ज़िन्दादिली ने कमरे का दुख हर लिया। फर्श के बिखरे जिन ठेकुओं को मुनमुन ने थाली में रख दिया था उन ठेकुओं को साड़ी से पोंछकर राधा ने बराबर-बराबर अमीना और मुनमुन में बाँट दिया।

❄

बिहारी बिल्डिंग में फरीदा अपने छोटे बेटे आसिफ को लेकर चिन्ता में थी। दो साल का आसिफ पूरी तरह बोल नहीं पाता था। उस पर मुसीबत यह कि आए दिन कभी चोट लगा बैठता तो कभी बीमार पड़ जाता। रशीद से फरीदा न जाने कितनी बार यह बात कह चुकी थी पर या तो उसने कभी परवाह नहीं की या फिर काम का हर्जा न होने से यह कहकर टाल दिया —"तू टेन्सन मत ले कितने बच्चे देर से बोलते हैं...हो जाएगा यह भी ठीक... पिछली बार सीलमपुर के वैद्य से पुड़िया लाया था। वही लेता आऊँगा।" टालमटोल करते रशीद के आगे फरीदा ने आज जिद पकड़ ली। बहलाने-फुसलाने की सारी हदें पार हो गईं तब उसने आसान रास्ता खोज निकाला। कल चलकर इमाम साहब से कहेंगे दम फूँक दें। अम्मी कहती हैं छोटे बच्चों को जल्दी नजर लग जाती है। उसकी बात सुनकर फरीदा को जरा तसल्ली हुई।

अगले दिन दोपहर का समय था। सर्दी पूरे शबाब पर आई नहीं थी और गर्मी रुखसती के नाम पर मुँह बना रही थी। खाना खा चुकने के बाद साबरी मस्जिद कुछ सुस्त हाल थी। दोपहर की नमाज़ अता हो गई थी और शाम की नमाज़ में अभी वक्त था। इमाम साहब कुर्ते और तहमद में मस्जिद के पीछे के हिस्सेवाली धूप में अपने रोज के चाहनेवालों के संग दुनिया-जहान की बातों में मसरूफ थे। अक्सर उनके सुनाए-बताए लम्बे-लम्बे किस्सों में शाम हो जाती। उन्हें देखकर ही लग रहा था भले उम्र सत्तर साल की हो पर खूबसूरती ने उनका दामन नहीं छोड़ा। बाल लगभग सफेद थे। ज़रा लम्बे। सिर पर भूरे रंग की शनीली ऊँची टोपी फब रही थी। लम्बा बदन, गोरा चेहरा। बड़ी-बड़ी बोलती आँखें। लम्बी नाक और गालों पर भरी सफेद दाढ़ी। उनके दाँत एकदम दूधिया अभी-अभी दँदासा किए हुए। कुर्ते के सफेद रंग को मात देते हुए। बदन पर नीले चैक की तहमद नई-सी लग रही थी। उसका कलफ अभी पूरी तरह छूटा नहीं था। पैरों में लैदर की पुरानी चप्पलें थीं। चेहरे पर जो दमक उन्हें इमाम का रुतबा दे रही थी उनके पैर देखकर कोई भी जान सकता था ज़िन्दगी ने इनके कम इम्तिहान नहीं लिए हैं। लम्बे पैरों में जगह-जगह काले-गहरे निशान थे। एड़ियों की तरफ की खाल मोटी थी पर कुल-मिलाकर पूरी शख्सियत शानदार थी। बोली का सलीका ऐसा कि अदब के सारे हर्फ पढ़ लिए हों। दिलकश, मर्दाना आवाज़ और शहद में डूबे अल्फाज़-यानी आग और पानी एक साथ। चेहरे का नूर ज़ुबाँ से बयाँ होकर सीधा दिल पर दस्तक दे। शब्द उनके भले ही सीधे सादे थे पर बातें रूह की गहराई से निकलती थीं। सादे पैरहन में जैसे कोई खास शख्स। इमाम साहब लड़कपन में ही मुरादाबाद से दिल्ली चले आए। सारी तालीम जामामस्जिद के रहनेवाले अपने मामू से पाई। बोली में मुरादाबाद की तरह इलास्टिक-सा खींचा हुआ ढब न था। पकड़ में आ जाए वह खास मुरादाबादी लहज़ा सिरे से गायब था। जाने को जाना ही कहते थे कभी किसी ने उन्हें बोलते नहीं सुना—"मैं न जन्ने का।"

"इमाम साहब..." कुछ सकुचाते हुए फरीदा, रशीद के संग धूप के निशाँ पाती इमाम साहब के पास आ खड़ी हुई।

गर्दन उसकी ओर घुमाते शब्दों को ज़ाया न करके इमाम साहब ने सिर हिलाकर आने का कारण पूछा।

"बेटा दो दिन से बीमार है... न हँसता है, न ढंग से खाता है।" फरीदा ने धीमे से कहते हुए गोद में लिए हुए आसिफ को उनके आगे कर दिया।

“दो साल का हो गया है पर कुछ बोलता नहीं। इसकी उमर में हमारे दो बच्चे तो निरे बातूनी थे।” रशीद ने असली बात जोड़ दी। इमाम साहब आसिफ को गौर से देखकर कुछ बुदबुदाने लगे। बामुश्किल मिनिट बीता होगा कि उनका बुदबुदाना बन्द हुआ और आसिफ के चेहरे के इर्द-गिर्द फूँक मारी फिर आँखों से उन्हें जाने का इशारा किया। फरीदा ने रशीद को देखा। उसने भी शब्द न खर्चे। आँखों से चलने को कह दिया। गोद में कसमसाते आसिफ को फरीदा ने पुचकारा। इमाम साहब ने दम फूँक दिया था। रशीद को काम पर जाने की जल्दी थी। उसने बिहारी बिल्डिंग की ओर मुड़ी फरीदा को वहीं छोड़ा और यह कहकर चला गया—“बड़ा शफा है। तू चिन्ता नहीं कर आसिफ ठीक हो जाएगा।”

फरीदा घर की तरफ बढ़ी तो उसे पूरा भरोसा हो चला था कि जल्दी ही आसिफ बोलने लगेगा। बिल्डिंग में घुसते ही आसिफ गोद से उतरकर तेजी से पूनम के घर की ओर दौड़ गया। पीछे भागती फरीदा को बीच में ही सुखचैन मिल गई। आसिफ की समस्या की बात हो ही रही थी कि पास खड़ा हरियाणा का रहनेवाला दिनेश बीच बातचीत में टपक पड़ा। “झाड़-फूँक अपनी जगह, जैसी तुमने सही समझी पर एक दिन गुडगाम्मा हो आइयो जी। वहाँ शीतला माता के मन्दिर में धोक देकर चाँदी की जीभ बनवाकर बालक के नाम से चढ़ा दो। दो दिन में बालक न बोल पड़े तो नाम बदल देना जी मेरा। घणी मानता है वहाँ की।” दिनेश ने ज्ञान बघारा।

“किसका नाम बदल रहा है?” पूनम पीछे से आसिफ के साथ आती हुई बोली।

तीन औरतों के बीच अकेला रह गया दिनेश वहाँ से चलता बना। सारा माजरा जानने के बाद पूनम बोली—“फरीदा! एक बार चलकर डॉक्टर को भी दिखा ले आसिफ को। इतनी पढ़ाई किए डॉक्टर भी कुछ तो सही बतलाएँगे?” पूनम की सलाह पर सुखचैन ने हामी भरी।

“होर नी तो। इक बारी ये वी सही।” सुखचैन ने पूनम का साथ दिया।

अगले दिन सूरज के जाते ही फरीदा, पूनम के पास आई। चेहरे पर हवाइयाँ उड़ रही थीं। उसने आते ही पूनम का हाथ पकड़ लिया। पूनम को लगा आसिफ फिर से बीमार पड़ गया है पर बात कुछ और ही थी। कल रात को ही फरीदा को पता चला था पुश्ते में रहनेवाली उसकी खालाजाद बहन का हमल गिर गया है। बात सिर्फ इतनी ही नहीं थी। मेरठ से काम की खोज में दिल्ली आए फरीदा की बहन के पति दिलशाद ने रात को उसे और उसके चार साल के बेटे

करीम को भी बुरी तरह पीटा था। बात कल रात की ही नहीं थी अक्सर आयशा उससे मार खाती। जब भी ऐसा होता अगले कुछ दिन बिस्तर से उठ नहीं पाती थी ऐसे में फरीदा ही उसके घर खाना-वाना बना आती। बहन और बच्चे की देखभाल भी करती। इस बार इस समस्या का कोई पक्का हल खोजने के लिए फरीदा, पूनम को पुश्ता ले जाना चाहती थी। पर पूनम ही क्यों? पूनम को कारण समझ नहीं आया। उसने आना-कानी भी की पर फरीदा ने हाथ जोड़ दिए तो क्या करती। फरीदा को बिहारी बिल्डिंग में लड़कियोंवाली घटना के बाद पूनम पर पूरा भरोसा हो चला था। फरीदा के बहुत कुरेदने पर पूनम ने उसे सच वता दिया था और बिहारी बिल्डिंग के लोगों को भी अन्दाज़ा लग गया था कि हो न हो उसके पीछे पूनम का ही हाथ रहा था। फरीदा को यकीन था आयशा की मुश्किल पूनम ही ठीक कर सकती है।

पिछली बार पुश्ते में नेचू के घर जाने पर पूनम को जो मस्ती का माहौल मिला था आज माहौल बदला हुआ था। नेचू की ढोलक बस्ती की तरह यह बस्ती भी गन्दगी और कूड़े के ढेर पर जिन्दगियों को ढो रही थी। विजयघाट के पीछे की यह इन्दिरा कॉलोनी थी। संजय अमर कॉलोनी के नज़दीक। यहाँ भी संजय अमर कॉलोनी की तरह अधिकांश आबादी मुस्लिम ही थी। आयशा के कमरे में नेचू के कमरे की तरह सुख नहीं बरस रहा था। चारपाई पर अधमरी-सी पड़ी आयशा का चेहरा एकदम पीला था। होठों पर पपड़ी की कई तहें फूली हुई थीं जिनमें एक जगह खून सूखकर जमा था। हाथ-पैर में कोई जान बाकी नहीं थी। उसके पास ही उसका हड़ीले बदन का बेटा करीम भी खड़ा था। बेतरतीब कपड़ों में। चेहरा जैसे कई दिनों से धुला न था। बाल एक-दूसरे में उलझे धूल से भरे थे और गाल पर रोने की वजह से आँसुओं की लकीरें साफ दिखाई दे रही थीं। फरीदा और उसके बच्चों के संग पूनम को देखकर आयशा ने उठकर खुद को ठीक करने की कोशिश की पर नाकाम रही।

"लेटी रह...ये अपनी ही है...बताई नहीं थी मैंने...अरी! पूनम...वही है।" फरीदा ने उसे लिटाते हुए कहा। प्यार लुटानेवाली खाला को बीमार-सा देखकर फरीदा के बच्चे सहम गए। वहीं डरा हुआ करीम, फरीदा की कमर पर बाँहों का घेरा डालकर लिपट गया। फरीदा ने उसे प्यार से सहलाया और सभी बच्चों को कोने में बैठा दिया। चारपाई के पैताने पूनम भी सिमटकर बैठ गई। इतने में फरीदा कड़वा तेल गर्म करके कटोरी में ले आई और आयशा के हाथ-पैर पर मलने लगी। आयशा की आँखों की कोर से आँसू बह रहे थे। तकलीफ में जब तक कोई सहारा नहीं मिलता इंसान को हिम्मत का भरम रखना

पड़ता है पर सहारा मिलते ही हिम्मत का भरम आँसुओं को रोक रहे बाँध के साथ टूट जाता है। रोती-सिसकती आयशा को फरीदा ने अपने कलेजे से लगा लिया। हताशा में आयशा केवल रोए जा रही थी और फरीदा उसे सीने से सटाए पीठ पर थपकी देती जा रही थी। आयशा की हिचकियाँ बंध गईं। आयशा को संयत होने में कुछ समय लगा। पूनम को कुछ समझ नहीं आ रहा था कि वह क्या करे?

"देख आयशा! मन की सारी बात आज बता दे इसे। इसके पास सारी तकलीफों का इलाज है।" फरीदा की इस बात पर न सिर्फ आयशा उसे ताकने लगी बल्कि पूनम भी चौंक पड़ी।

"बता भी दे.." फरीदा ने आयशा के सर पर हाथ फेरते हुए इसरार किया।

"औरत के दुख-दर्द भला किस औरत से छिपे हैं। जगह कोई बदल लो नहीं बदलती तो बस औरत की जिन्दगी। फूटे करम हैं पिछले जनम के और क्या?" कहते हुए आयशा फफककर फिर रो पड़ी।

आँसू नहीं दुख का सैलाब था जो बार-बार किनारा तोड़कर भाग रहा था। पूनम उसके दुख को देखकर हिल गई। पैरों को हाथों से सहलाने लगी तो आयशा ने संकोच में पैर खींच लिए।

"देह धरे के दुख हैं बहन औरत की देह धरने के।" प्यार का परस पाकर आयशा खुलने लगी।

"वहाँ मेरठ में भी पीटा करे था दिलशाद पर यहाँ आकर तो पूरा राच्छस हो गया दिन भर धुनाई और रात में देह की कुटाई। बेलिहाज को इतनी भी परवाह नहीं कि जिस औरत को आधे घंटे पहले पीट रहा था उसी की देह को निचोड़ने चला आया। बेमन से चुप रहो तो भली, चीखो तो फिर जूतमपैजार। यह कहाँ का उसूल है? आदमी है तो इसे खाने-पीने-जीने की पूरी आजादी है और मैं? किसी से दो घड़ी बोल-बतिया लूँ तो मैं बेशर्म-बेहया? कुछ बोलो तो मुसीबत, इसे रोको तो मुसीबत, बच्चा न ठहरे तो मुसीबत और इसकी कुटाई से हमल गिर जाए तो मुसीबत। तीन बार हो चुका है। पुश्ते की डाक्टरनी ने कहा है पति से दूर रहो पर कैसे रहूँ? जी करता है जहर खा लूँ या कूद पड़ूँ इसी यमुना में... अब तो इस बच्चे की जान के पीछे भी पड़ा रहता है।" आयशा ने करीम की ओर इशारा करते हुए कहा। उसका दुख पानी जितना साफ था। उसमें किसी बात की पर्दादारी नहीं थी।

कमरे की दीवारें दो घड़ी को मौन हुईं। फरीदा ने ही चुप्पी तोड़ी—"पूनम! तू ही कुछ कर नहीं तो मर जाएगी मेरी बहन।" फरीदा ने अबकी पूनम के घुटनों

पर हाथ रखकर भीख माँगी। पूनम की आँखें में हैरानी थी कि आखिर वह इस मामले में क्या कर सकती है।

"थानेदार से तेरी अच्छी पहचान है। तूने ही बताया था मुझे कि दो बार उसने तेरी मदद की है। एक बार और...बस इसकी नैया भी पार लगा दे। तुझमें बड़ी हिम्मत है पूनम।" देर तक मामले पर पर्दा डाल रही फरीदा ने एक साँस में पूनम को यहाँ लाने का मकसद समझा दिया।

"दो-चार दिन थाने में रहेगा तो अक्कल ठिकाने आ जाएगी।" फरीदा की इस बात पर आयशा कुछ नहीं बोली। उसकी खामोशी बता रही थी कि पति के प्रति प्यार का कोई रेशा उसके मन में बाकी नहीं रहा है।

"बोल न पूनम! करेगी न बात?" फरीदा ने उसे झकझोरा। आयशा की सूनी आँखों में भी एक उम्मीद जागने लगी।

"अ हाँ.." हामी भरते हुए भी पूनम सोच में डूब गई। कुछ देर में फरीदा ने आयशा का खाना बनाया। कपड़े धो दिए। करीम को नहला दिया। बर्तन माँज दिए। कमरा साफ-सुथरा कर दिया तो आयशा ने संजय अमर कॉलोनी की बस्ती में बने छोटे-से अस्पताल की डॉक्टर से दवा लाने के लिए कहा। उसकी दवाई खत्म हो गई थी। सिरहाने डॉक्टर का लिखा कागज निकालकर आयशा ने फरीदा के हवाले किया। कॉलोनी के बाहर बैठे लोगों से रास्ता पूछती फरीदा बच्चों और पूनम के साथ डॉक्टर के पास पहुँची। रास्ते में ही पूनम ने आसिफ को डॉक्टर को दिखा लेने की बात की रट पकड़ ली। डॉक्टर के पास कई लोग थे। जब तक दूसरों को न देखो अपने ही दुख सबसे ज्यादा लगते हैं। डॉक्टर के पास तो कई लोग अपने-अपने दुख लेकर बैठे थे। पूनम ने देखा वहाँ एक और औरत भी बैठी थी जो सबसे अलग लग रही थी। पुश्ते से बाहर की रहने वाली। सलीके से पहनी साड़ी में काफ़ी सुन्दर दिखनेवाली वह औरत एक रजिस्टर में मरीजों के बारे में न जाने क्या लिख रही थी। पुश्ते की औरतों के बच्चों और उनकी तकलीफों के बारे में डॉक्टर उसे कुछ बता रही थी और वह औरत उन्हें लिख रही थी। फरीदा के कागज पर दवा बदलकर डॉक्टर ने दवाखाने की ओर इशारा किया। पूनम ने लगे हाथ आसिफ को आगे ठेल दिया। पूरी बात सुनकर डॉक्टर ने आसिफ का मुँह खुलवाया।

"इसे गोद में ले लो। थोड़ा खून आएगा पर बच्चा ठीक हो जाएगा।" कहकर डॉक्टर ने झटपट आसिफ के मुँह में जबान के नीचे की एक झिल्ली ब्लेड लेकर ज़रा-सी काट दी। दर्द से आसिफ रोने लगा। उसके मुँह से खून

निकल रहा था। फरीदा से देखा नहीं गया। पूनम ने आगे बढ़कर नन्हें आसिफ को सँभाला। काटे गए हिस्से को साफ करके डॉक्टर ने दवा लगा दी।

"देखना! आसिफ अब ठीक हो जाएगा तू न जाने किन नीम-हकीमों के चक्करों में पड़ी थी।" पूनम ने फरीदा से कहा। उसकी बात सुनकर डॉक्टर के पास बैठी उस औरत ने सिर उठाकर उन्हें देखा फिर बोली—"यही तो सारी समस्या की जड़ है। जब डॉक्टर यहाँ आती हैं तो क्यों नहीं दिखाते? असली समस्या है नीम-हकीमों के चक्करों में पड़े रहना।" उस औरत ने पूनम और फरीदा की ओर देखा तो फरीदा ने सर झुका लिया।

"यह बच्चे पढ़ते हैं?" सवाल उसी औरत ने फरीदा के बच्चों को देखकर किया।

"जी! यही पढ़ाती है...पूनम नाम है इसका।" पूनम की ओर इशारा करती फरीदा की आवाज़ में अबकी जोश था।

"तुम टीचर हो?" उस औरत ने पूनम की ओर देखकर कहा।

"नहीं वह बस ऐसे ही।" पूनम ने बात साफ की।

"अच्छा करती हो। सारी सरकारें लोगों की तरक्की की बात करती हैं पर असली तरक्की पैसा कमाना भर नहीं ज्ञान कमाना है। अच्छा कर रही हो जो तुम पुश्ते में अपने आप काम कर रही हो।" औरत बोली।

"न जी! हम पुश्ते में नहीं रहते। यह तो अपनी बहन के यहाँ आए थे। आयशा है न...उसका इलाज यहाँ से चल रहा है, उसी की दवा लेने। हम तो वहाँ बिहारी बिल्डिंग में रहते हैं। शास्त्री पारक...ये पूनम है। बच्चों को पढ़ाती है और बड़ी हिम्मतवाली है। बिहारी बिल्डिंग में भगाकर लाई गईं तीन लड़कियों के लिए यही अकेली थाने दौड़ती रही तब वह लड़कियाँ अपने घर नहीं पहुँचीं।" पूनम ने आँखों ही आँखों में फरीदा को डपटा। उस औरत ने पूनम को मुस्कुराकर देखा।

"देखो पूनम! हमारी संस्था है जनमंच और मेरा नाम सुगन्धा है। पुश्ते के बच्चों, औरतों और बूढ़ों को पढ़ाना, उनके स्वास्थ्य और अधिकारों के लिए यहाँ बहुत से संगठन काम कर रहे हैं। अब इतनी आबादी किसी एक संगठन के बस की बात तो है नहीं। कुछ काम हम भी अपनी तरह करते हैं। जहाँ तक तुम्हारी बात है जब तक तुम बड़े स्तर पर काम नहीं करोगी काम नहीं बनेगा। बिहारी बिल्डिंग के चन्द बच्चों को पढ़ाती ही हो तो क्यों न किसी स्कूल में पढ़ाओ। यहाँ तो बहुत-से बच्चे हैं। इस इलाके में बच्चों के लिए स्कूल भी कम हैं और पढ़ानेवाले भी कम। दूसरे ज्ञान का यह काम समाज सेवा का काम है। तुम

अपने घर में दिया जलाकर दुनिया में उजाला नहीं कर सकतीं बाहर निकलकर उजाला फैलाना होगा। मैं लगभग रोज ही यहाँ आती हूँ। यदि तुम ठीक समझो तो हमारे साथ जुड़ जाओ। न भी जुड़ो तो भी कभी मदद चाहिए तो मैं यहीं मिलूँगी तुमको। एक-एक कदम बढ़ाकर हमने यहाँ अपने और इन सबके लिए रास्ता बनाया है।" कहते हुए सुगन्धा ने पूनम के कन्धे पर हाथ रखा।

पूनम को सुगन्धा की बातें बहुत अच्छी लगीं। एक बेचैनी जो उसे भीतर तक परेशान किया करती थी उसके समाधान की ओर सुगन्धा ने संकेत कर दिया। पूनम की आँखों के आगे अनेक बच्चों की सूरतें घूम गईं। आसपास सब्जी बेचनेवालों के धनिया गड्डी आदि लेकर सड़क पर उन्हें बेचते बच्चे। पुश्ते के वे जरा-जरा से बच्चे जो पढ़ने की उम्र में पिता के संग काम सीख रहे हैं या आवारा फिर रहे हैं। इन सब चेहरों में उसे अचानक फिर सुगन्धा की काम करती छवि दिखाई दी। सुगन्धा की छवि उभरते ही पूनम के मन की धरती पर एक संकल्प का बीज पड़ गया कि उसे भी जीवन में कुछ करना है।

घर लौटते समय पूनम दिन भर की बातों के बारे में सोचने लगी। डॉक्टर के पास बैठी सारी औरतों के चेहरे उसे तकलीफज़दा लगे। सबकी समस्याएँ भी लगभग एक सी। वहाँ एक नहीं अनेक आयशा थीं। जाति-धर्म से परे। सब दुखों की मारी। कोई पति के जुल्मों की कहानी देह पर लिए बैठी हैं तो कोई गर्भ गिरने का दुख। कम पैसा और अधिक बच्चे। पढ़ी-लिखी-अनपढ़, बेरोज़गार-रोज़गारवाली सबकी एक-सी परेशानियाँ। सभी आयशाएँ गन्दगी, बीमारी, तंगी और न जाने किन-किन अभावों को झेलती जीवन जिए जा रही थीं। कितनों के चेहरे आयशा से मिलते-जुलते थे जिनमें जीने की कोई रोशनी दिखाई नहीं दे रही थी। पूनम के माथे पर बल पड़ गए। यह औरतें ही नहीं इनके परिवार के आदमियों और बच्चों का जीवन भी कैसा है। रोज कुँआ खोदो पर पानी पूरा नहीं पड़ता और प्यासे बच्चे भी जल्द प्यास बुझाने को अपने हिस्से के कुँए खोदने को तैयार हो जाते हैं। उसने एक बात को बहुत गहराई से महसूस किया कि हर इंसान यही समझता है कि जो मेरे साथ नहीं होता वह दुनिया में जैसे होता ही नहीं पर जैसे ही आँख खोलकर बाहर देखता है दुनिया अलग तरह की दिखाई देने लगती है। दुख और अपमान में डूबे लोगों से दुनिया का चेहरा ही बदल जाता है। यही क्यूँ उस दुनिया की तकलीफें देखनेवाले चन्द लोगों की दुनिया भी बदल जाती है। पूनम के आगे सुगन्धा का चेहरा घूम गया। उसे क्या ज़रूरत पड़ी है इन सबकी ज़िन्दगी सँवारने की? अच्छे घर की है खाए-पिए और मस्त रहे जैसे उसकी तरह के कई लोग रहते हैं पर नहीं वह तो उन लोगों की ज़िन्दगी

सुधारने का बीड़ा उठाए है जिन पर किसी की निगाह नहीं जाती। जो किसी के लिए जरूरी नहीं। अचानक पूनम को बिहारी बिल्डिंग की बच्चियों को बचाते हुए मन में उठा सवाल याद आया—"मैं ही अकेले इस जोखिम में क्यूँ पड़ूँ?" आज सुगन्धा को देखकर उसे इस बात का ठोस जवाब मिल गया।

❄

अनीश का अपने इन्स्टीट्यूट और कोर्स में बहुत मन लग गया। दोस्ती का दायरा तो बढ़ा ही दुनिया-जहान की बहसों में भी भागीदारी रहने लगी। प्रिंट मीडिया के बेहतरीन संस्थानों में था उसका संस्थान। पूरे कोर्स में विद्यार्थी एकदम व्यस्त रहता। सुबह टाइपिंग, फिर क्लास और अक्सर फील्ड वर्क भी। सुगन्धा भी खुश थी कि अनीश को जीवन की एक राह मिली है जिससे आगे की अनेक राहें फूटेंगी। कोर्स के दौरान पहले टर्म प्रोजेक्ट की बात हुई। सभी को अपने-अपने विषय चुनने थे। अनीश ने 'प्रॉब्लम्स ऑफ मेगा सिटीज़' को चुना। विषय चुनते ही सबसे पहले उसने पहले होमवर्क किया। फील्डवर्क के लिए प्राइमरी सोर्स के तौर पर उसने स्लम्स को टारगेट किया। राजघाट और लक्ष्मी नगर पुश्ता को देखने पर उसे महसूस हुआ कि पहली बार नदी किनारे उसने इतनी गन्दगी देखी है। खासतौर से यमुना पुल से राजघाट तक फैले पुश्ते में। सडाँध उठाते पानी के साथ किनारे पर बसे पुश्ते को देखकर उसे मम्मी पर हैरत हुई कि कैसे वह रोज़ यहाँ आती हैं? शाम को घर लौटी सुगन्धा से अनीश ने प्रोजेक्ट के सिलसिले में बात शुरू की।

"कैसा चल रहा है तुम्हारा काम?" सवाल के जवाब का कुछ देर सुगन्धा इन्तज़ार करती रही पर अनीश कुछ नहीं बोला। सुगन्धा ने कोशिश ज़ारी रखी—"मेगा सिटीज़ की प्रॉब्लम्स बताने में नदी और पानी को मत भूल जाना।" सुगन्धा ने फिर बात छेड़ी।

"नदी? वह अब दिखाई ही कहाँ देती है? सारी नदियाँ गन्दी कर दी गई हैं। सब तरफ की जमीन तो पुश्ते ने घेर ली है। आप तो जानती ही होंगी वहाँ तकरीबन एक लाख लोग रह रहे हैं। वहीं नहाना-धोना सब काम। क्या किसी ने उन्हें एलॉट की है यह जमीन? कॉलोनियाँ बना-बनाकर किया गया यह दिल्ली में सबसे बड़ा एन्क्रोचमेंट है। यमुना पुश्ता सबसे बड़ा स्लम है। चालीस हज़ार के करीब घरों का। सबसे बड़ी कब्जेदारी ऊपर से सरकारें चुप रहीं तो इन लोगों को शह मिलती रही। न रहने की तमीज़, न जीने का सलीका। सारा माहौल

खराब कर दिया है। गन्दगी, बदबू के भभके ही नहीं जहाँ देखो सब डैमेज कर दिया है। रिक्शे-ठेले कहीं भी खड़े कर दो। कोई चैक नहीं है तो भीड़ बढ़ती ही जा रही है। दिल्ली की रफ्तार आधी है तो सिर्फ इनकी वजह से। शहर स्पीड माँगता है और यह हैं स्पीड ब्रेकर्स फिर आपके जैसे संगठन बन बैठते हैं इनके खैरख्वाह। इनके हितों के रक्षक... पर क्या राजधानी के प्रति इनकी भी कुछ डयूटीज़ हैं या नहीं? इनके छोटे-छोटे बच्चे चौराहों पर भीख माँगते हैं। जवान लड़के नशे की लत का शिकार हैं। सरकारी जमीन पर ऐश से पड़े हैं और नेता...वो वोट-बैंक के कारण इन्हें टिकवाते जा रहे हैं। ऊपर से पानी भी दो, बिजली भी। अस्पताल दो...फिर आप जैसे लोग भी तो हर मुसीबत में इनके मददगार हैं। इसीलिए देश की राजधानी होते हुए भी दिल्ली के आधे से ज्यादा हिस्से में झुग्गियाँ हैं और समाज के पैरासाइट की तरह हैं इनमें रहने वाले। मेहनत हम करें, टैक्स हम भरें और जब उस टैक्स से सुविधाएँ बनें तो यह लूट खाएँ। अस्पताल देख लो तो इनसे भरे हुए हैं। कोई इनको उठाकर बाहर क्यों नहीं फेंक देता?" तर्क से बात करते-करते अचानक अनीश हत्थे से उखड़ गया और भावुकतावश अतिवाद की ओर मुड़ गया। सुगन्धा अनीश के तर्कों को अच्छी तरह सुन रही थी। उसकी भावुक प्रतिक्रिया पर भी शान्त रही और इस बातचीत की गम्भीरता बनाए रखते हुए उसने अनीश से कहा—

"अनीश! पहले यह तो समझो कि यह लोग हैं कौन और यहाँ पर क्यूँ हैं? इन्हें एक दिन बाहर करके देखो तुम्हारा शहर ठप्प हो जाएगा। कितने घर ठहर जाएँगे। शहर का गतिमान पहिया रुक जाएगा। सुबह की चाय से लकर रात के तक खाने का इन्तज़ाम करनेवाले और कौन लोग हैं? यहीं हैं। कौन बना रहा है इस शहर को? यही। तुम्हारा पहला सवाल इनके द्वारा फैलायी गन्दगी को लेकर है तो क्या गन्दगी केवल यही लोग फैला रहे हैं? यह यमुना सिर्फ इनकी वजह से मैली है? तुम्हीं बताओ हमारे घरों से निकला वेस्ट कहाँ जाता है? भावी पत्रकार की तरह बात करो अनीश तथ्य के साथ। मैं बताती हूँ तुमको, राजधानी के अठारह नाले खुलते हैं यमुना में। यही नहीं इंडस्ट्रिअल वेस्ट भी यमुना में गिरता है। सिर्फ पुश्ता नहीं नदी की गन्दगी का बड़ा कारण हम लोग भी हैं। हर दिन निन्यानबे परसेंट से कुछ अधिक लीटर वेस्ट मिलता है यमुना में और पुश्ता का प्रतिशत जानते हो कितना है उसमें एक प्रतिशत भी पूरा नहीं और प्रिसाइज़ली पूछोगे तो छत्तीस सौ मिलियन लीटर वेस्ट हर रोज़ का है यमुना में उसमें से पुश्ते का केवल प्वाइंट थ्री-थ्री। यानी एक से भी कम। जो नदी तुम्हें नहीं दिखाई दे रही है वह हमारे कारण दिखाई नहीं दे रही। पुश्ता एकदम सामने

है तो उस पर दोष मढ़ना भी आसान है। जिनके पास पानी की सही सप्लाई तक नहीं वह क्या इस गन्दगी का कारण होंगे। यमुना को टॉक्सिक बनाने के पीछे हम हैं।" सुगन्धा के तर्क और तथ्य से अनीश का पारा कुछ उतरा पर दोषारोपण का सिलसिला नहीं थमा।

"आँकड़े कम होने से दोष कम नहीं हो जाते फिर आप एक प्वाइंट मिस करती हैं हमेशा। जान-बूझकर मिस करती हैं। इस सबके लिए वोट बैंक पॉलिटिक्स जिम्मेदार है। आखिर हम क्यूँ भुगतें? हमने कहा है इन्हें कि आओ हमारे शहर में रहो? साले जोंक कहीं के। दिल्ली का सारा खून चूसकर ही मानेंगे।" अनीश फिर आगबबूला हो उठा।

"बात करने का भला यह क्या तरीका है अनीश? यह कैसी भाषा है? पहले भी तुम्हें इग्नोर किया मैंने पर तुम... फील्ड में इस तरह बात करोगे लोगों से? और ठीक से देखोगे तो समझ जाओगे, इन लोगों को हमारी कम हमें इनकी कहीं ज्यादा ज़रूरत है। तुम्हें सुबह अखबार नहीं मिलता तो बेचैन आत्मा की तरह यहाँ-वहाँ भटकते हो। कभी सोचा है अखबार कौन डालता है? सर्दी, गर्मी, बरसात में? स्लम में रहनेवाले यह सब शहर की मशीन का सिर्फ पुर्जा भर नहीं हैं। जीते-जागते इंसान हैं। मेरी और तुम्हारी तरह के और यह खुद ऐसे नहीं बने, न यह झुग्गी-झोंपड़ी, न गन्दा पुश्ता, न ही स्लम्स में रहने वाले। यह सब हमने पैदा किए हैं। हमारी ज़रूरतों का हिस्सा हैं। हमारी व्यवस्था की उपज।" एक गहरी निराशा और दुख के साथ सुगन्धा ने हस्तक्षेप किया। अनीश अब भी चुप नहीं रहा।

"जिस पुश्ते और स्लम्स की आप इतनी पैरवी कर रही हैं न ठीक से तलाशी ली जाए तो क्राइम के कितने अड्डे पकड़े जाएँगे इनमें। जानती हैं,इन लोगों की वजह से मैंने बस में आना-जाना ही छोड़ दिया है। आपको बताया नहीं मैंने पिछले महीने ही कनॉट प्लेस से घर लौट रहा था। बस में भीड़ भी ज्यादा नहीं थी पर मेरा पर्स मार लिया किसी ने। तबसे ऑटो से ही चलता हूँ पर वह भी हरामी-चोर हैं साले सबके सब। कोई कानून नहीं मानता। दो दिन, सिर्फ दो दिन मिल जाएँ तो सबको ठीक कर दूँ। इन सबका एक ही इलाज है कि इनको शहर के बाहर फिंकवाओ। सबके कार्ड बनाए जाएँ। जिसके पास कार्ड होगा केवल उसे ही शहर में आने-कमाने की इजाज़त होगी।" अनीश चाहकर भी अपनी घृणा को दबा नहीं पाया।

"अनीश! नाराज़गी अपनी जगह है पर गाली-गलौज क्या सही है? फिर इतने निजी स्तर पर उतरकर तुम कैसे आब्जिक्टिव थॉट प्रोसेस में जा सकोगे?"

सुगन्धा को अनीश की डिबेट का यह तरीका नागवार गुज़रा। कायदे से शुरू हुई बात बीच राह में छूट गई। अनीश भुनभुनाते हुए उठकर चल दिया।

❄

पुश्ते से लौटकर फरीदा, पूनम के पीछे हाथ धोकर पड़ गई। दिन-रात दिलशाद को थाने उठवाकर सीधा करवाने की बात के सिवाय उसके पास कोई बात नहीं रह गई थी। पूनम ने समझाया भी कि यहाँ का थाना सीलमपुर है जबकि पुश्ते के सारे केस दरियागंज थाने के हैं पर फरीदा को कोई फर्क नहीं पड़ा। उलटे उसने यह और कह दिया—"कि क्या हुआ पूनम? हैं तो सारे थाने दिल्ली के ही न। इन सबमें एक-दूसरे से पहचान होती ही है। तू एक बार बात तो कर। थानेदार तेरी जरूर सुनेगा। वैसे पूनम को भी कुछ भरोसा था कि थानेदार ने पिछली दो बार से उसकी बात को नज़रअन्दाज नहीं किया है। अगले दिन पूनम ने सूरज को साथ चलने को मनाया और फरीदा को लेकर थाने पहुँची। थाने में जाकर जब थानेदार से पूनम ने खुलासा किया तो वह बिफर गया।

"आदमी किसी का, परिवार किसी का... तू बीच में कौन है? दो बार तेरी समस्या सुलझा दी तो अब तू घर-घर की बात लेकर आएगी थाने। नेतागिरी चमकानी है क्या? किसी का आदमी है, पीट दिया। सही नहीं होगी उसकी औरत और क्या.. इस बात पर उसे थाने उठा लाऊँ? ऐसा करने लगा तो आधी दिल्ली थाने में बैठी होगी।" थानेदार ने पूनम को घूरकर देखा।

"साहब! नेतागिरी की बात नहीं है। एक औरत ही औरत का दुख जानती है। मर्द होने का मतलब पीटने का लाइसेन्स मिलना कहाँ होता है। ऐसे लोग सिर्फ पुलिस से ही डरते हैं। इसीलिए आई थी आपसे मदद माँगने।" पूनम ने हार नहीं मानी।

"मार दिया तो मार दिया। घर का मामला है। उठाकर क्या फाँसी चढ़ा दूँ?" थानेदार बुरी तरह झल्लाया। इसी बीच एक सिपाही हड़बड़ाया हुआ भीतर आया—

"जनाब! एसीपी साहब फाइल के लिए पूछ रहे हैं।" सिपाही की बात सुनकर थानेदार का गुस्सा फट पड़ा—"इसने अलग जान खा रखी है। दिन भर थाने में ऐसी-तैसी कराओ और इधर इसका रंडी-रोना अलग। दो घड़ी चैन से बैठ नहीं सकते। अरे! सोहनलाल सुन जरा चाय भेज...और कुछ खाने को भी। सुबह से पेट में दाना तक नहीं गया है। देख पूनम! मैं जानता हूँ जिसके बारे में तू

बता रही है वह आदमी ग़लत होगा पर इस समय मेरा अफसर मेरी गर्दन पर टांग धरकर खड़ा है और तू चाहती है कि मैं घर-घर का झगड़ा सुलटाता फिरूँ।"

"सर जी! बात ऐसी है कि ..." सूरज ने कुछ कहना चाहा पर थानेदार ने उसे बीच में ही रोक दिया—

"क्या नाम है तेरा?" थानेदार से सूरज की तरफ देखकर पूछा।

"जी...जी सूरज।" सूरज हकलाया।

"यह तेरी औरत है न? समझाता क्यों नहीं इसे। काबू में रख कल को तेरे ही गले पड़ेगी और तू भी थाणे में बैठेगा।" कहकर थानेदार ज़ोर से हँसने लगा। पूनम, सूरज और फरीदा सन्न रह गए।

"कल तक फाइल जमा करनी है और परसों वृन्दावन जा रहा हूँ लौटकर आऊँगा फिर देखूँगा....अब जा कह दिया न तेरे मामले में कुछ करूँगा।" कहते हुए थानेदार ने सिगरेट सुलगा ली और फाइल में झुक गया। पूनम,सूरज और फरीदा मायूस से थाने से बाहर निकल आए। फरीदा और सूरज कुछ बोल रहे थे पर पूनम अपने ही मन में कहीं भीतर डूबी थी। सोच रही थी जिन्हें बेजुबानों की आवाज़ बनना चाहिए वही उनका मुँह सिए दे रहे हैं। बार-बार आयशा का चेहरा उसे याद आ रहा था जिसे दिलशाद ने बड़ी बेरहमी से पीटा था। जानवरों-सा सुलूक किया था।

घर लौटकर पूनम ने सूरज को पानी दिया। पानी का गिलास हाथ में लिए हुए सूरज ने पूनम को अपने करीब बिठाया और बोला—"दुखी मत हो। कुछ जरूर होगा। कहा तो है उस थानेदार ने...तू भी अपना मन लगा। मैंने राज पॉकेटवाले को तेरी दोनों किताबें दिखाई थीं। कह रहा था कि लिखती तो अच्छा है। आगे लिखे तो बताना। प्रेमी-प्रेमिका का किस्सा लिखे तो लाना हमारे पास... यहाँ आकर तूने कुछ भी नहीं लिखा पूनम। बेकार इन झंझटों में पड़ी है। दिमाग से सोचा कर पूनम, दिल से नहीं।"

पूनम, सूरज की ओर देखने लगी। उसे सूरज से ऐसी बात की कतई उम्मीद नहीं थी। आँखों में सवाल लिए पूनम ने कहा—"तुम अपने दिल को दिमाग से काटकर अलग कर सकते हो, मैं नहीं। आँखों के सामने जब औरत जिबह की जा रही हो मेरी रूह काँप उठती है। ऐसे में क्या मैं चुप रह जाऊँ?" पूनम की आँखों में पानी था और भिंचे हुए होठों में दृढ़ता। सूरज ने मुँह फेर लिया। उस रात दोनों में अबोला ठना रहा।

सपना

इंसान के जीवन की सारी भागदौड़ के पीछे कहीं न कहीं घर है। कभी घर से भागकर ज़िन्दगी को रचना तो कहीं ज़िन्दगी रचने के लिए घर बसाना। दो हर्फ का यह शब्द जीवन की बुलन्दी है तो जीवन की पस्ती भी। एक तरफ तमाम निराशाओं में आस का खूँटा है तो दूसरी तरफ मृगमरीचिका। जिसके पास घर है कई बार वह इस एहसास से बेखबर है और जिसके पास घर नहीं उसका जीवन एक अन्तहीन दौड़ है। जिसकी नियति भागना और हाँफना है। सुख के इस नर्म बिछौने के लिए इंसान की पूरी ज़िन्दगी जद्दोजहद में गिरफ्त रहती है। दुनिया के बड़े से घर में अपना एक छोटा-सा घर होना बड़ा सपना है और सपनों के पीछे भागना इंसानी फितरत। समझ लीजिए कोई सपना नहीं तो जीवन बेमकसद। सपने ही हमारे ज़िन्दा होने की निशानी हैं। जहाँ कोई सपना पलता है वहाँ एक घर खड़ा मिलता है। एक बड़ी दुनिया के घर को दुरुस्त करने के सपने से लेकर अपने सपनों को पूरा करने का जज़्बा घर रच देता है। नाउम्मीदी में उम्मीद, गाढ़े अँधेरे में सुबह और सूखी धरती पर पड़ी बारिश की पहली बूँद जैसा घर। ज़िन्दगी की ठोकरों में राहत की आस जैसा घर। दरवाजे पर दस्तक दो तो इस घर की बाँछे खिल जाती हैं और दहलीज से पाँव निकालो तो घर की पेशानी पर सलामती की दुआ सरीखा सवाल उभर आता है-लौटोगे कब?

संजय अमर कॉलोनी का नेचू, बीबी-बच्चे से भरे-पूरे अपने घर का बादशाह था। घर उसकी सल्तनत था। ऐसा घर जहाँ नेचू की बिन्दास तबीयत को चार-चाँद लग जाते। लगातार बोलनेवाले नेचू की बात-बात में हँसी-ठट्ठा करने की अदा से घर झूमा रहता। यारों के यार नेचू से बदायूँ भले ही पीछे छूट गया था पर उसने पुश्ते में भी अपना बदायूँ खोज निकाला था। पास-पड़ोस कभी भी मदद माँगे नेचू हाजिर। कितना जरूरी काम क्यों न हो पर उसके लिए किसी की मदद के लिए इंकार की कोई जगह नहीं थी। कद का छोटा नेचू उचककर

जमीन-आसमान एक कर देता मदद माँगनेवाले के लिए। इन्दिरा कॉलोनी, मूलचन्द कॉलोनी, चाइना कॉलोनी-पुश्ते में हर जगह उसकी जान-पहचान थी। काम से चाहे कितनी देर में घर लौटे गुड़िया को अपने प्यार से और अमित को अपने लाड़ से नहलाकर सारे दिन की कसर पूरी कर देता। घर की तमाम फरमाइशें नेचू की लालकिले की दुकान और उसके हौसले की उड़ान के बल पर पूरी होतीं।

गुड़िया ने बहुत दिनों से पल रहे मन के सपने को आज नेचू के आगे रख दिया। वैसे भी पिछले महीने मकान मालिक से किराया बढ़ाने को लेकर हुई नोक-झोंक से गुड़िया परेशान थी।

"सुनो! अब अमित भी स्कूल जाने लगा है। पुस्ते में रहते हुए इतने साल हो गए हमको। एक पक्की छत सर पर और हो जाए।" कहते हुए उसने नेचू को देखा।

"तूने मन की बात कह दी पर पहले जरा रुपया-पैसा तो जोड़ लूँ।" नेचू ने पते की बात कही।

"सूरज के पास कहाँ था बहुत रुपया? थोड़ा उसके पास था थोड़ा उधार लिया तुमसे...पहले तुम खोजना तो शुरू करो बाकी तो किस्मत है। तुम पर मुझे विश्वास है फिर जीजी ने कहा है वह भी कुछ मदद कर देगी।" गुड़िया अपनी माँ को बचपन से ही मामा की देखा-देखी जीजी पुकारती थी।

"अरी! बेवकूफ लोग मकान बनाते हैं, समझदार ठाठ से किराए के मकान में रहते हैं।" नेचू ने बेफिक्री दिखाते हुए कहा।

"बड़ी आस है मुझे..." अधूरी बात कहकर गुड़िया ने एक बड़ी जिम्मेदारी नेचू के कन्धों पर डाल दी।

देर-सबेर गुड़िया और अमित की हर आस पूरी करनेवाले नेचू ने ऊपर से भले ही गुड़िया को कुछ नहीं जताया पर गुड़िया का सपना उस तक चलकर आ गया था और अब उस सपने को हर हाल में नेचू को हकीकत में बदलना था। सबसे पहले उसने सूरज से ही मन की बात कही।

"सूरज! यार तेरे घर का तो पक्का हो गया अब मेरी बारी है। कब तक किराए के मकान बदलूँगा। कोई न कोई झंझट लगा ही रहता है किराए के मकान में।"

"सही तो है। नेक काम में देरी कैसी?" सूरज ने नेचू का उत्साह बढ़ाया।

"देखता हूँ यार! इस बार घर जाऊँगा तो जो थोड़ी बहुत जमीन है उसे ही बेच-बाच आऊँगा फिर यहीं एक कमरा ले लूँगा। माँ-बाऊजी को भी ले

आऊँगा। जब यहीं रहना है तो फिर पीछे की जमीन का कैसा मोह?" नेचू ने खुलासा किया।

"दोनों भाई संग चलेंगे?" सूरज को आड़े वक्त में नेचू की मदद भूली नहीं थी। इधर नेचू ने पुश्ते में पूछताछ शुरू कर दी। एक पहचानवाले ने भी उसे इन्दिरा कॉलोनी और संजय अमर कॉलोनी के प्रधानों से मिलवाकर कुछ कच्ची-पक्की झुग्गियों के बारे में बताया। संजय अमर कॉलोनी में नेचू किराए के मकान में रहता था। इन्दिरा कॉलोनी और संजय अमर कॉलोनी में मुस्लिम आबादी अधिक होने के चलते रामपाल प्रधान ने ज्यादा रुचि नहीं दिखाई लेकिन मूलचन्द बस्ती, दाताराम बस्ती, चौधरी बस्ती, बिहारी बस्ती, बंगाली बस्ती आदि में जहाँ कहीं भी झुग्गी की कोई गुंजाइश थी उसे नेचू को बता-दिखा दिया। कितनी झुग्गियों के बरसों से हो रहे पक्के कब्जे के मालिकों से भी बात करवा दी।

"देख भाई नेचू! अभी सही समय है अपना मकान करने का। कुछ जगह बता दीं तुझे अगर यहाँ बात नहीं जमी तो आगे चीनी कॉलोनी, बेला गाँव, मल्हा गाँव और कंचन पुरी, गौतमपुरी में भी दिखा दूँगा। सबसे अच्छी जगह दिलवा दूँगा। पक्का काम होगा तेरा और वैसे तो मुझे लगता है यह पुश्ता कहीं भी हिलनेवाला नहीं पर जब कुछ होगा तबकी तब देखी जाएगी।" रामपाल की बात सुनकर नेचू सकते में आ गया।

"परधान! यह क्या बात कही? ऐसा न हो कि मैं सब जतन करके सारी कमाई लगा दूँ और लेने के देने पड़ जाएँ। मैं कहाँ जाऊँगा?... क्या ऐसा होगा? पुश्ता खतम भी हो सकता है क्या?" नेचू के मन में कई सवाल खड़े हो गए।

"भाई! जो सबके साथ वह तेरे साथ और होने को तो कुछ भी हो सकता है। मैं तो बस एक बात कह रहा था। बरसों से किसी को जाते तो नहीं देखा। बहुत पहले इमरजेन्सी की बात है तब हुआ था ऐसा। मेरा दादा बताता है। सारी दिल्ली में हड़कम्प मच गया था। बसे-बसाए कितने घर तोड़ डाले तब। पुश्ते से भी कितनी झुग्गियाँ खाली करवाईं उस बखत।" रामपाल ने नेचू को नई जानकारी दी तो नेचू चिन्ता में पड़ गया। रामपाल ने तुरन्त भाँप लिया और उसके कन्धे पर हाथ रखकर समझाने लगा—"घबरा काए को रहा है। तू तो जानता है कि बयासी में आए कितने लोग यहीं रह रहे हैं। कोई गया? लाखों आदमी रह रहा है उससे पहले से...बरसों से...लाखों। तुझे आए भी अब तो कई साल हो गए। सरकार ऐसे थोड़े ही उठाकर फेंक देगी। सोच,इतनी पब्लिक कहाँ जाएगी? चिन्ता नहीं कर। आगे बढ़ने के समय पाँव पीछे मत मोड़। ऐसा

कर तू राशन कारड बनवा डाल। मजदूर आदमी सारी जमा-पूँजी लगाके झुग्गी लेता है तो सोच-समझ के कर। जल्दीबाज़ी ठीक नहीं।" रामपाल ने उससे बात की। रामपाल की तीन पीढ़ियाँ यहाँ रह रही थीं। राजस्थान से आया था रामपाल का दादा। रामपाल का दादा और उसका पिता हरगोविन्द आज़ादी की लड़ाई में शामिल रहे थे फिर रामपाल को प्रधानी के चलते अच्छा-खासा अनुभव था और पुश्ते में उसका रसूख भी था। उसका दादा कुछ साल पहले यहीं पुश्ते में गुजरा था और रामपाल भी अब बाल-बच्चेदार था। कहने का ही प्रधान था रामपाल। पुश्ते की छोटी-सी जगह में उसका बड़ा परिवार रहता था। उसी ने नेचू को बाकी कॉलोनियों के प्रधानों से भी मिलवा दिया। उसके कहने पर कितनों ने मदद का भरोसा दिया तो नेचू की आस भी जाग गई। अब कमाई में अधिक बचत की बात नेचू के दिमाग में रहने लगी।

नेचू से बात करके सूरज घर लौटा तो आज गुनगुना रहा था। बदायूँ जाने की बात पर उसका मन खुश था। भले ही माँ-बाप से अलग हो गया हो पर खून के रिश्ते कहाँ टूटते हैं। घर आते ही उसने पूनम को भी अपनी खुशी में शामिल कर लिया—

"पूनम तैयारी कर ले। जल्दी ही घर निकलेंगे हम। नेचू को काम से घर जाना है मैंने सोची हम भी चलते हैं। क्यूँ ठीक है?" सूरज ने पूनम के गाल पर हलकी चपत लगाते हुए कहा तो पूनम सोच में पड़ गई। पूनम के चेहरे पर खुशी की कोई रेखा न पाकर सूरज ने बात आगे बढ़ाई—"अरे भई! कानपुर भी चलेंगे, काए को इतना सोच-विचार कर रही है।" मायके जाने की बात भी पूनम में कोई हरकत पैदा नहीं कर सकी तो सूरज को अचरज हुआ। उसकी निगाहें पूनम के चेहरे पर जम गईं। पूनम धीरे से सूरज के बगल में आ बैठी। उसकी चुप्पी में छिपे तूफान को सूरज ने भाँप लिया पर पूरा पहचान नहीं सका। उसकी हथेली अपनी दोनों हथेलियों की ओट में बड़े प्यार से थामी और सिर हिलाकर वह कारण पूछा जिसकी वजह से पूनम को दो-दो घरों में जाने की सूचना भी खुशी नहीं दे पाई थी।

"पीछे छूटे बदायूँ और शहर की ज़िन्दगी में बड़ा फर्क है। यहाँ हम सबके साथ हैं पर करीबी होते हुए भी सबको एक हद दिख ही जाती है किसके जीवन में उसे कैसी और कितनी छूट है। कहाँ ताक-झाँक करनी है कहाँ नहीं लेकिन वहाँ बदायूँ में कोई हद नहीं है।" पूनम ने धीमे-धीमे अपनी बात कहना शुरू किया। सूरज को अब भी मामला समझ नहीं आया। उसकी आँखें पूनम के चेहरे पर गढ़ी रहीं।

"साफ-साफ कहूँ तो यहाँ कोई पूछ भले ले बाल-बच्चों के बारे में पर सामने कुछ नहीं कहता लेकिन ससुराल में अकेली मैं और सवाल सबके। लम्बा समय हुआ हमें यहाँ आए पर अब तक मेरी गोद नहीं भरी। हमारा घर सूना है अब तलक। औलाद का सपना पूरा नहीं हुआ। वहाँ जाते ही पहला सवाल यही होगा। तुम आदमी हो शायद तुम पर इतनी गाज न गिरे पर मुझसे सौ तरह की बातें होंगी। कितनी औरतें गिनाई जाएँगी कि फलानी की शादी तुम्हारे साथ हुई दो बच्चों की माँ है...तुमसे छोटी-छोटी भी माँ बन गईं...फिर डरती हूँ कहीं तुम भी उनकी बातों में....मेरा क्या होगा?" कई दिनों से मन में अटकी शंका आज पूनम की जबान पर आ गई।

"धत् पगली! मैंने कभी तुझसे कुछ कही क्या? और कौन-सी उमर निकल गई हमारी। जब होना होगा तब हो जाएगा बाल-बच्चा। जैसी उसकी इच्छा।" सूरज ने आँख आसमान की ओर करते कहा—"तुझे इतनी ही चिन्ता है तो तू यहीं रहना मैं नेचू के संग चला जाऊँगा और सबकी राजी-खुशी भी ले आऊँगा।" पूनम के दिल में उठ रहा भयानक बवंडर जमीन पर बैठ गया और पूनम के मन पर पड़े भारी पत्थर का वजन जरा कम हुआ। उसने सोचा कैसे सूरज के साथ ज़िन्दगी के कई बड़े सवाल चुटकियों में हल हो जाते हैं। इतने दिनों से दूसरों के बाल-बच्चों को देखकर अपने ऊपर हो रही पूनम की शंका के बादल आज कुछ छँट गए। घर का कोना-कोना सन्तोष की साँस लेने लगा।

बिहारी बिल्डिंग से बाहर कोने की तरफ साबरी मस्जिद कभी हरे और गहरे हरे रंग के सुनहरी बेल-बूटों में शानदार लगा करती होगी पर अब मौसमों की मार और समय से न मिली मरम्मत ने इमारत को खत्म-सा कर दिया था। मस्जिद के चार हिस्से थे। पहले हिस्से की तरफ कोई नहीं जाता था। उसमें टूटे-फूटे गमले पड़े थे। दूसरा हिस्सा दो भागों मे बँटा था। आगे की तरफ मज़ार थी जिसके इर्द-गिर्द बरामदा था। दूसरे हिस्से में अन्दर खुलती मस्जिद थी। इसी बीचवाले हिस्से से दाहिनी तरफ को एक रास्ता जा रहा था। जिसमें कई सारी टोंटियाँ लगी थीं यहाँ नमाज़ी वजू के लिए साफ-सुथरे होते। टोंटियों के पास ही लोटे और एक इमाम साहब का एक खास बदना रखा रहता। बहुत पुराना। मिट्टी का बदना शायद खानदानी था क्योंकि आजकल तो स्टील के लोटे ही अधिक चलते हैं। यों उनका मुसल्ला भी विरासत में ही मिला था जिस पर वह सबसे आगे की सफ में बैठकर नमाज़ पढ़ते थे। इसी तरफ एक बड़ी-सी खाली सरकारी जमीन थी जहाँ खासतौर पर जुम्मे की नमाज़ अता होती। पास पड़े

बेंच पर इमाम साहब खाली समय बिताते। पीछे की तरफ का हिस्सा यमुना से जुड़ा था। पीछे की खाली जमीन साबरी मस्जिद दरगाह को बहुत खुलापन देती। अक्सर इस खाली ज़मीन पर किसी निर्माण की खबर आकर इमाम साहब को परेशानी में डाल देती। वह सोचते यदि मस्जिद का दायरा सिकुड़ गया तो उसके रुतबे का क्या होगा? और नमाज़ी कहाँ जाएँगे?

सुबह की नमाज़ और मदरसे में बच्चों को पढ़ाकर इमाम साहब बेंच पर बैठे ही थे कि भूरा आ गया। भूरा उनका वफादार कुत्ता था। भारी बदन, मस्तानी चाल और तेज़तर्रार आँखें। यह हो नहीं सकता था कि कोई नया आदमी आए और भूरा के स्वागत से बच जाए। पूरी ताकत से दुगुन-तिगुन में भौंकने की उसकी आदत मस्जिद के लोग जानते थे पर मजाल है इमाम साहब से मिलने कोई नए से नया आदमी आता और उनसे बात करता तो भूरा भूल जाता कि वह भूरा है। उस समय भूरा से प्यारा संसार में कोई जीव नहीं होता। वैसे सुबह ही सड़क के पार चाय की गुमटी पर पहुँचकर उसका नाश्ता और दोपहर में खाना हो जाता। रात का खाना इमाम साहब के जिम्मे रहता। वही एक समय की उसकी और इमाम साहब की भरपूर खुराक का समय होता। इमाम साहब दिनभर की मसरूफियत के बाद रात का खाना ही ढंग से खाते थे। दिन में एक ही दफा खाते। सुनते थे कि हजरत सैयद शहाबुद्दीन चिश्ती जिनके नाम पर दरगाह और मज़ार थी वह भी एक समय खाना खाते थे। वह भी इसलिए कि ज़िन्दा रहने के लिए यह ज़रूरी था। इमाम साहब ने भी वही रास्ता पकड़ लिया। उनके यहाँ से निकले और आगे के बड़े मदरसों में गए उनके कई शागिर्द हाफिज़ और कारी में गजब के उस्ताद हो गए थे। एक को कुरान ज़बानी याद थी और दूसरा कुरान को खास अन्दाज़ और साफ लहजे में सुनाने की काबिलियत रखता। उनका खूब नाम था। इमाम साहब ने नींव जो मज़बूत रखी थी। मदरसे में आनेवाले छोटे बच्चों में फरीदा के आसिफ और फुरकान भी थे। पुश्ते की डॉक्टर के चन्द मिनट के इलाज के बाद आसिफ की ज़बान खुली तो उसने बन्द होने का नाम ही नहीं लिया। आसिफ को अक्षर की पहचान हो गई थी। फुरकान बड़ा था तो दो-तीन हर्फ जोड़कर पढ़ने लगा था। मदरसे के बाद जब तक फरीदा उन्हें लेने नहीं आ जाती दोनों बेंच के पास बैठे अम्मी का इन्तज़ार करते। साथ बैठे इमाम साहब का सारा अनुशासन यहाँ हवा हो जाता। बच्चे पूरे अधिकार से उनसे कहानियाँ सुनने लगते। यह अलग बात है कहानी कोई हो इमाम साहब उसमें कोई गहरा उपदेश पिरो ही देते। फरीदा अभी आई नहीं थी और बच्चे बेंच के इर्द-गिर्द उछलकूद कर रहे थे। बेंच पर एक पैर

ज़मीन पर लटकाए और एक पैर मोड़े इमाम साहब अपने अँगूठे के नाखून से जूझ रहे थे कि आसिफ ने कहानी की फरमाइश कर दी।

"आसिफ! पढ़ने में तेरा दीदा नहीं लगता।"

"इमाम साहब! सुनाइये न कहानी।"

"तेरा पेट है या कुँआ? कहानी से कभी भरेगा या नहीं?" इमाम साहब ऊपर-ऊपर से डाँटते पर भीतर से उनका किस्सागो भी आसिफ की फरमाईश का इन्तज़ार करता। उन्होंने उँगलियों के कंघे से सफेद दाढ़ी को यूँ सुलझाया मानो कोई पुराना किस्सा ढूंढ रहे हों। देर तक सुलझाने के बाद जब वह दाढ़ी सहलाते आसिफ जान लेता उनके भीतर का किस्सागो जाग गया है। कहानी सुनाना उन्हें बेहद पसन्द था। कभी-कभार सारे बच्चों को इकट्ठे कर लेते। अब मस्जिद से भले ही मुसलमानों का वास्ता था पर मज़ार पर तो सारे धर्म के लोग अपनी चिन्ताएँ, दुख तकलीफ लिए चले आते थे। फिर बच्चे, बच्चे थे उनके लिए बस एक ही धर्म था धमाचौकड़ी, किस्से-कहानी। इमाम साहब ने जो पाटी पढ़ी थी उसका एक मूल नियम यही था —"उस्ताद वही जो सबको एक नज़र से देखे।" बस इसी कारण कोई भी उनसे मेल-मुलाकात के लिए बिना रोकटोक आ सकता था। आसिफ हो या अमित सब बराबर। कहानी बच्चों को सुनाते पर गहरी बात कहते। उनका मानना था बच्चे बहुत समझदार होते हैं उनकी समझदारी पर कभी शक न करो। यों इमाम साहब कई कहानियाँ सुनाया करते पर सबसे पसन्दीदा किस्सा तो अड़े मियाँ का ही था। आसिफ को अड़े मियाँ का किस्सा बहुत पसन्द था। वही अड़े मियाँ साबरी मस्जिद में जिनकी मज़ार थी। यह किस्सा कई दफे सुनने के बाद भी आसिफ जिद करके सुनने लगा और इमाम साहब भी सुनाने लगे—

"तो हुआ यह कि एक दिन अड़े मियाँ के पास यहाँ इसी मस्जिद में एक आदमी अपनी मुसीबत लेकर आया। उसने कहा कि मेरा कुछ काम है आप करवा दीजिए। बड़ी मेहरबानी होगी। अड़े मियाँ ने कहा—देखो! मैं तो नहीं करवा पाऊँगा तुम ऐसा करो कि महबूब-ए-इलाही हज़रत निज़ामुद्दीन औलिया के पास चले जाओ। वह करवा देंगे। आदमी ने कहा जी चला तो मैं जाऊँगा पर बीच में यमुना बहती है। उस दरिया को मैं कैसे पार करूँगा? अड़े मियाँ ने उसकी बात सुनी और कहा जाओ, जाकर जमुना से कहना मुझे उस आदमी ने भेजा है जो खाना नहीं खाता। अब यही हुआ आदमी जमुना के पास पहुँचा। दरिया उफन रहा था। किनारे खड़े उस आदमी ने कहा मुझे तो उस आदमी ने भेजा है जो खाना नहीं खाता। इतना सुनते ही जमुना के बीचोंबीच एक रास्ता

खुद-ब-खुद बन गया और आदमी आराम से दूसरे किनारे पहुँच गया। वहाँ हज़रत निज़ामुद्दीन औलिया ने उसका काम भी करवा दिया। अब बारी थी आदमी के वापिस लौटने की। उसने औलिया से पूछा कि मैं वापिस कैसे जाऊँगा? बीच में यमुना पड़ेगी। हज़रत साहब ने उससे कहा देखो! तुम जमुना से कहना कि मुझे उसने भेजा है जिसने शादी नहीं की। आदमी ने बात समझ ली। जमुना के किनारे पहुंचा तो पानी तेजमतेज बह रहा था। आदमी ने सोचा कैसे उतरूँ जमुना में? वह डर गया। उसे औलिया की बात याद आई और उसने कहा—मुझे उसने भेजा है जिसने शादी नहीं की। जमुना के बीच एक रास्ता बन गया। आदमी ने पाँव बढ़ाए और चलता गया। कहीं नहीं डूबा। जब वह आदमी वापिस अड़े मियाँ के पास पहुँचा तो उसने कहा—जी आपने जैसा कहा मैंने वैसा ही किया। मेरा काम हो गया पर एक बात मेरी समझ से ज़रा बाहर है। दिन-रात मुझे हैरान-परेशान कर रही है। आप इजाज़त दें तो अर्ज़ करूँ। अड़े मियाँ ने सिर हिलाया और कहा—डरो मत। कहो जो कहना चाहते हो। आदमी ने कहा हुज़ूर! आपने यह कहकर मुझे वहाँ भेजा कि जाओ जमुना से कहना मुझे उसने भेजा जिसने कभी खाना नहीं खाया। कहने को तो मैंने कह दिया पर हुजूर हज़ार दफा तो मैंने आपको खाना खाते खुद देखा है। अड़े मियाँ मुस्कुराए। आदमी ने अपनी बात जारी रखी। दूसरी तरफ महबूब-ए-इलाही ने मुझसे कहा यमुना से कहना कि मुझे उसने भेजा है जिसने कभी शादी नहीं की। हुजूर! मैं अपनी आँखों से देखकर चला आ रहा हूँ कि उनकी तो औलादें हैं, बीबी है। तो ऐसा उन्होंने क्यूँ कहा? और आपने भी ऐसा क्यूँ कहलवाया?

इस पर अड़े मियाँ जोर से हँसे और बोले—खाता तो हूँ मैं पर मजबूरी में खाता हूँ और उतना ही खाता हूँ जिससे ज़िन्दा रह सकूं और रही बात औलिया की तो शादी उन्होंने अपनी मर्ज़ी से की नहीं। सुन्नत की खातिर की। अपनी ख्वाहिशों के लिए नहीं की इसलिए कहा कि शादी नहीं की। ऐसे थे अड़े मियाँ और यह है उनका किस्सा।" इमाम साहब का चेहरा किस्सा सुनाते हुए एकदम लाल हो गया। उन्हें किस्सा सुनाते हुए जोश आ गया। आसिफ को पता नहीं किस्सा कितना समझ आता पर यह किस्सा बेहद पसन्द था। किस्सा फिर से सुनकर बिना एक शब्द बोले आसिफ और अन्य बच्चों के चेहरे पर हँसी खिल गई। आसिफ सीधे हाथ को हवा में लहराकर वाह-वाह की मुद्रा में कूदने लगा। कहानी सुनना और इमाम साहब के सुनाने की कला जैसे उसकी खुराक थी। हर बार उसकी आँखों में किस्से को सुनकर चमक उभरती और देर तक बनी रहती।

"चलो भागो अब मेरी जान छोड़ो।" आसिफ की माँ फरीदा और पूनम को सड़क पार से आता देखकर इमाम साहब बोले।

"नहीं इमाम साहब मस्जिद के साँपों का किस्सा तो अभी बाकी है। सुनाइए न कैसे मस्जिद के साँपों ने कभी किसी को नहीं काटा...सुनाइए न...कहाँ-कहाँ बैठे हैं साँप.." आसिफ ज़िद करने लगा। इतने में फरीदा नज़दीक आ गई। इमाम साहब ने आसिफ को वहाँ से चलने का इशारा किया। फरीदा की गोद में पुश्ते में रह रही उसकी बहन आयशा की बेटी आबिदा थी और साथ में बेटा करीम। दिलशाद के जुल्म और हमल गिरने के बाद आयशा सारी उम्मीद खो बैठी थी तब बहुत मुश्किल से आबिदा का जन्म हुआ। फरीदा के साथ आज पूनम भी थी। उसकी पाठशाला के दो बच्चे-आसिफ और फुरकान इस मदरसे में पढ़ रहे थे। फरीदा, इमाम साहब से दोनों बेटों के हाल-चाल ले ही रही थी कि इमाम साहब कुछ समझाते हुए बोले—"मदरसे की पढ़ाई अपनी जगह है पर इन बच्चों को दिल्ली में ही रहना-कमाना है। यह यहाँ के और बच्चों की तरह भी पढ़ें-लिखें। पढ़ेंगे नहीं तो भटक जाएँगे।" फरीदा मुस्कुराई और उसने पूनम की तरफ देखा। सारी बात जानने के बाद भी इमाम साहब ने मदरसे की तालीम के साथ किसी स्कूल की औपचारिक शिक्षा पर ज़ोर दिया। वे बार-बार किसी और स्कूल में बच्चों को पढ़ाए जाने की बात कह रहे थे। पूनम सुन रही थी। उस समय उसे पुश्ते में मिली सुगन्धा की बात याद आने लगी। पुश्ते में कितने कम स्कूल हैं और बच्चे ज्यादा हैं फिर बच्चों की नींव तो छोटी उम्र में ही रखी जाती है। इमाम साहब की बात पूनम के दिल में घर कर गई। पुश्ते और बिहारी बिल्डिंग के आसपास के बच्चों को वह काफ़ी समय से देख रही थी। सड़कों पर बेतहाशा भागते बच्चे, बिना मकसद समय गँवाते बच्चे, पढ़ने-लिखने से परे माता-पिता के काम के लिए भाग-दौड़ करते बच्चे, नशे की लत के शिकार बच्चे न जाने कितनी छवियाँ पूनम की आँखों के आगे तैरने लगीं। उसे याद आया पुश्ते में एक बार नेचू के घर जाने पर सूरज ने भीतर एक गली का छोटा रास्ता पकड़ लिया था। रास्ता सुनसान था। वहाँ ज्यादा आमदरफ्त नहीं थी। वहीं नौ-दस साल के बच्चों को पूनम ने देखा। पहली ही नज़र में बच्चे उसे कुछ अजीब से लगे। उनमें से दो के शर्ट के सारे बटन खुले थे ज़िसमें उभरी हुई पसलियाँ पूरी दिख रही थीं। तीन बच्चे सिर जोड़े जाने किस चीज़ में झुके थे और उनके संग के दो बच्चे बेसुध जमीन पर पड़े थे। धूप उनके चेहरे पर सीधी पड़ रही थी पर उन्हें ज़रा होश नहीं था। बच्चे नशे में थे। पूनम के शरीर में यह सब देखकर एक कम्पन हुआ। पढ़ने-लिखने, खेलने-खाने की उम्र में नशा? इतने छोटे बच्चे? उसने सिर उठाया तो एक बच्चा वहीं एक टूटी मुंडेर पर उकड़ूँ बैठा अजीब-

सी हरकतें कर रहा था। पूनम-सूरज को देखकर बच्चे ने दोनों हाथों से अपने चेहरे के आगे पंजा-सा बनाया। सारे शरीर को लहराते हुए लड़का कुछ गा रहा था और उसका पूरा बदन गीत की लय पर झूम रहा था। सूरज ने चप्पल निकाली और उसे डराया-धमकाया पर सब बेअसर। वह कहीं नहीं भागा वहीं जमा रहा। अजीबोगरीब हरकतें करने लगा। डरकर पूनम गली की दीवार से चिपक गई । उसने अपने जीवन में पहली बार बच्चों को नशा करते इतने करीब से देखा था। उस रात पूनम सो नहीं पाई। छटपटाहट में करवटें बदलती रही। आज अचानक वह दिन पूनम को फिर याद आ गया। बार-बार एक ही सवाल मन में उठने लगा कि इन बच्चों का भविष्य क्या होगा? उसने फरीदा से कहा—"इमाम साहब ने बिल्कुल सही बात कही है। अब इन बच्चों को किसी स्कूल की सख्त जरूरत है। एक जगह सब तरह के बच्चों के साथ बैठेंगे तो इनकी सही परवरिश होगी। जैसे भी हो फरीदा! तू रशीद से बात करके इनका दाखिला करवा।"

"कहाँ से होगा दाखिला? पूनम! दाखिले के लिए बहुत फीस लगती है। चल मान ले फीस का इन्तजाम हो भी गया तो आसपास है कोई स्कूल? दूर भेजने में आने-जाने में खर्चा और काम-धन्धे का नुकसान अलग...फिर हमारे बच्चों को पढ़कर कौन-सा वकील-डॉक्टर बनना है।" सारी परेशानियाँ बताते हुए भी फरीदा अपने मन का दुख न छिपा सकी। बच्चों का पढ़ना कितना जरूरी है दोनों समझती थीं। पूनम जानती थी फरीदा के तीनों बच्चों को सही माहौल मिले तो यह किसी से कम नहीं ठहरेंगे। अपने आसपास और पुश्ते के बच्चों के बारे में सोचती हुई पूनम के मन में एक ही बात रह-रहकर उठ रही थी कि यह छोटे बच्चे भी पढ़ना चाहते हैं पर घर की कमाई इतनी नहीं है और जब सही उम्र में स्कूल जाना नहीं होता तो बच्चों की आदतें बिगड़ जाती हैं। आसानी की तरफ जल्दी मुड़ जाते हैं। बार-बार यह सवाल पूनम को परेशान करने लगा आखिर इन बच्चों को मुक्ति कैसे मिलेगी? सवाल के तीखे-नुकीले सिरे उसे चुभ रहे थे। मन यह भी कह रहा था कि साधन हो तो इन बच्चों के लिए आगे बढ़कर वही कुछ कर दे।

बच्चों की चिन्ता लिए पूनम घर लौटी। इमाम साहब और फरीदा की बात पर लगातार सोचते हुए उसके मन की बरसों पुरानी पीड़ा भी उभर आई। अक्सर यह दुख पूनम को अतीत में ले जाता जहाँ पूनम एक अभाव को गहरे तौर पर महसूस करती कि यदि उसे और आगे पढ़ने का मौका मिला होता तो आज वह कुछ और बन पाती।

❄

शास्त्री पार्क के आसपास के इलाकों में आज कम्बल बँटनेवाले थे। बिहारी बिल्डिंग में सूचना समय से पहुँच गई थी। शास्त्री पार्क पुश्ते के बाहर जमा भीड़ दूर से ही देखी जा सकती थी। आसपास के कई लोग सर्दी से बचाव के लिए कम्बल लेने चले आए। इलाके में भारी मतों से चुनावों में जीतनेवाली पार्टी गरीब-गुरबा लोगों की मदद के लिए कोई न कोई कार्यक्रम अक्सर चलाए ही रखती। पार्टी का स्थानीय नेता महावीर सिंह अपनी विशेष सज-धज में वहाँ मौजूद था। कम्बल वितरण की रस्म अदायगी करके अभी-अभी दो बड़े नेता विदा हुए थे अब मैदान में महावीर का एकछत्र राज था। इलाके के अपने वोट बैंक पर नज़र रखना और उसे शीशे में उतारे रखने का दायित्व महावीर सिंह पर था। जनता के लिए असली नेता तो वही है जिसके पास जनता की बात जल्दी और सीधी पहुँच सके। काम तसल्लीबख्श चल रहा था कि अचानक हुई धक्का-मुक्की से शोर बढ़ गया। दो आदमियों में किसी बात पर तू-तू मैं-मैं हुई और बात का बतंगड़ बन गया। शोर-शराबा सुनकर महावीर उनकी ओर लपका और डाँट-डपटकर, धमकाकर उन्हें जल्दी ही सीधे रास्ते पर ले आया। उसके दबदबे के असर से हाथापाई की नौबत नहीं आई। पूरी लाइन को सही करता हुआ वह आगे बढ़ा तो उसे पूनम नज़र आई और याद आया बुढ़िया के साथ थाने में हुआ झगड़ा। याद आयी सीलमपुर थाने के थानेदार की बताई वह बात कि कैसे इस पूनम ने हिम्मत से तीन लड़कियों की खबर थाने में पहुँचाई थी। याद आते ही महावीर सिंह का दिमाग तेजी से चलने लगा।

"पूनम!...पूनम ही है न तू?" महावीर ने पूनम को पहचानने का नाटक करते हुए कहा। पूनम के सिर हिलाने पर वह भलेपन की खास अदा से मुस्कुराया।

"तुझे लाइन में लगने की क्या जरूरत थी। पहले ही मुझसे मिल लेती।" उसकी बात सुनकर पूनम की देह संकोच से ज़रा सिमट गई। लाइन में उसके संग फरीदा, रामवती बुढ़िया, दिनेश, रामखिलाड़ी सभी पड़ोसी थे। कुछ देर वहाँ पूनम से हाल-चाल लेने के बाद महावीर ने उसे लाइन से बाहर आकर ज़रूरी बात करने के इरादे से अलग बुलाया। पूनम को कम्बल की फिक्र थी। उसकी दुविधा देखकर अगले ही क्षण एक कार्यकर्त्ता को तेज़ आवाज़ लगाकर महावीर ने कम्बल लाने का आदेश दिया। कार्यकर्त्ता ने फौरन हुक्म की तामील की। कम्बल हाज़िर किया।

"यह ले पूनम! अब ठीक है।" पूनम को कम्बल सौंपते हुए उसने यह जताने में कोई कसर नहीं छोड़ी कि पूनम को कम्बल उसकी खास मेहरबानी से

मिला है। किसी को एहसान तले झुकाना महावीर सिंह के बाएँ हाथ का खेल था। महावीर के अनुरोध पर दोनों कुर्सियों की तरफ बढ़ गये। बैठने की देर थी कि तुरन्त चाय भी आ गई। पूनम से कम्बल लेकर महावीर सिंह ने पास पड़ी टेबल पर रख दिया और चाय का कप उठाने के लिए आँख से इशारा किया।

"क्या हो रहा है पूनम इन दिनों?" चाय की चुस्की लेते हुए महावीर सिंह ने बात आगे बढ़ाई।

"कुछ नहीं..."

"कुछ नहीं?"

"हाँ बस दिन में बच्चों को पढ़ा-लिखा देती हूँ थोड़ा-बहुत। कुछ और नहीं।" पूनम ने उसके सवाल का जवाब दिया।

"खास तो कुछ न कुछ करती रहती है तू। पिछले बरस लड़कियोंवाली बात बताई थी थानेदार ने मुझे। वैसे भंडारेवाले दिन जब पहली बार तुझसे मिला था तब ही समझ गया था कि तुझमें कोई बात तो है। तू औरों से हटकर है।" पूनम उसकी ओर देखती रही। अभी तक भी समझ से बाहर था कि आखिर महावीर सिंह कहना क्या चाहता है।

"देख पूनम! बात को घुमा-फिराकर करने की मेरी आदत नहीं है। साफ कहना सुखी रहना यही उसूल है। तेरे अन्दर मैंने दूसरों की मदद का जज़्बा देख लिया है पर इससे होगा कुछ भी नहीं। इस लगन और मेहनत को पूरी तौर पर चमकना चाहिए। वैसे भी इन इलाकों में तुझ जैसी हिम्मती और पढ़ी-लिखी औरतें जरा कम ही हैं।" महावीर सिंह लगातार पूनम को देख रहा था। पूनम समझ नहीं पा रही थी कि उसकी बात का सिरा कहाँ जाएगा। सोच में डूबी पूनम को बच्चों के लिए स्कूल की बात याद आई। कुछ देर बाद पूनम ने अपने मन की गाँठ खोली—

"एक बहुत जरूरी बात आपसे करनी थी...आप...वह...ऐसा है यदि यहाँ के... बच्चों के लिए एक स्कूल खुलवा दें आप तो... इन बच्चों का भी जीवन संवर जाए।" पूनम संकोची मुद्रा तोड़कर बोली। महावीर सिंह चुप हो गया तो पूनम ने बात फिर से शुरू की—"सरकारी स्कूल खुलना बहुत जरूरी है....आप ऐसा करो न कि यहाँ स्कूल खुलवा दो।"

"तू पढ़ाएगी? सरकारी स्कूल में?" महावीर ने कुछ तंज कसते हुए कहा।

"नहीं मैं कैसे? मेरे पास तो डिग्रियाँ भी नहीं पर कुछ तो कर ही सकती हूँ बच्चों के लिए। आप चाहो तो बातचीत करके खुलवा सकते हो स्कूल।"

"मैं कैसे खुलवा दूँ? फिर जगह कहाँ है?"

"जगह तो इतनी पड़ी है...पुश्ते के नजदीक, बस वहीं खुलवा दो।" पूनम ने हाथ जोड़ते हुए कहा।

"ऐसे कैसे खुलवा सकता हूं स्कूल? बताया न तुझे सरकारी जमीन है फिर सबसे बड़ी बात यह कि कौन देगा उसे मंजूरी?" महावीर की बात सुनकर भी पूनम आस भरी आँखों से उसे देखती ही रही।

"पूनम! इतना आसान नहीं है सरकारी स्कूल खुलवाना। पहले तो मंजूरी मिलने में ही सालों लग जाएँगे। फाइल-वाइल पास करवाना इतना आसान नहीं और अगर सीधे रस्ते यह काम हो भी गया तो स्कूल बनने में भी कितना समय लग जाएगा। चार-पाँच साल तो कहीं नहीं गए।" महावीर ने सारा हिसाब बता दिया। हिसाब पूनम भी जोड़ रही थी कि यदि सही तरीके से काम किया तो पाँच साल बाद शायद स्कूल खुल भी जाए पर अभी?

"पाँच साल तो बड़ी दूर की बात है। समस्या तो अभी की है।" पूनम निराश हो उठी।

महावीर चुप हो गया। कुछ सोचकर उसने चुप्पी तोड़ी—"सीधे तरीके से तो यह काम होगा नहीं। बाकी तू कदम उठा ले मैं पीछे खड़ा हूँ। हिम्मत है तो बोल? पक्का न सही कच्चा सही पर कुछ दिन में एक स्कूल हो जाएगा। पाँच से दस साल के बच्चों के लिए एक स्कूल खुल सकता है। जिन्हें तू कुछ पढ़ना-लिखना, गाना-वाना सिखा देना। पुश्ते में भी ऐसे ही एक-दो स्कूल हैं छोटे बच्चौं के लिए। तेरे स्कूल का बन्दोबस्त हो जाएगा। जमीन पुश्ते के पास की पहाड़ी पर है। वहाँ जंगल साफ कर ले और लगा दे टीन-टप्पर। ढाँचा खड़ा कर दे बाकी मेरी जिम्मेदारी। कुछ साल खींच ले फिर पक्का करवा देंगे कहीं।" महावीर ने राह सुझाई।

"पर खर्चा?" पूनम का दिमाग महावीर की बात से एक कदम आगे चल रहा था।

"खर्चा तो मैं देख लूँगा। तू निसाखातिर रह पर याद रखना रात-रात में यह काम करना होगा। दिन के उजाले में कई मुसीबतें आ सकती हैं। महावीर ने देर तक चली बातचीत में पूनम को कई राहें सुझाईं। घर लौटकर सूरज ने कम्बल को देखा तो उसे खुशी मिली पर जैसे ही पूनम की स्कूल की योजना सुनी तो उसकी खुशी सिमट गई। व्यर्थ विपदा मोल लेने की बात भी उसने पूनम को समझाई—

"यह काम गैरकानूनी नहीं होगा पूनम? महावीर कुछ भी कहे तू तो जानती है।" सूरज ने गम्भीर सवाल उठाया। पूनम भी काफ़ी देर से इस सवाल से जूझ रही थी। बहुत देर तक कुछ नहीं बोली। घर के काम निबटाते हुए बार-बार इस सवाल का अपने मन से जवाब माँगती रही। सूरज को लगने लगा मामला टल गया पर ऐसा नहीं था। बहुत देर बाद पूनम इस निर्णय पर पहुँची कि कानून की नज़र में यह सवाल सरासर ग़लत है पर इंसानियत की नज़र से देखें तो ग़लत नहीं है। उसने सूरज को अपना निर्णय सुनाया—

"मैं कौन-सा अपने लिए महल खड़ा कर रही हूँ। बच्चे पढ़ेंगे तो इनका जीवन सुधर जाएगा।" पूनम ने ज़ोर देकर कहा। बच्चों के हालात उसकी नज़र से छिपे नहीं थे और लम्बे समय से उसकी सोच के दायरे में बच्चों को लेकर कई सवाल अटके थे। इस फैसले ने पूनम के इरादे को और मज़बूत कर दिया। पूनम का इरादा पक्का जानकर कुछ दिन बहस के बाद सूरज ने भी इस फैसले के आगे हथियार डाल दिए। पूनम-सूरज के अलावा बात केवल चार लोगों में तय हुई। नेचू, फरीदा-रशीद और रफीकुद्दीन। नेचू और रफीकुद्दीन ने अगली सुबह बल्लियों और तम्बू-तिरपाल का इन्तज़ाम किया। रशीद वैल्डिंग का काम करता था, ठेलेवालों से उसकी जान-पहचान थी। उसने कुछ मजदूर भी पक्के कर लिए। देर रात सभी लोग मिलकर उस रेतीली पहाड़ी पर पहुँच गए। हालाँकि जगह का मुआयना नेचू और सूरज पहले ही कर आए थे। काम आसान नहीं था। पहले आठ मजदूर बुलाए गए पर बाद में दो की और ज़रूरत पड़ी। ऊबड़-खाबड़ ज़मीन पर बेतरतीब उगे झाड़-झाड़ियों को उखाड़ना और बौने कद के टेड़े-मेढ़े मरियल से दो पेड़ों को काटने का मुश्किल काम अंजाम दिया गया। रात तेजी से भागी चली जा रही थी। मजदूर जल्दी-जल्दी हाथ चलाने लगे। पूनम खुद उनके साथ लग गई। दो मजदूर सारा कूड़ा ठेले में भरकर पुश्ते से आगे के एक खत्ते में डालने ले जाते। इस तरह लगभग साठ-सत्तर गज के करीब की ज़मीन की मोटी-मोटी सफ़ाई कर दी गई। घने झाड़ों से परे ज़मीन का एक टुकड़ा पहाड़ी पर उभर आया। अब रफीकुद्दीन अपने काम में लग गया। उसने सूरज और नेचू की मदद से जमीन में बल्लियाँ गाड़नी शुरू कीं। बाद में उनके सहारे से तम्बू को टिकाया। नीचे का काम हो गया तो ऊपर तिरपाल की छत डाल दी। कम समय में जितना बेहतर हो सकता था काम कर लिया गया। मेहनती हाड़, पहाड़ से दरिया बहा ही देता है। चौथे पहर लोगों की नींद टूटने से पहले सारा काम अंजाम दे दिया गया। अब पुश्ते के करीब पहाड़ी पर स्कूल का ढाँचा खड़ा हो गया। रातों-रात एक सपना साकार हुआ।

शिक्षा के एक भले मकसद के पीछे की सारी मंशाएँ समझकर पूनम जितनी उत्साहित थी उतनी ही उस मकसद को पूरा करनेवाले कारनामों को देखकर हैरान भी। आशंकाएँ भीतर ही भीतर उसे डरा भी रही थीं। पुश्ते की इस पहाड़ी पर लोग सुबह दिशा-मैदान के लिए फारिग होने आया करते थे। एक औरत ने ढाँचे को देखते ही शोर मचा दिया। तम्बू और बाँस-बल्लियों का वह ढाँचा वैसे भी छिपाए छिप नहीं सकता था। जैसे-जैसे लोग आते-जाते हैरत में पड़ जाते लेकिन वहाँ पुश्ते के कुछ अपने लोगों को देखकर ठिठक जाते। नेचू,रफीकुद्दीन के साथ गुड़िया और अमीना भी सुबह जल्दी पहुँच गए। इधर राधा को भी गुड़िया ने खबर कर दी तो मुनमुन और आयशा भी चले आए। जान-पहचान के कुछ लोगों को पहले से ही पूनम और नेचू ने तैयार कर लिया गया था। अपने ही लोगों के जमावड़े से लोगों को माजरा कुछ साफ समझ नहीं आया अलबत्ता कुछ खुसर-पुसुर हवा में ज़रूर फैलने लगी। सुबह का समय तेजी से बीत रहा था। काम पर जाने की जल्दी के कारण लोग मामला सूँघ तो रहे थे लेकिन जगह का रहस्य न खुलने पर तितर-बितर होने लगे। अब पूनम को अपनी वास्तविक भूमिका निभानी थी। उसने तम्बू से घिरी जगह के भीतर दरी बिछाई। उसका पक्का सपना कच्चे ढाँचे में पहली बार उठ खड़ा हुआ जब फरीदा,आयशा, गुड़िया, अमीना, मुनमुन और राधा के छोटे-छोटे बच्चे वहाँ आ गए। फरीदा ने अपनी बहन आयशा को पहले ही खबर कर दी थी। रफीकुद्दीन तो पहले से ही योजना में शरीक था इसलिए उसकी बीबी अमीना सब जानती थी। नेचू की पत्नी गुड़िया ने राधा को जोड़ा तो उसकी सहेली मुनमुन कैसे नहीं जुड़ती। इस तरह गुड़िया, राधा और मुनमुन के बच्चे भी साथ आ गए और रफीकुद्दीन मिस्त्री ने तो अपनी बीबी अमीना को पहले से ही अपने बेटे नौमान को स्कूल लेकर आने की बात कह दी थी। इन सबकी ज़िन्दगी आज एक नई सुबह देख रही थी।

❄

अनीश के कदम दिल्ली आकर कभी नहीं रुके। एक बड़ा सपना उसके भीतर न जाने कबसे पल रहा था। पत्रकारिता में डिप्लोमा शिक्षा की पायदान की अन्तिम औपचारिकता थी। अनीश को अब आगे बढ़ने के लिए एक बड़े अखबार या पत्रिका से जुड़ना था। सुगन्धा ने इस विषय में बेटे से कई बार बात करनी चाही पर उसने कोई न कोई बहाना बनाकर टाल दिया और एक दिन सुगन्धा को हैरानी में डाल दिया।

"कल से मेरा काम शुरू हो जाएगा मम्मी!.. एक फोर्टनाइटली मैगज़ीन में मेरा जॉब हो गया है। कल जॉइनिंग है।" अचानक मिली इस खबर से सुगन्धा की भौंहे एकबारगी सिकुड़ीं पर जल्द ही होंठों पर मुस्कान तैर गई।

"अरे! कहाँ-कब...कुछ पता ही नहीं चला? मैं तो तुमसे रोज़ ही पूछ रही थी।" सुगन्धा ने उठकर अनीश को गले लगाया।

"बस...सोचा जब काम पूरा हो तभी बताऊँ। वैसे ऑफ़िस यहाँ से ज्यादा दूर नहीं है। लक्ष्मी नगर में है। आई.टी.ओ. के बाद पुल से उतरते ही पहले चौराहे के एकदम नज़दीक। नया ऑफ़िस अभी-अभी पहाड़गंज से शिफ्ट हुआ है।" अनीश की खुशी बेकाबू थी जिसके साक्षी उसके शब्द थे जो हवा के घोड़े पर सवार थे।

"अच्छा! कौन-सी पत्रिका है? सम्पादक कौन हैं?" पहचान के दायरे की किसी पत्रिका की सम्भावना से सुगन्धा ने सवाल किए।

"भारत न्यूज़.... सम्पादक सुशील कुलश्रेष्ठ जी....आप शायद जानती होंगी।" अनीश ने अबकी सँभलकर कहा तो सुगन्धा ने सिर हिलाकर हाँ में जवाब दिया। बोली कुछ नहीं। कमरे में थोड़ी देर के लिए चुप्पी छा गई तो वहाँ काम करती मुनमुन जो अब तक सारी बातें सुन रही थी बोली—

"अब तो तुम सच में शोना बाबू हो गए। बड़ी नौकरी वाले।"

"फिर बाबू? प्लीज़...।" अनीश ने दोनों हाथों को ज़ोर से जोड़ा तो कमरा उसकी हाथों की आवाज़ से गूँज उठा। खुद के लिए शोना और बाबू सम्बोधन अनीश तो कभी रास नहीं आया पर आज उसकी प्रतिक्रिया में तिरस्कार शामिल था। अनीश के रूखे व्यवहार की आदी मुनमुन फिक्क से हँस दी पर सुगन्धा का चेहरा गम्भीर बना रहा।

लक्ष्मी नगर के पुल से उतरनेवाला चौराहा हरदम व्यस्त रहता। बेहिसाब ट्रैफिक और इत्मीनान के इम्तिहान पार करके ही लोग अपनी-अपनी मंज़िल पर देर-सबेर पहुँच जाया करते। पुल की ढलान से ही अनीश को ऑफ़िस की बिल्डिंग पर लगा 'भारत न्यूज़' का बड़ा-सा बोर्ड दिखाई दे गया। उसे देखकर अनीश के दिल में हसरतों का झरना बहने लगा। उसके मन ने कहा मंज़िल हाथ भर की दूरी पर है। जॉइनिंग लेकर अनीश कुछ देर रिसेप्शन पर खड़ा रहा तभी एक चपरासी उसे एक कमरे में ले गया। यह सम्पादक का आलीशान केबिन था जो दो भागों में बँटा था। एक आर्टिस्टिक डिवाइडर उस बड़े हॉल को दो हिस्सों में बाँट रहा था। एक हिस्सा सम्पादक का था और दूसरे में मैनेजमेंट

सँभालनेवाला मैनेजर बैठता था। अक्सर ऐसा कम ही देखने को मिलता है पर यहाँ यही व्यवस्था थी। सुविधा के लिए डिवाइडर के स्लाइडिंग ग्लास को सरकाकर सम्पादक और मैनेजर एक-दूसरे से बातें कर लिया करते थे अन्यथा डिवाइडर बन्द रहता। अनीश की जॉइनिंग के समय सुशील जी सम्पादक की कुर्सी पर विराजमान थे। इस समय डिवाइडर हटा हुआ था इसलिए दूसरा हिस्सा भी इस घटना का गवाह बना।

"कॉन्ग्रेचुलेशन्स यंग मैन... वेल्कम इन भारत न्यूज़। आई एम अशोक दुबे।" मैनेजर ने हाथ मिलाकर अनीश को बधाई दी।

"चलो तुम्हारी सीट दिखा दें।" सम्पादक कुर्सी से उठकर आगे बढ़े और अनीश उनके पीछे चला। ऑफ़िस नई चमक से जगमगा रहा था। बाहर रिसेप्शन पर एक लड़की लगातार फोन अटेंड कर रही थी। उसके ठीक पीछे टाइपिंग सेक्शन था। वहाँ से निकली खटखट-खटाखट की ध्वनि पूरे ऑफ़िस में गूँज रही थी। सुशील जी ने बाहर चाय बना रहे अटेंडेंट को इशारा किया तो उसने टाइपिंग केबिन का दरवाज़ा बन्द कर लिया। केबिन से आगे ऑफ़िस दो गलियारों में बँटा था। दोनों में से एक में उपसम्पादकों के अलग-अलग डेस्क थे और दूसरी तरफ आर्ट एंड डिज़ाइनिंग डिपार्टमेंट। सम्पादक को यूँ एक नए लड़के को ऑफ़िस दिखाते हुए सभी विभाग हैरत से देखने लगे। इससे पहले सम्पादक ने ऐसा नहीं किया था। अनोश उन सबको देखते हुए ऑफ़िस को भी देखता चल रहा था। उपसम्पादकों के गलियारे के आखिरी छोर पर दो बड़े कमरे थे। इनमें से एक में रिपोर्टर बैठते थे और दूसरे में मार्किटिंग विभाग के लोग। आर्ट एंड डिज़ाइनिंग डिपार्टमेंट में रखे दो कम्प्यूटर ऑफ़िस के रुतबे को बढ़ा रहे थे। इस समय में पत्रकारिता में कम्प्यूटर किसी लग्ज़री से कम नहीं थे। इस कमरे से सटा एक और कमरा था जहाँ कई रैक रखे थे। उनमें अखबार,पत्रिकाएँ और फाइलें व्यवस्थित रूप से जमा थे। राज्य, केन्द्र और विश्व के साथ संस्कृति, विज्ञान, अर्थजगत, स्वास्थ्य, मनोरंजन आदि से सम्बन्धित महत्त्वपूर्ण रिपोर्ट्स की फाइलिंग यहीं की जाती थी जो बाद में एक बड़ी रिपोर्ट की बुनियाद बनतीं। अनीश को सम्पादक जैसे ही इस कमरे तक लाए उसके चेहरे पर एक बड़ा सवाल उभर आया-यहाँ? सम्पादक ने अनीश का चेहरा पढ़कर उसके सवाल को जान लिया। जवाब हाज़िर था—"अनीश! तुम बेसिक से काम शुरू करो। फाइलिंग सबसे ज़रूरी काम है। देखो बहुत से लोग यहाँ आते हैं और यही चाहते हैं कि सीधे ऊपर पहुँच जाएँ पर मैं चाहता हूँ कि तुम सारा काम समझ

लो क्योंकि जब तुम कभी अपना काम शुरू करोगे तब तुम्हें कोई दिक्कत नहीं आएगी। इसलिए नीचे से ऊपर की ओर बढ़ो फिर यहाँ परेशानी भी कुछ नहीं है। हम जो हैं। तुम सिन्हा साहब के बेटे हो और सिन्हा साहब हमारे दोस्त हैं।" कहकर सम्पादक हँस दिए। न चाहते हुए भी अनीश को सम्पादक की बात माननी पड़ी।

फाइलिंग सेक्शन से आगे दो बड़े हॉल थे। यहाँ सभी ब्यूरोचीफ अपने-अपने ब्यूरो की मीटिंग्स लिया करते थे। दिल्ली ब्यूरो की एक मीटिंग अभी होनेवाली थी। समीर प्रताप इस ब्यूरो के चीफ थे। पत्रिका के रिपोर्टर्स धीरे-धीरे आ रहे थे। सम्पादक सुशील कुलश्रेष्ठ को यह सही मौका जान पड़ा अनीश सिन्हा को सबसे मिलवाने का। एक औपचारिक मुलाकात के बाद अनीश को सबने बधाई दी और मीटिंग शुरू हो गई। सम्पादक ने अनीश को वहीं बैठे रहने का इशारा किया। अनीश एक कोने में बैठ गया। आठ-दस रिपोर्टर्स से अलग-अलग मुद्दों पर बात करने के बाद अगले कुछ महीनों में पत्रिका के विशेष अंक की योजना बनाते हुए समीर प्रताप ने विस्थापन से बदली राजधानी की तस्वीर विषय को साझा किया। विषय एक था पर इससे जुड़े मुद्दे अनेक थे। रोज़गार एक आधारभूत मुद्दा था। इसके साथ ही बड़ी संख्या में अपनी जड़ों से विस्थापित होकर राजधानी में बौद्धिक और शारीरिक श्रम देने आया वर्ग संवाद के केन्द्र में था। इनकी स्थिति और समस्याएँ केन्द्र में थीं। राजधानी की सीमित सुविधाएँ और असीमित विस्तार के बीच तनाव के कई बिन्दुओं पर चर्चा हो रही थी। समीर प्रताप चाहते थे कि सभी पक्षों रोज़गार,आवास आदि के साथ दिल्ली में बढ़ते असंगठित श्रम के क्षेत्र और राज्यों में रोज़गार की समुचित व्यवस्था न करनेवाली केन्द्र सरकार की नाकामियों को भी सिलसिलेवार ढंग से सामने लाया जाए। मीटिंग में सारी योजना पर बात होने के बाद सभी रिपोर्टर्स में जिम्मेदारियों का बँटवारा किया गया। उसके बाद चाय के दौरान अनौपचारिक सत्र शुरू हो गया। समीर प्रताप की दिलचस्पी इसी सत्र में थी जहाँ कुछ मौलिक विचार निकलकर आते थे। निशान्त मीणा सबसे सीनियर रिपोर्टर थे। पूर्वी दिल्ली और चाँदनी चौक उनके काम का विशेष क्षेत्र रहा था।

"समीर जी! खबर आ रही है कि यमुना का जलस्तर खतरे के निशान के करीब है..." निशान्त ने अपनी बात पूरी भी नहीं की थी कि उदय सरीन ने तुरन्त अपने ज्ञान का प्रदर्शन यह कहते हुए किया—"वह परसों ताजेवाला बैराज का पानी छोड़ा गया है इस वजह से खतरा बढ़ गया है। ऐसा तो कई बार पहले भी हुआ है सर! पर जलस्तर का बढ़ना हमेशा खतरा नहीं होता। बाढ़ नहीं होता।"

उदय की बात पर समीर ने कोई राय नहीं दी पर पत्रिका के आगामी अंक की योजना पर अपनी बात जारी रखी—

"हम तो अभी एक विस्थापन की बात कर रहे हैं यहाँ तो विस्थापन दर विस्थापन का मुद्दा है। याद कीजिए दिल्ली ने इस यमुना की कितनी बाढ़ें देखी हैं। जानते हैं इस बाढ़ का सबसे बड़ा असर किस पर होता है? क्रीमी लेयरवाली दिल्ली पर या फिर नॉन क्रीमी पर? हरियाणा, राजस्थान, उत्तर प्रदेश, बिहार, पंजाब, कलकत्ता यहाँ तक कि कुछ प्रतिशत त्रिपुरा का भी यमुना पुश्ता में आकर बसा है। इतने सालों में लोहे के पुल से लक्ष्मी नगर और आगे तक बढ़नेवाले पुश्ते को ही नहीं भीतर-भीतर के अनेक पुश्तों को भी करीब से देखा है। बाढ़, विस्थापित लोगों के हिस्से में एक नया विस्थापन लिख देती है। उजड़ना-बसना और बसकर उजड़ना ही जैसे इन लोगों की नियति हो गई है।" युवा रिपोर्टर कौशल गुप्ता ने समीर प्रताप की इस बात को आगे बढ़ाते हुए कहा—"दिल्ली की आबादी में बेतहाशा वृद्धि को केवल स्लम्स की ओर मोड़ देना और स्लम्स का अर्थ केवल अपराध से जोड़ देना एकतरफा सोच का नतीजा है। क्या समूची विस्थापित आबादी स्लम्स में समाई है? आम लोगों की यही धारणा बन गई है। हमारा काम इस धारणा को तोड़ने का भी होना चाहिए। शहर का सम्पन्न तबका जो शिक्षा, कानून, सुरक्षा आदि बड़ी नौकरियों के लिए, बेहतर जीवन स्तर के लिए केन्द्र की ओर भाग रहा है उसके आँकड़े भी तो सामने आने चाहिए। कितनी सरकारें आईं-गईं पर विस्थापितों में मध्य और उच्च वर्ग में शामिल हो गईं आबादी कभी टारगेट नहीं की गई जबकि निम्नवर्ग के झुग्गी क्लस्टर्स ही सबको दोषी दिखाई देते रहे हैं।"

"इसलिए दिखाई देते हैं कि अपराध का जन्म वहीं से होता है।" उदय ने फिर बात काटी।

समीर प्रताप असहमतियों के प्रति आदर का भाव रहते थे पर मूर्खों से सावधान रहते थे। अतार्किक भावुक प्रतिक्रियाएँ किसी भी व्यक्ति में किसी भी समय जोश भले भर दें समीर प्रताप के संसार में यह सब निरर्थक था। साथ ही उनका मानना था जो भाषा हम बोलते हैं वह हमारे व्यक्तित्व का आईना होती है। अक्सर नए ट्रेनीज़ को सिखाते हुए वह तर्क को सही भाषा में पहली सीढ़ी के तौर पर प्रयोग करना ही सिखाते थे। सारी बातचीत को ध्यान से सुनने के बाद उन्होंने अपनी बात रखी—

"मेरा सवाल है कि क्या किसी सरकार ने असंगठित क्षेत्र में आनेवाली इस विस्थापित आबादी के प्रति संजीदगी से कोई कार्यवाही की? दूसरा सवाल यह

भी है कि क्या दिल्ली की जिन झुग्गी बस्तियों के सस्ते श्रम का लाभ पूरा शहर उठाता आया है उन झुग्गी बस्तियों को कानूनी पहचान देने की कायदे से कभी पहल हुई? 1962 के मास्टर प्लान में शहर को झुग्गीरहित करने की बात उठी थी पर साथ ही डी.डी.ए. से भी तो कहा गया था कि वह लोअर इनकम ग्रुप के लिए घर बनाए? उसका क्या हुआ?" समीर प्रताप ने एक अन्य पक्ष की ओर रोशनी डाली।

"कुछ तो बने भी हैं पर जिन्हें गटर में रहने की आदत है वह क्या करेंगे इनका। बेच-बाचकर पैसा कमाते हैं और रहने के लिए गटर ही चुनते हैं।" उदय ने कन्धे उचकाकर कहा।

"ऐसा नहीं है उदय। कौन है जो गटर में रहना चाहता है?" इस बार निशान्त मीणा से रहा नहीं गया।

"मेरा ख्याल है इस मुद्दे को भी अंक की योजना में रखा जाए। साथ ही एक हिस्सा इंटरव्यू का भी शामिल रहे जिसमें मध्यवर्ग से बातचीत की जाए। झुग्गी क्लस्टर के लोगों के प्रति उनकी राय सार्वजनिक की जाए।" समीर प्रताप ने अपना पक्ष रखा जिस पर सहमति बन गई। अनीश ने सारी बातचीत को बहुत ध्यान से सुना और फाइलिंग सेक्शन की तरफ जाने से पहले आगे बढ़कर उदय सरीन से मिला और उसे अपने बारे में विस्तार से बताया।

परवाज़

जिन्दगी पंछियों की मानिन्द होती है। परवाज़ ही उसका वजूद है। उड़ान के लिए बेताब ज़िन्दगी शाख-दर-शाख होती कभी दरख्त की फुनगी पर जा पहुँचती है और कभी फुनगी से आसमान को छूने तक का जज़्बा रखती है। ज़िन्दगी शायद थककर हार मान ले यदि उसके हिस्से में उड़ान और ऊँचाई नहीं हो। ज़िन्दगी यदि उड़ान है तो मुश्किलें छिपे हुए बहेलिए की तरह हैं जो अचानक कभी सामने से वार करते हैं तो कभी छिपकर घात में बैठे रहते हैं। बहेलिए के हमलावर अन्दाज़ से पंछी की उड़ान भले ही बाधित हो जाए या भटक जाए पर यह बहेलिए का भ्रम है कि उसके वार और घात से पंछी उड़ना भूल जाएगा। उड़ना उसका मूल स्वभाव है और अपने जन्मजात गुण को सींचते चलना पंछी का हुनर है।

अपने करीबी परिवारों के बच्चों के साथ पूनम ने स्कूल ज़रूर खोल लिया था पर अब चुनौती थी पुश्ते के उन बच्चों तक पहुँचने की जिनके लिए स्कूल जीवन बदलने की पाठशाला हो सकता था। इस काम में पूनम जी-जान से लग गई। पुश्ते की अलग-अलग बस्तियों में घर-घर जाकर पूनम ने स्कूल का प्रचार किया। हर घर के दरवाजे पर दस्तक दी। वह कहीं भाई, कहीं दीदी, कहीं दादा, कहीं अम्माँ कहकर लोगों से बच्चों को स्कूल में भेजने की विनती करती। जिस भी रास्ते से हो सकता था पूनम उन्हें हर तरह से समझाने की कोशिश करती। कहीं स्वागत होता तो कहीं मायूसी भी मिली पर पूनम पूरे मिशन की तरह इस काम में लग गई । पुश्ते में बहुत से बंगाली परिवार थे। जीवन में पहली बार सीखी हुई बंगाली पूनम के बहुत काम आई। समान भाषा दो दिलों के बीच पुल बना देती है। बंगाली परिवारों के दरवाजे खटखटाती पूनम एक ही आग्रह दोहराती—"शिशुदेर प्राणभोरे बाँचते एबं गान गाइते कखोनो आटकाबे ना।" बच्चों को खुलकर जीने और गाने से कभी न रोकने की उसकी यह विनती बँगला भाषी परिवारों में अनेक बार सफल होती। हर दिन पढ़ाने के तय समय के बाद लोगों से मिलना और उन्हें बच्चों को स्कूल भेजने के लिए तैयार करने का सिलसिला कई दिन चला। यों पुश्ते में स्वयंसेवी संगठनों

के चलाए हुए स्कूल भी थे लेकिन पुश्ते की आबादी इतनी अधिक थी कि वहाँ और भी स्कूल चाहिए थे। पुश्ते के बच्चे अपने कच्ची उम्र में घर का हाथ बँटाते थे और उनके नियमित स्कूल आने का कोई भरोसा न रहता इसलिए स्कूलों में होड़ जैसी स्थिति अभी नहीं आई थी। बिहारी बिल्डिंग में सुखचैन और रामखिलाड़ी के बच्चे पहले ही किसी दूसरे स्कूल में पढ़ रहे थे लेकिन फरीदा क़े बच्चे पूनम के स्कूल में पढ़ने आ गए थे। बिहारी बिल्डिंग के बाहर ही रशीद की जान-पहचान का एक रिक्शेवाला पुल पार की सवारियाँ लाता-छोड़ता था। सुबह निकलते समय वही अक्सर रशीद के बच्चों और फरीदा और को ले जाता। लौटते समय फरीदा पैदल आ जाती और बच्चे फिर रिक्शेवाले के साथ आते।

साहस से बढ़ाए कदम से कई राहें खुल जाती हैं। चारों तरफ के घुप्प अँधेरे में माचिस की एक तीली का प्रकाश भी कुछ कम नहीं होता। पूनम का हौसला बढ़ाती आयशा, गुड़िया, अमीना, मुनमुन और राधा भी टीम की तरह काम कर रही थीं। कभी-कभी फरीदा भी बच्चों को लेने आ जाती तो पूनम भी उसके साथ ही बिहारी बिल्डिंग लौट आती। एक दिन अनेक सपने, अनेक सपने हजार उम्मीदें—पूनम की ज़िन्दगी इन दिनों इन्हीं सपनों-उम्मीदों की एक-एक कड़ी जोड़ती जा रही थी। उत्साह के साथ आगे बढ़े कदमों में दबी-छिपी घबराहट भी थी। पूनम इस काम को नए तरीके से देख रही थी। नए सीखने के क्रम में खुद की क्षमताओं को भी परख रही थी। हर दिन आती मुश्किलों के समाधान खोजना आसान कहाँ था। महीना बीतते-बीतते पूनम के स्कूल में बच्चों की संख्या बढ़ने लगी। यही नहीं रोज़-रोज़ पुश्ते के घरों में जाने से पुश्तेवाले भी पूनम को जानने लगे। समय निकालकर पूनम ने सुगन्धा से भी मुलाकात की और स्कूल चलाने के लिए ज़रूरी सलाह भी ली। पूनम के सहयोग माँगने पर सुगन्धा ने अपने संगठन के साथी पंकज को रोज़ कुछ घंटे स्कूल में पढ़ाने के लिए भेजना शुरू किया। किताबों और ज़रूरी सामान के लिए आश्वासन भी दिया। पंकज को पहले से ही पुश्ते के कुछ लोग जानते थे तो स्कूल की धाक और जम गई। पंकज के जुड़ने से पूनम को न सिर्फ सहारा मिला बल्कि एक सही दिशा भी मिली। स्कूल दस साल तक के बच्चों के लिए था। पूनम ने यह ध्यान रखा था कि जो बच्चे पुश्ते में माता-पिता के कामधन्धे से जुड़े हैं वे किसी भी समय स्कूल आ सकते हैं। पूनम उन्हें कविता-कहानी पढ़ाती। योग और चित्रकला करवाती। पंकज उन्हें अक्षर ज्ञान, गणित और विज्ञान के पाठ समझाता।

पूनम शादी से पहले भी कभी-कभार कविताएँ लिखा करती थी। कल उसने पहली बार बच्चों के लिए कुछ लिखा। क्लास में सभी बच्चे हल्ला-गुल्ला कर रहे थे। दो आपस में झगड़ रहे थे। कुछ हँसी-ठ्ठा कर रहे थे। पूनम ने मुँह पर उँगली

रखकर उन्हें चुप रहने का इशारा करते हुए कहा—"आज हम एक कविता याद करेंगे। याद रखना यह कविता हमारे स्कूल की कविता होगी। तुम सबकी कविता। स्कूल की पहली कविता। इस कविता को कौन-कौन सबसे पहले याद करेगा?" पूनम के पूछने की देर थी कि सबके सब हाथ खड़ा करके चीखने लगे--मैं...मैं

"यह क्लास में इतनी बकरियाँ कहाँ से आ गईं? मैं-मैं-मैं-मैं" पूनम के कहते ही सारे बच्चे हँसने लगे।

"कविता सुनाओ न मैडम जी!" जुबैर ने कहा।

"ठीक है, मैं कविता सुनाऊँगी और तुम सब पीछे-पीछे दोहराना" पूनम ने कहते हुए कविता सुनाई—

"बच्चे हैं हम नहीं अकल के कच्चे हैं हम
कभी पेड़ पर ऊँचे चढ़ें कभी गिरें धड़म
बच्चे हैं हम।
रोज नहाना-धोना अपना, दाँत-मुँह चमकाना
और नहाते-धोते में ऊँचे सुर में गाना
प्यारे-प्यारे गीत गाते हम न भूलें सरगम
बच्चे हैं हम।
इक-दूजे का साथी बनकर हम हैं धूम मचाते
मदद कोई जो माँगे हम झट से हाथ बढ़ाते
खूब हँसाकर लोगों को भुला दें उनके गम
बच्चे हैं हम।
पूरा खाना, बढ़िया गाना, पढ़-लिखकर है नाम कमाना
यमुना जैसे आगे बढ़ना बीच राह में रुक न जाना
यूँ ही लिखते-पढ़ते रहकर आ जाएगा दम
बच्चे हैं हम।
साहस जीवनराग हमारा, कोशिश अपनी साथी
सच्चाई की उँगली थामे प्रेम की पढ़ते पाती
ऊँच-नीच और मेरा-तेरा, यह झगड़ा करें खतम
बच्चे हैं हम।
होली की गुझिया भी खाएँ, ईद सिवैयों संग मनाएँ
धरती पर हम फूल उगाएँ नफरत के काँटे चटकाएँ
गिरते-पड़ते-बढ़ते जाएँ हम नहीं किसी से कम
बच्चे हैं हम।"

सारे बच्चे खुश होकर पीछे-पीछे दोहराते गए। सबको बड़ा आनन्द आया। कविता सुनाने के बाद पूनम ने बच्चों को चित्रकला के अभ्यास में लगा दिया। पूनम देर से पंकज का इन्तज़ार कर रही थी। उसके कविता पढ़ाने के बाद पंकज गणित, विज्ञान आदि की क्लास लेता। पंकज एक पढ़ा-लिखा नौजवान था। जनमंच से अपनी इच्छा से जुड़ा था। जीवन में कुछ बेहतर करने का उसका इरादा पक्का था। स्कूल के काम को करीब से जानता था। उस दिन बहुत इन्तज़ार के बाद पूनम ने ही पंकज की क्लास को सँभाला।

"आज काफ़ी देर कर दी पंकज?...क्या हुआ? पंकज को आते देखकर पूनम ने पूछा।

पंकज कुछ नहीं बोला। उसके चेहरे पर मायूसी साफ दिखाई दे रही थी। कुर्सी पर पीठ टिकाए उसने सिर को पीछे की तरफ धकेला।

"क्या परेशानी है पंकज?" पूनम समझ गई कि बात गम्भीर है। कुछ देर बाद पंकज ने सुबह की जो घटना सुनाई उसे सुनकर पूनम हैरान रह गई।

"दीदी! रोज़ की तरह स्कूल के लिए सही समय पर ही निकला था आज। बस के लिए इन्तज़ार कर रहा था। सुबह के समय उस बस स्टॉप पर भीड़ कुछ कम ही रहती है। मैंने अपना बैग बेंच पर अपने साथ ही रख लिया था। स्टॉप के करीब एक चायवाले के पास एक लड़की बैठी थी। मैंने एक बार उसे देखा और फिर नज़र दूसरी ओर घुमा ली। लड़की चाय और फैन खा रही थी। मुझे इसमें ऐसी कोई खास बात नहीं लगी। वहाँ अक्सर लोग चाय-फैन खाते दिखते ही हैं। थोड़ी देर बाद जब मेरी बस नहीं आई मैं बेचैनी से बस की दिशा में देखने लगा अचानक वह लड़की मेरे करीब से गुज़री और उसने मेरे पैरों पर उलटी कर दी। मैं हड़बड़ाकर एकदम खड़ा हो गया।" पूनम की आँखें किस्से के इस पड़ाव पर आकर फैल गईं। पंकज के चेहरे पर एक अजीब सा वीभत्स भाव पूनम की नज़र से नहीं छिपा।

"मैं हकबका गया दीदी! समझ में नहीं आया कि क्या करूँ। एक तरफ उस लड़की पर चिल्ला रहा था जो बेख्याली में आगे बढ़ी जा रही थी और दूसरी तरफ अपनी गन्दी हो चुकी पैंट को साफ करने की कोशिश कर रहा था। रूमाल से भी वह कहाँ साफ हो सकती थी। मैंने आसपास देखा तो चायवाले के पास ही मुझे पानी दिखाई दिया। मैं उसकी तरफ बढ़ने को हुआ तो एक पाँच-छह साल का लड़का दौड़ता हुआ आया और जब तक मैं कुछ समझ पाता वह मेरा बैग ले उड़ा। उसमें जनमंच के ज़रूरी कागज़ और इकट्ठा किया हुआ फंड भी था।" पूनम की

हैरत बढ़ती जा रही थी उसने देखा बैग तो पंकज साथ लाया है। पंकज ने भी उसे देखते हुए देख लिया। बैग को हाथ से दो बार थपकी दी और बात का सिरा आगे की ओर बढ़ाया।

"दीदी! मेरी तो समझ ने काम करना बन्द कर दिया। बैग की तरफ भागूँ, चीखूँ या अपनी पैंट को साफ करूँ?" पंकज की आवाज़ में कम्पन था।

"फिर क्या हुआ? बैग कैसे मिला?" पूनम ने एक साँस में दो सवाल पूछ डाले।

"बस दीदी! मेरी खोई हुई चेतना जैसे ही लौटी मैं पूरी ताकत से लड़के की दिशा की ओर इशारा करके चीखा—'मेरा बैग...मेरा बैग...दौड़ो...बच्चे को पकड़ो-चिल्लाया। बच्चा बस स्टैंड के पीछे एक बस्ती की तरफ तेजी से भाग रहा था। मेरा शरीर बुरी तरह काँपने लगा। मुझे बहुत ताकत लगानी पड़ रही थी इन शब्दों को बोलने के लिए। ऐसा लग रहा था जैसे शरीर में जान ही बाकी नहीं रही हो पर मैं चिल्लाया। मैं बच्चे की तरफ भागा। मुझे बच्चे के पीछे चिल्लाता-भागता देख एक दुकानदार ने मामला भाँप लिया। बच्चा उसके नज़दीक ही था उसने दौड़कर बच्चे को दबोच लिया।" पंकज की बात सुनकर पूनम की आँखों के आगे सारी घटना घूम गई। पंकज की बात अभी खत्म नहीं हुई थी—"मैं भी पीछे-पीछे उन दोनों तक पहुँच गया। दुकानदार लड़के को बुरी तरह पीटने लगा। गुस्सा तो मुझे भी बहुत आ रहा था दीदी! पर दुकानदार बच्चे की गर्दन पर पूरा दबाव बनाते हुए उसे गालियाँ दिए जा रहा था और दूसरे हाथ से उसके चेहरे-पीठ पर तमाचे-घूँसे जड़ता गया। बच्चा रोने लगा और दुकानदार की गिरफ्त से आज़ाद होने को झटपटाने लगा। मैंने दुकानदार की तरफ देखा तो वह बच्चे को पकड़े हुए ही बोला— "यह साले पैदायशी चोर होते हैं। रोज का धन्धा है इनका। अभी से ठुकाई करके रखो तब ही अकल ठिकाने रहेगी इनकी।"

क्या बताऊँ दीदी मेरे लिए उस वक्त यह तय करना मुश्किल था कि कौन ग़लत है कौन सही? समझ ही नहीं पा रहा था कि आखिर किस पर गुस्सा करूँ? उस बच्चे पर, उसके माता-पिता पर, उस दुकानदार पर या अपने समाज पर? बच्चे को पीटते दुकानदार के हाथ को मैंने थामा। मेरे ऐसा करने पर वह हैरान हो गया। मुझे गुस्से से देखकर कहने लगा-'चोरों की कौम से आता है यह बच्चा। अच्छा रहेगा आप भी ठुकाई करो इस साले की पर आप अजीब हो कि इसे शह दे रहे हो। देखना आज बैग चुराया है कल छुरा मारेगा।'-दीदी! मुझे समझ नहीं आ रहा था कि बैग बचाने के लिए इस दुकानदार को मैं थैंक्यू कहूँ या उस पर गुस्सा करूँ। दुकानदार की गिरफ्त से बड़ी मुश्किल से मैंने उस बच्चे को छुड़ाया। वह इस कदर

डरा हुआ था कि हाथ का दबाव ढीला पड़ते ही बस्ती की तरफ सरपट भाग गया।" पंकज की तकलीफ और शब्दों की नमी पूनम से छिपी नहीं रह सकी।

"पंकज! तुमने सही किया। यह गुरबत की आग में जलते हुए बच्चे हैं। इन्हें इस राह पर धकेला जाता है। सीधी बात तो यह है कि गरीब होना अपराधी होना नहीं है दरअसल इन्हें इस राह पर धकेलनेवाले अपराधी हैं।" पूनम ने थके हुए पंकज को पानी देते हुए कहा।

"दीदी! इस घटना के बाद कपड़े बदलने के लिए मैं घर गया और फिर यहाँ आया। दोनों बार सड़क पर मुझे उस दुबले-पतले और मरगिल्ले जिस्म के बच्चे जैसे न जाने कितने बच्चे दिखाई दिए। लगातार उन्हीं के बारे में सोचता चला आ रहा हूँ।" पंकज की आँखों में सच की एक बेहद कठोर तस्वीर छिपी थी जिसे पूनम ने देख लिया।

स्कूल खुले हुए दो महीने बीत चुके थे। पूनम ने इस स्कूल का नाम राजीव गाँधी विद्यालय रखा। इस समय वह भारत के प्रधानमन्त्री थे। छोटी-मोटी दिक्कतों के साथ स्कूल का काम आगे बढ़ चला। बच्चे नियम से आने लगे। सब ठीक चल रहा था पर ज़िन्दगी के सीधे रास्ते अक्सर मुश्किल चौराहों से टकरा जाते हैं। रोज़ के नियम की तरह पूनम आज भी पुश्ते के अपने स्कूल पहुँची तो उसने देखा तम्बू के बाहर ही एक कागज़ चिपका हुआ है। पंकज के आने पर पता चला यह कोई मामूली कागज़ नहीं स्कूल के कच्चे ढाँचे को गिरा दिए जाने का सरकारी नोटिस है। पूनम घबरा गई। कितनी योजनाएँ, कितने सपने सब चूर होते दिखने लगे। मुश्किल की इस घड़ी में पूनम, पंकज को साथ लेकर महावीर सिंह के दफ्तर सीलमपुर पहुँची।

"अब क्या होगा?" पूनम की जिज्ञासा को चैन नहीं था। उसने नोटिस को महावीर सिंह की मेज पर रखा।

"सरकारी नोटिस है। कार्यवाही पूरी होगी और क्या होगा?" महावीर सिंह कुर्सी में धँसे-धँसे ही बोला।

"आपने तो कहा था स्कूल खड़ा कर दे बाकी मैं देख लूँगा। इससे तो दो महीने की पूरी मेहनत बेकार चली जाएगी।" पूनम का स्वर घबराया हुआ था।

"हाँ, वह तो अब भी कह रहा हूँ। देख लूँगा, घबरा मत, घबराने से होगा क्या?" महावीर सिंह की नज़र सरकारी नोटिस पर गड़ी रही। इस समय पूनम को अपने दिल की तेज़ धड़कन एकदम साफ सुनाई दे रही थी। पंकज भी परेशान था।

"आपने तो कहा था कुछ दिन में स्कूल के कागज बन जाएँगे।" पूनम के पास बहुत से सवाल थे।

"कागज बनने में समय लगता है। अभी जुम्मा-जुम्मा दो दिन हुए नहीं तुझे स्कूल खोले। ऐसे हथेली पर सरसों नहीं उगती। समझी?" महावीर सिंह ने पूरे इत्मीनान से कहा।

"तो फिर...अब क्या होगा?" पूनम ने फिर एक सवाल किया।

महावीर ने कुर्सी से उठते हुए पूनम-पंकज को साथ चलने का इशारा किया। ऐसे कामों में आई मुश्किलों के तोड़ निकालना ही तो महावीर सिंह जैसे नेताओं का काम था। बरसों से महावीर उलटे कामों को सीधे तरीके से करने की कला में पारंगत हो चला था। महावीर ने उन दोनों को साथ लेकर सीधे सीलमपुर थाने का रुख किया वहाँ का थानेदार उसकी पहचान का आदमी था। थानेदार ने समस्या का तोड़ निकालते हुए फ्लड कंट्रोल विभाग से बात की। अक्सर ऐसे केस में फ्लड कंट्रोल विभाग का भी दखल रहता है। सारी बात का समाधान यह निकला कि कुछ दिन बाद फ्लड कंट्रोल विभाग के लोग स्कूल जाएँगे। वहाँ स्कूल के ढाँचे को हटाने की नकली कार्यवाही होगी।

"देख पूनम! परसों के दिन स्कूल में फ्लड कंट्रोल विभागवाले आकर कुछ तोड़-फोड़ करके जाएँगे। बाँस-बल्ली हिलाहिलू जाएँगे और क्या...बस तू हिम्मत से जमी रहना।" महावीर सिंह ने पूनम को योजना समझाई।

"भाई! कंट्रोलवालों के नाश्ते-पानी का इन्तजाम भी देख लियो। यह सब तू जानता है।" थानेदार ने महावीर सिंह की बात में यह बात भी जोड़ दी।

"हाँ-हाँ वह सब हो जाएगा, बस पूनम तू होशियार रहियो। स्कूल को कुछ नहीं होगा और हाँ यह पैसे रख नाश्ते के इन्तजाम के लिए।" महावीर सिंह ने कुछ पैसे जेब से निकालकर पूनम को थमा दिए।

कहने को तो नोटिस से उपजी समस्या का जुबानी तोड़ निकल आया था पर परसों तलक पूनम को चैन कहाँ मिलनेवाला था। हर घड़ी एक खतरा सिर पर मँडराया लगता कि स्कूल बचेगा या नहीं? जैसे-तैसे करके समय गुजरा और आखिर वह घड़ी भी आ गई। फ्लड कंट्रोल की गाड़ी आते देख पुश्ते के लोगों में हलचल मच गई। सबने एक-दूजे से एक ही सवाल किया गाड़ी स्कूल क्यों आई है? अब क्या होनेवाला है? घटना के साक्षी होने कुछ तमाशबीन वहाँ जम गए। टीम आई और पूछताछ शुरू हो गई। पूनम कौन है? उन्होंने पूनम को बुलाया और सबके सामने डपटने लगे—"क्यों बनाया यहाँ स्कूल? अभी हटाओ इसे।" कहते हुए उन्होंने स्कूल के बाहर टीन के एक घेरे को तोड़ डाला। बाहर पड़ी कुर्सी-मेज को भी गिरा दिया। उन्होंने तम्बू की बल्लियों को बिना उखाड़े हिलाया-डुलाया। तोड़-फोड़ का नाटक किया। बाहर रखी मेज़ उलट दी। लात मारी तो कुर्सी ज़मीन

पर चारों खाने चित पड़ गई। उन्होंने बल्लियों को भीतर की तरफ ज़ोर से धकेला लेकिन स्कूल के प्रमुख ढाँचे को नुकसान नहीं पहुँचाया। कार्यवाही में तोड़-फोड़ से ज्यादा डाँट-डपट की आवाज़ भारी थी। आसपास सबको यही लगा कि सच्ची कार्यवाही हो रही है। दरियागंज थाने के कुछ सिपाही भी वहाँ मौजूद थे। महावीर के परिचित थानेदार ने दरियागंज थाने को सूचना दे दी थी। नाटक का पक्का रंग आसपास के देखनेवालों पर चढ़ गया। कुछ देर यही सब कार्यवाही चलती रही। पूनम से जबाव-तलब होता रहा। कुछ समय बाद फ्लड कंट्रोलवाले वहाँ से चले गए। लोग भी धीरे-धीरे अपने कामधन्धों की ओर रवाना हुए। महावीर सिंह कुछ देर से वहाँ पहुँचा। पूनम-पंकज वहाँ गिरी मेज़-कुर्सी उठा रहे थे। सूरज भी आज काम पर नहीं गया था सो वह भी बाहर ढहाई गई टीन को ठीक से जमाने की कोशिश में लगा था। कार्यवाही फिलहाल खत्म हो गई थी पर पूनम के मन की चिन्ताएँ अभी भी बनी हुई थीं। उसने महावीर सिंह की आँखों में देखा तो उसने पूनम को निश्चिन्त रहने की बात कही। महावीर सिंह कुछ देर वहीं बैठा रहा फिर यह कहकर लौट गया कि अब स्कूल का कुछ नहीं बिगड़ेगा। सूरज ने पूनम को देखा। सूरज के मन में अब भी स्कूल को लेकर शंकाएँ कम नहीं हुई थीं।

सीलमपुर के महावीर सिंह के दफ्तर में आज पुश्ते की पहाड़ी के राजीव गाँधी स्कूल की चर्चा गरमागरम मुद्दा बनी हुई थी। सारे मामले में जीत का सेहरा महावीर सिंह के हिस्से आया। आज उसकी अदा ही निराली दिख रही थी।

“भैया! आपने नोटिस की ऐसी-तैसी कर दी।” उसके एक चमचे ने तारीफ में कसीदा पढ़ा। महावीर सिंह कुर्सी पर बैठा इतराने लगा। कुर्सी जिसे वह किसी सिंहासन से कम नहीं समझता था उसके हत्थे पर दबाव डालकर उसे सहलाने लगा।

“यह औरत क्या नाम है पूनम...सही है यह भी। बहादुर है। पार्टी के काम आएगी भैया, चुनाव-वुनाव में।” दूसरा चमचे भी पीछे नहीं रहा। उसने अपना ज्ञान बघारा। दोनों की बात पर मन ही मन झूमते महावीर ने अपनी चुप्पी तोड़ी-

“देख भाई! सच्ची बात तो यह है कि पूनम जैसे लोगों की ही तो हमें हमेशा जरूरत रहती है। चुनाव लड़वाने की खातिर नहीं चुनाव में अपनी राजनीति चमकाने की खातिर।” महावीर सिंह काँइयाँपन से हँसा।

❄

सुगन्धा का जीवन ऊपर से जितना सक्रिय और भरापूरा दिखाई देता था भीतर से उतना ही अधिक अशान्त और खाली था। जनमंच की गतिविधियाँ उसे व्यस्त रखतीं

पर परिवार के स्तर पर सुगन्धा के हिस्से में एक गहरी अतृप्ति थी। प्रेम के बदले में उसे प्रेम नहीं मिला और ममता के बदले में बेटे के प्यार से भी वंचित ही रही थी। हालाँकि पति और बेटे के प्रति अपने सबसे कोमल भावों को बेहिचक लुटानेवाली सुगन्धा ने न कभी कोई प्रतिदान माँगा था और न ही वह इतनी हिसाबी-किताबी रही कि तराज़ू के दोनों पलड़ों की बराबरी देखती रहे। सुगन्धा भले ही जीवन के गणित में असफल रही पर एक एक पत्नी और माँ के रूप में सम्बन्ध की सच्चाई के एवज में उसका कुछ अपेक्षा करना कोई गुनाह तो नहीं था। यही अपेक्षा अब उसके जीवन का गुनाह बन गई थी। यश सिन्हा ने उसे कभी समझा नहीं और अनीश साथ रहते हुए भी अपनी ही दुनिया में मस्त था। आजकल सुगन्धा महसूस कर रही थी कि अनीश के नए दायित्वों की नींव में उसके पिता की बड़ी भूमिका थी। अनीश अक्सर फोन पर उनसे बातें करता और भारत न्यूज़ से जुड़ी सारी जानकारियाँ साझा करता। ऐसी जानकारियाँ जिसे सुगन्धा को देना अनीश ने कभी ज़रूरी नहीं समझा। सुगन्धा ने अतीत में स्वयं पर हुए अनाचारों की कहानी सुनाकर कभी भी अनीश के वर्तमान को बाधित नहीं किया। अपने परिवार में अकेली हो गई सुगन्धा ने विदेश में बसे भाई से भी इस मामले में दखल देने को कभी नहीं कहा। शालीनता और समर्पण के साथ जनमंच की तमाम व्यस्तताओं के बीच उसने अपने और दूसरों के जीवन को सुधारने-सँवारने की कोशिश की। जहाँ तक हो सका लोगों की मदद की। उसका असली परिवार जनमंच और पुश्ते के कई परिवार थे जिनके बीच उसे सच्ची खुशी मिलती। अपने जीवन के मूल्यों को राह देने के लिए सुगन्धा ने जनमंच को खड़ा किया था। पिता के मूल्यों की विरासत को वह आगे बढ़ा रही थी। जनमंच की हर ज़रूरत पूरी करने की खातिर सुगन्धा ने अपनी ज़िन्दगी की ज़रूरतें बेहद सीमित कर दी थीं। पुश्तैनी मकान-दुकान से जो आय होती वही जनमंच का आधार थी। मुनमुन और पंकज सुगन्धा के बेहद करीब थे। पंकज को उसने जिस तरह जनमंच के काम से जोड़ा था उसने कभी फिर पीछे मुड़कर नहीं देखा। पंकज के मन में गरीब-बेसहारा लोगों के लिए सच्ची हमदर्दी तो थी ही काम करने का जज़्बा भी था। ज़िन्दगी के अभावों ने पंकज को रचा और मजबूत बनाया था। हाल ही में पंकज की एक सरकारी स्कूल में नौकरी स्थाई हो गई थी। स्कूल दोपहर की शिफ्ट का था सो पंकज, पूनम के स्कूल भी बराबर आता रहा। सुगन्धा की अपनी रचाई-बसाई दुनिया में मुनमुन की भी खास जगह थी। सुगन्धा से जो भी जुड़ता उसकी शख्सियत का मुरीद हो जाता। पूनम भी इन्हीं में से एक थी। बाहर मिला यह आदर-प्यार ही सुगन्धा के भीतर के खाली हिस्सों को कुछ हद तक भर देता।

इधर भारत न्यूज़ का माहौल अनीश को धीरे-धीरे रास आने लगा पर उसकी ख्वाहिशें हमेशा चाँद छूने को बेताब रहतीं। फाइलिंग के काम के अपने दो साथियों के साथ उसने काम तो बखूबी सीख लिया था पर रिपोर्टिंग, डेस्क, डिज़ाइनिंग और मार्किटिंग-इन सभी कामों की तुलना में उसे यह काम बेहद नीचा और अपने कद से कमतर महसूस होता था। दिन में जब भी मौका मिलता वह रिपोर्टर्स के केबिन में जा पहुँचता या डेस्क के लोगों के करीब रहकर कोई काम करने की कोशिश करता। उदय सरीन और कौशल गुप्ता दोनों से उसकी अच्छी बातचीत होने लगी थी। ऐसे ही एक दिन उसने उदय की तैयार रिपोर्ट की प्रूफ रीडिंग कर दी। अपनी समझ और लगन से सब दुरुस्त किया। उदय की रिपोर्ट जब सम्पादक की टेबल पर पहुँची तो वह हैरान रह गए। साफ-सुथरी रिपोर्ट में ग़लतियाँ नाममात्र को थीं। उन्होंने उदय की तारीफ की तो उदय ने प्रूफ की ग़लतियों में कमी का सारा श्रेय अनीश को दिया। सुशील जी बेहद खुश हुए। उन्हें पहली बार महसूस हुआ कि पिता की पहचान से आया अनीश अब अपनी पहचान भी बना रहा है। उदय के जाने के बाद उन्होंने अनीश को दरियाफ्त किया।

"बहुत बढ़िया प्रूफ पढ़े तुमने। उदय ने बताया मुझे। मुझे खुशी है कि स्टाफ में अब तुम्हारी अलग पहचान बन रही है।" सुशील जी की आँखों में अनीश के लिए प्रशंसा का भाव था।

"सर! तो क्या अब फाइलिंग सेक्शन से मुझे शिफ्ट कर दिया जाएगा?" अवसर का तुरन्त लाभ लेना अनीश बखूबी जानता था। यों भी फाइलिंग का काम करते हुए उसे कोई खास खुशी नहीं मिल रही थी। यही वजह थी कि अपने केबिन से छिटका वह दूसरी जगहों पर घूमता रहता बल्कि फाइलिंग के अपने साथ के दो लोगों को भी हिकारत से ही देखता। उसकी हसरतें एक छलाँग में अपने केबिन से रिपोर्टिंग केबिन की दूरी पार कर लेना चाहती थीं।

"बहुत जल्दी में हो।" सम्पादक ने हँसते हुए अनीश पर हल्का-सा तंज़ कसा। वह नहीं जानते थे यही अनीश की फितरत है। जल्दबाज़ी उसका स्वभाव है। जो मिले बेहतर मिले और हर बेहतर फौरन से पेशतर मिले। सम्पादक ने उसे जल्द ही कुछ करने का आश्वासन देकर अपने काम के लिए भेजा। वहाँ से निकलते हुए डेस्क के एक वरिष्ठ पत्रकार की आवाज़ उसे सुनाई दी। अक्सर शान्त तरीके से अर्थतन्त्र के मामलों पर लिखनेवाले वह पत्रकार कोई छोटी हस्ती नहीं थे। मीडिया जगत में उनका खासा नाम था। उन्हें पहली बार अनीश ने इतने खुले अन्दाज़ में लोगों से बात करते देखा। पूरे दफ्तर में आगे बढ़कर उनके साथ काम करनेवालों के लिए उनकी ओर से एक बड़ा ऑफर था। अपने डेस्क से उठकर वे गलियारे

में आए और बोले—"आर्थिक मामलों पर लिखने के लिए मुझे एक असिस्टेंट की ज़रूरत है। आपमें से कौन यह काम सीखना चाहेगा?" उनके साथ काम सीखना एक बड़ा मौका था। बहुत-से लोग तरसते थे कि उनके जैसा नई दृष्टि से लिख-सोच पाएँ। ऑफ़िस के लोगों के लिए इस खुले प्रस्ताव ने उम्मीदें जगा दीं। कई लोग हाथ खड़ा करके अपनी उम्मीदवारी जताने लगे। प्रस्ताव सबके लिए था सो अनीश ने भी पूरे जोश से हाथ उठाया। हाथ उठाते हुए उसे लग रहा था कि वही सबसे प्रबल दावेदार है। स्मार्ट है, एनर्जेटिक है और सबसे बड़ी बात उसके पास ऐसी कोई विशेष जिम्मेदारी भी नहीं जो यह काम न कर पाए। उसने जोश में आकर न सिर्फ हाथ उठाया बल्कि वरिष्ठ पत्रकार के एकदम नज़दीक आ गया। उसे पूरी उम्मीद थी कि इस काम के लिए उसे ही चुना जाएगा। वही उपयुक्त उम्मीदवार ठहरेगा। बाकी लोगों के लिए भी यह ऑफर खास था। कई लड़के-लड़कियाँ आगे आ गए। सबकी आँखों में एक चमक थी और मन उछाल मार रहा था। सारे उम्मीदवार जब अपने हाथ से अपनी उम्मीदवारी और ज़बान से आवेदन के हर्फ खर्च कर वरिष्ठ पत्रकार द्वारा चुने जाने का इन्तज़ार कर रहे थे तो उन्होंने अपने गजब बुद्धिकौशल का मुजाहिरा करते हुए कहा—"काम मैं पूरा सिखाऊँगा पर उम्मीदवार अर्थशास्त्र में ग्रेजुएट होना चाहिए।" एक क्षण को ऑफ़िस में चुप्पी दाखिल हो गई। वे फिर बोले—"भई! अर्थशास्त्र पर लिखनेवाले समझदार अस्सिटेंट की दरकार है किसी नए स्टूडेंट की नहीं। मेरा काम अर्थशास्त्र पढ़ाना नहीं है। अर्थशास्त्र पढ़कर आए योग्य दावेदारों के लिए मेरा खुला प्रस्ताव है।" उनकी बात पूरी होते ही उम्मीदवारों की दहकती आशाओं के शोले बुझ गए। अन्य लोग जो इस बात के साक्षी थे वे उनकी चतुर बुद्धि का लोहा मानकर हँसने लगे। वरिष्ठ पत्रकार भले ही कम बोलते थे पर उनमें गजब का बुद्धि कौशल था। सब हँसते हुए अपनी-अपनी जगहों की ओर लौटे लेकिन इस बात से अनीश को गहरा धक्का पहुँचा। वह जल्द से जल्द फाइलिंग सेक्शन से छुटकारा पाना चाहता था।

❄

उम्मीदों का घोंसले बुनने का नेचू का सपना कुछ कदम की दूरी पर था। पुश्ते में पक्का घर बनाने के लिए बदायूँ के दातागंज की थोड़ी-सी ज़मीन ही उसका एकमात्र आसरा थी। नेचू के माँ-बाप वहीं रहते थे। बेटी की शादी और नेचू के दिल्ली चले आने के बाद पीछे से घर में उन्हें अकेलापन खलता। जड़ें जहाँ गहरी हों उन्हें हिलाना आसान नहीं होता पर जड़ को भी सही नमी की दरकार होती है।

बदायूँ में रहते माँ-बाप के लिए दूर रह रहे बेटे और बरसों-बरस दातागंज में रहने की अपनी आदत और सुविधा में से एक को चुनने का समय अब आ गया। नेचू के माँ-बाप ने भले ही दातागंज में सारी उम्र बिताई थी पर अब उनका घर वहीं था जहाँ उनका नेचू था। तीनों के बीच यही सलाह बनी कि नेचू को जब दिल्ली में ही कमाना-खाना है तो पुश्ते में ही अपना घर ले लिया जाए। कुछ दिन बाद यह दोनों भी नेचू के पास दिल्ली ही चले आएँगे। घर छोटा होगा तो क्या अपनों के लिए दिल में बड़ी जगह होती है वरना महलों में भी लोगों को घर नसीब नहीं होता।

सूरज के साथ दातागंज पहुँचकर नेचू ने जल्दी ही घर का काम कर डाला। बाहर देख-दाख करने की ज़रूरत पड़ी ही नहीं घर में ही काम हो गया। कौन-सी लम्बी-चौड़ी ज़मीन थी। बित्ते भर की ज़मीन थी सो घर के भीतर ही मामला सुलट गया। ताऊ के बेटों ने मिल-मिलाकर ज़मीन खरीद ली। नेचू को पैसे मिल गए वही काफ़ी था उसे क्या लेना-देना था कि कौन ज़मीन खरीद रहा है। काम इतनी जल्दी हो जाएगा नेचू को उम्मीद नहीं थी। उसके साथ आए सूरज को भी हैरानी कम न थी। बरसों बाद नेचू अपने घर लौटा था। नेचू के आने से उसका घर खुशी से झूम उठा। नेचू की माँ उसके हँसी-ठट्ठे पर जी खोलकर हँस रही थी। बचपन और किशोर उम्र की धींगामस्ती की सारी जगहें नेचू-सूरज को याद हो आईं। मस्ती के आलम और शैतानी के अड्डे एक-एक करके नेचू ने खोज डाले। दोनों दोस्तों के हिस्से में बड़े दिनों बाद इत्मीनान आया था। सिनेमा का शौकीन नेचू, सूरज को भी अपने संग सिनेमा दिखाने ले गया। उसकी खुशी ज़मीन पर कदम नहीं रख रही थी। हवा में उड़ रही थी। ऐसी उड़ान जिसका कोई नियम-कायदा नहीं था।

इस समय पूरा बदायूँ जन्माष्टमी के रंग में रँगा था। इस रंग में रासलीला का भी अनूठा रंग शामिल था। एक-दो मंडलियाँ वहाँ आई हुई थीं। नेचू और सूरज बचपन की यादों को ताज़ा करने के लिए रासलीला देखने गए और वहाँ का रंग संग लिए लौटे। राधा के रूप पर मोहित कान्हा के यशोदा संवाद पर दोनों लट्टू हो गए। लीला के बाद बार-बार वही संवाद दोहराते। उस दृश्य पर दोनों ऐसे मुग्ध हुए कि नेचू लीला की एक पंक्ति उठाता तो सूरज उसे पूरी करता—

"नेचू : अम्माँ
सूरज : लाला
नेचू : आज तू
सूरज : आज मैं
नेचू : मेरो
सूरज : तेरो

नेचू : (शर्माते हुए जल्दी में) ब्याह करवा दे।"

खुशी में झूमता नेचू अन्तिम वाक्य पूरा करता तो दोनों ताली बजाकर देर तक हँसते। नेचू के संग छूटा हुआ बदायूँ जैसे सूरज में पूरा उतर आया। न जाने कितने वर्षों बाद सूरज ने जीवन का ऐसा चिन्तारहित समय देखा था। जबसे बदायूँ छोड़ा जीवन की भागदौड़ ने न पीछे लौटने दिया न ही कुछ सोचने का मौका दिया। दिल्ली शहर में कमाने की मुश्किलों के साथ रहने के अनेक झंझट सूरज के जीवन को मोहलत ही कहाँ दे रहे थे। बदायूँ आकर इतने बरसों से रुके-ठहरे जीवन की लय लौट आई । सूरज जानता था नेचू न होता तो यह रंग न होता। अक्सर सूरज उसे देखकर हैरान होता कि रोज कड़ी मेहनत से जीवन को सँवारनेवाला नेचू खुशियों के लिए इतना समय कहाँ से निकाल लेता है। जहाँ नेचू होता वहीं हँसी का फव्वारा खिल जाता। जहाँ नेचू होता वहीं सारी परेशानियों का कोई न कोई हल निकल आता। नेचू की मौजूदगी सूरज का हौसला थी। दिल्ली में यदि नेचू न होता तो सूरज अकेला क्या करता। अभाव में भी अलमस्त भाव भरनेवाला नेचू कुछ अलग ही तरह का इंसान था।

कई बरसों बाद सूरज अपने घर आया। यह घर जहाँ उसका बचपन बीता, वह जवान हुआ और उसकी शादी हुई और उसके बाद जीवन की तलाश में वह दिल्ली गया। तबका गया हुआ आज घर लौटा था। सूरज को घर में कदम रखते ही अपने घर की हवा पराई-सी महसूस हुई। घर वही था, आँगन वही था पर सब बदला हुआ। माता-पिता, भाई-भाभी भी वही थे पर नहीं था तो वह घर जिसमें सूरज भी कभी सबके साथ रहा था। नेचू के घर के लोगों की तरह किसी ने भी लपककर सूरज का स्वागत नहीं किया। स्वागत तो दूर हाल-चाल नहीं पूछे। माँ मिली तो देर तक घर की तंगहाली का राग छेड़े रही। बाबूजी न जाने क्यों मुँह फुलाए खिंचे से रहे। भाइयों के तानों ने रही-सही कसर भी पूरी कर दी-

"फुर्सत मिल गई घर आने की? खबर तो मिली थी कि दो दिन से आया है। अब जाकर याद आई हमारी?" बड़े भाई ने पूछा तो मँझला भी पीछे नहीं रहा—

"भाई! उसी नीच-कमीन नेचू के साथ था...भाई अब तो वही है इसका संगी, हम कौन? कमबखत जैसी जात वैसे नीचे काम। वही भाई बन बैठा इसका। और यह? यह नोट छाप रहा है शहर में और हमें भनक भी न लगने देता।"

"हवा लगी है दिल्ली की। सही है बेटा ठौर-ठिकाना मिलते ही खूँटा बिसरा दो।" बड़े ने दिल पर सीधी चोट की।

"और वह बड़े बाप की बेटी कहाँ रह गई?" बड़ी भाभी भी पीछे नहीं रही।

सूरज के लिए एक-एक पल भारी हो चला। सूरज सोचने लगा यह वही घर

है जो कभी पूरी दुनिया की सबसे प्यारी जगह थी उसके लिए और आज यहाँ सब कुछ बदल गया। आँख से दूर क्या हुआ दिल से ही दूर हो गया और किसकी खातिर दूर गया था? सूरज के चेहरे की उदासी बढ़ती जा रही थी। वह सोच रहा था कि इन लोगों के कारण ही उसे यहाँ से जाना पड़ा और आज वह सच भुलाकर सारा दोष सूरज-पूनम पर ही मढ़ा जा रहा है। माँ-पिता के व्यवहार में कोई अपनापन नहीं और सगे भाई मुँह फुलाए बैठे हैं। भाभियों की आँखें पराएपन से भरी हैं। पूरे घर में एक दीवार, एक खिड़की, एक दरवाज़ा नहीं था जिसने सूरज को पहचाना हो। सूरज सोचने लगा बहुत अच्छा हुआ जो नेचू यहाँ नहीं आया उसकी ज़िन्दादिली भी यहाँ अपमानित होती। खाना खाते समय भी घर में कोई जानी-पहचानी हरकत न देखकर सूरज ने केवल मुँह झूठा किया। बेमन से परोसी थाली धरी की धरी रह गई। रात को सोते समय उसे पूनम बहुत याद आई जो हर हाल में सूरज का पूरा ध्यान रखती थी। वह पूनम जो कुछ साल पहले उसके जीवन में आई और यह घर जहाँ उसने आँखें खोलीं। ऐसा घर जहाँ आज समय बीते नहीं बीत रहा था। जिसकी चुप्पी के नीचे दबे ताने चीख रहे थे। सूरज को यही लगा कि आनेवाला समय कैसा होगा कहना मुश्किल है पर उसके लिए घर बिखर गया था। वह अपने जाने-पहचाने घर को ढूंढ रहा था जो दीवारों के पीछे जाने कहाँ खोया था। रात बहुत लम्बी थी और सुबह यह घर छूट जानेवाला था। सूरज ने अगले दिन घर से कदम बाहर रखा तो यही विचार कौंधा कि इस बार इस घर से उसकी दूसरी विदाई है। सूरज कुछ पल ठिठका खड़ा रहा और तब आँखों में उभरी नमी से धुंधले दिख रहे घर को देखकर सोचा इस बार की विदा शायद अन्तिम विदा है।

दोनों दोस्त दिल्ली लौट रहे थे। नेचू आज हमेशा की तरह चहक नहीं रहा था। विदा के समय अपने घर को, गली-मोहल्ले को जी भरकर देख रहा था। गली के मोड़ पर पहुँचकर पीछे घूमा वहाँ घर के बाहर माँ खड़ी थी। नेचू जानता था अब अगली बार यह घर यहाँ न होगा। मन के किसी कोने में यह खुशी भी थी कि अब सब एक साथ रहेंगे। दोनों दोस्तों की विदा अलग थी। एक रिश्तों से खाली था और दूसरा वापिसी का आखिरी पुल भी ढहाकर आया था।

नई बयार

नई बयार ज़िन्दगी की करवट बनकर मौसम बदल देती है। पूर्वा की जगह पछुआ का आ जाना हवा के नए बनते दबाव की कहानी कहता है तो देश-दुनिया की हवा का बदलना एक दूसरी कहानी। हवा ही तो सब कुछ है। साँस की ज़मीन और मन का आसमान-सब हवा है। जहाँ आबोहवा का बदलाव जीवन को सुकून देता है वहाँ ज़िन्दगी की नई बयार सबके जीवन का नया उजाला ले आए यह ज़रूरी तो नहीं। 'जैसी बहे बयार पीठ तब तैसी दीजै' न जाने कितने संचित अनुभवों से गढ़े शब्द हैं। हवा का रुख भाँपकर आगे बढ़ना चतुर आदमी की फितरत है वरना मामूली तिनकों को हवा उड़ा लिए जाती है। आम ज़िंदगियों में टिके रहने का खास हुनर कहाँ? हवा का रुख भाँप लेने की तमीज़ तो सीखते-सीखते आती है। नई बयार ज़माने का नया चलन भी है। नए चलन में गजब का सम्मोहन होता है। पुराना लाख दलीलें देता रहे नए के पीछे दुनिया बौराई घूमने लगती है। नया चलन पुराने को हवा में उड़ा देता है। यह अलग बात है नया चलन बहुत देर तक झूमकर जब थक जाता है तब जाकर कहीं पता चलता है कि पुराने चलन में भी दम कुछ कम नहीं था।

भारत न्यूज़ का दफ्तर यूँ तो रोज़ ही किसी न किसी गहमागहमी से गुलज़ार रहता पर इन दिनों बात खास थी। लगभग साल भर में फाइलिंग के काम से मुक्त होकर अनीश अब रिपोर्टिंग के काभ में आ गया था। एक नए एहसास और आत्मविश्वास से लबरेज़ नौजवान अनीश के चेहरे पर अब नए सिक्के की चमक थी। बातों में दम और जोश दोनों शामिल थे। पत्रिका में बिताया अपना पिछला समय अनीश को निरर्थक जान पड़ता। हीनता बोध से भरा। अब उस समय की मलिन छायाएँ एक-एक करके दूर हो रही थीं। रिपोर्टिंग में कदम रखने के बाद पहली प्रेस कान्फ्रेन्स में उसे पी.आई.बी. भेजा गया। साथ में उमा भी थी। दोनों का यह पहला काम था। उमा से बात करना अनीश को पसन्द था। बातचीत में मतभेद भी रहते पर मनभेद नहीं हुआ था। उमा स्वस्थ बातचीत

में विश्वास रखती और सुलझे तरीके से बात करती। ब्यूरोचीफ उदय सरीन उससे खासे प्रसन्न रहते और कई दूसरे लोग भी उससे इज्जत से पेश आते। उस समय राष्ट्रीय राजनीति भयानक लू का सामना कर रही थी। वी.पी.सिंह को भारत के नए प्रधानमन्त्री बने हुए कुछ समय ही बीता था कि एक नया धमाका हो गया। मंडल कमीशन की सिफारिशें लागू होते ही देश भर में हड़कम्प मच गया। अनेक जगहों पर सरकार के इस निर्णय के विरोध में प्रदर्शन होने लगे।

जयपुर से दिल्ली आई उमा को अनीश एक अनुभवी की तरह दिल्ली की राहों पर अपने साथ लेकर चला। अनीश आत्मविश्वासी था तो उमा भी अपना काम बेहतर तरीके से जानती थी। ऑफ़िस के औपचारिक माहौल से अलग दोनों पहली बार एक साथ थे। रास्ते भर दोनों में से कोई चुप नहीं रहा।

"अभी साल भर भी नहीं हुआ वी.पी.सिंह को आए और आते ही यह धमाका कर दिया। आरक्षण की यह आग तबाह कर देगी देश को। देख लेना। इस सरकार ने आयोग की सिफारिशें मंजूर करके जोखिम उठाया है। सवर्ण जनता की इस नाराज़गी का परिणाम ठीक नहीं होगा।" अनीश इस बारे में लगातार सोच रहा था।

"सरकारी नौकरियों में आरक्षण की बात तो वी.पी. के प्रधानमन्त्री बनने से पहले चली आ रही है। आरक्षण की रिपोर्ट तो अस्सी में ही आ गई थी। लागू अब जाकर हुई है।" उमा ने अनीश की बात का जवाब दिया।

"लागू की ही क्यों? देखना देश का पूरा मिजाज़ बदल जाएगा। अब केवल पिछड़ों के लिए ही सरकारी नौकरी होगी। सामान्य श्रेणी के लोग कहीं के नहीं रहेंगे।" बात बड़े स्तर पर शुरू ज़रूर हुई थी पर अनीश ने उसे एकदम निजी स्तर पर पहुँचा दिया।

"अनीश! कैसी बातें करते हो तुम। आरक्षण तो उनचास परसेंट है बाकी सीटें तो सामान्य श्रेणी के लिए सुरक्षित हैं।" उमा ने दमदार आवाज़ में कहा।

"सरकार की पहल होनी चाहिए सबको समान शिक्षा के अवसर। संविधान के प्रियंबल में बरसों पहले ही समता, समानता और बन्धुत्व की बात लिख दी गई थी फिर? आरक्षण तो पूरी तरह समानता विरोधी अभियान है। बेकार है यह मंडल-वंडल।" अनीश खुलकर अपनी बात के तर्क देने लगा।

"अनीश! माना कि संविधान में इन मूल्यों की बात है पर क्या तुम नहीं जानते कि हमारे देश का संविधान कुछ कहता है और हमारे समाज का संविधान कुछ और ही कहता है और जिस समानता की बात तुम कर रहे हो वह अनुसूचित जातियों और जनजातियों को अब तक मिली ही कहाँ है? सदियों

से उनके साथ अमानवीय व्यवहार की घटनाओं का एक पूरा इतिहास है। यह उनके लिए किसी सरकार द्वारा की गई ऐतिहासिक पहल है ...और मंडल बेकार है तो कमंडल को क्या कहोगे?" उमा ने अपना पक्ष रखा तो अनीश उसे देखता रह गया। उसके मन में अचानक एक बात आई उसने कभी उमा का सरनेम नहीं पूछा। पहले जानने की ज़रूरत महसूस नहीं हुई पर आज जिस अन्दाज़ से उमा बात कर रही थी उसे लगने लगा हो न हो उमा इसी श्रेणी का हिस्सा है। यह सोचते ही उसने बातचीत के अपने सुर को धीमा किया पर बात की धार को नहीं। दिमाग उमा के सरनेम को लेकर उधेड़बुन में लगा रहा। उमा के तर्क को काटने के लिए अनीश के पास कई सवाल थे।

"चलो छोड़ो राजनीति और आर्थिक पक्ष मैं एक सीधी बात जानना चाहता हूँ उमा! क्या इससे देश में जातिवाद की जड़ें मजबूत नहीं होंगी? दूसरे, योग्यता के सवाल को हम कैसे हल करेंगे? वास्तविक योग्य पीछे धकेल दिए जाएँगे और अयोग्य पहली पंक्ति में खड़े होंगे। बात सिर्फ वर्तमान की नहीं होनी चाहिए भविष्य को भी देखा जाना जरूरी है। यह आरक्षण कैसे समतामूलक समाज बना पाएगा?" अनीश का चेहरा उत्तेजना से भरा था।

"देखो अनीश! मैं इस मुद्दे को ज़रा अलग ढंग से देख रही हूँ और जब तुम वर्तमान और भविष्य की ही बात कर रहे हो तो समय को समूचे आयाम में देखो। अतीत को तुमने जान-बूझकर छोड़ दिया। क्या वर्तमान किसी निर्वात में बना है? उसका भी एक अतीत रहा है। अपनी सुविधा से किसी काल को चुनना और किसी को छोड़ देना कहाँ तक मुनासिब है? तुम आरक्षण से जातिवाद के मुद्दे को जोड़ रहे हो पर जातिवाद की जड़ें तो बहुत पहले से हैं और काफ़ी मज़बूत हैं। हिंसा के कितने भयानक चेहरे हैं सिर्फ अतीत के आँकड़ों में जाने भर की देर है...एक बात और जो अक्सर मुझे परेशान करती है कि कहने को देश में बालिग नौजवानों को वोट का अधिकार है पर मैं जानना चाहती हूँ कितनों के परिवार मनचाहे प्रेम और अन्तर्जातीय प्रेम विवाह का अधिकार देते हैं? कुछ की बात छोड़ भी दें क्योंकि अपवाद तो हर स्थिति में मिलेंगे ही पर इस देश में बालिग लड़की प्रधानमन्त्री तो चुन सकती है पर अपना जीवनसाथी चुनने की उसे इजाज़त नहीं है। आज़ादी के इतने बरस बाद भी क्या स्त्री को बराबरी मिली है? स्त्री चाहे किसी जाति की हो वह अपने आप में दलित है फिर दलित स्त्री तो दोहरे शोषण की शिकार है। रही बात योग्यता की तो उसके लिए भी तो समान अवसर की दरकार है अनीश। वे अवसर आज़ादी के बाद कब और कितने मिले हैं?"

अनीश की बात का जवाब देते हुए उमा का चेहरा तमतमा गया। अनीश गौर से उसके चेहरे को देख रहा था। अनीश के सवालों के बदले सवाल उमा के पास भी थे। तर्क से लैस खनकदार आवाज़ उसकी साफगोई और निर्भीकता की निशानी थी।

"कुछ भी कहो उमा! एक बात तो सच है कि क्लीन मैन कहलाए जानेवाले वी.पी.सिंह की छवि मटियामेट तो हो गई है।" अनीश ने उमा को परेशान करने के इरादे से छेड़ा।

"मैं तो ऐसा नहीं सोचती अनीश...और मेरी तरह सोचनेवाले और भी कई लोग हैं...फिर क्लीन और डर्टी यह तो लोगों के निजी नज़रिए से जुड़े पहलू हैं। जो तुम्हारी डिक्शनरी में क्लीन हो वह मेरी में डर्टी भी हो सकता है...वैसे तुम्हें याद तो होगा इन्हीं क्लीन मैन के लिए जनता ने कभी यह नारा लगाया था-'राजा नहीं फकीर है, देश की तकदीर है'... कुछ याद आया।"

उमा की बात पर अनीश मुस्कुराया। उसका तीर सही निशाने पर लगा था। उमा से खेला गया उसका माइंड गेम सफल रहा और उमा गम्भीरता से सोचती रही कि अतीत से उपजे इस उथल-पुथलवाले वर्तमान का भविष्य अस्पष्ट ज़रूर है पर यह कभी न कभी रुख बदल देगा। सामाजिक न्याय की दिशा में उठा यह कदम ज़रूर रंग लाएगा।

❄

सदी का अन्तिम दशक अपनी कोख में राष्ट्रीय स्तर के ही नहीं वैश्विक स्तर के अनेक परिवर्तनों को छिपाए थे। वे आकार ले रहे थे और भविष्य की आहटें सुनाई पड़नी शुरू हो गई थीं। विश्व जहाँ एक नई उदार-मुक्त ग्लोबल अर्थव्यवस्था के रास्ते पर चलने के लिए कदम बढ़ा रहा था वहाँ नेचू पुश्ते में अपने परिवार के लिए आशियाना खोज रहा था। बदायूँ से लौटकर नेचू झुग्गी की तलाश में लग गया। पैसा जेब में हो तो ज़रूरतें किसी न किसी तरह अपना रास्ता बना लेती हैं। इससे पहले कि घर से लाया पूरा पैसा इन ज़रूरतों की भेंट चढ़ जाए नेचू, रामपाल प्रधान की मदद से झुग्गी ढूँढने के काम में लग गया। समय मिलता तो सूरज भी अक्सर उसकी मदद के लिए आ जाता। रामपाल प्रधान तेज़ आदमी था। ज़बान मीठी और हरकतें तीखी-गजब संयोग का आदमी था पर नेचू से उसकी दोस्ती अलग थी। संजय अमर कॉलोनी की एक झुग्गी सही दाम में मिल रही थी पर रामपाल प्रधान ने मामला अटका दिया—

"साले! पूरे पुश्ते में तुझे वहीं क्यूँ रहना है? इतने साल रह लिया वहाँ अब कहीं और देख... घूम-फिरकर पहुँच जाता है संजय अमर कॉलोनी। पहले भी समझाया था तुझे...पल्ले नहीं पड़ती बात क्या? भाई! अपने लोगों मे रहेगा तो सुखी रहेगा।"

रामपाल प्रधान ने नेचू को झिड़का तो नेचू और सूरज उसे हैरानी से देखने लगे। रामपाल की जुबान कतरनी की तरह तेजी से चल रही थी।

"आदमी अपना घर क्यूँ बनाता है? बता? दिन भर के धक्के खाकर, दुनिया भर की धौंसम पट्टी सहकर दो घड़ी को आराम पाने के लिए। एक तू है जो चाह रहा है बाहर भी मिट्टीपलीद कराके आए और घर आकर भी ऐसी-तैसी कराए।"

रामपाल प्रधान की बातें नेचू की समझ से बाहर होने लगीं। उसके चेहरे पर कुछ न समझ पाने के भाव देखकर रामपाल ने सीधी बात की।

"भाई! आए दिन का खेला है संजय अमर कॉलोनी का यहाँ। लड़ाई-झगड़ेबाज़ी और तो और मड्डर भी। छुरे चल जाते हैं बात-बेबात। मुसलमान ज्यादा हैं वहाँ। प्लान बनाकर कुछ नहीं होता तुरत-फुरत हो जाते हैं मड्डर। एक जना मेहनत-मजूरी करनेवाला नहीं। चोरी-चकारी से मजे में भाग रही है इनकी गाड़ी। सबके सब साले नशेबाज, शराबी। तुझे अपने परिवारवालों से परेम नहीं तो ले ले घर वहाँ। पूरी कॉलोनी ऐसी कि आदमी कम जानवर ज्यादा। घरों के बाहर उनके जानवर पड़े रहते हैं....आदमी भी जानवर से कम नहीं। न जीने का कायदा न मारने का और तू मरा जा रहा है वहाँ झुग्गी लेने को।" रामपाल सड़क पर थूकते हुए बोला।

"कैसी बात कर रहा है रामपाल? मुझे भी इतना टैम हो गया यहाँ रहते... और मारा-मारी किस जगह नहीं है। क्या मूलचन्द बस्ती में शान्ति के देवता रहते हैं या बेलागाँव में? और यह जो तू हिन्दू-मुसलमान करता रहा है न यह मेरे पल्ले नहीं पड़ता। मुझे इससे कोई फरक नहीं पड़ता। अपने धर्म में तो मैं नीची जात हूँ ...मुझे उनसे क्या लेना-देना जिन्होंने जात-बिरादरी के नाम पर हमेशा मुझे नीचा दिखाया...और सुन मुझे तो इस जीवन में चाहनेवाले भी कम नहीं मिले। मेरे भाई! इंसान को पहचान और इस जहर को निकाल डाल मन से। देख जहाँ अच्छी जगह हो वहाँ तू दिला दे। फिर आदमी को अपनी जेब भी तो देखनी होती है। बस यह ध्यान रख लियो जो भी है मेरे पास मैं अपना सब लगा रहा हूँ इस झुग्गी के लिए। कहीं कोई गड़बड़ न हो मेरे संग।"

नेचू ने रामपाल को अपने दिल का सही हाल बता दिया।

"दाम के साथ चीज की गारंटी मेरी है। झुग्गी के मालिक से पुराना कागज

दिलवा दूँगा और ले। बाद में भी कोई दिक्कत नहीं आने वाली। जब तक मन करे रहो मान ले बाद में बेची भी तो घाटे में नहीं रहेगा।"

रामपाल तेज आवाज़ में बोला।

"भाई! बेचूँगा क्यों?"

नेचू ने सवाल किया तो रामपाल खींसे निपोरकर हँस दिया।

रामपाल के जाने के बाद सूरज और नेचू विचार करने लगे कि रामपाल क्या सही कह रहा है? संजय अमर कॉलोनी, इन्दिरा कॉलोनी, चाइना कॉलोनी, बिहारी बस्ती या पुश्ते की कोई भी जगह क्यूँ न हो सबमें अन्तर ही कहाँ था। पूरे पुश्ते की गलियों में पानी निकलने का कोई रास्ता नहीं। एक बार पानी भर जाए दिनोंदिन कॉलोनी बजबजाती रहे और गन्दगी कहाँ नहीं है क्या इन्दिरा कॉलोनी, क्या संजय अमर कॉलोनी। नेचू ने रामपाल की बात काटते हुए सूरज से यह भी कहा—"हम कौन-से पैसेवालों की औलादें हैं। ऐसी जगह में गुजार दी इतनी ज़िन्दगी कि अब गन्दगी, गन्दगी जैसी महसूस ही कहाँ होती है?"

"यह तेरा रामपाल कुछ ज्यादा ही बोलता है। बहुत जहरीला आदमी है जहर ही फेंकेगा।" सूरज ने बुरा-सा मुँह बनाया।

"सूरज! जिसके पास जो होगा वही तो फेंकेगा।" नेचू ने सूरज की बात पर हामी भरी।

"तू ही देख नेचू! पूनम के पास कितने बच्चे आते हैं संजय अमर कॉलोनी के। किसी का बाप फैक्ट्री में काम करता है तो किसी का रिक्शा चलाता है। किसी का सब्जी बेचता है तो एक तो पुश्ते में ही किराने की दुकान करता है...ऐसे कितने हैं।" सूरज ने रामपाल की बात का जवाब दिया तो नेचू भी खुलकर बोला—

"पूरे पुश्ते के मजदूरों की तरह वह लोग भी बेलदार,मिस्त्री,दर्जी, रसोइये, भार ढोने वाले,सफाई वाले, सफेदी वाले, बिजली वाले, ढोलक वाले, चारपाई बनाने वाले, कबाड़ी-सब तरह के काम कर रहे हैं। उनके घरों की औरतें भी काम कर रही हैं। भाई! रफीकुद्दीन और मुनमुन को तो हमने करीब से देखा-जाना है। दोनों मेहनत से अपने-अपने परिवार चलाते हैं। क्या ग़लत हैं वो? हमने तो नहीं देखे मड्डर करते।" रामपाल की नकल उतारते हुए नेचू ने मड्डर पर कुछ ज्यादा ही जोर दिया। इस बात पर सूरज-नेचू देर तक हँसते रहे।

अगले ही दिन रामपाल ने नेचू को राजघाट के पीछेवाली बेलागाँव बस्ती में एक जगह दिखा दी। झुग्गी पुरानी थी पर पक्की थी। हालाँकि बरसों से ढोलक बस्ती में रहने और पास-पड़ोस की आदत के चलते नेचू ज़रा उदास था पर जगह उसे पसन्द आ गई। पैसे का मामला भी जम गया तो रामपाल ने झुग्गी

मालिक से बात कर ली।

"ऐसा है कल शाम आजा पूरा पैसा लेकर। चाहे तो अपनी घरवाली को भी ले आ। पैसा देकर झुग्गी की चाबी घरवाली के हाथ से लेना। देखना बहुत शुभ होगा।" मालिक ने नेचू से कहा।

रामपाल ने अगले दिन की सारी योजना नेचू को समझा दी। घर आकर नेचू ने गुड़िया को सारी बात बताई। दोनों के सपनों को पंख लग गए। आगे क्या-क्या होगा, कैसे होगा-सारी योजनाएँ बनने लगीं। बदायूँ से माता-पिता को लाना, सामान बँधवाना, बेलागाँव की उस झुग्गी की मरम्मत जैसे कितने काम थे करने को। नेचू और गुड़िया दोनों कल शाम के इन्तज़ार में थे। रात को दोनों की नींद गायब थी। अमित की नींद न उचटे इसलिए दोनों फुसफुसाकर बातें कर रहे थे। नेचू की बाँह पर अपना सिर रखे गुड़िया उसके करीब थी। खुशी में झलकते इस प्यार का रंग आज अनोखा था।

अगले दिन पूरे पुश्ते में एक ही खबर थी-बेलागाँव में सरकारी नोटिस आया है। बेलागाँव में रहनेवाले सभी लोग बेघर होने की कल्पना से ही काँप उठे। दरअसल यहाँ सबसे पहले किसान रहते थे। तब डी.डी.ए. भी नहीं बना था यहाँ के किसानों से बाकायदा किराया लिया जाता था। डी.डी.ए. के बनने के बाद बेलागाँव के किसानों को जमीनों के पट्टे दे दिए गए। बरसों से लोग रहते रहे। जो कभी किसानी करते थे उनमें से कई के काम बदल गए कुछ चले भी गए। कितने लोग काम की तलाश में आते रहे और पुश्ता बढ़ता रहा। खाली जमीनों पर झुग्गियाँ बनीं। आबादी का भार बढ़ा तो उनके आगे और झुग्गियाँ बढ़ती गईं इससे आगे की खुली गलियाँ सिकुड़ती गईं। आबादी और बढ़ने पर उन्हीं झुग्गियों पर एकमंज़िल डालकर किराए पर चढ़ा दी गईं। बेलागाँव के रहनेवालों में से किसी को याद भी नहीं रहा कि जो सरकारी पट्टे उन्हें मिले थे उनका समय सन् उन्नीस सौ छियासठ तक का ही था। समय की मियाद पूरी होने पर डी.डी.ए. ने उस वक्त कोई कार्यवाही भी नहीं की। बेलागाँव के लोग भी निश्चिन्त थे कि जब कुछ होगा तो देखा जाएगा। समय चलता रहा। लोग भूल-भाल गए। अब पूरे पच्चीस साल बाद नोटिस आया कि सरकारी पट्टों की मियाद खत्म हो चुकी है।

बेदखली के डर से फैली बेचैनी और बेघर होने की चिन्ताओं से घिरे लोग अपने प्रधान की शरण में गए। प्रधान, लोगों के साथ नेताओं के पास। पुश्ते में काम कर रहे अनेक संगठन भी हरकत में आ गए। बेदखली कोई नहीं चाहता था। बेलागाँव से उठा हुआ शोर नेचू के कानों तक भी पहुँचा। कल जिस ज़मीन पर उसके सपने खड़े हुए थे आज वह ज़मीन बेदखली के भँवर में थी

और सारे सपने चकनाचूर। दीवार से सिर टिकाए उकड़ूँ बैठा नेचू इस समय हताश था। गुड़िया, नेचू के करीब आई। हताश नेचू को गुड़िया ने बार-बार समझाया—"उदास क्यूँ होते हो। ऐसा क्या बिगड़ गया है। अभी तो बेटी बाप के घर है। यह सोचो कल ही पैसे दे देते तो क्या होता? बच गए न। ईश्वर जो करता है भले की करता है। मेहनत की कमाई थी इसीलिए बच गई।"

उसने नेचू को सहारा दिया। रामपाल प्रधान सब कुछ जानते हुए भी शाम को नेचू की राह तकता रहा। इन्तज़ार के बाद जब थक गया तो वह नेचू के घर चला आया। नेचू उदास बैठा था। गुड़िया, अमित के साथ बाहर काम से गई थी। रामपाल को देखकर नेचू हैरान रह गया। अपनी जगह से उठा नहीं, कुछ बोला भी नहीं। रामपाल खुद ही उसके करीब आकर बैठ गया। उसने जिज्ञासा से कहा—"क्या बात है आज तो तू अपनी घरवाली के संग आनेवाला था?" नेचू सुनकर भी चुप रहा।

"क्या बात हो गई बता तो?" रामपाल ने नेचू को कन्धे से हिलाकर पूछा।

"बेलागाँव में तो नोटिस आ गया है...अब भी...अब नहीं लेनी कहीं कोई जगह। हर जगह ऐसा ही होगा। नहीं लेनी मुझे कोई झुग्गी।" नेचू ने दुखी मन से कहा।

"क्यों नहीं लेनी? और क्यों होगा ऐसा? किस जगह लिखा है? और तू...तू ऐसे बच्चों की-सी बात कर रहा है। भले नोटिस आया हो पर तुझे पता है पक्की झुग्गीवाले को पिछले साल सरकार ने पहचान-पत्र दिए हैं कि नहीं? बोल...बोल न? कह दे नहीं है यहाँ किसी के पास? किसलिए मिले थे इसीलिए न कि कहीं भी कुछ हुआ तो पहचान-पत्रवालों का कोई नुकसान नहीं होगा। उसका राजा नहीं फकीर का-सा मन रहा। देश का प्रधानमन्त्री होकर भी हमारी भलाई सोची उसने। कोई नहीं हुआ उस जैसा और तू एक नम्बर का सिड़ी... पहले भी समझाया था तुझे पर तेरे भेजे में भुस भरी है क्या? ऐसे कैसे निकाल बाहर करेंगे सबको? देखते-देखते हजारों घर हो गए हैं यहाँ। इन्हें निकाल बाहर करना कोई हँसी-खेल है क्या?" रामपाल हाथ में खैनी मलते हुए बोला। सुनकर निराश बैठे नेचू के बदन में हरकत हुई। उसकी आँखों में उम्मीद की किरण दिखाई देने लगी पर अब बेलागाँव जाने का उसका मन नहीं था। महीने भर में ही नेचू ने सूरज की मदद से संजय अमर कॉलोनी में पहले देखी एक झुग्गी खरीद ली। बदायूँ से उसके माँ-बाप भी बेटे के पास चले आए। अब जो भी था यही जमीन थी और यही छत भी।

❄

यों तो पुश्ते में बच्चों के लिए कुछ स्कूल और मदरसे थे पर पूनम की लगन

और पंकज-सुगन्धा के सहयोग से कुछ ही बरसों में राजीव गाँधी विद्यालय का नाम हो गया। कितने ही दिहाड़ी मजदूरों के बच्चे जो स्कूल आनेवाली अपने घर की पहली पीढ़ी थे उनके जीवन में शिक्षा का उजियारा फैलने लगा। पूनम के लिए यह छोटी बात नहीं थी। दो साल में स्कूल में बच्चे बढ़ गए थे। शुरू-शुरू में पूनम को जरूर कई दिक्कतें आईं। लोगों को अनजान पूनम पर कम ही भरोसा था। शिक्षा और स्वास्थ्य के नाम पर ठगी करनेवाले कुछ गिरोहों को भी पुश्ते के लोग देख चुके थे इसलिए पूनम के स्कूल में अपने बच्चों को भेजते हुए घबराए भी। शुरुआत में कभी किसी बच्चे की माँ या घर से कोई आकर बीच-बीच में देख जाता कि स्कूल के नाम पर कोई और गोरखधन्धा तो नहीं चल रहा। फिर काफ़ी लोगों ने तो अपने बच्चों को भेजा ही नहीं। उनका साफ मानना था कि जब बच्चे मदरसे में पढ़ रहे हैं तो इस राजीव गाँधी विद्यालय की क्या जरूरत? बच्चों के लिए दीन की शिक्षा ही जरूरी है। दूसरी तरफ अपने बच्चों को स्कूल न भेजनेवाले लोगों का तर्क था कि इससे उनके काम का हर्जा होता है। जिन्होंने अपने बच्चों को भेजा उन्हें भी इस स्कूल के बारे में अनेक संशय थे पर अच्छे और बुरे दोनों कामों की असलियत छिपाए नहीं छिपती। पूनम ने अपनी साख और इज्जत दोनों बड़ी मेहनत और धैर्य से बनाई थी। फीस के नाम पर पूनम ने कभी किसी बच्चे से कुछ नहीं माँगा। अपनी खुशी से इन गरीब बच्चौं के माता-पिता यदि कुछ दे जाते वही स्कूल की आय थी। आज भी स्कूल का अर्थतन्त्र ऐसे ही चल रहा था पर जनमंच की ओर से पंकज ने थोड़ा-बहुत फंड जुटा लिया और सुगन्धा के कहने पर पढ़ा तो रहा ही था। महावीर भी कभी-कभार छोटा-मोटा कोई अनुदान दिलवा ही देता। कुछ पैसेवालों के मन में दया-ममता जागती तो वे भी बच्चों के लिए फल, कॉपी-किताबें आदि दे जाते। पूनम फल काटकर बच्चों में बाँट देती। बिहारी बिल्डिंग से फरीदा का आना-जाना भी स्कूल में लगा रहता। उसका आसिफ पढ़ने में तो बढ़िया था ही बातों का भी धनी था। एक बार स्कूल से लौटते हुए फरीदा साबरी मस्जिद की तरफ निकल गई। ज़िन्दगी के जंजालों से मुक्ति पाने के लिए कभी-कभी यहाँ बैठना उसे सुकून देता। बच्चे कभी इमाम साहब से कहानी सुनते तो कभी खेलते रहते। उस दिन आसिफ, इमाम साहब से एक सवाल पूछे बगैर नहीं रह सका—"इमाम साहब! हम तो आपके मदरसे में पढ़ने आते थे पर आप तो हमारे स्कूल कभी नहीं आए?" आसिफ से इमाम साहब को लगाव था। देखते-देखते छह साल का हुआ आसिफ अपनी बातों से चुटकियों में लोगों का दिल जीत लेता। इमाम साहब के मन में आसिफ की बात घर कर गई। कुछ दिन बाद ईद

थी इमाम साहब ईद से पहले पूनम के स्कूल पहुँच गए। पूनम उन्हें देखकर हैरान हुई पर जब असली कारण सामने आया तो इमाम साहब के लिए उसके मन में इज्जत और बढ़ गई। इमाम साहब बच्चों के लिए खाने-पीने का सामान भी लाए और चलते समय बच्चों की ईदी के नाम पर पूनम को कुछ पैसे भी दिए। स्कूल में आज इमाम साहब को देखकर आसिफ के पैर जमीन पर नहीं टिक रहे थे।

समय हवा के पंखों पर सवार था। छह-सात महीने बीत चले थे। वह बरसात का मौसम था। पूनम रोज की तरह सुबह समय से स्कूल के लिए निकल रही थी तो फरीदा ने भी बच्चों को उसके साथ भेज दिया। रास्ते भर आसिफ सड़क पर पानी से भरे गढ्डों में उछलता-कूदता चल रहा था। उसकी हरकत पर नकली गुस्सा दिखाती पूनम हँसने लगी। स्कूल के बाकी बच्चे भी समय से पहुँच गए। धीमी-धीमी बूँदाबाँदी होने लगी। स्कूल की छत पर पड़े तिरपाल पर बूँदें टपटप पड़ने लगीं तो बच्चों को मज़ा आने लगा। कॉपी से कागज़ फाड़कर कुछ बच्चे नाव बनाने लगे। मौसम का मिजाज़ बच्चों की मस्ती पर छाने लगा। बारिश में एक तरफ पढ़ने का मन नहीं कर रहा था तो दूसरी तरफ लग रहा था शायद बारिश के चलते आज जल्दी छुट्टी हो जाएगी। थोड़ी ही देर में मौसम बदलने लगा। बारिश धीमी से तेज़ हुई और तेज़ से मूसलाधार। किनारों पर भीगने से बचने के लिए बच्चे तम्बू के बीच में खिसककर चले आए। रेतीली पहाड़ी की मिट्टी पर फिसलन हो गई। पूनम और पंकज दोनों को एक ही चिन्ता सता रही थी कि स्कूल की छुट्टी के समय घर के लिए निकलते किसी बच्चे का पैर फिसल गया तो कोई अनहोनी न हो जाए। तेज बौछारें तम्बू के अन्दर तक चली आ रही थीं। सुबह का शान्त आसमान तेज आवाज़ों के साथ गरज रहा था। पूरा आसमान स्याह हो गया जैसे दिन में रात उतर आई हो। बादलों की हर गर्जन के साथ स्याह आसमान में तेजी से बिजली भी कड़कने लगी। छोटे बच्चे जिन्हें अब तक बारिश की टिप-टिप आनन्द दे रही थी अब आसमान की हरकतें उनमें भय पैदा करने लगीं। पूनम और पंकज उनके साथ थे। ध्यान बँटाने के लिए पूनम ने पंकज के लाए हुए अमरूद काटकर बच्चों को खिलाए। बरसात बढ़ती जा रही थी। सामने के सारे दृश्य धुंधले हो चले। हवा संग तेजी से भागता पानी पूरे गुस्से में शोर मचा रहा था।

"दीदी! बच्चों को निकालो यहाँ से। देखो ऊपर..." पंकज ने छत के तिरपाल की ओर इशारा करते हुए कहा। पूनम सहित सब बच्चों ने देखा तिरपाल पानी भरने की वजह से झूल गया था।

"इतनी बारिश में कैसे निकालूँ? कहाँ ले जाऊँ इनको?" खतरा सामने देख

पूनम तूफान की तेज़ आवाज़ का सामना करती चीखी। इससे पहले कि पूनम कुछ सोच पाती तिरपाल को थामे हुए खड़ी बल्लियाँ सीधी की बजाय पानी के वजन से तिरछी होने लगीं। बीच में खड़ी मजबूत बल्ली जिस पर सारा वजन टिका था वह भी पानी से भरे तिरपाल के दबाब से टेढ़ी हुई जा रही थी। कुछ ही देर में दूसरे छोर के बाँस वजन नहीं सँभाल पाने के कारण चरमराने लगे। मदद के लिए कोई दूर-दूर तक दिखाई नहीं दे रहा था। बच्चों को तिरपाल से बाहर ले जाना भी खतरे से खाली नहीं था। पूनम और पंकज की बुद्धि काम नहीं कर रही थी और खतरा बढ़ता जा रहा था। तिरपाल कभी भी गिरकर जानलेवा हो सकता था। पूनम-पंकज को बचाव की कोशिश में चीखते-चिल्लाते और कुछ न कर पाने की हताशा में देखकर बच्चे भी डरकर चीखने लगे। उनमें से कुछ रोने भी लगे। दीपक नाम के एक बच्चे को अचानक न जाने क्या सूझा कि उसने सामने रखी अमरूद की तश्तरी से चाकू उठाया और बाहर की तरफ भागा। इससे पहले कि किसी को कुछ समझ आए तेज़ बारिश में बच्चा तिरपाल पर चढ़ने लगा। बौछारें उसे पूरे वेग से धकेल रही थीं पर दीपक डटा रहा। पूनम और पंकज भी उसके पीछे भागे। तब तक दीपक तेज़ बारिश और हवा के थपेड़ों का डटकर सामना करता पूरी हिम्मत के साथ बल्लियों का सहारा लेकर तिरपाल पर चढ़ गया। उसके वजन से किनारे का एक बाँस टूट गया। दीपक का सारा शरीर असन्तुलन से हिल गया। पूनम-पंकज उसे गिरने से बचाने के लिए आगे आए और उसे तुरन्त नीचे कूदने के लिए कहा पर दीपक ने खुद को सँभाल लिया। उसके बदन की कमीज़ पानी से शरीर पर एकदम चिपक गई। हवा संग तेज़ बौछार से उसके बदन में उठती झुरझुरी से दीपक काँपता और उसका मुँह बार-बार खुल जाता। आँखें पानी के दबाव से बन्द होने लगतीं पर इस तूफान को जैसे एक तिनका चुनौती देने निकल पड़ा था। पंकज-पूनम की समझ में आ गया कि दीपक किसलिए भागा है। दोनों तम्बू के बाहर उसे सही-सलामत नीचे उतारने के लिए खड़े हो गए।

भीतर बच्चे उन्हें बाहर जाते देखकर चीखने लगे। तिरपाल ढलवाँ होकर सिर पर झुका जा रहा था। दीपक ने पूरी हिम्मत के साथ तिरपाल के कोने में चाकू के लगातार कई वार करके एक छेद बना दिया। पानी को निकलने का रास्ता मिल गया। छेद के रास्ते एक तेज़ परनाला बहने लगा। धीरे-धीरे तिरपाल में भर गया पानी निकल गया। जो तिरपाल पानी के वजन से झूलकर खतरनाक हो चला था अब सँभल गया। काम होने के बाद बच्चा सहारे से उतरा तो पूनम-पंकज ने उसे थाम लिया। तम्बू की बल्लियाँ को अब उतना खतरा नहीं था।

दीपक उतरकर नीचे आया तो उसकी सूझ-बूझ और जोखिम उठाने के जज्बे की तारीफ होने लगी। पूनम देर तक उसे सीने से चिपकाए खड़ी रही। भारी बल्लियाँ गिरने से आज कितने बच्चों की जान जाती यह सोचकर ही पूनम थर्रा उठी। दीपक की वजह से आज एक बड़ा हादसा टल गया। थोड़ी देर में बारिश की रफ्तार भी धीमी पड़ गई।

अगले दिन पूरे स्कूल और पुश्ते की जुबान पर एक ही नाम था—दीपक राय। जो सुनता अपने बच्चे की सलामती का सेहरा दीपक के सिर बाँधता। पूरे दिल से दीपक को दुआएँ देता। खबर पुश्ते भर में आग की तरह फैल गई। पुश्ते से आगे चलती हुई महावीर के दफ्तर भी पहुँची। महावीर तुरन्त स्कूल आया। पूनम-पंकज वहाँ थे। बच्चों के साथ दीपक भी था। उसने दीपक को आगे बुलाया और बातचीत करने लगा—

"इधर तो आ बेटा! तूने तो झंडे गाड़ दिए। क्या नाम है तेरा?"

"दीपक...दीपक राय।"

"तो दीपक किस क्लास में है तू?"

"चौथी में।"

"तुझे डर नहीं लगा एक बार भी?"

दीपक जवाब देने की बजाय शरमाकर मुस्कुराने लगा।

"पिता जी क्या करते हैं तेरे?"

"यहीं पुश्ते में.... चाय का काम करते हैं।"

"क्या नाम है?"

"रामप्रसाद।"

"पूनम! कमाल का लड़का है तेरे स्कूल में। हमें तो पता ही नहीं था।" दीपक को अपने पास बुलाकर महावीर ने उसका सिर सहलाया और खूब शाबाशी दी। अब महावीर ने बात का सिरा पूनम की तरफ मोड़ा—

"देख पूनम! इस बच्चे को तो बहादुरी का इनाम मिलना चाहिए।"

"वह तो मैंने पहले ही सोच लिया है।" पूनम ने चहकते हुए कहा।

"जरा मैं भी सुनूं क्या सोच लिया है।" महावीर ने जिज्ञासा से भरकर पूछा।

"इसे नए कपड़े दिलवाऊँगी।" पूनम ने अपने मन की बात हँसते हुए बताई।

"मैं इस इनाम की बात नहीं कर रहा। यह तो तू देती रहियो कभी भी।" इस बार महावीर का स्वर गम्भीर था।

"फिर कौन-सा इनाम?" पंकज ने जिज्ञासा से भरकर पूछा।

"हर साल देश भर के बच्चों को जो बहादुरी के लिए नहीं मिलता...छब्बीस

जनवरी पर... वही।" महावीर के कहते ही पंकज और पूनम की आँखें फटी की फटी रह गईं। एक क्षण को चेहरे ने हैरानी जताई और अगले क्षण में खुशी की रंगत से चमक उठा।

"कोई मामूली बात है क्या? इतने बच्चों को अपनी समझदारी और बहादुरी से दीपक ने बचाया है। नाम तो जरूर भेजा जाना चाहिए इसका।" महावीर ने दृढ़ता से कहा।

"पंकज! तू एक काम कर। एक कागज पर पूरे ब्यौरे के साथ उस दिन की घटना लिख दे। दीपक के इस कदम से कितने बच्चे बचे और उसने क्या-क्या किया सब कुछ। साथ में दीपक की एक तस्वीर भी होनी चाहिए। अर्जी में उसे सम्मानित किए जाने की माँग लिखना न भूलना। पूनम अर्जी मेरे दफ्तर पहुँचा दियो। बाकी मैं देख लूँगा।" पूनम-पंकज को आदेश देकर महावीर चला गया। पंकज ने पूरी चिट्ठी लिखी और सुगन्धा को दिखा भी दिया। सुगन्धा ने कुछ वाक्य दुरुस्त कर दिए। उसके बाद पूनम महावीर को चिट्ठी दे आई।

चौथी क्लास के दीपक के दिलेर कारनामे की एक पूरी विस्तृत चिट्ठी भेजी गई। कुछ महीने बाद अखबार में अगले साल की शुरुआत में कुछ दिलेर बच्चों को पानी में डूबने या आग से बचाने जैसे साहसिक कामों के लिए जीवन रक्षा पदक दिए जाने की घोषणा हुई। उसमें दीपक राय का नाम भी शामिल था। राजीव गाँधी विद्यालय के दीपक राय को स्कूल के बच्चों की जान बचाने के लिए पन्द्रह अगस्त को दिल्ली के उपराज्यपाल द्वारा सम्मानित किया गया। पुश्ते से लेकर बिहारी बिल्डिंग में जश्न का-सा माहौल था। दीपक के साथ-साथ अब पूनम के स्कूल का नाम सबकी जुबान पर आ गया। जो लोग पहले बच्चों को स्कूल भेजने से कतरा रहे थे अब आगे बढ़कर बच्चों की जिम्मेदारी पूनम को सौंपने के लिए अनुरोध करने लगे। अपनी ज़िन्दगी के पूरे सात साल लगाए पूनम ने यहाँ तक आने के लिए। कितने बच्चे तो उसके स्कूल से निकलकर जीवन की राहों पर आगे बढ़ गए और कुछ आगे की पढ़ाई के लिए दूसरे स्कूलों में चले गए।

❄

मुनमुन आज सुबह घर में दाखिल हुई तो रोज़ की तरह सुगन्धा से सलाम-दुआ की पर शान्त रही। हर दिन अपनी बातों से घर के कोने-कोने को गुलज़ार कर देनेवाली मुनमुन की दुआ-सलाम में आज खनक गायब थी। यह खनक मुनमुन

की पहचान थी।

"क्या हुआ? तबीयत तो ठीक है?" सुगन्धा ने उसकी आवाज़ सुनी और चेहरा पढ़ते हुए सवाल किया। मुनमुन के चेहरे पर उसकी परेशानी साफ दर्ज थी।

"हूँ.." अनमनी-सी मुनमुन ने संक्षिप्त-सा जवाब देकर बात टालने की कोशिश की और अपने काम में लग गई। सुगन्धा ने भी उसे नहीं कुरेदा। कुछ देर बाद जब रोज़ की तरह अपने और सुगन्धा के लिए चाय बनाकर लाई तब सुगन्धा से रहा नहीं गया—

"अरी! बता भी दे। मैं भी देखती हूँ आखिर मुझसे कितनी देर तक बात छिपा सकती है तू?" सुगन्धा ने मुनमुन को छेड़ा।

"आपसे भला कौन-सी बात छिपी है मेरी। बताओ?" कहते हुए मुनमुन ने सुगन्धा की आँखों में झाँका। सुगन्धा ने प्यार से मुनमुन के कन्धे पर हाथ रखकर पूरी बात बताने पर ज़ोर दिया।

"कुछ नहीं दीदी। समझ नहीं आ रहा था कैसे कहूँ? आप कहोगी कि हर वक्त कुछ न कुछ माँगती ही रहती है।" सुगन्धा ने उसे रोका-टोका नहीं बोलने दिया।

"दीदी! मेरी बहन का बेटा है परवेज़। आप जानती तो हैं छुटपन से मेरे साथ ही रहता है। मेरे अलावा उसका और कौन है। पुश्ते के राजीव गाँधी स्कूल में एक-दो साल पढ़ा फिर पूनम की सलाह पर बाहर से पढ़ाई करते हुए अब दसवीं पास कर ली। समझदार और मेहनती लड़का है। ईमानदार है। एक-दो जगह पहले भी उसके लिए छोटा-मोटा काम ढूँढा। कश्मीरी गेट के पास एक दुकान में साफ-सफाई, चाय-वाय का काम करता था पर वहाँ मालिक रोज ही बात-बेबात डाँटा करता। हाथ भी उठा देता। महीने भर में ही काम छोड़ बैठा। अब खाली दिमाग शैतान का घर। एक दिन तो इसने जान ही निकाल दी मेरी। पुश्ते की अमीना के नौमान, नेचू के अमित और बिहारी बिल्डिंग की फरीदा के फ़ुरकान के साथ यमुना में गोता खाने-तैरने का प्रोग्राम बना लिया। चारों ही तो पूनम के स्कूल में पढ़े हैं साथ। बाकी तो सब छोटे हैं यह परवेज़ उनसे बड़ा है। अभी सोलह का पूरा हुआ है। मुझे आपके घर से लौटकर पता चला कि यह बच्चों के संग गया है। दिल बैठ गया मेरा। बताओ दीदी कितने बच्चे ऐसे खेल-खेल में शौक पूरा करने के चक्कर में बह जाते हैं। पहले भी कितनी बार हो चुका है। माँ-बाप कितनी मुश्किल से पालते हैं और एक झटके में बच्चा जान से हाथ धो बैठता है। जो चला गया सो गया दुख तो पीछे रह जाने वालों

के हिस्से जीवन भर बना रहता है। परवेज़ पहले काम करता था तो घर टाइम से आता था। अब जबसे बेकार बैठा है जाने कौन-सी यारी-दोस्ती निभा रहा है कि देर रात तक घर नहीं लौटता। मैंने पता लगाया है उसके दोस्तों में कुछ नशेबाज लड़के भी हैं। उनकी संगत में बहक गया तो? मैं रोज परेशान होती हूँ। जमाना खराब है दीदी। लड़का हाथ से निकल गया तो लोग मुझे ही दोष देंगे। परवेज़ ग़लत संगत में पड़ गया तो क्या होगा?" सुबह से खामोश मुनमुन ने एक ही साँस में अपनी सारी परेशानी कह डाली। सुगन्धा कुछ देर चुप रही जैसे मुनमुन की अगली बात का इन्तज़ार कर रही हो। मुनमुन को बोलते न देख सुगन्धा ने सवाल किया—

"तो तू मुझसे क्या चाहती है...बता?"

"दीदी! मैं बस यही चाहती हूँ कि परवेज़ किसी ढंग की जगह काम करे तो उसका जीवन बन जाए। यदि हो सके....सही समझो तो आप कुछ मदद कर दो।"

मन में छिपी बात आखिर मुनमुन के होंठों पर आ ही गई। जीवन के लम्बे अनुभव ने सुगन्धा को समझाया था कि इंसान अपनी तकलीफें कुछ खास लोगों से ही साझा करता है। सबसे नहीं। उसने मुनमुन को भरोसा दिलाया कि जो हो सकेगा वह ज़रूर करेगी। अन्दर बैठा अनीश सब कुछ सुन रहा था। छुट्टी के दिन वह ज्यादातर अपने कमरे से निकलता ही कहाँ था और बाकी दिन भी उसका कमरा किसी न किसी वजह से बन्द रहता। कई-कई दिन बीत जाते उसके कमरे की ढंग से सफाई नहीं होती। आज उसे बाहर आया देखकर मुनमुन चहक गई। "दया कोरो दया"—कहते हुए उसने अनीश से हाथ जोड़कर कमरा साफ करने की विनती की। मुनमुन की आवाज़ में सुबह से गायब खनक लौट आई। अनीश को पहले मुनमुन का बंगाली बोलना अखरा। उसे लगा हो न हो यह बंगाली नहीं बँगलादेशी है। इस शक को वह पहले भी सुगन्धा के सामने जाहिर कर चुका था। मुनमुन के बँगलादेशी घुसपैठिया होने की बात दिमाग में आते ही अनीश का चेहरा तमतमा गया। दूसरे उसे मुनमुन का बेधड़क अपने कमरे में घुस आना नागवार गुज़रा।

"अभी रहने दो बाद में हो जाएगा।" अपनी अनिच्छा को अनीश ने बेहद कसे शब्दों में कहा।

पर मुनमुन तो पूरे रंग में आ चुकी थी सुगन्धा दीदी के आश्वासन से उसमें जोश भर गया था। उसे अनीश की तल्खी समझ नहीं आई।

"बाबू! आज अच्छे से सफाई कर लेने दो। साफ-सुथरे कमरे में चैन भी

मिलता है और नींद भी बढ़िया आती है।" कहते हुए मुनमुन ने कमरे में सफाई शुरू कर दी।

अनीश को कई साल पहले से मुनमुन का शोना बाबू और बाबू कहना खटकता रहा था। उसने पहले भी सुगन्धा से पूछा था कि यह बंगाली है या बँगलादेशी? पर आज अनीश का मन बेतरह खटका। मन के कोने में एक बार शक के कीड़े की घुसने भर की देर है भरोसे की दीवार चकनाचूर हो जाती है फिर मुनमुन ने तो कभी अनीश का भरोसा कमाया भी नहीं था।

"यह बाबू-बाबू क्या लगा रहा है? मेरा नाम अनीश है अनीश ही कहा करो। पहले भी कई बार समझा चुका हूँ। समझ में नहीं आता तो काम छोड़ दो।" बहुत सख्ती के साथ अनीश ने मुनमुन को समझा दिया। मुनमुन हतप्रभ-सी उसे देखती रही। सुगन्धा दीदी से प्यार मिलने के कारण वह भूल ही चुकी थी कि अनीश से उसका कोई नाता कभी बना ही नहीं था। अपमान से भरकर वह धीमे कदमों से कमरे के बाहर निकल आई।

सुगन्धा को अनीश का व्यवहार भला नहीं लगा। वह पहले भी कई बार सीधे तौर पर अनीश को समझा चुकी थी। मुनमुन के सामने इसी वक्त उसे डाँटना सुगन्धा को ठीक नहीं लगा। सुगन्धा ने अनीश से अपना ध्यान हटाया। मुनमुन के अनुरोध पर सोचती सुगन्धा ने अक्ल के घोड़े दौड़ाए तो उसे याद आया कि अनीश के ऑफ़िस में शायद इस लड़के परवेज़ के लिए कोई जगह निकल आए। पुश्ते से ऑफ़िस बहुत दूर भी नहीं। सुगन्धा ने सोचा परवेज़ को साफ-सफाई या कुछ और काम वहाँ मिल जाएगा तो अच्छा रहेगा। पढ़ने-लिखनेवालों के बीच रहेगा तो अलग तरह का इंसान बनेगा। भारत न्यूज़ के सम्पादक सुशील कुलश्रेष्ठ उसके पुराने परिचित थे पर बाद में जबसे उसके पति के करीब हुए तो सुगन्धा ने उनसे दूरी बना ली थी। अनीश के वहाँ नौकरी करने से लेकर आज तक सुगन्धा ने कभी उनसे कोई बात नहीं की थी। बरसों बाद जब आज बात हुई तो ज़रा सी देर में ही काम बन गया। सुशील जी के दफ्तर का एक लड़का काम छोड़कर गया था। उसके बिना चाय बनाने से लेकर डाक आदि का काम निबटाना मुश्किल हो रहा था। परवेज़ को जल्दी ही नौकरी मिल गई।

सपने

सपने इंसान की ज़िन्दगी में एक नई दुनिया का दरवाज़ा खोल देने की चाबी सरीखे होते हैं। ज़िन्दगी के दरवाजे से सपने के दरवाजे में कदम रखने की देर है कि साँसें ढेर सारी ताज़ा हवा भीतर खींचने लगती हैं। आँखों को नई रोशनी का पता मिल जाता है। कोई भीनी-सी गन्ध एक रहस्य की तरह दिलोदिमाग पर हावी होती जाती है। कानों में पहले कभी न सुनी गई ध्वनियों का एक नया झरना सम्मोहन जगा देता है। जीवन के नए स्वाद न जाने कितनी राहें खोल देते हैं और मन बेतहाशा दौड़ने लगता है उस रोशनी की ओर। उस गन्ध की दिशा में। उस झरने के संगीत के सम्मोहन में। नई सुबह की शबनम को पी लेने की दिशा की ओर और हाथों के नीचे दूर तक फैले हरे घास के मैदान बिछ जाते हैं। उस घास को छूने भर की देर है सपने के भीतर कई-कई सपने करवटें लेने लगते हैं।

लखनऊ को अनीश बहुत पीछे छोड़ आया था। पिता का घर वहाँ था तो उस शहर से अनीश का नाता कभी खत्म नहीं हो सकता था पर जीवन की सारी दिशाएँ अब दिल्ली का पता ही देती थीं। लखनऊ उसके पहले प्यार का शहर था। जब उमंगों की पतंग सातवें आसमान पर थी। जिसे अनीश शायद सँभाल नहीं सका। पूरी तरह पहचान भी नहीं पाया। उस उमंग को धीरे-धीरे भूल ही गया था अनीश पर कुछ दिनों से एक नया सपना उसे बेतरह अपनी ओर खींच रहा था। भारत न्यूज़ में अब अनीश नया नहीं रह गया था। पिछले छह वर्षों में उसने धीरे-धीरे अपना एक मकाम बना लिया था। नए लोगों को डेस्क या फील्ड के काम से जुड़ा देखता तो उसे फाइलिंग सेक्शन के अपने दिन याद आते और फिर याद आता रिपोर्टिंग में अपना सफर। यों भारत न्यूज़ से दो लोग प्रिंट की जगह तेजी से छा रहे इलेक्ट्रॉनिक माध्यम की ओर चले गए थे। तेज़ रफ्तार समय में कितने ही नए चैनल खुल गए थे। काबिलियत की वहाँ भी दरकार थी। समय के परिवर्तन को सूँघ लेनेवाले लोगों ने नई ज़िन्दगी की डोर थाम ली। सपने अनीश के भी थे पर उन तक पहुँचने की चाल अभी धीमी थी। एक बड़े सपने के साथ उसके जीवन में एक और सपना भी

आकार ले रहा था। भारत न्यूज़ में उमा को काम करते हुए लम्बा अर्सा हो चला था। अपनी काबिलियत से उसने पत्रिका में अपनी खास जगह बना ली थी। पूरी लगन और हिम्मत से नए और ज़रूरी मुद्दों पर उसकी लाई गई कई रिपोर्ट कवर स्टोरी बनकर पाठकों के ज़ेहन में उतर गई थीं। मीडिया की दुनिया में उमा अब एक जानी-पहचानी शख्सियत थी।

विचारों में बुलन्द, हौसलों की उड़ान से ऊँची उड़नेवाली उमा इन दिनों अनीश के दिल के बेहद करीब थी। शुरू का एक सहज आकर्षण अब प्रेम में बदल रहा था। अनीश ने उस धड़कन को पहचान लिया था। उमा के दिल का हाल न जानते हुए भी अनीश उमंग के पीछे एक सपने की तलाश में इन दिनों खोया-सा रहता। ऑफ़िस में आते ही नज़रें उमा को बेचैनी से ढूँढतीं। उमा को देखकर एक पल को शान्त हुई बेचैनी और बढ़ जाती। उमा से दिल का हाल कहने की दुविधा धीरे-धीरे बढ़ती ही चली जा रही थी। अनीश को कभी-कभी उमा के साथ पहली बार प्रेस कान्फ्रेन्स में जाना याद आता और याद आता कैसे उसे उमा के सरनेम को जानने की चिन्ता हुई थी। उसने ऑफ़िस लौटते ही कितनी सूझबूझ से टाइपिस्ट की मदद से सच हासिल किया था। सच जानकर उसके दिल को सन्तोष मिला था जब उमा केवल उमा नहीं उमा भारद्वाज निकली थी।

तीस के हो चले अनीश से सुगन्धा बार-बार शादी की बात पूछती पर अनीश कान नहीं देता था। उधर पापा और दादी का दबाव भी कम नहीं था। पापा ने दो बार दिल्ली आकर उसे टटोला भी। काफ़ी समय से उन पर अपने एक करीबी की बेटी के अनीश से रिश्ते के लिए लगातार दबाव बन रहा था। यश सिन्हा, अनीश से जवाब चाहते थे लेकिन अनीश तो खुद अपनी उलझनों में उलझा था। पहले अपनी एक सही जगह बनाने में मसरूफ रहा और अब तकरीबन साल भर से उमा के लिए उसके मन में एक अजीब-सी कशिश पैदा हो गई। ऐसे में पापा को भला क्या जवाब देता। उमा आसपास रहती तो मन गाने लगता था और कहीं उसके साथ बाहर जाने का मौका मिल जाता तो अनीश खुद को उस समय दुनिया का सबसे खुशनसीब इंसान समझता। उमा किसी और से बात करती तो अनीश को अच्छा नहीं लगता और कई बार उसे जलन का एहसास भी घेर लेता।

आज अनीश समय से ही ऑफ़िस आ गया पर रोज़ सही समय से पहुँच जानेवाली उमा अभी तक आई नहीं थी। हर आहट पर अनीश चौंक उठता। पीठ पहले के मुकाबले कुछ और तन जाती। निगाहें पीछे जातीं पर सब बेसूद। एक-एक मिनट जैसे भारी हो चला। सामने एक जरूरी रिपोर्ट पड़ी थी पर अनीश का मन किसी काम में नहीं लगा। एक बहाने से रिसेप्शनिस्ट से भी पूछ आया कि उमा का

फोन तो नहीं आया। उमा आज नहीं आएगी यह ख्याल ही उसे बुरा लगने लगा। प्रेम में बेचैनी किसे कहते हैं आजकल इसे अनीश से बेहतर कौन जान सकता था। थोड़ी देर में सम्पादक ने डेस्क और रिपोर्टिंग स्टाफ की एक जरूरी मीटिंग रख ली। ऑफ़िस में पिछले कुछ दिनों से माहौल गर्म था। शायद मैनेजमेंट भारत न्यूज़ को बन्द या स्थानान्तरित करना चाह रहा था। पत्रकारिता की दुनिया में स्थानान्तरण का एक मतलब पत्रिका का बन्द होना भी होता है। यह छँटनी की सभ्य शब्दावली है। पत्रिका के पूरे सेटअप के दिल्ली से बाहर जाने की खबरें हवा में थीं। ऑफ़िस में भले ही कोई ठोस सूचना नहीं थी पर पत्रकारिता की दुनिया में ऐसी खबरें सुनाई पड़ रही थीं। मीटिंग के लिए कुछ ही देर बाद सभी लोग हॉल में आ गए। सबके आने के बाद सम्पादक आए। सबकी नज़रें उनके चेहरे को पढ़कर अपने-अपने कयास लगाने लगीं।

"देखिए! यह मीटिंग अचानक बुलाने का एक खास मकसद है।" सम्पादक ने अपने स्टाफ की नज़रों से नज़र मिलाते हुए गम्भीर स्वर में कहा। पूरे हॉल में शान्ति छा गई।

"भारत न्यूज़ लम्बे समय से पत्रकारिता की दुनिया में अपना नाम बनाए हुए है। आप सबने मिलकर इसे यहाँ तक पहुँचाया है पर आप देख ही रहे हैं कि अब समय पहलेवाला नहीं रहा। आप सब जान ही रहे हैं कि नई आर्थिक व्यवस्था के साथ देश-दुनिया की तस्वीर बदल रही है। समय बदल रहा है और हमारा मीडिया भी बदल रहा है। कितनी पत्रिकाएँ व्यावसायिक घरानों की पत्रिकाएँ होती जा रही हैं। इलेक्ट्रॉनिक मीडिया के तेज उभार से एक और विकल्प भी खुल गया है। हमारे ही दो साथी यहाँ से छोड़कर वहाँ चले गए हैं। खबर यह है कि भारत न्यूज़ को अब कैपिटल मीडिया वेंचर्स कम्पनी टेकओवर करनेवाली है। भारत न्यूज़ के नाम के साथ क्योंकि उनकी नज़र में यह नाम नहीं अब ब्रांड है।" सम्पादक,सुशील कुलश्रेष्ठ की दी गई इस सूचना ने पत्रिका के बारे में अब तक के सारे पूर्वानुमानों को ध्वस्त कर दिया।

"सुशील जी! मीडिया वेंचर्स तो शुद्ध व्यावसायिक कम्पनी है।" उँगलियों के दबाव से पेपरवेट को धीमे-धीमे घुमाते समीर प्रताप की उँगलियाँ एकाएक थम गईं। पेपरवेट उनकी मुट्ठी में बन्द था। उसे थामे हुए उन्होंने सवालिया निगाहों से सम्पादक की आँखों में झांका।

"समीर जी! अब यही आज के मीडिया का सच है।" सम्पादक ने भाँप लिया कि समीर प्रताप क्या कहना चाह रहे हैं। हॉल में बैठे सभी लोगों ने अपनी पारखी नज़र और अनुभव से इतना समझ लिया कि सम्पादक ने अभी केवल भूमिका बनाई

है असली बात कहना शेष है।

"तो क्या सर! नए सेटअप में नई भर्तियों का आदेश है?" अनीश सीधे मुद्दे की बात पर आ गया।

"मैनेजमेंट पूरी तरह टेकओवर करने के बाद ही इस बारे में अपनी राय देगा लेकिन शुरुआती दौर में पुराने सेटअप से ही काम चलाने की बात फिलहाल चल रही है।" सुशील कुलश्रेष्ठ ने बात साफ की। हॉल ने राहत की साँस ली। नौकरियों पर लटक रही तलवार की छवि कुछ धुँधली पड़ी।

"लेकिन भारत न्यूज़ की पॉलिसी...उसका क्या ?" वरिष्ठ रिपोर्टर निशान्त मीणा ने एक ज़रूरी सवाल उठाया। औसत और उससे नीचे की जनसंख्या की बेहतरी के मुद्दे अब तक पत्रिका की नीति में शामिल रहे थे। निशान्त बदले हुए हालात में पत्रिका के नए चरित्र को समझने की कोशिश कर रहे थे।

"ज़ाहिर सी बात है निशान्त जी। जो पूँजी लगा रहा है वह पत्रिका को अपने मुताबिक ही चलाएगा...पॉलिसी में तो कभी न कभी परिवर्तन आएगा ही।" सम्पादक ने कोई दुराव-छिपाव नहीं बरता।

"तो क्या अब भी हम उसी स्पेस और फ्रीडम के साथ काम कर पाएँगे?" कौशल ने सवाल उठाया।

"अब यह तो आनेवाले समय की बातें हैं। इन पर अभी से क्या कहा जाए। इस समय बड़ी बात यह है कि आप अफवाहों के तन्त्र पर भरोसा करके हड़बड़ी में कोई निर्णय नहीं लीजिए। पत्रिका कहीं शिफ्ट नहीं हो रही।" सम्पादक ने एक तरह से सबको आश्वस्त किया।

"नया मैनेजमेंट बहुत कुछ बदल देगा।" समीर प्रताप ने मीटिंग खत्म होने पर कुर्सी से उठते हुए अन्तिम बात के रूप में आनेवाले समय के बदलावों को लेकर एक ठोस इशारा किया।

"समीर सर! पहले से तो कितना कुछ बदल गया है और बदलना जीवन का दस्तूर है। दूरदर्शन और आकाशवाणी बदल गए। केबल टी.वी. ने एक अलग ही दुनिया बना दी है और तो और फोन हाथ में आया गया। क्या कोई जानता था पेजर को पछाड़कर सेलुलर फोन आएगा, केबल टी.वी. आएगा? और तो और पूरी दुनिया की सीमाएँ अब खत्म हो गई हैं।" अनीश ने पत्रिका की पॉलिसी को लेकर एक गम्भीर बात की प्रतिक्रिया में कन्धे उचकाते हुए कहा। उसकी बात पर उदय सरीन ने सहमति में सिर हिलाया। समीर प्रताप के चेहरे पर एक हँसी उभरी जिसमें कई गहरे अर्थ छिपे थे।

मीटिंग खत्म होने के बाद अनीश एक ब्रेक लेने के इरादे से बाहर की ओर

निकला तो उसे उमा की खिलखिलाती हँसी सुनाई दी। अनीश ने नज़र घुमाई तो खिड़की के शीशे के पार उसे उमा की पीठ नज़र आई। अनीश के होंठों पर मुस्कान तैर गई। उमा सम्पादक के केबिन के बाहर गलियारे में चाय बना रहे परवेज़ से बातें कर रही थी। अनीश को अच्छा नहीं लगा पर उमा की बातें सुनने के लिए चुपचाप खिड़की के पास पड़े सोफे पर बैठ गया। उमा उससे बेखबर अपनी ही दुनिया में थी।

"मन लग गया परवेज़ तुम्हारा?" उमा ने अपने बिन्दास अन्दाज़ में काम करने आए नए लड़के परवेज़ से पूछा।

"जी...बस" चाय बनाते हुए परवेज़ ने नाप-तोलकर जवाब दिया पर मुस्कुराता रहा।

"होता है। अभी सब नया है न फिर अच्छा लगने लगेगा। तुम बस पूरे मन से काम किए जाओ।" उमा ने उसका हौसला बढ़ाया।

"पढ़ते हो?" उमा ने देखा परवेज़ के पास अखबार रखा था जिसे खाली समय में वह अक्सर पढ़ता था।

"मैडम! दसवीं कर ली है पर उसके बाद कुछ नहीं।" पहली बार उमा के पूछने पर परवेज़ ने पूरी पंक्ति में जवाब दिया।

"उससे क्या होगा? दसवीं तो सभी कर लेते हैं। आगे पढ़ो, प्राइवेट ही सही पर बारहवीं तो पास करो और मन हो तो उससे आगे भी पढ़ना। माना यहाँ मेहनत से काम कर रहे हो पर अभी उम्र ही क्या है तुम्हारी...सारी ज़िन्दगी चाय बनाते तो नहीं रहोगे?" ऑफ़िस में उमा पहली इंसान थी जिसने परवेज़ के जीवन में झाँकने की कोशिश की वरना परवेज़ सबके लिए चायवाला या नया लड़का ही था।

"जी मैडम।" उमा की आत्मीयता परवेज़ को भली लगी। उमा ने उसके सिर पर थपकी दी एक पल को आँख बन्द की और अपना सिर हिलाकर भीतर चली आई। उमा की मौन अभिव्यक्ति स्नेह जताने का ही एक रूप थी और परवेज़ स्नेह की भाषा अच्छी तरह समझता था। उसने तय किया कि जैसे भी हो आगे ज़रूर पढ़ेगा।

उमा को अन्दर आता जान अनीश तेजी से अपनी सीट की ओर लपका पर तब तक देर हो चुकी थी उमा कमरे में दाखिल हुई और अनीश को एकदम सामने पाकर मुस्कुराई। अनीश को कुछ देर पहले परवेज़ से उसकी बातचीत खल रही थी पर उमा को देखा तो देखता रह गया। काले रंग का कुर्ता और लाल सलवार के साथ लहरिया दुपट्टा। कानों में झुमके और माथे पर काले रंग की हाथ से बनाई बड़ी-सी बिन्दी। उमा के माथे की खासियत यह हाथ से उकेरी गई बिन्दियाँ भी थीं

जो उसके चेहरे को सुन्दरता से भर देती थीं और उसका गोरा चेहरा दमक उठता। गोरा चहेरा—अनीश की सुन्दरता के अपने पैमानों पर पूरी तरह खरा। अनीश ने आँखें झपकीं तो पाया उमा चेहरे पर सवाल लिए उसे देखकर हँस रही है। अनीश सावधान हुआ। दुनिया भर से मुक्त संवाद करनेवाला अनीश, उमा के सामने क्यों बिखर-सा जाता। उसके दिल-जुबाँ और शरीर की सारी हरकतों का सन्तुलन हवा हो जाता। रोज़ एक ही मुश्किल थी अनीश के लिए हर दिन अपने दिल से बहुत कुछ कहना और फिर खुद ही उसे सुनना।

हर बार की तरह इस बार भी भारत न्यूज़ के लिए निशान्त मीणा का लिखा एक लेख समस्या को अलग अन्दाज में पेश करता तहलका मचा रहा था। स्लम्स पर आधारित कई साल पहले प्रकाशित भारत न्यूज़ का विशेषांक भी सबसे हटकर रहा था और उसी कड़ी में पुश्ते के एक नए सच को निशान्त मीणा सामने लाए।

"सर! बहुत अच्छी रिपोर्ट है पुश्ते की। मैंने कल रात को ही पढ़ी। आप जिस इनसाइट से काम करते हैं वह सबके पास नहीं। कॉन्ग्रेट्स सर।" उमा ने बैग से भारत न्यूज़ का नया अंक निकालकर दिखाते हुए निशान्त मीणा से कहा। वे संकोच में मुस्कुरा दिए।

"सर! पुश्ते में पल रहे अपराधों के बारे में हम कितना एकतरफा निर्णय ले लेते हैं कि यहाँ रहनेवाले जान-बूझकर खुद को गरीब दिखाते हैं अन्दरखाने इनके पास बहुत मालमत्ता है। पर आप तो नया एँगल ले आए...डर नहीं लगता आपको?" उमा की जिज्ञासा को चैन नहीं था।

"उमा! पुश्ते के कुछ हिस्सों में दारू, चरस, गाँजा, स्मैक की बिक्री का अब जो रैकेट बन गया है वह कई बरस पहले ही रोका जा सकता था यदि पुलिस ने ढंग से काम किया होता। उनकी शह पर पुश्ते में ऐसे कितने अड्डे बन गए। गंगा, तेज़ीराम, करीम, छोटेलाल और न जाने कितनों के अड्डे हैं। जमीनों में माल दबा पड़ा है। शहर जिन्हें इज्जत से नवाज़ता है। उनमें न जाने कितने लोगों का यहाँ लगभग रोज़ का आना-जाना है। ऊँचा ग्राहक, सप्लायर और इस पूरी सौदेबाज़ी पर आँखें मूंदे बैठा खामोश पुलिस-प्रशासन। यही चेन है। अवैध के हाथ मज़बूत करनेवाले वैध कैसे हो सकते हैं? इस सच को सामने लाने में डरना कैसा?" निशान्त ने उमा को तसल्लीबख्श जवाब दिया।

"आपने तो सीधे आरोप लगाया है पुलिस पर कि थानों-चौकियों में इनको खूब चढ़ावा चढ़ता है।" अनीश भी चर्चा में शामिल हो गया।

"अनीश! यह कोई दबा-छिपा सत्य तो नहीं है। नशे के यह रैकेट एक-दो दिन

में नहीं बनते और अकेले भी नहीं बनते। इलाके की पुलिस शुरू में ही दबिश देकर दंडित करती, बाकायदा नियम-कानून का पालन करती,बाहर के बड़े ग्राहकों पर नकेल कसती तो ऐसा क्यों होता पर इंसानी लालच की मोटी मलाई जब सब खांएगे तो अपराधी भी सब होंगे। पुश्ते के कितने लोग जो इन अड्डों और उनके कारण बढ़ते अपराधों को लेकर परेशान हैं उन्होंने इस सच की तसदीक की है। खुलकर इन अपराधों की आलोचना की है।" निशान्त मीणा दमदार आवाज़ में बोले। कमरे में कुछ देर के लिए चुप्पी छा गई।

❄

बिहारी बिल्डिंग के साथ चौड़ी सड़क के किनारे सटे फुटपाथ पर आज सुबह से एक लावारिस लाश पड़ी थी। फुटपाथ पर कमर से सिर तक का हिस्सा था और धड़ फुटपाथ से नीचे सड़क के किनारे पर। शिनाख्त और पुलिसिया कार्यवाही से पहले का समय बेहद सुस्तचाल था। सड़क से दिख रहे उस आदमी को जब तक नज़दीक से देखा नहीं गया तब तक उसे शराब के नशे में धुत्त मानकर उसके हाल पर छोड़ दिया गया। इलाके में यह नज़ारे आम थे। होश में आने पर आदमी पानी-सी ज़िन्दगी में नमक की तरह तेजी से घुल जाता था। दिन के हरकत में आने पर घटनाएँ और लोग साफ-साफ दिखने शुरू हो गए। भाग रही ज़िन्दगी से बेखबर एक आदमी ने फुटपाथ पर लेटे आदमी को करीब से जाकर देखा और तब सच सामने आया। मौत की एक स्याह लकीर ज़िन्दगी की सौ काली रातों पर भारी होती है। कुछ ही पल में सारा आलम बदल गया। मदद को उठी आवाज़ों से सड़क की रफ्तार मन्द पड़ गई। बिहारी बिल्डिंग के बाहर बिछे तख्त के पीछे से अन्दर जाते ऊबड़-खाबड़ रास्ते से ज्यों ही खबर मोहल्ले में दाखिल हुई कई लोग तुरन्त घटनास्थल पर पहुँचे। सूरज, रशीद, गुरजिन्दर, दिनेश और रामखिलाड़ी बदहवास से भागे चले आए। बुढ़िया रामवती भी पीछे नहीं रही। मालूमात करने और सच सामने देखने पर दिल दहशत से भर गया। ठीक-ठाक दिखनेवाले एक अधेड़ आदमी के कपड़े खून से सने थे। शरीर पर पहन रखी शर्ट तार-तार थी। शरीर बेतरह अकड़ा हुआ था। चेहरा एकदम पीला जैसे शरीर से सारा खून निचुड़ चुका हो। फुटपाथ के पल्ली तरफ बेतरतीब उगी घास और झाँड़-झंखाड़ में एक घड़ी और एक पैर का जूता पड़ा था। हत्यारे और मृत आदमी के बीच हुए झगड़े के यह प्रमाण वहाँ बिखरे थे। गफलत में कोई यहाँ आया नहीं वरना कोई चरसी-गँजेड़ी यह घड़ी कबका ले जा चुका होता। भीड़ जमने लगी। सड़क पर चल रहे

लोग और सामान ढोती कुछ बैलगाड़ियाँ जो लोहे के पुल से राह लेती हुई समय से मंडी और दुकानों में पहुँचने के लिए आज तड़के ही अपनी यात्रा शुरू कर चुकी थीं वे भी बस, ऑटो, साइकिल की तरह बीच रास्ते में ठहर गईं। लोगों का जमावड़ा तेजी से बढ़ने लगा। लाश से कुछ मीटर की दूरी बनाए रखते हुए भीड़ जुटनी शुरू हो गई। हवा में कानाफूसी और तमाम अटकलों की भिनभिनाहट बढ़ती जा रही थी। किसी ने नज़दीकी थाने को सूचित भी कर दिया। थानेदार, दो कान्स्टेबलों के साथ आया तो उसने घटनास्थल का मुआयना किया और पंचनामा बनवाया। इस रूटीनी कार्यवाही का वह आदी था। दिल्ली रोज़ ऐसी अनगिनत लाशों का बोझ ढो रही थी। लूट-पाट, हत्या, बलात्कार जैसी घटनाएँ बढ़ती जा रही थीं। हिंसा के आँकड़ों से अखबार भरे थे। सड़क पर पड़ी यह लाश पहले के आँकड़ों में जुड़नेवाली थी। दिल्ली में अपराधों के बीच कौन कितना और कब तक सुरक्षित है कहना मुश्किल हो रहा था।

सूरज,रामखिलाड़ी,रशीद, दिनेश और गुरजिन्दर सुस्त कदमों से घर लौट आए। सभी चुप थे अकेला सूरज दिल्ली में रोज़-रोज़ बढ़ रहे अपराधों को लेकर अपने मन का गुबार निकाल रहा था। "यह शहर सुरसा की तरह लोगों को अपने जबड़ों में खींचे ले रहा है। अच्छा-भला आदमी कब अपनी जान से चला जाए किसी को नहीं पता। चोरी-डकैती, हत्या-लूटपाट-चारों तरफ यही हाल है। फुटपाथवाला आदमी देखने में किसी अच्छे घर का ही लग रहा था। निकला होगा किसी काम से...बेचारे को क्या पता था कि मौत उसकी राह तक रही है।" सभी लोग सूरज की बात पर दुखी हुए पर उसकी बात सौ फीसद सच थी। शहर की सड़कें रोज ही किसी न किसी की मौत की दास्तान लिख रही थीं। सड़क से वापिस लौटते सभी यही सोच रहे थे दुघर्टनाओं और मौत के आँकड़ों में आज की सुबह एक और नम्बर जुड़ गया। अपनी जड़ों से उखड़कर आर्थिक कारणों से राजधानी में शरण लेनेवाले यह सभी लोग इस राजधानी में मौत के भयानक चेहरे देख रहे थे। सूरज को आज बहुत काम था। किताबों के बंडल बाँधने थे। उसे कल बम्बई के लिए निकलना था। सुबह की इस घटना से उसका मन खिन्न हो गया पर काम तो काम है। किताबों का उसका कारोबार ठीक चल रहा था। पूनम अपने स्कूल के काम में खुश थी। बच्चे भी पहले की तुलना में बढ़ गए थे इसलिए अब पूनम स्कूल के लिए पक्की जमीन की कोशिश में लगी थी। कितनी बार महावीर सिंह से उसने इस बारे में कहा पर उसने कभी पूनम की बात को गम्भीरता से नहीं लिया। वैसे साल में चाहे पन्द्रह अगस्त हो, छब्बीस जनवरी या बाल-दिवस, शिक्षक दिवस वह अपनी पार्टी के प्रचार का कोई मौका नहीं छोड़ता था। कभी खुद तो कभी किसी

बड़े नेता को स्कूल ले ही आता था। समय का पहिया अपनी गति से बढ़ता रहा। सूरज और पूनम दोनों अपने-अपने कामों से ज़िन्दगी को सँवार रहे थे।

सूरज और पूनम के जीवन का पिछले कई बरस से पूरा न हुआ सपना भी अब पूनम की कोख में पल रहा था। शादी के इतने साल बाद जब घर-पड़ोस सबने उम्मीद छोड़ दी तब यह खुशी दोनों को मिली। आठ महीने सूरज ने पूनम का बहुत ध्यान रखा। यों पूनम पूरे समय काम करती रही। न कभी बिस्तर पर पड़ी न स्कूल छोड़ा। कभी-कभार को छोड़कर। उसके लिए यह भी बाकी जिम्मेदारियों की तरह यह एक जिम्मेदारी थी पर सूरज एक-एक बात का ख्याल रखता। डॉक्टर ने बता दिया था कि इस महीने कभी भी पूनम को दर्द उठ सकता है। बिहारी बिल्डिंग की बुढ़िया जो पहले आते-जाते पूनम को निपूती कहकर कोसती थी उसके सुर ढीले पड़ गए थे। अब तो कई बार पूनम को ऊँच-नीच भी समझा देती। उसी ने बताया कि पेट का बच्चा कलेजा छोड़कर नीचे आ गया है अब पूरी सावधानी बरत। सूरज जब भी बाहर जाता फरीदा, पूनम का पूरा ख्याल रखती।

वह इतवार का दिन था। सबके कामों की गति कुछ सुस्त थी। रामखिलाड़ी चपरासी होने के साथ दूध का छोटा-मोटा धन्धा भी करता था। शाम को अपनी गायों को टहलाने ले जाता। इतवार की सुबह ज़ोर-ज़ोर से गाता और अपनी दोनों गायों को खूब नहलाता। पड़ोसी गुरजिन्दर से उसकी एक न बनती। वह गीत का आलाप उठाता और गुरजिन्दर चीखना शुरू करता। मानो गीत और चीख की जुगलबन्दी हो। गायों को नहलाने से बहता हुआ पानी जैसे ही गुरजिन्दर के घर की चौखट छूता दोनों की बीबियाँ भी झगड़े में शामिल हो जातीं। दोनों की लड़ाई की वजह भी मामूली नहीं थी। उसका अतीत रामखिलाड़ी और उसकी औरत के दिल में चाकू की तरह घुँपकर इतना बड़ा सूराख बना गया था कि अब इस जीवन में तो उसका भरना असम्भव था। जबसे दोनों परिवार बिहारी बिल्डिंग में रहने आए तभी से सुखचैन आते-जाते रामखिलाड़ी के दोनों बच्चों को 'माइयावया-माइयावया' कहकर पुकारती। दोनों बच्चे सोचते जिस तरह पूनम उन्हें प्यार करती है उसी तरह सुखचैन भी उन पर प्यार बरसा रही है। रामखिलाड़ी और उसकी औरत भी सोचते सुखचैन के इस शब्द में उनके बच्चों के लिए दुआएँ घुली हैं। सच ही कहा है अज्ञानी परम सुखी होता है पर इन दोनों का सुख लम्बा नहीं चला। जैसे ही दोनों को शब्द के अर्थ का ज्ञान हुआ उनके तन-बदन में आग लग गई। जिस शब्द को आशीष समझकर वे बरसों सुखचैन को अपना मानते रहे वह शब्द नहीं ततैया का छत्ता था। एक भद्दी गाली। बरसों से बच्चे सुखचैन की गालियाँ खाते आ रहे थे। उस दिन रामखिलाड़ी और उसकी औरत ने गुरजिन्दर और सुखचैन के बच्चों को

वो गालियाँ दीं कि बिल्डिंग के कानों से मवाद बहने लगा। ततैया का छत्ता जिस दिन उन्होंने देख लिया उसी दिन से सुखचैन के जीवन में न सुख रहा न चैन। पर सुखचैन भी ऐसी जिद्दी कि अपने सुख और चैन को लौटाने की लड़ाइयाँ जी खोलकर लड़ती रही।

आज गुरजिन्दर हर छुट्टी की तरह कच्छा पहनकर बाहर दरी पर लेटा था। अपना प्रिय तेल बदन पर रगड़ रहा था। पास बैठे दिनेश को न जाने क्या खुराफात सूझी कि उसने गुरजिन्दर को छेड़ दिया—

"ताऊ! यह तेल खरीदया कित तै? ..." इससे पहले कि बात पूरी होती गुरजिन्दर, दिनेश की आधी बात ले उड़ा—"पुत्तर! ले आ जा तू वी मल....ले... लेना।" कहते हुए उसने तेल की शीशी दिनेश की तरफ बढ़ाई। दिनेश का सिर पहले ही उसकी भयानक दुर्गन्ध से फटा जा रहा था। शीशी करीब आते ही उसे उबकाई-सी आने लगी।

"बस-बस ताऊ मैं कहण लाग रा था कि किसे ज़िन्दा आदमी न मारण ताहि यो तेल भतेरा। आदमी अपणी मौत बाद म्ह मरैगा तेल न सूँघते ए मर ज्यागा।" दिनेश ने गुरजिन्दर की दुखती रग को छेड़ दिया।

"सही कह रहा है दिनेश! इसकी औरत की गालियों से तो हमारा कुछ बिगड़ा नहीं तो यह तेल ले आया हमें मारने को। पट्ठा हर बीमारी में तेल रगड़ने बैठ जाता है देख लियो एक दिन दिल के दौरे में डॉक्टर के पास नहीं जाएगा सीने पर यही बदबू रगड़ लेगा।" रामखिलाड़ी पूरे जतन से गायों को नहलाते हुए बोला। पुराने बदला पूरा करने के लिए वह हरदम नई आग की तलाश में लगा रहता था।

तेल ऐसा था जिससे उठती भयानक दुर्गन्ध केवल गुरजिन्दर को ही नहीं आती थी। बिल्डिंग के सभी लोगों का दावा था कि उनकी मौत का कारण इस तेल से उठता भभका ही होगा। इससे पहले कि गुरजिन्दर कुछ बोलता बहुत देर से बेचैन सुखचैन बाहर आई और आते ही अठारह बरस की हो चली अपनी बेटी मनदीप के बाज़ार से घर न लौटने को लेकर परेशान होकर बोली—"जाओ तुस्सी ओन्नूं छेति लभ लाओ।" रामखिलाड़ी ने मौका पाकर सुखचैन और मनदीप को भी 'इज्जत' बख्शनी शुरू की। गायों को नहलाने से गन्दा पानी अब गुरजिन्दर के दरवाजे पर पहुँचकर युद्ध का बिगुल बजाने लगा। झगड़ा आज गुरजिन्दर और रामखिलाड़ी में शुरू होने को था कि दोनों की औरतें उनके पीछे खड़े होकर उनकी ज़बान को अपने शब्द देने को उतारू हो गईं। इस तरह चारों लड़ने लगे। पूनम ने आकर समझाया भी कि यह वक्त लड़ने-झगड़ने का नहीं बच्ची को ढूँढने का है पर उन्हें तो लड़ाई में जीत हासिल करनी थी। लड़ाई इतनी बढ़ गई कि रामखिलाड़ी का

लड़का और गुरजिन्दर की लड़की कब सबके सामने आकर खड़े हो गए और उन चारों को नहीं दिखे। पूनम-सूरज, फरीदा-रशीद, बुढ़िया रामवती सहित बिल्डिंग के सारे बच्चे दीदे फाड़कर उन दोनों को देखने लगे। पूनम धीमे-धीमे मुस्कुरा रही थी। दोनों बच्चे भागकर शादी कर आए थे। मनदीप की माँग भरी हुई थी और दोनों के गले में गेंदे की माला थी। माँ-बाप के झगड़ों की नाक तले उनके बच्चों के प्यार का सपना पलता रहा किसी को पता भी नहीं चला। जबानी युद्ध के तीरों से तरकश खाली हो चला, आँखें फटी की फटी रह गईं। एक क्षण की जानलेवा चुप्पी के बाद रामखिलाड़ी चप्पल उतारकर लड़के को पीटने दौड़ा। उसके मुँह से बेटे के लिए इतनी गन्दी गालियाँ निकल रही थीं कि कभी सुखचैन की दी गई 'माइयावया' उनके आगे बेहद बौनी जान पड़ रही थी।

सारे तमाशे से परे मनदीप चुपचाप पूनम के पास उससे सटकर खड़ी हो गई। पूनम ने उसके सिर पर हाथ फिराया और आशीर्वाद दिया। दोनों मुस्कुराईं। मनदीप, पूनम के गले से लग गई। सूरज हैरानी से दोनों को देख रहा था। उसे मामला समझ में आने लगा। उसे पूनम के साहस पर बड़ी हैरत हुई। पूनम ने अपने जीवन में भले ही कभी प्यार भरी दो-एक कहानियाँ लिखी थीं पर असली जीवन की यह कहानी रचकर उसे बेहद खुशी मिली। यह असली कहानी उन कहानियों पर भारी थीं।

❄

संजय अमर कॉलोनी के अपने नए घर में नेचू का मन रम गया। घर मौके की जगह था। परचून और मिट्टी के तेल की दुकान पास ही थी। आगे की तरफ बाएँ हाथ के मोड़ पर कुछ मछलीवाले भी बैठते थे। रोज़ भीड़ लगी रहती उस रास्ते पर। गुड़िया को उस रास्ते से थोड़ी-बहुत दिक्कत होती। बदबू के मारे पल्ले से नाक को कसकर दबा लेती और तेज-तेज डग भरती वहाँ से भागती। फिर भी अपनी छोटी-मोटी सुविधाओं के साथ उसे पुरानी कॉलोनी का अपना नया घर भा गया। नेचू का अमित दस साल का होने को आया जो पूनम के स्कूल में पढ़ रहा था। बदायूँ से उसके माँ-बाऊजी भी आ गए थे तो काम पर जाने से पीछे की चिन्ता कम रहती और न काम होते ही घर भागने की जल्दी रहती। जितने सपने नेचू ने देखे थे सब सच हो गए। ज़िन्दगी ने इत्मीनान की साँस ली तो शौक-मौज के रास्ते खुल गए। कभी कोई दोस्त, करीबी हाथ पकड़कर बिठा लेता तो नेचू आराम से बैठ जाता। इन दिनों फिल्मों का उसका शौक भी पंख फैलाए ऊँची उड़ान उड़ रहा था। जैसे-जैसे फिल्मों की भूख बढ़ रही थी वैसे-वैसे नए-नए हीरो भी उसके पुराने पसन्दीदा

अमिताभ बच्चन पर भारी पड़ते जा रहे थे। सूरज भले ही उसके साथ सिनेमा देखने का वक्त नहीं निकाल पाता पर हर दिन दुकान के समय नेचू, सूरज को नई-नई जानकारियाँ देता रहता—

"पिछले साल शारूक ने धमाल मचाया उसकी 'दिलवाले दुल्हनिया' खूब ही चली यार। दरियागंज में गोलचा सिनेमा में लगी थी। तीन दफा तो मैंने देखी। ऐसी चिपकी सिनेमा हॉल पर कि उतरने का नाम नहीं ले। देखी तो थी तूने भी?" उसने सूरज से पूछा तो सूरज ने याद करते हुए सिर हिलाया।

"पर भाई! कुछ भी कह ले इस बार की 'राजा हिन्दुस्तानी' के आगे सब फेल हो गईं। सबकी सब। यह अमीर खान का जवाब नहीं। जाने क्या खाकर पैदा हुआ है जिस फिलिम में देखो कुछ अलग-सा कर जाता है। उसकी बात सीधी दिल पर लगती है। जब इसकी जो जीता सिकन्दर देखी थी तब ही जान लिया था लम्बी रेस का घोड़ा है। भाई! दिल जीत लिया इस सिकंदर ने मेरा...सच्ची।"

"नेचू! कुछ भी कह ले बच्चन से तेरा प्यार अब पहले जैसा नहीं रहा।" सूरज से चुप नहीं रहा गया।

"भाई! बच्चन अपनी जगह है पर अब बच्चन के आगे यह नए बच्चे आ गए न।" नेचू हरदम फिल्म पर किसी को भी घंटों समझा सकता था। सूरज ने चुप रहने में ही भलाई समझी।

पुश्ते में केबल टी.वी. धूम मचाने लगा। खाने की भूख से मनोरंजन की भूख लोगों में एकाएक बढ़ गई । मध्यवर्ग के घरों में रंगीन टी.वी. के चलन से उनके पुराने ब्लैक एंड वाइट टी.वी. कबाड़ी या उनकी दया के चलते कितने निम्नवर्ग के कामगारों के घरों में पहुँच गए थे। जो खर्चा उठा सकते थे उनके लिए बाजार में छोटे टी.वी. भी मौजूद थे। इस नए मनोरंजन ने घरों की दुनिया बदल दी। पुराने दूरदर्शन के दो चैनलों से परे बहुत सारे चैनल। बहुत सारे चैनल मतलब बहुत सारे कार्यक्रम-बहुत सारी फिल्में। क्या देशी-क्या विदेशी। नेचू भी कैसे पीछे रहता। फिल्मों का आशिक नेचू बेलगाम घोड़े की तरह दौड़ता-हाँफता रहता। उसने धन्धे के बचाए पैसों से एक टी.वी. किश्तों पर खरीद लिया और केबल लगवा लिया। उसके बाद क्या था दिन हो या रात घर में टी.वी. केवल रात को सोते समय ही बन्द होता। सब सो जाते तो नेचू कभी-कभी टी.वी. से सटकर बिना आवाज़ के ही फिल्में देखता रहता।

नई तकनीक हमेशा खुशियाँ ही नहीं लाती अक्सर उनके रास्ते खुशियों से परे भी फूटते हैं। केबल का आना पुश्ते में कई तूफानों को एकसाथ लाया। एक खास तनातनी लोगों में पहली बार देखने को मिल रही थी। होड़ का एक विचित्र माहौल

बन गया था। पहले भी सब घरों में टी.वी. कहाँ थे पर अब तो जैसे घर-घर में टी.वी. लाना जरूरी हो गया था। बात सिर्फ टी.वी. लाने की नहीं थी सबसे ज़रूरी था केबल का कनेक्शन लगवाना। उस कनेक्शन के लिए बड़ी हाय-तौबा मची थी। पुश्ते की बड़ी आबादी में तीन-चार निजी कम्पनियाँ घर-घर जाकर अपने केबल का प्रचार करतीं। सबमें बड़ी मारामारी बनी रहती। उन्हें ज्यादा से ज्यादा ग्राहक जल्द बनाने होते। इसके लिए दिन के किसी भी समय कनेक्शन देने को केबल ऑपरेटर तैयार रहते। झगड़ा निजी कम्पनियों के ऑपरेटरों के बीच ही नहीं था पुश्ते के लोगों में भी होने लगा। वह ज़माना लद गया था कि वी.सी.आर मँगवाकर चार-चार फिल्में देखकर पूरा पैसा वसूल किया जाए। अब तो जब भी टी.वी. खोलो कोई न कोई फिल्म चल ही रही होती।

नेचू घर लौटा तो कपड़े बदलने से पहले ही उसने टी.वी. चला दिया। रात के इस समय आजकल उसकी केबल कम्पनी का मालिक नई-नई फिल्में दिखा रहा था। नेचू ने देखा केबल साफ नहीं आ रहा उसने सब चैनल देख लिए हर जगह एक ही हाल। नेचू परेशान हो गया। गुड़िया ने खाना परोसा पर उसका मन तो फिल्म में अटका हुआ था और फिल्म थी कि साफ नहीं आ रही थी। परेशान नेचू ने टी.वी. के सारे स्विच हिलाडुलाकर देख लिए। खीज में दो-एक हाथ टी.वी. पर जड़ दिए तो बाऊजी ने बेटे की बेसब्री को तिरछी निगाह से देखा। नेचू को किसी तरह चैन नहीं पड़ रहा था। उसने केबल की तार को भी हिलाया पर बात वहीं की वहीं थी। पड़ोस के घर में झाँका तो वहाँ टी.वी. में कोई गड़बड़ नहीं थी। तस्वीर साफ थी। अब नेचू से रहा न गया—

"गुड़िया इस बार पैसे काट लियो केबलवाले के। साला! पड़ोसी के यहाँ इतनी साफ फिलिम और हमारे यहाँ बकवास।"

"कबसे देख रहा हूँ तुझे नेचू...दो घड़ी आराम कर ले। सुबह का आया न किसी से कुछ बात की न मुँह में एक दाना डाला जबसे देख रहा हूँ केबल-केबल।" काफ़ी देर से नेचू की हरकतों को देख रहे बाऊजी चीखे।

"मैं तो बस इसे ठीक कर रहा था....पैसे दिए हैं तो चीज भी तो..." नेचू ने जवाब ज़रूर दिया पर केबल की चिन्ता नहीं छोड़ी।

"ऐसा है इस केबल को ही खा ले, पी ले और सोने के लिए बिछा भी ले। इसीसे बतिया ले। हम सबकी क्या जरूरत है तुझे?" बाऊजी का गुस्सा टूटे बाँध की तरह सारी सीमाएँ तोड़ बैठा। उन्होंने उठकर टी.वी. बन्द कर दिया और नेचू को ढंग से खाने का इशारा किया। बिना टी.वी. के नेचू की हलक में खाना मुश्किल से उतर पा रहा था। गुड़िया ने उसकी पसन्द की आलू-टमाटर की सब्जी बनाई थी पर

स्वाद तो दूर की बात है उसे सब्जी दिखाई ही नहीं दे रही थी। मरे मन से खाना मुँह में उतारते उसका पूरा दिमाग अपने टी.वी. की धुँधली तस्वीरों में उलझा था। पड़ोसी की साफ तस्वीर की सोचकर तन-बदन में आग लग रही थी। बाऊजी के डर से खाना ज़रूर खा लिया पर खाते ही पहला काम उसने केबल के तार को देखने का किया। मामला एकदम साफ हो गया। उसकी तार से मुन्ना ने तार जोड़कर अपने घर में केबल की कमी पूरी कर ली थी। नेचू को ताव आ गया। उसने तुरन्त तार खींचा और पहुँच गया मुन्ना से लड़ने। मुन्ना भी कम न था। लड़ाई-झगड़े में बात हाथापाई पर आ गई। बड़ी मुश्किल से गुड़िया, नेचू को अलग करके घर लाई।

"नास हो ऐसे टी.वी. का। न दिन को चैन न रात को। आदमी दो घड़ी ढंग से खा न सके। क्यों रे नेचू तुझे खाना-वाना तो चाहिए नहीं। ऐसा कर इस मरे टी.वी. को खा ले। फोड़ ले अपनी आँखें।" बेटे की इस हरकत पर बौखलाई माँ ने बाहर से पिटकर आए नेचू को झकझोरा।

"यह नहीं कि दो बात बेटे से कर ले, बाप से कर ले पर नहीं यह टी.वी न हुआ बाप हो गया इसका।" कमरे में नेचू के बाप की आवाज़ गरज रही थी।

पुश्ते में जगह-जगह खम्भों पर निजी केबल कम्पनियों के बॉक्स लगे थे। उन कम्पनियों के कर्मचारी रोज ही सीढ़ी लगाकर किसी न किसी का केबल जोड़ते दिख जाते। नेचू जैसे अनेक लोगों की छोटी-मोटी लड़ाइयों से बड़ी लड़ाइयाँ उन केबल ऑपरेटरों के बीच चल रही थीं जो पुश्ते के इलाकों पर अपना कब्जा करके ज्यादा से ज्यादा ग्राहक हथियाना चाहते थे। हर महीने नई-नई स्कीम लेकर घर-घर पहुँचनेवाले यह लोग प्रलोभन का संसार रच रहे थे। पुश्ते में पहले ही बिजली के तारों का जंजाल बिछा था अब केबल की तारें भी आ गईं। गरीब से गरीब घर में भी केबल के लिए दीवानगी का आलम था। पुश्ते से बाहर की दुनिया में भी मनोरंजन पर खर्च पहले के मुकाबले बढ़ गया था।

इन सब लड़ाई-झगड़ों से परे पुश्ते में मुनमुन के घर में इन दिनों सुकून बरस रहा था। जबसे परवेज़ को भारत न्यूज़ के दफ्तर में नौकरी मिली थी मुनमुन की बहुत-सी मुश्किलें आसान हो गईं। अब चौबीस घंटे परवेज़ की फिक्र उसे नहीं रहती। काम पर भी जाती तो चिन्ताएँ पीछा नहीं करतीं और परवेज़ भी तो कितना बदल गया था। सुबह समय से उठना और दिन भर ऑफिस में चुस्ती और मन से काम करने से उसने वहाँ सबका दिल जीत लिया। पूरे दिन काम से वापिस लौटकर अपने छोटे भाई-बहनों के साथ खेलना, उनकी पढ़ाई-लिखाई में मदद करना और तो और बाजार-हाट का कोई काम हो तो फौरन उसे करने के उत्साह को देखकर मुनमुन मन ही मन सुगन्धा को शुक्रिया कहती। सुगन्धा न होती तो आज परवेज़

जीवन की नई दिशा कैसे पाता। रात को कितनी ही देर हो जाती परवेज़ ऑफ़िस की सारी बातें खाला को ज़रूर बताता। दोनों के बीच का यह नया रिश्ता नए एहसास से भरा हुआ था।

"खाला! मैं सोच रहा था कि आगे बारवीं भी कर लूँ..." एक रात सोने से पहले परवेज़ ने मुनमुन के आगे अपने दिल की बात कही। ऑफ़िस की उमा मैडम की बात उसे रह-रहकर याद आती और उस पर लगातार एक दबाव बनाती।

"ठीक तो है पर देख ले काम के साथ हो जाएगी पढ़ाई?" मुनमुन चाहती थी कि जिस काम ने परवेज़ की ज़िन्दगी काफ़ी हद तक बदल दी है वह काम अभी नहीं छोड़े।

"नहीं खाला! प्राइवेट से करूँगा। दिन में काम और रात को पढ़ाई।"

"यह तो ठीक सोच रहा है बेटा! पर खुद से कैसे पढ़ पाएगा?" मुनमुन के शब्दों में परवेज़ के लिए प्यार उमड़ आया।

"क्यूँ खाला पूनम मैडम के पास चला जाऊँगा। वह और पंकज सर पढ़ा देंगे तो अच्छे नम्बर आ जाएँगे। स्कूल में भी तो अच्छे नम्बर लाता था कि नहीं?... फिर खाला बारवीं क्यूँ आगे की पढ़ाई भी करूँगा। सारी उम्र चाय बनाता रहूँगा क्या।" परवेज़ के मन में उमा के शब्द घर कर गए थे सो खाला से बातचीत में जस के तस निकल गए।

"तू पढ़ लिया तो घर के सारे बच्चे भी पढ़ जाएँगे। सोच ले तू परिवार का पहला बारवीं पास लड़का होगा।" कहते हुए मुनमुन की आवाज़ और तरल हो गई। परवेज़ के पास आकर वह उसके बालों में धीरे-धीरे अपनी उँगलियाँ फिराने लगी। थोड़ी देर बाद अपनी बात का कोई जवाब नहीं मिलने पर उसने देखा परवेज़ गहरा सो गया है। मुनमुन मुस्कुराई। सोते हुए परवेज़ में उसे एक साथ झिलमिलाते कई सपने दिखाई देने लगे।

क्रूरताएँ

क्रूरताएँ शातिर अपराधी की तरह घात लगाकर बैठती हैं और मौका मिलने पर जीवन की बखिया उधेड़ देती हैं। क्रूरता केवल चोगा नहीं होती वह अभ्यस्त होकर चोगे से होते हुए पूरे शरीर में ढल जाती है। ऐसा शरीर अपने समानधर्मा शरीरों की खोज में लगा रहता है। संगठित क्रूरताएँ इंसानी भाव और भाषा के समाज को जंगल में तब्दील कर देना चाहती हैं। ऐसा जंगल जो नियम-कायदों को ताक पर रखकर केवल रौंदता चलता है। वह जंगल आखिरी इंसान तक पहुँचकर उसे या तो अपने मनमाफिक बना लेने के उपाय करता है या नाफरमानी पर कड़ी सजा देता है। क्रूरताएँ अपना वर्तमान पहचानती हैं पर अक्सर वह अतीत को भूल जाया करती हैं। ऐसा अतीत जो क्रूरता के तले रौंदी हरियाली में फिर से दूब उगा देता है।

पुश्ते में आज की सुबह हर रोज़ की तरह हलचलों से भरी थी। पुश्ते की मस्जिद से सुबह की अजान दे दी गई थी। उधर मन्दिर और गुरुद्वारे भी पीछे नहीं थे। घंटे-घड़ियाल और सबद की संगत चल रही थी। काम पर जा रहे कितने लोगों के घर खाना बन रहा था। दिहाड़ी मजदूरों को सुबह काम पर सही समय से पहुँचने की जल्दी थी। बच्चे स्कूल के लिए तैयार हो रहे थे। पुश्ते के स्कूलों में रोज़ की-सी हलचल थी। पुश्ता सुबह सौ तरह के शोर में डूबा था। परवेज़ अपने हिस्से के कामों को निबटा रहा था कि खाला ने उसे सब्जी लाने भेज दिया। ऑफ़िस के लिए रोज़ की तरह नौ बजे निकलनेवाले परवेज़ के पास अभी काफ़ी समय था। रास्ते में नेचू मिल गया तो आदतन गप मारने लगा। गप करते-करते दोनों परवेज़ के घर तक चले आए। नेचू किसी के भी साथ हो बोलने की जिम्मेदारी उसकी अकेले की ही रहती। घर आकर दरवाजे तक भी उसकी बातें खत्म नहीं हुईं। अचानक पुश्ते की चौकी से दो पुलिसवालों को सुबह-सुबह वहाँ घूमते देखकर दोनों हैरत में पड़ गए। पुलिसवाले किसी को

खोजते उनकी ओर बढ़े चले आए। दोनों चुपचाप उन्हें ही देखने लगे।

"तुममें से परवेज़ कौन है?" आते ही एक पुलिसवाले ने सवाल दागा।

"जी मैं... क्यूँ?" परवेज़ ने जवाब दिया पर उसके दिमाग में कई सारे सवाल उठ खड़े हुए।

"घर कहाँ है तेरा?" एक पुलिसवाला ऐंठकर बोला। परवेज़ समझ नहीं पा रहा था कि आखिर माजरा क्या है? क्यूँ सुबह-सुबह यह दो पुलिसवाले उसके घर आए हैं और इस तरह पूछताछ कर रहे हैं। उसे ऐसी कोई बात याद नहीं आ रही थी जिसके सिलसिले में पूछताछ करती पुलिस को उसके घर आना पड़े। पुलिसवाले ने उसे झकझोरा—"बता? कहाँ है तेरा घर?"

"जी....ये..." परवेज़ के घर की तरफ इशारा करने की देर थी दोनों पुलिसवाले घर के भीतर घुसे चले आए। अन्दर मुनमुन खाना बना रही थी और सलीम काम पर जाने की तैयारी में था। तीनों बच्चों में से बड़े जुबैर को बुखार था। वह खाट पर लेटा था। बाकी दो स्कूल के लिए तैयार होकर नाश्ते के इन्तज़ार में बैठे थे। कमरे के भीतर घुस आए पुलिसवालों को देखकर सबके सब सकते में आ गए। दिमाग और जबान का तालमेल बैठ पाना मुश्किल था। बच्चे डर गए। सलीम हाथ जोड़ता उनकी तरफ लपका।

"क्या हुआ जनाब? आप यहाँ कैसे...." सलीम सोच में पड़ गया कि उससे तो कहीं कोई ग़लती नहीं हुई।

दोनों पुलिसवालों ने उसके सवाल को अनसुना कर दिया और कमरे के भीतर न जाने किस खोज में लग गए। कपड़ों की ढेरी को उन्होंने देखा, अलमारी को खोला। अलमारी से सटे तीनों आलों में जहाँ कुछ और चीजों के साथ बच्चों की किताबें-कॉपियाँ रखी थीं, उस जगह को तलाशा। घर भर की समझ से परे था वे आखिर किस चीज़ को ढूँढ रहे हैं। किस बात की तलाशी चल रही है। उनमें से एक बीमार बच्चे की खाट के करीब आया तो बच्चे के कष्ट से बेपरवाह उसने सिरहाने-पैताने का गद्दा उठाया। वहाँ कुछ पैसे, कुछ पर्चों के साथ भारत न्यूज़ के दो अंक भी दबे पड़े थे। पुलिसवाले ने अंक उठाकर उलटे-पलटे और अपनी बगल में दबा लिए।

"चल।" परवेज़ से कहते हुए उनमें से एक पुलिसवाले ने उसे आगे की ओर ठेला।

"कहाँ....कहाँ लिए जा रहे हैं लड़के को?" इससे पहले कि परवेज़ कुछ समझता मुनमुन और सलीम, परवेज़ को तेजी से बाहर ले जाते पुलिसवालों से बोले। पल भर में सब घर से बाहर आ गए। दो पुलिसवालों को घर में आया

देखकर आसपास के कुछ लोग भी जुट गए थे। हवा में कानाफूसी फैली थी। किसी को भी पता नहीं चल पा रहा था आखिर मामला है क्या?

"साहब! बताएँ न कि लड़के को ऐसे कहाँ लिए जा रहे हैं?" मुनमुन हिम्मत करके आगे आई और उसने आगे की ओर ठेले जा रहे परवेज़ की कलाई पकड़ ली।

बाहर जमा भीड़ के चेहरे पढ़ लेने के बाद पुलिसवाले ज़रा नर्म पड़े।

"अरे! कुछ नहीं है किसी मामले की पूछताछ है और क्या। चिन्ता नहीं करो। यहीं पास की चौकी में है लड़का। कुछ देर में आ जाएगा।" उसने मुनमुन की आँखों में आँखें डालकर कहा। सलीम ने आगे बढ़कर मुनमुन की हथेली से परवेज़ की कलाई को आज़ाद करवाया और आँख के इशारे से मुनमुन को सरकारी काम में बाधा बनने से रोका। मुनमुन की हथेली का दबाव कमज़ोर हुआ तो पुलिसवाले परवेज़ को लेकर आगे बढ़ गए। भीड़ पीछे छूटी जा रही थी। गली के मोड़ पर परवेज़ ने पीछे मुड़कर खाला को आवाज़ दी—"खाला! ऑफ़िस में फोन जरूर करवा देना कि मैं आज लेट से पहुँचूँगा।"

थोड़ी देर भीड़ अटकलें लगाती रही फिर सब अपने-अपने काम में लग गए। सलीम परेशान हाल कुछ देर सोचता रहा फिर तैयार होने लगा। उसे खाने का डिब्बा लेते देखकर मुनमुन बोली—"आज तुम काम पर मत जाओ पता नहीं शायद चौकी जाना पड़े। परवेज़ को ले गए हैं कुछ अच्छा नहीं लग रहा।" सलीम ने एक नज़र मुनमुन की तरफ देखा फिर खड़ा हो गया।

"ठेकेदार दिहाड़ी काट लेगा। जाना पड़ेगा। जाऊँगा तो कुछ पैसों का इन्तजाम भी करता आऊँगा। तू चिन्ता नहीं कर मैं जाते वक्त चौकी से होता हुआ जाऊँगा।"

कहकर सलीम बाहर निकल गया। चौकी गया तो एक पुलिसवाले ने उसे अन्दर घुसने से मना कर दिया। कुछ देर बैठा रहा। सलीम ने देखा परवेज़ अन्दर ही था। बातचीत चल रही थी। सलीम बाहर ही बैठ गया। परवेज़ की चिन्ता के साथ उसे काम की चिन्ता भी खाए जा रही थी। सलीम आखिर कितनी देर बैठता। परसों ही उसे पेंट का नया काम मिला था। देर से जाने पर ठेकेदार दिहाड़ी काट लेता। मुनमुन अफ़साना और समन्दर को स्कूल छोड़कर आज काम पर नहीं गई। जुबैर जो बीमार था। उसके लिए साबुदाने की खिचड़ी बनाई और यही सोचा परवेज़ आ जाएगा तो दोनों ही अपने-अपने काम पर निकल जाएँगे। सुबह से दोपहर हो गई परवेज़ नहीं लौटा। अब मुनमुन घबराने लगी। परवेज़ अभी तक क्यों नहीं आया-बार-बार मन सौ अटकलें लगा रहा था।

कितनी दफा मुनमुन का मन किया कि खुद ही चौकी जाकर परवेज़ का पता लगाकर आए पर बार-बार सलीम की आँखों का इशारा आड़े आ गया कि बेकार सरकारी काम में अड़ंगा नहीं डालना। आज मुनमुन के काम की छुट्टी तो हो ही गई। बच्चे स्कूल से लौट आए तो मुनमुन की बेचैनी बढ़ने लगी। बार-बार घर के अन्दर-बाहर चक्कर काटती सोच में डूबी थी कि अचानक सामने से सलीम आता दिखाई दिया। सलीम रोज की तुलना में आज आधी दिहाड़ी करके ही आ गया। मुनमुन ने उसे रास्ते में ही परवेज़ के अब तलक न लौटने के बारे में बता दिया। सलीम ने सोचा था कि अब तक परवेज़ आ चुका होगा पर सच जानकर उसे चिन्ता हुई। खाने का डिब्बा मुनमुन को थमाकर सलीम सीधा चौकी चला गया।

"साहब! वह मेरा लड़का सुबह आया था....आप ले आए थे उसे... अब तक घर नहीं लौटा।" चौकी के बाहर सुबह घर आए पुलिसवाले को पहचानकर सलीम ने कहा।

"वह लड़का...वह तो..." इससे पहले कि वह पूरी बात कहता अन्दर से निकलते एक दूसरे पुलिसवाले ने कहा—"उस लड़के से बात चल रही है। बड़े साहब अभी नहीं आए हैं। एक बार वह और आ जाएँ फिर भेज देंगे तुम्हारे लड़के को। तू घर जा।" दूसरे पुलिसवाले ने दमदार आवाज़ में कहा। सलीम परेशान ज़रूर हुआ पर खबर लेकर लौट आया।

"ऐसा क्या पूछ रहे हैं परवेज़ से अब तक?...कब आएगा परवेज़?" सलीम के घर लौटने की देर थी कि मुनमुन ने सवाल दाग दिए।

"मुझे क्या पता? कहा तो है कि थोड़ी देर में आ जाएगा...बताया तो।" सलीम ने कमर सीधी करते हुए कहा।

"क्या बताया? तुमने कुछ पूछा ही नहीं होगा अच्छी तरह? आदत है तुम्हारी। मिलकर आए परवेज़ से? उसने कुछ खाया-वाया?" मुनमुन को किसी करवट चैन नहीं था।

"हाँ मेरी तो आदत है कुछ नहीं पूछने की...है न...जा तू ही पूछ आ। तुझे सब बता देंगे और मिलवा भी देंगे। चाय-वाय पिलाएँगे।" इस बार सलीम का गुस्सा तंज़ की धार पर कसकर फूटा। मुनमुन शान्त हो गई।

सुबह से दोपहर हुई और दोपहर से शाम होने को आई अब सलीम की घबराहट भी बढ़ने लगी। मुनमुन ने सुबह से एक दाना मुँह में नहीं डाला। हर आहट पर परवेज़ के आने की उम्मीद से उसका दिल चौंक-चौंक पड़ता। सुबह से काम पर गए लोगों का लौटना शुरू हुआ। आते-जाते कुछ लोगों ने परवेज़

की खबर ली तो उन्हें भी हैरानी हुई कि ज़रा से लड़के से दिन भर की ऐसी क्या पूछताछ चल रही है आखिर। थोड़ी देर में नेचू भी आ गया। उसने भी परवेज़ के न लौटने पर हैरानी जताई और सलीम के साथ चौकी चलने की बात कही। नेचू ने रामपाल को भी संग ले लिया। रफीकुद्दीन, नेचू के साथ कुछ और लोग भी सलीम के साथ हो लिए। चौकी सुबह की तरह ही अपनी लय में थी। पुश्ते के लोगों को एकसाथ आते देखकर चौकी के पुलिसवाले सावधान हो गए।

"परवेज़ को बाहर लाओ।" चौकी पहुँचकर नेचू और सलीम ने पुलिसवालों से कहा।

"यह क्या शोर मचा रखा है?" इस बार अन्दर से चौकी का इंचार्ज बाहर आया।

"शोर की बात नहीं हमारा बच्चा सुबह से भूखा-प्यासा यहाँ है। बहुत देर हो गई अब तो।"

"तुम लोग घर पहुँचो लड़का पीछे-पीछे ही आ जाएगा।" इंचार्ज ने पूरे इत्मीनान से कहा।

"पर साहब बहुत देर हो गई उसको? पहले भी कहा था कि घर पहुँचो आ जाएगा।" सलीम से रहा न गया।

"काम ही ऐसा है देर हो जाती है। लम्बी पूछताछ है।" इंचार्ज फिर से बोला।

"एक बार बाहर तो ले आते साहब। देखकर तसल्ली हो जाती।" सलीम ने हाथ जोड़ते हुए कहा।

"ऐसे कैसे ले आऊँ बाहर। बड़े साहब बैठे हैं अन्दर। पूछताछ चल रही है। दो-एक लड़के और भी तो हैं....कहा न घर जा।" इंचार्ज ने ज़ोर देकर कहा। उसके कहने से भी भीड़ वापिस नहीं पलटी तो वह और दमदार आवाज़ में बोला—"चलो! सबके सब भीड़ मत लगाओ यहाँ। थोड़ी देर में सिपाही जिप्सी में घर छोड़ देगा तुम्हारे लड़के को मोड़ तक.... यहाँ फिर भीड़ लगाई तो सबको अन्दर कर दूँगा। समझे।" इस बार खीज में भरकर भीड़ को धमकी देते हुए इंचार्ज भीतर चला गया।

हताशा में लोग पुश्ते की ओर लौटने लगे पर मन्थन जारी रहा। थोड़ी दूर चलकर सलीम से रहा नहीं गया।

"भाई! अब ऐसे काम नहीं चलेगा। यह तो हद ही हो गई लड़के से ऐसी भला कौन-सी पूछताछ चल रही है जो सुबह से अब तलक पूरी नहीं हुई?" सलीम हताशा में वहीं पुलिया पर बैठ गया।

"सही कह रहा है भाई! मुझे भी कुछ ठीक नहीं लग रहा। बार-बार चौकी

से भगा देते हैं। हमारी तो यह नहीं सुनेंगे... अब कुछ और ही करना होगा।" नेचू ने सलीम की बात का जवाब दिया।

"मुनमुन की मैडम हैं सुगन्धा, मेरी समझ से उन्हें ही बताना ठीक रहेगा। वह आकर बात कर लेंगी चौकी पर। बड़े लोग हैं उनकी तो जरूर सुनेंगे।" सलीम ने समस्या का हल निकाला तो बाकी सबने भी हामी भरी। मुनमुन ने सारा मामला जानकर पास की परचून की दुकान से सुगन्धा के घर फोन किया पर घंटी देर तक बजती रही किसी ने फोन नहीं उठाया। रात घिरने लगी। हताशा में सबकी एक ही राय बनी कि पूनम को यहाँ लाया जाए। फौरन सलीम और नेचू बिहारी बिल्डिंग पहुँचे। खबर सुनकर पूनम भौंचक रह गई। फरीदा भी पूनम के पास ही खड़ी थी उसने भी सब सुना तो उसे भी कम हैरानी नहीं हुई। पूनम ने सोचने में देर नहीं लगाई। परवेज़, पूनम के स्कूल में पढ़ा था। सारे मामले को जानकर उसका चिन्तित होना स्वाभाविक था। पूनम के साथ से सभी में उम्मीद की किरण जागी। किसी से नहीं छिपा था कि पूनम के पास चौकी-थानों आदि के अफसरों से बात करने का सलीका था। सब जगह उसकी बात सुनी जाती थी। फरीदा के बेटे फुरकान के संग परवेज़ खूब खेला था। उसका घर आना-जाना भी रहा था। इसलिए फरीदा ने रशीद को भी उन लोगों के साथ जाने के लिए कहा। पुश्ते से राधा, सुनीता, परमेसरी, गुड़िया, नेचू के पिताजी सहित कई अड़ोसी-पड़ोसी भी हकीकत जानकर आड़े वक्त में संग हो लिए। नेचू ने रामपाल को साथ लेना सही समझा। शुरू में दूसरे धर्म का मामला होने पर रामपाल ने आनाकानी की पर बाद में जब नेचू ने उसे डाँटा-समझाया, मोहल्लेदारी का वास्ता दिया तो वह भी साथ हो लिया। मुनमुन का बड़ा लड़का जुबैर भी अपने भाई के लिए उन लोगों के साथ गया।

पूनम ने सबको चौकी से कुछ दूरी पर रुकने के लिए कहा। सलीम के साथ पूनम चौकी की ओर बढ़ी पर एकाएक ठिठक गई। चौकी की ओर न जाकर पास के चाय के खोखे की ओर बढ़ चली। उसने चौकी के बाहर खोखा चला रहे आदमी से परवेज़ के बारे में पूछताछ शुरू की तो चायवाले ने बताया—"हाँ याद है मुझे। सुबह लाए थे लड़के को। सोलह-सत्रह का रहा होगा कोई।"

"हाँ-हाँ वही...कहाँ है वह?" चायवाले की बात सुनकर सलीम उत्तेजना में बोला।

"कहते हैं थाने में है पर सुबह से एक बार भी उसकी सूरत किसी ने नहीं देखी। कुछ जानते हो भैया?" गर्भवती पूनम के इस सवाल पर चायवाले ने उसे देखा। पूनम एक हाथ के सहारे से कमर को पकड़े थी। गर्दन से पसीना बह रहा

था। चलकर आई थी तो हाँफ भी रही थी। पूनम की चिन्ता जानकर चायवाले ने आँखों देखा सच पूरा बता दिया—

"सुबह तो ठीक-ठाक आया था लड़का। बड़ी देर तक अन्दर ही रहा पर शाम को देखा मैंने। करीब चार बजे की बात होगी। उसकी हालत ठीक नहीं थी। अपने पैरों पर चल भी नहीं पा रहा था। एक सिपाही ने उसे कन्धे पर डाल रखा था। लड़के का शरीर झूल रहा था। जल्दी से उसे जिप्सी में डाला और कहीं ले गए..." चायवाले से सच जानकर सलीम और पूनम के पैरों तले की जमीन काँप गई। खुद को सँभालती पूनम बोली— "कहाँ ले गए हैं?"

"यह तो पता नहीं पर हो सकता है कि अस्पताल ले गए हों।" चायवाले ने कहा।

"कौन-से अस्पताल?" पूनम और सलीम ने एकसाथ पूछा।

"पक्के तौर पर तो कुछ नहीं कह सकता पर किसी की जाँच-वाँच करवानी होती है तो अर्विन... वही अपने लोकनायक अस्पताल ही ले जाते हैं।"

चायवाले की बात सुनकर दोनों सकते में आ गए। सलीम का दिमाग काम नहीं कर रहा था पर पूनम ने कुछ सोचकर उससे कहा कि फौरन लोकनायक अस्पताल की ओर निकल जाए बाकी हम सब लोग चौकी जाकर पता लगाते हैं। सलीम अपने लड़के जुबैर को लेकर अस्पताल की ओर भागा। इधर पूनम ने चौकी के बाहर खड़े पुलिसवाले से भीतर जाने और बात करने की इच्छा जताई तो उसने साफ मना कर दिया। बात तो दूर चौकी में किसी को घुसने भी नहीं दिया गया। हारकर पूनम सहित सभी लोग चौकी के बाहर खड़े होकर परवेज़ को बाहर लाने के लिए हल्ला मचाने लगे। वे बार-बार मासूम परवेज़ को छोड़ देने की बात दोहराने लगे। हंगामा सुनकर आसपास के कई लोग वहाँ इकट्ठे हो गए जिनका इस मामले से कोई भी सम्बन्ध नहीं था। शोर-शराबा बढ़ने लगा। चौकी के बाहर की हालत भाँपकर इंचार्ज ने बिना समय गँवाए वायरलेस पर खबर देकर एडिशनल फोर्स बुलवा ली। कुछ ही देर में पास के थानों और चौकियों के सिपाही आ गए। हंगामे को रोकने के इरादे से उन्होंने भीड़ पर लाठीचार्ज किया। भीड़ पुलिस के खिलाफ नारे लगाने लगी। गुस्साई पुलिस के लाठी चार्ज से कई लोग घायल होकर ज़मीन पर गिर पड़े। कितने लोगों के सिर फट गए और हाथ-पैर में चोट आई। पूनम के हाथ पर भी लाठी पड़ी। खुद को बचाते हुए पूनम एक कोने में चली आई। वह अब भी कोशिश में थी कि लड़ाई झगड़े की बजाय बातचीत से समस्या का हल निकले। उसे हैरानी हो रही थी कि एक जायज़ सवाल की प्रतिक्रिया इस कदर हिंसक क्यों हो उठी। पूनम ने एक

बार फिर आगे बढ़ने की कोशिश की पर सिपाहियों के धक्के से पूनम गिरने को हुई कि मुनमुन आगे आई और उसने पूनम को थाम लिया। खुद को भीड़ और लाठी चार्ज से बचाती पूनम ने देखा कि एक पुलिसवाले ने पत्थर उठाकर चौकी की खिड़की पर दे मारा। एक के बाद दूसरा, दूसरे के बाद तीसरा। खिड़कियों के शीशे चकनाचूर हो गए। पूनम की समझ में नहीं आया आखिर यह माजरा क्या है। इससे पहले कि पूनम कुछ सोच पाती एक पुलिसवाला अचानक ज़मीन पर गिर पड़ा और 'मार दिया-मार दिया' चिल्लाने लगा। उसके चिल्लाने की देर थी कि भीड़ पर आँसू गैस छोड़ दी गई। जब तक भीड़ सँभलती फोर्स ने उन्हें घेरकर पकड़ना शुरू कर दिया। सूरज, रशीद, पूनम, नेचू, मुनमुन सहित कुल पैंतीस लोगों को घसीट-घसीटकर गाड़ियों में डाला गया। गाड़ियाँ जब वहाँ से निकल रही थीं तो सबने देखा कि चौकी के बाहर पुलिसवाले खड़े थे। गाड़ियाँ आगे बढ़ती रहीं चौकी पीछे छूटने लगी। पूनम ने चौकी की तरफ देखा वहाँ कई पुलिसवाले खड़े थे। वहीं पास में एक मोटरसाइकिल और जिप्सी खड़ी थी। पुलिसवाले उनके पास खड़े बतिया रहे थे। कुछ देर बाद चौकी के घेराव और पत्थरबाज़ी करने के इल्ज़ाम में सारे लोगों को थाने में ले जाकर बन्द कर दिया गया।

सलीम अपने बेटे जुबैर के संग लोकनायक अस्पताल की ओर भागा। अस्पताल पहुँचने पर यहाँ-वहाँ परवेज़ की तलाश करने लगा। अस्पताल के गलियारों में बेतहाशा दौड़ते हुए उसके कदम अचानक थम गए। इमरजेन्सी वार्ड के बाहर उसे कुछ पुलिसवाले खड़े दिखाई दिए। उनमें से चौकी के दो सिपाही वही थे जो सुबह सलीम के घर आए थे। सलीम उन्हें पहचानकर उनकी तरफ लपका। जुबैर उसके संग कदम मिलाए था। पुलिसवाले भी उसे पहचानकर हरकत में आ गए। उनमें से एक वार्ड का दरवाज़ा बन्द करने के लिए आगे दौड़ा पर तब तक सलीम वार्ड के पास पहुँच गया। वार्ड के भीतर सामने ही एक स्ट्रेचर पर परवेज़ लेटा हुआ था। उसे देखकर सलीम की इन्द्रियाँ जड़ हो गईं। पैर बेहरकत होने लगे। शरीर से जैसे खून की आखिरी बूँद भी निचुड़ गई हो। सलीम चीखना चाहता था पर उसकी आवाज़ नहीं निकल रही थी। स्ट्रेचर पर परवेज़ का शरीर कपड़े से लिपटा था। जुबैर उसे देखकर बुरी तरह रोने-चीखने लगा। पुलिसवालों को गालियाँ देने लगा। पूरे इमरजेन्सी वार्ड में शोर मच गया। आँसू पोंछता हुआ जुबैर चीखने लगा—"मार डाला मेरे भाई को मार डाला।" लाचार स्थिति में सलीम का गुस्सा आँसू बनकर पिघल रहा था। वह बुदबुदाने लगा—"अल्लाह सब देख रहा है...सबके सब दोज़ख में

जाओगे। कभी भला नहीं होगा तुम्हारा।" वार्ड के लोग चौंककर उन दोनों को देख रहे थे। तभी जुबैर को एक पुलिसवाले ने पकड़ा और बाहर चलने का इशारा करते हुए उसे खींचकर ले गया। रोता हुआ सलीम वहीं वार्ड के बाहर ही बैठा रहा। कुछ देर बाद सलीम ने हिम्मत बटोरकर पूछा—

"क्यों मारा इसे?"

"अपने आप मरा है... हम क्यों मारेंगे। तुम सारे लोग एक जैसे ही होते हो। तुम्हारी करनी का अंजाम है और क्या।" पुलिसवाले ने निस्पृहता के साथ कहा।

सलीम फटी आखों से उसे देखता रह गया। गुस्सा, लाचारी और अकेलापन उसे खाए जा रहा था। वह एक लम्बी चीख के साथ रोने लगा। तभी सादी वर्दी में एक और पुलिसवाला उसके पास अ.या और बोला—"देख भई! जो होना था, हो गया। तेरे चिल्लाने से तो लड़का वापिस आने से रहा। लड़के पता नहीं क्या-क्या करते फिरते हैं... माँ-बाप को पता भी नहीं चलता। तुझे पता है क्या करता था? यह कौन था तेरा? जेब से चरस मिली है इसके। कौन सप्लाई करता था ...तू करता था क्या? या तेरा दूसरा लौंडा? मैं तो एक बात कह रहा हूँ कि कार्यवाही पूरी कर और यहाँ से निकल ले। एक बार फँस गया तो लम्बा जाएगा।"

सलीम हैरानी से पुलिसवाले को देखने लगा। गुस्से और दुख से उसकी आत्मा जल रही थी। आँखों के आगे सब धुँधला था। उसने आँसू पोंछे और बड़ी मुश्किल से शब्द बटोरकर कहा—"मेरा लड़का कोई ग़लत काम नहीं करता था और न ही मैं कुछ ग़लत करता हूँ... मेरे लड़के की जगह यहाँ आपका लड़का होता तो भी यही बात समझा रहे होते आप?" सलीम की हिचकियाँ बँधी हुई थीं।

सादी वर्दीवाले ने उसके कन्धे पर हाथ रखा और जोर से दबाया—"कहाँ का रहनेवाला है तू? जबान से तो बंगाली लगता है। कितने साल हो गए दिल्ली में रहते?"

सलीम को समझ नहीं आया कि अचानक पुलिसवाला यह क्यूँ पूछ रहा है। सादी वर्दीवाला फिर बोला—"देख! तेरा लड़का करता था ग़लत काम। हो सकता है तुझसे भी छिपाता हो या क्या पता तुम सब मिले हुए हो। देख जितना शोर मचाएगा उतना...." पुलिसवाले का अनकहा सलीम के चेहरे पर खौफ की लकीरों से बयाँ होने लगा। सलीम ने नज़रें घुमाकर परवेज़ को देखा। उसका चेहरा अजीब-सा नीला था। कितना दर्द सहा होगा परवेज़ ने यह सोचकर ही सलीम थर्रा गया। "उठ जा परवेज़ ओ परवेज़"—उसके भीतर आवाज़ों का एक संसार उठ खड़ा होने लगा। अचानक उसने देखा जुबैर अभी तक नहीं लौटा। उसने सब तरफ आँखें घुमाईं, जुबैर कहीं नहीं था।

"साहब! हमारा दूसरा लड़का... अभी बाहर लेकर गए थे कहाँ है वो?" सलीम ने सिपाही से पूछा।

"होगा यहीं...बाहर ही।" सिपाही ने बेदर्दी से जवाब दिया। सलीम दौड़कर बाहर आया पर वहाँ न जुबैर था न वह सिपाही। वह उलटे कदमों से अन्दर आया। हड़बड़ाए सलीम ने सिपाही से सवाल किया—"मेरा जुबैर कहाँ है साहब? बता दो।"

"हो सकता है चौकी ले गए हों।" सिपाही बेफिक्र होकर बोला। इधर परवेज़, उधर जुबैर। एक लाश और एक ज़िन्दा। सलीम एक और ज़िन्दगी के लाश हो जाने की कल्पना से थर्रा गया। अस्पताल से चौकी पर आया तो उसने देखा कि पुलिस की जिप्सी जल रही है और पास ही एक मोटरसाइकिल से भी धुआँ उठ रहा है। सड़क पर पत्थर-बोतलें जगह-जगह बिखरे पड़े हैं। उस जगह एक फोटोग्राफर और उसका सहयोगी वीडियो बना रहा था। सलीम काँपते कलेजे से चौकी की तरफ बढ़ा। जुबैर को वहाँ बैठे देख सलीम की जान में जान आई। चौकी इंचार्ज ने सलीम को कुछ कागज़ों पर अँगूठा लगाने को कहा। उसके बाद सलीम से साफ कहा कि अस्पताल से परवेज़ की लाश लेकर, उसका जल्द कफन-दफन करके जुबैर को यहाँ से ले जाए। सलीम देखता रह गया कि कैसे कोई इंसान ऐसा कहने का कलेजा रख सकता है। एक दिन में आज सलीम को कई-कई मौत मरना था।

रात चाहे कितनी भी काली हो सवेरा उस रात को निगल जाता है। सुबह होते ही रात हवालात में बन्द सब लोगों को बिना कुछ कहे-सुने बाहर निकाल दिया गया। बीती रात के हादसे के बाद पुश्ते के लोग हवालात में बंद लोगों की राह तक रहे थे। दिन का उजाला हुआ पर घर का चिराग बुझ चुका था। मुनमुन जब तलक घर पहुँची परवेज़ की मिट्टी उठ चुकी थी। परवेज़ का सच जानकर उसकी रूह सिसक गई। पूरी रात बदहवासी में दौड़ते रहे सलीम की देह से अब तक जान निचुड़ गई थी। वह कोने में मुर्दे की मानिन्द बैठा था। जुबैर उसीके साथ था। मुनमुन के कलेजे का दर्द रह-रहकर उठता और उसकी आँखों से ज़ार-ज़ार बहता। कलेजा गम से छलनी हुआ जा रहा था। उसे इस बात का यकीन नहीं हो रहा था। मन दिलासा दे रहा था कि जैसे अभी परवेज़ आएगा और कहेगा कि खाला खाना बाँध दो ऑफ़िस जाना है। आनेवाले कल के अनेक सपने देखनेवाला परवेज़ आज ज़िन्दा नहीं है, यह दुख मुनमुन बर्दाश्त नहीं कर पा रही थी। जिस लड़के को अपनी औलाद की तरह पाला उसे आखिरी बार गले से भी नहीं लगा पाई। उसकी सूरत नहीं देख पाई। रोती-बिलखती मनुमुन

को पूनम सहारा जरूर दे रही थी पर भीतर तक गमगीन पूनम इस पूरे हादसे की कड़ियाँ जोड़ नहीं पा रही थी। उसकी आँखों के सामने क्लास में हरदम आगे बैठनेवाले परवेज़ की शक्ल घूमने लगी। पुश्ते में फैला सन्नाटा ही परवेज़ को दी गई आखिरी विदाई था।

अभी दुख के बादल छँट भी न पाए थे कि दिन ढले वारंट लेकर पुलिसवाले फिर सलीम के घर आए और इस बार सलीम और जुबैर को गिरफ्तार करके ले गए। घबराई मुनमुन उनके हाथ-पैर जोड़ती रही पर कुछ काम नहीं आया। सुबह से बरस रही मुनमुन की आँखें आँसुओं से खाली हो चली थीं। नेचू को परवेज़ की खबर मिली तो दौड़ा चला आया। उसने एक मिनिट बर्बाद नहीं किया। बेहोश-सी मुनमुन से किसी तरह सुगन्धा का नम्बर लिया और फोन किया। वहाँ से पता चला कल से सुगन्धा एक जरूरी काम से मेरठ गई है कल सुबह लौटेगी। रात ही रात में नेचू और पूनम मिलकर पंकज के पास गए और वहाँ से आश्वासन लेकर लौटे कि कल जितनी जल्दी हो सके पंकज, सुगन्धा को लेकर थाने आ जाएगा। पंकज ने रात को ही सुगन्धा से बात की। सुगन्धा इतना कानून तो जानती थी कि कल सलीम और जुबैर की कोर्ट में पेशी होगी जैसे भी हो उसे जल्दी ही बचाव के लिए वकील का इन्तज़ाम करना होगा। जनमंच के अनेक फैसलों की सुनवाई के लिए तय वकील को सुगन्धा ने सारी बातें बता दीं।

मेरठ से लौटते ही सुगन्धा थाने पहुँची। वकील भी तय समय पर आ गया। सुगन्धा और उसके वकील ने थानेदार से जवाब तलब किया कि किस जुर्म में सलीम और जुबैर को बन्द किया गया है।

"आप इन दोनों को बिना किसी अपराध के थाने में नहीं रख सकते।" सुगन्धा ने कड़े स्वर में कहा।

"मैडम! इन्हें छोड़ भी नहीं सकते। इन्होंने हमला किया है चौकी पे। भयानक तोड़फोड़ की है। आगजनी की है। ऐसा लग रहा था चौकी जलाने और पुलिसवालों को मारने के इरादे से ही आए थे। अरे! यहाँ भोला बन रहा है मैडम। सब इसी के कहने पर हुआ है। यही मास्टर माइंड है। इसने ही सबको उकसाया। आप जैसे लोग इनके बहकावे में आ जाते हैं। ऊपर से भोले बन जाते हैं यह लोग। क्रिमिनल हैं सा...सारे।" इंचार्ज ने कहा।

"थानेदार साहब! दुनिया मैंने भी देखी है। मुझे मत समझाइये।" सुगन्धा ने प्रतिवाद किया।

आज दोपहर सलीम और जुबैर की कोर्ट में पेशी थी। सुगन्धा बचाव पक्ष के वकील को लेकर कोर्ट पहुँच गई। पूनम, सूरज और मुनमुन सहित कई और

लोग भी कोर्ट पहुँच गए। पुलिस की ओर से आए वकील ने चार्जशीट दाखिल करते हुए जज को मामला समझाया कि "पुश्ते के कई लोगों ने चौकी पर हमला किया। एक पूछताछ में सलीम के भांजे परवेज़ को चौकी में बुलाने पर भड़के इन लोगों ने जमकर आगजनी और मारपीट की जिसमें कई पुलिसवाले घायल हुए। वकील ने यह भी बताया कि पिछले दिनों नशाफरोशी की वारदातें लगातार बढ़ रही थीं। इसी मामले में एक मुखबिर ने पुलिस को परवेज़ का नाम बतलाया। पुश्ते में कुछ बँगलादेशी नशाफ़रोशी के धन्धे में मुब्तिला थे और जब पुलिस को खबर लगी तो पूछताछ शुरू हुई। लड़के को जब घर से उठाया गया तो उसकी जेब से चरस बरामद हुई। पकड़े जाने पर उससे गिरोह के बारे में पूछताछ की गई तो डर के मारे लड़के ने टॉयलेट में खुद को फाँसी लगा ली।" सलीम-जुबैर की ओर से बचाव पक्ष के वकील ने इस चार्जशीट पर अपनी दलील भी दी पर जज ने यही कहा कि यह बेहद सीरियस मैटर है। स्टेट पर सीधा हमला है। इसलिए इस मामले में बेल नहीं दी जाएगी और इस मामले के अन्य आरोपियों की भी पहचान की जाए। उन पर भी कार्यवाही हो।

सलीम और जुबैर को पुलिस ने जेल में डाल दिया।

❄

जब वक्त रेत की मानिन्द हाथ से फिसल जाता है तो रेखाओं में रेत के चिपके नामालूम से ज़र्रों के अलावा कुछ नहीं बचता। भारत न्यूज़ के निशान्त मीणा को पुश्ते में परवेज़ के साथ घटी घटना की एक-एक बात पता चल चुकी थी। उन्होंने तुरन्त इस मामले से जुड़े कई लोगों से पूछताछ की। इस एक ख़बर के अनेक आयाम थे। एक नाबालिग की आत्महत्या के पीछे की अनेक अनसुलझी गुत्थियाँ थीं। उसकी आत्महत्या का कोई पुख्ता कारण न परिवार समझ पा रहा था न उसे जानने वाले। एक तरफ पढ़ने-लिखने में दिलचस्पी लेनेवाला मेहनती किशोर और दूसरी तरफ उसका नशेबाज़ी के धन्धे में लिप्त होना फिर अचानक उसके बँगलादेशी होने की बात भी सहज नहीं थी। इसीके साथ पुलिस का भारत न्यूज़ की प्रतियाँ जब्त करना और उस सिलसिले में परवेज़ से पूछताछ करना--पूरा मामला बेहद पेचीदा था। कोर्ट ने जिस तरह कल की कार्यवाही में परवेज़ के खालू और खालाजाद भाई को जेल भेजा था वह भी कम रहस्यमय नहीं था। बेकसूर की चीखें अनसुनी थीं और उसे कसूरवार ठहराए जानेवालों की ताकत का परचम बुलन्द।

निशान्त मीणा जल्द ही परवेज़ से जुड़ी रिपोर्ट अगले अंक में देना चाहते थे। वे रात-दिन इसी स्टोरी पर काम कर रहे थे। उमा और कौशल उनके साथ थे। उमा निजी कारण से भी इस रिपोर्ट से जुड़ी थी। बार-बार परवेज़ का झिझका-शर्मीला चेहरा उसकी आँखों के आगे घूम जाता। उसकी बातें उमा को उसके अपराधी होने का यकीन नहीं दिला पातीं। पुलिस द्वारा परवेज़ को उठाए जाने और असमय उसकी दर्दनाक मौत से जहाँ उमा परेशान थी वहाँ ऑफ़िस में ऐसे भी कई लोग थे जो पुलिस के बताए सच के चलते परवेज़ को अपराधी घोषित करने लगे। ऑफ़िस में चर्चाएँ आम थीं। अनीश भी उन्हीं में से एक था। आज उसे मुनमुन का बंगाली बोलना सहसा याद आने लगा। उसने सुगन्धा से पता भी किया मुनमुन ही है न इसका नाम? या कुछ और। हिन्दुओं जैसा नाम रखने के पीछे भी उसने कई दलीलें दीं—"मुनमुन नहीं मोमिना होगा इसका असली नाम यहाँ नाम बदलकर पहचान छिपाने का धन्धा चल रहा है। भारत-न्यूज़ में परवेज़ की नौकरी भी धोखा ही थी। अपराध अपनी जगह चलता रहे और मुसीबत में घिरने पर नौकरी खुद को बचाने का जरिया बन जाए। आपने पता भी किया था कि उसका कौन-सा गाँव है? बंगाली बोलती है, नाम बदलकर रहती है-इससे ज्यादा भला क्या सुबूत चाहिए?" अनीश ने सुगन्धा को भी आड़े हाथों लिया कि क्यों निकाल बाहर नहीं करती ऐसी औरत को जिसका एक बेटा चरस बेचता था और जिसके पति और दूसरे बेटे को जेल हुई है। सुगन्धा ने प्रतिवाद करते हुए साफ कहा—"मुनमुन मेरी भरोसेमन्द है। फिर बरसों से घर की पूरी देखभाल कर रही है। एक सुई भी जो कभी गायब हुई हो। रही बात मुनमुन कहाँ की है तो उसका पति मल्लारपुर का यानी पश्चिम बंगाल के गाँव का रहनेवाला है ना कि बँगलादेशी।" सुगन्धा ने पक्के दावे के साथ कहा पर अनीश को नहीं मानना था। वह नहीं माना। इधर ऑफ़िस में निशान्त मीणा की स्टोरी भी उसे परले दर्जे की मूर्खता लग रही थी। व्यर्थ की सहानुभूति और कोरी भावुकता के अतिरिक्त कुछ भी नहीं। अनीश जैसी सोच के और लोग भी थे। न सिर्फ ऑफ़िस में बल्कि आम जीवन में भी। दरियागंज में सुगन्धा के अड़ोसी-पड़ोसी जो किसी तरह मुनमुन से जुड़ी घटना को जान गए थे वे भी मुनमुन और पुश्ते से आ रही बंगाली कामवालियों को शक की निगाह से देखने लगे थे। अनीश ने ऑफ़िस में जब उमा को निशान्त जी के साथ काम करते देखा तो उससे रहा न गया।

"बेकार की कवायद कर रहे हैं आप लोग...भारत सरकार के बार्डर मैनेजमेंट टास्क फोर्स की एक रिपोर्ट के मुताबिक भारी संख्या में बँगलादेशी

भारत में घुसपैठ कर चुके हैं। बंगाल, असम और त्रिपुरा के रास्ते भारत चले आते हैं और यहाँ आकर न सिर्फ जनसंख्या के असन्तुलन को बढ़ाते हैं बल्कि अपराध के आँकड़ों को भी बढ़ाते हैं। गिरोह के गिरोह हैं इनके। क्या आदमी, क्या बूढ़े, क्या बच्चे और तो और औरतें भी। लूटपाट, हत्या, डकैती और झपटमारी की घटनाओं में ये लोग शामिल हैं। इल्लीगल तरीके से यहाँ रह रहे हैं और हमारे और देश के लिए खतरा बने हुए हैं। दिखाने को दिन में घरों में, ऑफ़िसों और न जाने कितनी जगह काम करते हैं पर अँधेरे में इनका असली रूप दिखाई देता है। घुसपैठिए हैं सब के सब। पूरा पुश्ता बंगलादेशियों से भरा है।" उमा बहुत देर से शान्ति के साथ अनीश के तर्क सुन रही थी पर इस तरह का इकतरफा बयान और परवेज़ को दोषी बनाना उसे रास नहीं आया। पहले भी अनीश से उसके मतभेद हुए थे पर आज तो उमा गुस्से में आ गई—"अनीश! क्या यह कहना चाहते हो कि पुश्ते की लाखों की आबादी सभी बँगलादेशी है? माना कि कुछ बँगलादेशी मुसलमान भारत में हैं पर बहुत से बंगाली मुसलमानों को भी गफलत में बँगलादेशी बताया जा रहा है। यह दो अलग बातें हैं। अक्सर हम सच का वही चेहरा सामने लाते हैं जिसे हम सच मानते हैं और उसे सामने लाने के लिए फिर वैसे ही तर्क भी गढ़ने लगते हैं।" उमा ने घृणा से अनीश को देखा। उमा के बहुत समझाने के बावजूद अनीश को उसके तर्क लचर और भावुक ही लगे।

"क्रिमिनल हैं सबके सब।" खीज़ में अनीश ने तुरन्त निष्कर्ष दे डाला।

"अनीश! आखिर तुम पत्रकार हो। ऐसा स्टेटमेंट कैसे दे सकते हो?" इस बार निशान्त चुप नहीं रह सके। उनके कहते ही उमा ने अनीश से फिर सवाल किए। उसे आड़े हाथों लिया—

"सही कहा सर आपने अगर सब बँगलादेशी हैं और सब अपराधी हैं तो न केवल दिल्ली बल्कि देश की सुरक्षा को भारी खतरा है। इस तरह तो यह पुश्ता संगठित अपराध की सबसे बड़ी बस्ती होगी। यह सब लोग मिलकर देश तबाह कर सकते हैं। पर बात दरअसल यह है कि अगर यह सब ऐसे ही हैं तो रोज-रोज क्यूँ दूसरों के घर सँवारने निकल पड़ते हैं मेहनत-मजदूरी के लिए?"

"अनीश! वह सलीम जिसे इस मामले में जेल हुई है वह मुनमुन का पति है और मुनमुन तुम्हारे घर में बरसों से काम कर रही है। तुमने यह नहीं बताया... और तुम्हारी माँ के कहने पर ही परवेज़ यहाँ काम पर लगाया गया था। जानते तो होगे ये लोग कहाँ के हैं? मुनमुन कुछ समय सिवान,बिहार में रही है शादी

से पहले और उसका पति सलीम पश्चिम बंगाल के मल्लारपुर का रहनेवाला है। बँगलादेशी नहीं। दोनों बंगाली मुसलमान हैं। अनीश! बात करो तो ज़रा ज़िम्मेदाराना तरीके से तो करो यार!" निशान्त ने तंज़ कसते हुए कहा। भीतर से खौल रहा अनीश चुप रहा तो कौशल ने बात आगे बढ़ाई—"तुम्हारी माँ, सुगन्धा, परवेज़ के पक्ष में मानवाधिकारों के हनन के मुद्दे को उठा रही हैं... तुम्हें पता ही होगा...ऊपर से यदि यह बँगलादेशीवाला मुद्दा भी प्लाँट कर दिया गया तो जानते हो न क्या होगा? एक बार घुसपैठिए होने का आरोप लग जाए फिर लगे रहो सालों-साल खुद को सही सिद्ध करने में। लम्बे खिंचते मुकदमे, अनसुने सच और कानूनी दाँव-पेचों में लोगों की चुनी हुई चुप्पियाँ... जीते जी आदमी को मार डालती हैं।"

कौशल की बात सुनकर अनीश को यही लगा यह तीनों लोग मिलकर उसे नीचा दिखा रहे हैं। गुस्से को दबाकर अनीश ने अपने शरीर को ढीला छोड़ा। चेहरे पर हँसी उभरी और उसने पलटवार किया—

"आप लोगों की बातों से तो ऐसा लग रहा है कि कोर्ट से पहले ही आपने परवेज़ का मुकदमा जीत लिया। आप यह क्यों नहीं सोच पा रहे कि परवेज़ के बहाने ही घुसपैठियों द्वारा अवैध और देशविरोधी गतिविधियों का कोई ठोस सुराग ही मिल जाए।" अनीश अब भी अपनी बात पर टिका रहा। उसने मन में ठान लिया था कि इस मुद्दे पर वह अपने अन्दाज़ में काम करेगा। निशान्त, उमा और कौशल ने अनीश से संवाद को विराम दिया और वे तीनों अपने काम में लग गए।

अनीश भले ही काम में उलझा हुआ था पर उसका सारा ध्यान उमा पर लगा था। निशान्त थोड़ी देर के लिए कहीं बाहर गए तो उमा और कौशल के बीच बातें और हँसी-मज़ाक चलता रहा। दोनों अनीश की मौजूदगी से बेपरवाह रहे। अनीश ने कितनी मर्तबा तिरछी नज़रों से उमा को देखा। उमा के लिए अनीश के मन में एक खास जगह थी लेकिन आज निशान्त और कौशल के साथ खड़ी उमा उसे अपनी विरोधी जान पड़ी। कौशल के साथ उमा की बढ़ती दोस्ती से अनीश के अहं को ठेस पहुँच रही थी। उसने कौशल को घूरा और अगले पल नज़रें फेर लीं। हिकारत के भाव उसके चेहरे पर आए और मन ने कहा—'है क्या यह कौशल मेरे आगे? न पैसा, न पोजीशन....देखता हूँ कैसे छपती है इसकी रिपोर्ट।' उसे उमा पर गुस्सा आने लगा। हर रोज़ खूबसूरत लगनेवाली उमा आज भी कम सुन्दर नहीं दिख रही थी पर आज इस सुन्दरता में अनीश की आँखें कुछ और भी देख पा रही थीं। अनीश को उमा की सुन्दरता

पर आज उसके विचारों की तपिश हावी होती लगी। यह तपिश उसके गोरे चेहरे को ताम्बई किए दे रही थी जो अनीश की आँखों में चुभने लगा। सुन्दरता अपनी खामोशी में जितनी दिलकश होती है मुखरता में नहीं। अनीश यही मानता था तर्क और विचार में पगी मुखरता स्त्री से उसका कोमलतम छीन लेती है। प्यार की ऊष्मा, स्नेह की नमी, समर्पण की विशुद्ध तरलता, कहन का संकोच यानी कुछ ऐसा जो केवल आँखों से बहे और दिल में पूरा उतर जाए-यही अनीश के लिए स्त्री का सुन्दर और पूर्ण होना था। अनीश, उमा को अपनी इसी कल्पना के मुताबिक सुन्दर देखना चाहता था। वह इसी विचार को सच मानता आया था। आज उसके दिल में एक बेचैनी घर करने लगी। उसे उमा और अपनी माँ सुगन्धा में कोई अन्तर दिखाई नहीं दे रहा था। दोनों का एक-सा रूप। मानो एक ही चेहरा सिक्के के दोनों ओर हो। दोनों सुन्दर थीं पर कोमलता से हीन। अनीश को दोनों की सुन्दरता उनके चेहरे पर भ्रम सरीखी लगी। एक ऐसा नकाब जो वास्तविकता को छिपा ले।

कमरे में उमा और कौशल की बातचीत का रंग कुछ और गाढ़ा हो चला। अनीश की आँखों से यह छिप नहीं सका। कुछ क्षण पहले जिस उमा की सुन्दरता उसे कृत्रिम लगी थी एक बार फिर वह उस उमा पर अपना अधिकार चाहने लगा। उन दोनों की नज़दीकी अनीश को बेतरह खलने लगी। कल तक हाथ भर की दूरी पर खड़ी उमा उसे आज सात दरियाओं के पार दिखाई दी जहाँ से न उमा को पहचान पाना मुमकिन था, न उसे सुन पाना। उमा को छूने के लिए दोनों के बीच उफन रहे दरियाओं की ऊँची उठती लहरों को अनीश ने महसूस कर लिया। वह इन लहरों की तरह ही क्रूर हो जाना चाहता था। उसके दिल में ख्यालों की अजब दौड़ चलने लगी। एक ख्याल दूसरे को पछाड़ने के इरादे से उसकी गर्दन पर तीखे नाखूनों का वार करने को मचल उठा। अस्थिर मन की भटकन बेवजह लम्बी छलाँगों में गिरफ्त रहती है। अनीश एक लम्बी छलाँग लगाकर सात दरियाओं को पार करके किसी भी तरह उमा के करीब जाने और उसे पूरा पाने के लिए छटपटाने लगा।

निशान्त मीणा ने जल्दी ही अपनी रिपोर्ट फाइनल करके सम्पादक को सौंप दी पर उन्हें हैरत हुई कि दो दिन बाद सम्पादक ने उन्हें अपने केबिन में बुलाया और साफ कहा कि नए मैनेजमेंट की तरफ से कुछ गाइडलाइन्स आई हैं। पुश्ते की यह खबर फिलहाल नहीं दी जाएगी। निशान्त, सम्पादक को देखते रह गए। इससे पहले पत्रिका में ऐसा कभी नहीं हुआ था। सम्पादक ने पुराने साथी निशान्त को परेशान देखा तो हल निकालकर कहा—“जल्दी है तो तुम इस रिपोर्ट को

पीछे 'चलते-फिरते' कॉलम में डाल सकते हो। पुश्ते में कुछ बँगलादेशी पकड़े गए-इस तरह की हेडिंग के साथ एकदम संक्षिप्त सूचना। निशान्त ने सम्पादक को देखा, उनकी टेबल पर पड़े कागजों पर उड़ती नज़र डाली फिर बिना कुछ कहे रिपोर्ट उठाई और वापिस अपने कमरे में लौट आए।

❄

पूनम, सूरज और रशीद के दिलोदिमाग पर चौकी की घटना हावी थी। पुलिस ने जिस तरह बेरहमी से लोगों को पीटा उसके निशान न सिर्फ लोगों की देह पर थे बल्कि उनके मन पर भी पड़े थे। रशीद का हाथ टूट गया था तीन महीने का प्लास्टर चढ़ जाने से वह चिन्ता में था कि घर का चूल्हा कैसे जलेगा। वैल्डिंग का काम कैसे कर पाएगा। सूरज के पैर पर भी लाठी पड़ी थी वह भी लँगड़ा रहा था। पुलिस से हुई झड़प में दोनों घायल हुए थे। धक्का-मुक्की में खरोंचें पूनम को भी आईं पर शरीर की खरोंचें कुछ दिन बाद भले ठीक हो जातीं मन की खरोंचें नासूर बनकर जीवन भर साथ चलनेवाली थीं। परवेज़ की मौत, लोगों पर लाठी चार्ज, आँसू गैस, सलीम का परवेज़ को रातों-रात दफनाना, जायज़ माँग की अनसुनी करके सबको थाने में बन्द कर देना ही काफ़ी नहीं था कि अगले दिन फिर वही चक्र दोहराया गया। सलीम और जुबैर तो झड़प के समय मौजूद भी नहीं थे फिर उन्हें क्यों जेल भेजा? यह सोचकर पूनम की देह में करंट-सा लगा। आँखों के सामने मुनमुन का निराशा और दुख से भरा चेहरा दिखाई दिया। वह झटके से उठी और रसोई में लग गई। खाना बनाकर स्कूल जाने से पहले ही मुनमुन के घर गई।

मुनमुन अपने दोनों बच्चों समन्दर और अफ़साना के साथ चारपाई के सहारे बैठी थी। कमरा बिखरा हुआ पड़ा था। आज यह घर मुनमुन जैसी सुघड़ औरत का घर ही नहीं लग रहा था। चीज़ें बेतरतीब और मुनमुन-बच्चे अस्त-व्यस्त। जीवन इस कदर बिखर गया था कि कमरे की चिन्ता भला कौन करता। मुनमुन दोनों बच्चों को थामे छत को घूर रही थी। पूनम के आते ही उसकी पलकों पर ठहरे आँसुओं का सोता बह चला। पूनम ने आगे बढ़कर सिसकती हुई मुनमुन को अपने सीने से लगाया। समन्दर और अफ़साना भी रोते हुए पूनम से लिपट गए।

"न रो मुनमुन। बच्चों का चेहरा देख कैसा कुम्हला गया है...नहीं-नहीं रो नहीं। ऐसे कैसे लड़ेगी मुनमुन? कैसे छुड़ाकर लाएगी सलीम और जुबैर को?"

पूनम ने हिम्मत हारती मुनमुन को सहारा दिया। बिखरे हुए कमरे को समेटते हुए थाली में मुनमुन और बच्चों के लिए खाना परोसा। गुमसुम-सी मुनमुन खाने को निहारते हुए धीमे-धीमे बुदबुदाने लगी—"एखन थेके किछुई देखा जाच्छे ना..." उसके शब्द पूनम के दिल से टकराए। मुनमुन आगे की कोई राह न सूझ पाने से हताश थी। उसके शब्द इसी हताशा में डूबे थे। इससे पहले पूनम ने कभी मुनमुन को अपने सामने बंगाली बोलते नहीं देखा था। वह तो दिल्ली के पानी में घुल-सी गई थी। फर्राटेदार हिन्दी बोलती थी। पूनम ने उसके मुँह में रोटी का कौर डालते हुए कहा—"मुनमुन! तुमि एमनि भेंगे पड़ले की कोरो चोलबे?"(मुनमुन तुम ऐसे हिम्मत हार जाओगी तो कैसे चलेगा?) मुनमुन हाथ से कौर रोकते हुए पूनम को घूरती रही। पूनम ने उसके कन्धे पर हाथ रखा। उसकी आँसुओं से भरी आँखों को पोंछा और बोली—"चोखेर जल भालो कोरे मोछों गोभीर निःश्वास नाओ। निजेर बाच्चार मुख दैखो। परभेज़ के स्मरण कौरो आर परेर लोड़ाइए जोन्यो तोइरी होओ। मुनमुन! सबार मिलितो संघर्ष होले रास्ता निश्चोई बेरोबे।"(आँसुओं से धुँधली हो चली आँखों को पोंछ लो। गहरी साँस भरो। अपने बच्चों को चेहरा देखा। परवेज़ को याद करो और आगे की लड़ाई के लिए तैयार हो जाओ। सबका साझा संघर्ष है तो रास्ता निकलेगा ही मुनमुन।) मुनमुन, बोली-बानी और पूनम के अपनापे से भीग गई। आँसू पोंछकर खाने की थाली हाथ में ली और खाने की तरफ हाथ बढ़ाया ही था कि दरवाजे पर सुगन्धा किसी लड़की के साथ दिखाई दी।

"जी मेरा नाम उमा है, उमा भारद्वाज। मैं भारत न्यूज़ से आई हूँ। परवेज़ वहीं काम करता था।" उमा ने अपना परिचय दिया तो मुनमुन ने आँख भरकर उसे देखा। सुगन्धा भी इस परिचय से चौंक गई। अनीश ने बातों में कभी उमा का कोई जिक्र नहीं छेड़ा था। मुनमुन को तसल्ली देकर उमा वहीं पास पड़ी खाट पर बैठ गई। सुगन्धा भी उसके साथ बैठी। बाकी लोग जमीन पर ही बैठे रहे। पूनम खाने के बर्तन समेटकर कोने में खड़ी रही। कमरे में फैली चुप्पी को तोड़ते हुए उमा बोली—"परवेज़ के बारे में जानकर बहुत दुख हुआ है। मुझे वह बहुत अच्छा लगता था...बड़ा प्यारा और मेहनती लड़का था। जो हुआ है सरासर ग़लत है।" उमा ने साफ़-साफ़ कहा। मुनमुन चुपचाप उसे देखती रही।

पूनम, सुगन्धा की ओर देखते हुए बोली—"दीदी! परवेज़ के मामले को आगे बढ़ाना चाहिए। आपकी तो कितने नेताओं से पहचान भी होगी। चलकर मिलते हैं उनसे। बात करते हैं इस बारे में...और उमा जी आप खबर छपवाओ कि परवेज़ कैसे कस्टडी में मारा गया और पूरे वाकये को अलग रंग में रँग दिया

गया। बेकार के आरोप लगाए गए हैं।"

"मीडिया में खबर की बात तो बिल्कुल सही है। ये काम एकदम ज़रूरी है। मीडिया के रोल से बहुत कुछ बदल सकता है। उमा! वैसे तुम जिस ऑफ़िस में हो वहाँ मेरा बेटा भी है। अनीश है उसका नाम... तुम और अनीश मिलकर इस काम को अंजाम दो।"

सुगन्धा की बात पर उमा ने उसे हैरान नज़रों से देखा। अनीश ने कभी उसे अपनी माँ के विषय में बताया ही नहीं। उसे याद आया ऑफ़िस में सुगन्धा जी का जिक्र हुआ था। उमा ने रास्ते में मिली सुगन्धा को देखकर बिना जाने ही अनुमान लगा लिया था कि हो न हो यह कोई समाजसेवी हैं पर इन्हीं का नाम सुगन्धा है और यह अनीश की माँ हैं यह जानकर उसे थोड़ी हैरानी हुई। पहली ही मुलाकात में अनीश से जुड़ी अपनी राय सुगन्धा के आगे रखने में उसे संकोच हुआ। पूनम ने बात का सिरा उमा की तरफ मोड़ा—"उमा जी! हो सके तो आप टी.वी. पर भी यह खबर चलवाओ। अब तो कितने चैनल हैं और आप लोगों की तो सबसे पहचान होती ही होगी। क्या बताऊँ कल ही की तो बात है रात को वारदात हंड्रेड पर कार्यक्रम आ रहा था उसमें तो इस केस की उलटी कहानी कही जा रही थी। वह तो पुश्ते के सब लोगों को हत्यारा बता रहे थे...सबके सब अपराधी। यह तो ठीक नहीं है। सच भी तो सबके सामने आना चाहिए कि नहीं?" पूनम की आवाज़ में गुस्सा शामिल था।

"सच तो यह है कि इस समय हालात मीडिया में भी ठीक नहीं चल रहे।" उमा ने जवाब दिया।

"अनीश से बात की जाए क्या?" सुगन्धा कुछ सोचते हुए बोली तो उमा ने फीकी-सी हँसी हँसते हुए यही कहा—"आप जैसा सोचती हैं अनीश वैसा नहीं सोचता। जबसे ऑफ़िस में उसे नई जिम्मेदारी मिली है अनीश का रुख सख्त हो गया है...वैसे भी आजकल तो यही नरैटिव बनाया जा रहा है कि पूरा का पूरा पुश्ता क्रिमिनल्स से भरा पड़ा है...मेरा सवाल है कि पुश्ते की लाखों की आबादी, पूरी की पूरी क्या अपराधी हो सकती है? मैं तो मानती हूँ जैसे पुश्ते के बाहर अपराधी मिल जाते हैं कुछ वैसे ही पुश्ते में भी हो सकते हैं पर सबको एक लाठी से हाँकना सिरे से ग़लत है। अन्याय है।"

"देखो उमा! मैं तो यहाँ इतने बरसों से काम कर रही हूँ। कितनों की जिन्दगियों को करीब से देखा है। मैं यह सच जानती हूँ। देश के कितने छोटे-छोटे इलाकों-गाँव-देहातों से यह लोग यहाँ काम की तलाश में आए हैं। मैंने इन्हें देखा है। इनकी आँखों में दो ही सपने झिलमिलाते हैं-पहला, दो वक्त की

रोटी मिल जाए और दूसरा इज्जत से ये लोग इस रोटी को कमा सकें।" सुगन्धा ने अपने लम्बे अनुभव के आधार पर कहा तो पूनम भी चुप नहीं रही—"दीदी! आपने बिल्कुल सही बात कही है। हम जब बदायूँ से चले थे तो यहाँ कोई कब्जा करने के इरादे से नहीं आए थे। बहुत ही छोटा-सा मकसद था कि दो पैसे कमाकर इज्जत की ज़िन्दगी जिएँगे...पर सच बताऊँ दीदी! मुझे अनेक बार ऐसा एहसास भी हुआ है कि लोग गरीबी और मजबूरी को ही यहाँ सबसे बड़ा जुर्म मानते हैं।" कहते हुए पूनम की आवाज़ में उदासी घिर आई।

"पूनम जी! आप ग़लत नहीं कह रही हैं। हमारे समाज में गरीबी और चोरी को एक ही निगाह से देखा जा सकता है। अक्सर कहा भी जाता है कोई आदमी चोर इसीलिए बनता है क्यूँकि वह गरीब होता है। जबकि मैं ऐसे कितने पैसेवाले, धनी लोगों को जानती हूँ जो चोरी ही नहीं कर रहे बल्कि लूट रहे हैं देश को, समाज को। जोंक की तरह खून चूस रहे हैं देश का। इसके बावजूद अनेक मंचों पर सम्मान से बिठाए जाते हैं। सरकार और मीडिया का आदर-सत्कार पाते हैं।" उमा ने बेधड़क, सच की पूरी तस्वीर पेश की।

"दीदी! आप ही बताओ इस मुनमुन की क्या ख्वाहिश रही होगी? क्या यह यहाँ कोई गिरोह चलाने आई थी? हम औरतें तो हमेशा ही बाप, भाई, पति के पीछे धकेल दी जाती हैं। फरीदा अक्सर कहती है कि उसे यहाँ रहना पसन्द नहीं। यहाँ फैली गन्दगी उसे अच्छी नहीं लगती पर उससे किसी ने पूछा ही नहीं कि उसे यहाँ कैसा लगता है। हमारे समाज में औरतें ऐसे ही तो तैयार की जाती हैं जाओ जो तुम्हारे बाप ने किया वह करो या जहाँ पति ले जा रहा है वहाँ जाओ-निभाओ। औरत की तो सारी ज़िन्दगी ऐसे ही निकल जाती है। कहीं नसीब अच्छा हुआ तो पति परवाह कर लेगा। ध्यान रखेगा नहीं तो मारेगा-पीटेगा, गाली बकेगा। मैंने तो एक ऐसी औरत भी देखी है जिसके पति ने उस पर इतने जुल्म ढाए कि वह अपाहिज ही हो गई पर किससे कहें यह दुख?" कहते हुए पूनम को बिहारी बिल्डिंग की रामवती अम्माँ का सच याद आया। एक गहरी साँस लेकर पूनम फिर बोली—"मैं तो सब औरतों से यही कहती हूँ कि पढ़ो...अपनी बेटियों को पढ़ाओ। काबिल बनाओ।" पूनम की आवाज़ बुलन्द थी।

"पूनम जी! बात आपकी ठीक है पर मैं तो यह सोचती हूँ कि लड़कों को भी इस काबिल बनाना चाहिए कि वह औरत की खुदमुख्तारी को इज्जत से देखें न कि बग़ावत के तौर पर।" उमा ने पूनम की बात में अपनी बात जोड़ दी। सुगन्धा, मुनमुन और पूनम ने उसे गौर से देखा। उन तीनों की नज़र में उमा के

विचार के प्रति आदर था। सुगन्धा, अनीश के बारे में सोचने लगी कि अनीश को काबिल बनाने की उसकी कोशिश व्यर्थ गई। अगले ही पल सिर झटककर उसने दूसरी तरफ ध्यान लगाया—

"इसके साथ हमें अब परवेज़ के बारे में मिलकर सोचना चाहिए।" सुगन्धा ने सबको चेताया।

"दीदी! आप ही कोई रास्ता बताएँ।" पूनम ने सुगन्धा की ओर देखा। मुनमुन अब भी चुपचाप किसी शून्य में ताक रही थी। परवेज़ का नाम सुनकर उसकी आँखों से आँसू बहने लगे पर आवाज़ नहीं निकली।

"हाँ पूनम! यह सबसे ज़रूरी काम है। मैं समझती हूँ कि जनमंच पूरी तौर पर मुनमुन के साथ खड़ा होगा। कानूनी लड़ाइयाँ लम्बी चलती हैं इन्हें धैर्य और मजबूती से लड़ना पड़ता है...वैसे एक बहुत अच्छे वकील हैं मेरी पहचान के.. प्रियभूषण जी। वह इन मामलों को बहुत मजबूती के साथ उठाते आए हैं फिर यह मानवाधिकार का मामला है। कुछ ग़लत पुलिसवालों ने मामले को दूसरा ही रंग दे दिया है। उसको काउंटर करने के लिए हमें प्रियभूषण जी की ज़रूरत पड़ेगी। मैं आज ही उनसे बात करूँगी ताकि सलीम और जुबैर को जल्द से जल्द बेल मिल जाए।" सुगन्धा ने इस बात पर सबका ध्यान खींचा।

"दीदी! यह जरूरी है कि हम इस सच को जल्द से जल्द सब तक ले जाएँ।" पूनम ने सुगन्धा के प्रस्ताव पर मोहर लगाई।

साँप-सीढ़ी का खेल

आम इंसान की ज़िन्दगी साँप-सीढ़ी का खेल ही तो है। इंसान इच्छा से भरकर पासे फेंकता है। हर बार एक सीढ़ी चढ़ने के लिए खानों की संख्या जोड़ता-घटाता रहता है। इंसानी ज़िन्दगी इसी घटा-जोड़ में निकल जाती है। मेहनत से कदम फूँक-फूँककर वह आगे बढ़ता है। मनचाहा नम्बर लग गया तो उसे सीढ़ी चढ़ा देता है। पहली सीढ़ी उम्मीद की अनेक सीढ़ियाँ रच देती है पर साँपों से भी उम्मीद के संग नाउम्मीदी का रिश्ता भी है। उम्मीद की हर सीढ़ी अनेक साँपों से भी घिरी रहती है। ज़िन्दगी एक सीढ़ी चढ़ती है तो छिपे हुए साँप डसकर उसे नीचे घसीट लाते हैं। इंसान बार-बार कोशिश करके उम्मीद की सीढ़ी ढूँढता है पर साँप उसका पीछा करते चलते हैं। साँपों से अनजान इंसान आह भरता औंधे मुँह गिरता है। इस खेल में मंज़िल से जब एक कदम की दूरी पर फैसलाकुन मकाम आता है और इंसान एक आखिरी छलाँग में खेल जीतने की धुकधुकी महसूस करता हुआ हर जोड़-घटा के पार जाने की कल्पना करता है तभी एक लम्बा साँप उसकी उम्मीदों को डस लेता है। इंसान एक ही पल में अर्श से फर्श पर आ लुढ़कता है।

नेचू के माँ और बाऊजी अपने पोते अमित को लेकर मन्दिर गए थे। घर में नेचू और गुड़िया अकेले थे। बहुत दिनों बाद घर में दोनों को ऐसा एकान्त मिला था। नेचू ने गुड़िया को बाँहों में भर लिया। बहुत नरमी के साथ उसके चेहरे पर हाथ फेरा और माथा चूमकर उसे सीने से लगा लिया। दोनों देर तक एक-दूसरे के गले लगे रहे। खामोशी उनकी धड़कनें सुनती रही। दोनों के इस प्रेम की पूँजी धनकुबेरों को टक्कर दे रही थी। कुछ देर बाद दोनों बैठे। गुड़िया ने नेचू के कन्धे पर अपना सिर रख लिया। नेचू उसे सहलाता रहा। घर की दीवारें आज एक नयापन महसूस कर रही थीं। गुड़िया ने चहककर कहा—"तुमने बहुत अच्छा किया जो हिम्मत करके यह घर ले लिया। अब किसी बात की कोई चिन्ता नहीं

रही। मकान बदलो, किराये का झंझट...सब खत्म हुआ।"

"आज अपने सर पर अपनी छत है इससे बड़ा सुख और क्या होगा गुड़िया। कल को अमित बड़ा होगा। उसका परिवार बनेगा तो इज्जत से रह तो सकेगा। चिन्ता तो न रहेगी उसे हमारी तरह। कमाएगा तो ठाठ से खाएगा और अपना पैसा जोड़ेगा।"

"ठीक कह रहे हो, इंसान की आधी ज़िन्दगी तो घर बनाने में ही बीत जाए। मैं तो कह रही हूँ लगे हाथ एक कमरा और डाल लो ऊपर।"

"हाँ गुड़िया! फस्सकिलास आइडिया है। नीचे जगह कम पड़ती है।"

"घर करने में मुस्किल तो बड़ी रही पर बहुत मेहनत की तुमने। सोचते तो कई लोग हैं पर कर कोई-कोई ही पाता है।"

"हाँ गुड़िया! सब लोग कहते थे इधर मकान मत लो पर देख हमें तो पड़ोस भी नसीब से बड़ा अच्छा मिला है। उस दिन मैं तो घर पर न था बाऊजी को दर्द उठा तो रफीक भागकर दवा दिला लाया। सच्ची बात है घर के संग पड़ोसी अच्छा मिल जाए तो सोने में सुहागा।"

"सब कुछ अच्छा है बस परवेज़वाले मामले से भी तुम पूरी तरह बाहर आ जाओ। मुझे दिन-रात उसकी फिक्र लगी रहती है। जाने क्या होगा आगे?" गुड़िया के चेहरे पर भय की एक लकीर उभर आई।

"हमने जब कुछ किया ही नहीं तो?...कुछ ग़लत न था तभी तो जमानत हुई। हुई कि नहीं, बता? और मेरी नहीं सबकी हुई। औरतें तो पहले ही छोड़ दी गईं। उन पर तो कोई केस हुआ ही नहीं। बाकी बचे इकतीस लोगों पर केस है। जमानत मिल ही गई है। जो दिन जा रहे हैं जा रहे हैं बस फैसला सही होगा एकदम। तू मत डर। सुगन्धा दीदी पे मुझे पूरा भरोसा है।" नेचू ने गुड़िया को समझाया।

"सुनो! तुमको बदायूँ की याद तो न आती?"

"देख गुड़िया! अब जो है यही घर है। पीछे अब रह क्या गया? अपना सब कुछ यहीं तो है। कमाना-खाना यहाँ तो जीना-मरना भी यहीं होगा। पीछे एक माँ-बाऊजी रह गए थे सो वे भी संग आ गए। बड़े-बूढे इसे ही तो सुख कह गए होंगे। माँ-बाप का आसिरवाद, हाथ में काम, एक अच्छी गिरस्थी और औलाद का सुख-एक जीवन में किसी को और क्या चाहिए भला।" बात-बेबात पर हँसनेवाला नेचू आज अलग ही दुनिया से बोल रहा था।

इन दो सालों में पूनम की दुनिया में ज्योति के आने से नई रोशनी आ गई। पूनम-सूरज की बेटी ज्योति। पूनम का चाँद कुछ और खिल गया। पूनम और सूरज की ज्योति से उनके संसार को नया उजियारा मिला। नन्हीं ज्योति ने उनके

जीवन के अभाव को अपने बचपन से हर लिया। ज्योति के पैदा होने की खुशी बिहारी बिल्डिंग में ही नहीं मनी उसके चाचा नेचू ने पुश्ते की अपनी कॉलोनी में भी ज्योति के होने पर यार-दोस्तों का खाना किया। नेचू की माँ ने गीत गाए। बच्ची बहुत ही प्यारी थी। बरसों बाद पूनम के मायके से लोग दिल्ली आए। बड़े भाई बच्ची के लिए ढेर सारी सौगातें लाए। सूरज भी बहुत खुश था लेकिन उसके परिवार से कोई नहीं आया। इतने बरसों बाद घर में लड़की का होना शायद किसी को नहीं सुहाया। ज्योति के जन्म के कुछ समय बाद पूनम ने स्कूल जाना शुरू किया। छुटकी ज्योति की सारी जिम्मेदारी उठाई फरीदा ने। पूनम और सूरज ने दिल्ली में अपना जो परिवार बनाया था उसके सुख-दुख साझे थे।

पूनम के स्कूल के काम के साथ-साथ जनमंच में उसकी भागीदारी अब पहले से बढ़ गई। शिक्षा के साथ अब जागरूकता के मुद्दों पर सुगन्धा के साथ मिलकर पूनम पुश्ते में जी-जान से काम करने लगी। रोज़गार हो, मानवाधिकार हो या स्वास्थ्य पूनम पुश्ते के लिए हरसम्भव कोशिश करती आगे बढ़ने लगी। सलीम और जुबैर को जेल में डालने की घटना के कुछ दिन बाद पुश्ते के उनतीस और बिहारी बिल्डिंग के सूरज और रशीद को मिलाकर इकतीस लोगों को पुलिस ने पकड़ा। सुगन्धा के साथ पूनम ने पुश्ते के घरों और बिहारी बिल्डिंग में फरीदा की हिम्मत को टूटने नहीं दिया। कानूनी लड़ाई अब भी जारी थी पर कड़ी मेहनत और वकील प्रियभूषण के साथ से उन सब इकतीस लोगों को बेल मिल गई थी। उनतीस लोग पुश्ते के और दो बिहारी बिल्डिंग के-सब जमानत पा गए। सलीम और जुबैर बाहर आए तो मुनमुन की जान में जान आई। कोई नहीं जानता था केस कितना लम्बा चलेगा। कई बार इन सब कामों के बीच पूनम सोचती आख़िर उसके दिन-रात इतने व्यस्त क्यूँ हैं? क्यों उसके एक दिन में चौबीस घंटे भी कम हैं? पर इन्हीं सवालों के बीच उसे सुगन्धा दिखाई देती। पंकज दिखाई देता कितने और लोग इन सबके साथ जूझते-संघर्ष करते दिखाई देते। पूनम की धारणा पक्की होती जा रही थी कि संघर्ष जीवन का सत्य है और सामूहिकता उसका दर्शन। कई बार अनेक जिम्मेदारियों के बीच पूनम के लिए हताशा के क्षण भी आते पर एक गहरी साँस के साथ वह यही सोचकर उठ खड़ी होती कि यह रास्ता उसी का तो चुना हुआ है। किसी ने उसे नहीं कहा था कि इस रास्ते पर चलना है। उसने स्वयं इसे चुना और अकेली इस पर बढ़ चली। बढ़ी, बढ़ती गई और उसकी हिम्मत ने औरों के लिए रास्ते तैयार किए और उसके साथ उठ आए कदम उसकी ताकत बने। दूसरों के हाथों की हिम्मत ने पूनम को मजबूत किया।

चाहतों के रंग कुछ और खिलने ही वाले थे कि दिल्ली की पहली मेट्रो लाइन के निर्माण का काम शुरू हो गया। तीस हज़ारी से शहादरा तक लम्बी लाइन थी। दिल्ली कुछ और सुन्दर होने के सपने को लिए अब भागने को तैयार होने लगी। रोज की तरह पूनम, ज्योति को फरीदा के पास छोड़कर स्कूल आई। प्रार्थना के बाद बच्चों की पहली क्लास लगी ही थी कि पीले हैलमेट और जैकिट पहने अनेक मजदूर वहाँ दिखाई देने लगे। गाड़ियों का शोर भी सुनाई देने लगा। हलचल मचती देखकर पूनम बाहर आई। सुबह पहाड़ी के नीचे की जो सड़क खाली पड़ी थी इस समय वहाँ कई बैरियर लगे थे। सड़क का एक बड़ा हिस्सा अब आम लोगों के लिए बन्द हो चुका था। साथ ही बड़ी-बड़ी ड्रिल मशीनें, क्रेन, सामान लादे कुछ ट्रक जगह बनाते हॉर्न दे रहे थे। थोड़ी ही देर में कम्पनी का ठेकेदार एक अफसर को साथ लिए आया। पूनम कुछ जानने के इरादे से आगे आई। ठेकेदार के हाथ में एक नक्शा था और अफसर के हाथ में कागजों से लदी फाइल।

"तम्बू का यह स्कूल तुम्हारा है?" अफसर ने बिना किसी भूमिका के पूनम से सवाल किया।

"जी! कई साल से यह स्कूल... राजीव गाँधी विद्यालय यहाँ चल रहा है।" जवाब देते हुए पूनम के मन में आशंकाओं के बादल घिर रहे थे।

"तो ऐसा है आज छुट्टी के बाद यह टैंट-वैंट और सारा सामान हटवाओ। यह पहाड़ी पूरी हटाई जाएगी। बेकार तुम्हारा नुकसान हो।" ठेकेदार ने पूरे अधिकार से कहा।

"क्यूँ? और कौन हैं आप?" पूनम ने सवाल किया।

"देखिए क्या नाम है आपका?" अफसर ने सवाल के बदले सवाल किया।

"मेरा नाम पूनम है और आप किस काम से आए हैं यह तो बताएँ?" पूनम कुछ भी समझ नहीं पा रही थी।

"तो पूनम जी! ऐसा है यहाँ से एप्रूव्ड मेट्रो लाइन के लिए पिलर निकालना है। आपका यह स्कूल रास्ते में है। इसे तो हटाना ही होगा।" अफसर के शब्द उसके रुतबे के मुताबिक आदेशात्मक थे।

"ऐसे कैसे हट जाएगा स्कूल? यहाँ बच्चे इतने सालों से पढ़ रहे हैं।" पूनम ने तर्क दिया।

"कौन-सा यह पक्का स्कूल है?" अफसर ने स्कूल को हिकारत की नज़र से देखकर कहा।

"आप कौन हैं? और स्कूल को हटाने का कोई नोटिस है क्या आपके पास?" स्कूल के प्रति अफसर का भाव जानकर पूनम गुस्से से भर गई।

"तो ठीक है अब यहाँ नोटिस के साथ ही आएँगे...तब ही पता चलेगा हम कौन हैं।" अफसर ने ठेकेदार को साथ लिया और दोनों वहाँ से चले गए। विकास के रास्ते विनाश की लीलाएँ भी संग चलती हैं। इस बार यह विनाश लीला पूनम के हिस्से में आई। पुश्ते के नज़दीक की पहाड़ी जिस पर पूनम का अस्थाई स्कूल स्थाई सपने सँजोए आगे बढ़ रहा था वहाँ से मेट्रो के लिए पिलर निकलना था।

अफसर और ठेकेदार की बात सुनकर पूनम के मन में भारी उथल-पुथल मच गई। पूरे दिन स्कूल के काम में उसका मन नहीं लग पाया। इन्तजार करती रही कब छुट्टी हो कब वह स्कूल के बारे में सही तहकीकात करे। छुट्टी के बाद पूनम सीधा महावीर सिंह के पास पहुँची। महावीर सिंह के पास बिल्कुल फुर्सत नहीं थी पर पूनम ने उससे विनती करके थोड़ा समय भाँगा। आज की घटना बताकर पूनम ने कहा—

"एक दिन में ऐसे कैसे कोई स्कूल हटा सकता है? थोड़ी मोहलत तो दी जाए। फिर बच्चों के लिए जब तक किसी नई जगह का इन्तजाम न हो जाए तब तक तो स्कूल को बना रहने दें। इनकी पढ़ाई का हर्जा हो जाएगा। धीरे-धीरे हटा लेंगे स्कूल। तब तक का यदि समय मिल जाए..."

"देख पूनम! इस बार तो मेरे हाथ भी बँधे हुए हैं। नोटिस आज नहीं तो कल आकर रहेगा। मेट्रो का प्लान है। कोई हँसी-खेल नहीं है। तू सोच ले यहीं तक दाना-पानी लिखा था तेरा। स्कूल धीरे-धीरे नहीं फटाफट हटाना होगा।"

"महावीर जी! मैं कितने सालों से आपसे कहती रही कि किसी तरह स्कूल की कोई पक्की व्यवस्था करवा दो पर आपने बिल्कुल ध्यान नहीं दिया। कितने नेताओं को आप स्कूल में लेकर आए। मैं तब भी आपसे कहती रही... चलो अभी उनके पास वहीं चलकर बात करते हैं।" पूनम ने बेचैन होकर कहा।

"इस सबमें बहुत देर हो गई पूनम। अब इतनी जल्दी कहाँ मिलेगी जमीन। वह ठेकेदार क्या ग़लत कह रहा है। तू स्कूल का अपना सामान आराम से निकाल ले। बाँस-बल्ली, तिरपाल वगैरह। वह निकालेंगे तो टूट-फूट और बर्बादी ही होगी। रही बात स्कूल की जमीन की तो इस बार चुनाव हो लेने दे। उसके बाद पहला काम स्कूल का ही होगा। बस तू कोई अड़चन पैदा मत कर दियो...पिछली बार थाने में धरी गई औरतें बच गईं, नहीं तो तू भी होती उनमें... परवेज़वाले केस में। तुझ पर भी मुकदमा चलता। अब फिर पुलिस-वुलिस का चक्कर हो गया तो...देख ले परवेज़वाले केस से सूरज अभी बरी नहीं हुआ है।" महावीर सिंह ने पूनम को समझाते हुए कहा। पूनम को जिस बात का अन्देशा था वही हुआ। वह बार-बार डरती थी कि कहीं स्कूल की जमीन छीन

न ली जाए। आज उसे महावीर पर बहुत गुस्सा आ रहा था। इतने बरसों की मेहनत ज़ाया हो जानेवाली थी। महावीर के सामने पूनम बेबसी में इतना ही कह पाई—

"कभी सोचा है आपने यह स्कूल नहीं रहा तो पढ़नेवाले बच्चों का क्या होगा? कितनी मुश्किल से उन्हें एक बेहतर ज़िन्दगी का सपना देकर जिलाया था। इज्जत की ज़िन्दगी का सपना। कहाँ जाएँगे बच्चे? कौन-सा स्कूल उन्हें लेगा? कोई हँसी-खेल है? कितने बच्चों ने इसी स्कूल से खुद को सँवारा और आगे बढ़े...अब क्या होगा उनका?" कहते हुए पूनम की जबान तुर्श हुई और आँखें नम। महावीर के पास इस बात का कोई जवाब, कोई आश्वासन नहीं था। पूनम को पूरी रात नींद नहीं आई। जिससे जितना हो सकता था सब कहा पर परिणाम कुछ भी नहीं निकला। आखिरकार कुछ दिन बाद मेट्रो से जुड़ा वह अफसर और उसका ठेकेदार फिर से स्कूल आए। इस बार पूनम अकेली नहीं थी। स्कूल में पढ़नेवाले बच्चों के माता-पिता भी सूचना पाकर वहाँ आ चले आए और आस-पड़ोस के कुछ लोग भी हो-हल्ला सुनकर जुट गए। इमाम साहब को भी स्कूल हटाए जाने की खबर फरीदा से लगी तो वह भी खुद को फरीदा के साथ आने से रोक नहीं सके। एक तरफ पूनम और सब लोग थे और दूसरी तरफ ठेकेदार और अफसर के साथ कुछ मजदूर।

"लीजिए नोटिस...हम लोग आज इस नोटिस के साथ आए हैं। अच्छी तरह पढ़ लीजिए। आज आपको हर हाल में यह स्कूल हटाना ही होगा।" कहते हुए अफसर ने पूनम के हाथ में नोटिस दे दिया। पूनम ने सरकारी कागज देखा तो उसके हाथ-पैर काँप गए। वह जान गई अब स्कूल को कोई नहीं बचा सकेगा। पंकज ने पूनम के हाथ से नोटिस लेकर पढ़ा। उसके मन में उम्मीद की अन्तिम रोशनी भी बुझ गई। उसने पूनम को गहरी निराशा के साथ देखा। इससे पहले कि पूनम कुछ कहती इमाम साहब ने आगे बढ़कर कहा— "देखिए जनाब! बच्चों को पढ़ाना खिदमत का काम है। यह औरत इतने सालों से अपना खून-पसीना एक करके खिदमत ही तो कर रही है। इन गरीब बच्चों के लिए इसने रात-दिन एक किए हैं। कितने बच्चों को पढ़ाकर उनकी ज़िन्दगी सँवार दी है। इस काम की अहमियत आप पढ़े-लिखे लोग नहीं समझेंगे तो और कौन समझेगा?" इमाम साहब जवाब की राह तकते रहे पर अफसर कुछ नहीं बोला। उसे जल्द से जल्द स्कूल खाली करवाना था। बच्चों के माता-पिता भी चुप नहीं रहे। उन्होंने स्कूल को बचाने की पूरी कोशिश करते हुए कहा—"हमारे बच्चे इस स्कूल में पढ़ते हैं। अब इनका क्या होगा? लाइन कहीं और से भी तो निकल सकती है? स्कूल ही नहीं रहा तो बच्चे कहाँ जाएँगे?"

"इन सब बातों का अब कोई मतलब नहीं। या तो आप हटाएँ इस स्कूल को नहीं तो हमारे आदमी..." अफसर ने मजदूरों की तरफ देखा वह फावड़ा-कुदाल लिए मुस्तैद थे।

दोनों तरफ शोर उठा...ऊँचा उठता गया। जब बेकाबू होने लगा तो पंकज ने बीच-बचाव करके लोगों को समझाया। पंकज, रशीद और सूरज ने मिलकर तिरपाल खोलना और बाँस-बल्ली हटाना शुरू किया। ठेकेदार और अफसर के इशारे पर मजदूर भी भीतर घुसकर बाँस हटाने लगे। स्कूल की जगह से पीछे सुरक्षित खड़े कर दिए गए बच्चे तिरपाल और बाँसों के हटते ही चीखने लगे। पूनम उनके साथ खड़ी थी। उसे एक-एक करके स्कूल बनने की कहानी याद आने लगी। कैसे संकल्प लेकर पुश्ते के बच्चों के लिए यह स्कूल शुरू किया था। कैसे तीन-चार बच्चों से शुरुआत करके स्कूल के बच्चे बढ़ते गए थे। शुरू में लोगों का विरोध सहते हुए भी पूनम कभी हारी नहीं थी। कैसे अपनी पढ़ाई पूरी न कर पाने के दुख को उसने इन बच्चों को पढ़ाते हुए बिल्कुल भुला डाला था। कैसे पंकज के सहयोग से उसने स्कूल को आगे बढ़ाया था। आज पूनम को दीपक से जुड़ी घटना भी याद आई। भारी बारिश में उसने जान जोखिम में डालकर स्कूल को हादसे से बचाया था। पूनम सोचने लगी उसकी वीरता को पुरस्कृत करनेवाली सरकार आज कहाँ है?

इतने वर्षों में पुश्ते के लोगों ने ही इस स्कूल को बनाए रखने में पूनम की मदद की थी आज भी वही पूनम के साथ खड़े अपने बच्चों के भविष्य के लिए संघर्ष कर रहे थे। गरीब बच्चों के चेहरे पर खुशी और उनकी ज़िन्दगी को सही राह देने के लिए पूनम डटी रही पर आज पूनम अपनी आँखों के सामने उस सपने को ढहते देख रही थी। अचानक मजदूर तिरपाल को बीच से थामनेवाली मजबूत बल्ली को हथौड़े की चोट दे-देकर गिराने लगे। पीछे से क्रेन भी पहाड़ी को गिराने आ गई। तिरपाल के ज़मीन पर गिरते ही मिट्टी से धूल का गुबार उठा। पूनम को याद आया जिस दिन यहाँ स्कूल की ज़मीन देखने के लिए आई थी तब भी यहाँ ऐसी ही धूल उठ रही थी। पहाड़ी की खाली जगह में स्कूल का एक सपना रोपनेवाली पूनम आज भीतर से खुद को उतना ही खाली महसूस कर रही थी जितनी सामने दिख रही स्कूल की ज़मीन। पहाड़ी आज उतनी ही खाली, ऊबड़-खाबड़ और बंजर लग रही थी जितना पूनम का मन।

❄

देश के राजनीतिक पटल पर छा रही अस्थिरता के बाद एक बार फिर चुनाव आ गए। इससे पहले की स्थितियाँ अजीबोगरीब रहीं। कभी किसी पार्टी की बहुमत सिद्ध करने की असमर्थता तो कभी बहुमत के बाद भी समर्थन खींच लिए जाने पर सत्ता में न रह पाना तो कभी संयुक्त मोर्चे, गठबंधन की सरकार का आना और अविश्वास प्रस्ताव जैसी स्थितियों का सामना होना। साल था सन् उन्नीस सौ निन्यानबे। चुनावों में अक्सर सत्ता पक्ष चुनौती महसूस करता है और विपक्ष अवसर। सभी राजनीतिक दल मजबूत और स्थिर सरकार का दावा पेश करते मैदान में उतर गए। तेरहवीं लोकसभा के लिए देश की तरह दिल्ली भी तैयार हो रही थी और जैसा कि हर चुनाव में होता है, इस चुनाव में भी हुआ कि गरीबी, बेरोज़गारी, सुरक्षा के पर्दे में धर्म, जाति, क्षेत्र के मुद्दे तेजी से सामने आने लगे। अलग-अलग मंचों से जन-कल्याण की घोषणाएँ होने लगीं। देखा जाए तो चुनावी घोषणा-पत्र कभी पुराने नहीं पड़ते, हर पाँच साल बाद उन्हें ही झाड़-पोंछकर, रंग-रोगन करके फिर से चमका दिया जाता है। सो इस बार भी यही हाल था।

पुश्ते में इन दिनों जश्न का-सा माहौल था। चुनाव में उतरा कोई भी दल क्यों न हो पुश्ते को नज़रअन्दाज करना किसी के बस की बात नहीं थी। नई दिल्ली की सीट से कोई साँसद क्यों न खड़ा हो पुश्ता हमेशा से बड़ा महत्त्वपूर्ण रहता आया था। यूँ भी नई दिल्ली सीट निर्णायक मानी जाती थी। इस बार भी उसके लिए पार्टियाँ जी-जान से जुट गईं। इस समय पूरा पुश्ता चुनावमय हो गया। ज़रूरत के अनुसार पुश्ते में एक खाली जगह देखकर मंच बना दिया गया। वहाँ अन्य दलों के साथ दो मुख्य दल-कांग्रेस और भाजपा दिन-रात प्रचार में व्यस्त हो गए। उनकी यशगाथाएँ हवा में फैलने लगीं। महावीर सिंह को इन दिनों बिल्कुल फुर्सत नहीं थी। पार्टी की एक से दूसरी और दूसरी से तीसरी-चौथी रैली के आयोजन की जिम्मेदारी में उसकी भूख-प्यास सब हराम हो गई। कार्यकर्ताओं का पूरा दल-बल काम में जुटा था। उस दिन भी शाम को पुश्ते का मंच सज गया। रोशनी के लट्टू जगह-जगह जल उठे। माइक की जाँच-पड़ताल की जाने लगी। नेता जी के आने की प्रतीक्षा में महावीर सज-धज के फूल मालाएँ लिए राह तक रहा था और लाउडस्पीकर पर चुनाव के गाने बज रहे थे। संजय अमर कॉलोनी और इन्दिरा कॉलोनी बहुत पहले से ही कांग्रेस पार्टी का गढ़ मानी जाती थीं। इनके अलावा और बहुत-सी बस्तियों के लोग भी वहाँ जमा थे। लगभग दो सौ लोगों का जमावड़ा था। पुश्ते और बिहारी बिल्डिंग दोनों इलाकों में पूनम की भागदौड़ जारी थी। नई दिल्ली और पूर्वी दिल्ली दोनों जगह पूनम की मौजूदगी पार्टी के लिए जरूरी थी। दोनों जगह अपने काम के कारण पूनम को काफ़ी लोग

दीदी के नाम से पहचानते थे। महावीर ने पूनम को भी जिम्मेदारी सौंपी कि पुश्ते की महिलाओं को इकट्ठा करके सभा में ले आए। बहुत से लोगों के साथ पूनम भी मंच पर खड़ी थी। महावीर ने इशारे से उसे नीचे उतर जाने के लिए कहा। काफ़ी देर के इन्तज़ार के बाद नेता जी पहुँचे। माहौल जमने के बाद नेता जी ने माइक सँभाला।

"भाइयो और बहनो! इस समय देश के हालात ठीक नहीं हैं। कुछ लोग हैं जो आप लोगों को यहाँ से बाहर निकालने पर आमादा हैं पर मैं तो यह कहता हूँ कि जब तक सूरज-चाँद रहेगा पुश्ता तेरा नाम रहेगा। मेरे साथ ज़ोर से एक बार नारा लगाएँ—जब तक... आप तो जानते हैं हमारी पार्टी गरीबों की पार्टी रही है। यह हम ही थे जिन्होंने इस पुश्ते को बनाया। हमने यहाँ पर बिजली-पानी का इन्तज़ाम कराया ताकि यहाँ गरीब आदमी रह सके।" नेता की बात सुनकर भीड़ में उत्साह जाग गया। कार्यकर्ताओं ने नारा लगाया-'नेता जी ज़िन्दाबाद'। शोर को थमने का इशारा करते हुए नेता जी आगे बोले—"हम वादा करते हैं कि हमारी सरकार चुनी गई तो हम आपके घरों को पक्का करवाएँगे। जिन बदहाल हालात में आप जी रहे हैं उसे बदलने की पूरी जिम्मेदारी हमारी होगी। आपके बच्चों के लिए यहाँ और बढ़िया स्कूल खुलवाएँगे। पुश्ते के लोगों की बेहतरी के मद्देनज़र नए अस्पताल होंगे। यमुना को स्वच्छ करना हमारे एजेंडे में है। भाइयो और बहनो! हमारे बच्चे गन्दगी में पड़े रहते हैं। कितने लोग बीमार पड़ जाते हैं। तो कौन उनके साथ खड़ा होगा-हाथ। साफ-सफाई से लेकर बेरोज़गारी और गरीबी दूर करना भी हमारे एजेंडे में है। आपको क़सम है अपने गरीब भाइयों की, उनके खून-पसीने की इस बार आपको पार्टी की इज्जत रखनी ही होगी। हाथ को चुनकर हमें ही विजयी बनाना होगा।" नेता जी ने अपने लम्बे भाषण में वादों की झड़ी लगा दी। जनसभा में नेचू, सूरज के संग था। पास ही नेचू का बेटा अमित पूनम की तीन साल की बेटी ज्योति के साथ खेल रहा था।

"अरे! नेता जी थम लो महाराज। एकसाथ इतने वादे। जरा साँस तो ले लो। ऐसा न हो कि मरा दम ही निकल जाए वादे पूरे करने में तो चुनाव कौन लड़ेगा? तुम्हारी मैया?" नेचू ने नकियाते स्वर में कहा जिससे आसपास हँसी फैल गई। नेचू अपनी ही धुन में बोलता रहा-'नेता जी! इस बार तो पुश्ते में घर के पक्के कागज बँटवा ही दो पूरा पुश्ता आपको ही वोट देगा।" साथ बैठा सूरज कसमसाया। उसने देखा सब लोग हँस रहे हैं। मंच पर चढ़े नेता को सुनने की बजाय नीचे शोर मचने लगा। सूरज सामने खड़े महावीर की तिरछी निगाहों का सामना करने से बचने लगा। उसने कोहनी मारकर नेचू को सावधान किया—

"अबे ! तू कर क्या रहा है। दो घड़ी शान्ति से बैठ जा। सब लोग हँस रहे हैं तुझ पर। ध्यान से सुन यह सब हमारे लिए ही तो बताया जा रहा है।"

"सूरज! इतने साल तो हमें हो गए देखते, कुछ न हुआ पुश्ते में। भले कोई आ जाए हम तो ऐसे के ऐसे ही रहेंगे और जिन लोगों की तू बात कर रहा है न देख लीजो इलक्शन से पहले सब पैसे की बात करेंगे।"

"देख भाई! तेरी बात तू जाने पर सारे तो पैसे लेकर वोट न डालते। मैंने तो आज तक नहीं लिए। पूनम ने भी नहीं लिए। तूने लिए क्या? बता...लिए क्या?"

"मैं क्यों लेने लगा। मुझे तो जो ठीक लगता है उसे डाल देता हूँ वोट।" नेचू ने कन्धे झटके।

"तो भाई कुछ गलत आदमी तो हर जगह मिल ही जाते हैं उससे क्या तू सारी दुनिया को गाली देगा? मुझे पता है तेरी महावीर से नहीं बनती पर यह तो देख दुनिया में आजकल हो क्या रहा है। पुश्ते को उठाने की बातें चल रही हैं।" सूरज ने दृढ़ता से कहा।

"अच्छा तू तो चुप रह। तू भी लगा भाषण पिलाने।" नेचू ने पलटकर कहा और खीं-खीं करके हँस दिया। पुश्ते के बच्चों को इन दिनों एक साथ कई नए खेल मिल गए। बच्चे झंडे लेकर यहाँ से वहाँ दौड़ लगाते। सभा के लिए बिछी दरियों पर कलामंडी खाते। यहीं नहीं पुश्ते में जगह-जगह टेंट लगाकर बनाए गए पार्टियों के अस्थाई दफ्तरों में मिलनेवाले बिल्लों के लालच में घूमते रहते। अधिकांश बच्चों की शर्ट या कुर्ते-फ्रॉक के एकतरफ हाथ का बिल्ला था तो दूसरी तरफ फूल का। दोनों उनके लिए खेल का हिस्सा थे।

उसी रात दूसरी पार्टी की सभा मूलचन्द बस्ती में बनाए गए मंच पर हुई। मंच झंडियों से सजा था। वैसे ही लोग इकट्ठे किए गए। कार्यकर्ता बदल गए थे और नेता बदल गए। लम्बी चली सभा में रामपाल, राधा, परमेसरी, रफीकुद्दीन सहित कई अन्य बस्तियों के लोग और प्रधान मौजूद थे। सभा के बाद रामपाल को जोश आ गया। वह यार-दोस्तों के साथ नुक्कड़ पर आया और चाय के खोखे के पास खड़े लोगों को ऊँची आवाज़ में सुनाने लगा—"भाइयो! नेता जी ने कितनी सही बात कही है कि सबसे बड़ा मुद्दा है भ्रष्टाचार। भीतर ही भीतर खून पिए जा रहा है। उसे खतम करना बड़ी बात है। दूसरा दुश्मन आतंकवाद। कहाँ-कहाँ से घुसे चले आ रहे हैं आतंकवादी। असम से, बँगलादेश से... इनको रोकना भी बड़ी जिम्मेदारी है..." एक क्षण साँस लेकर रामपाल फिर बोला—

"अरे! सबसे जरूरी बात क्यूँ भूल रहा हूँ भइया! जरूरी बात तो नेता जी ने कानून व्यवस्था की है।" रामपाल के साथ बैठे एक दूसरे प्रधान मेड़ीलाल ने

चाय सुड़कते उसे सुधारा—

"अबे रामपाल! और असल बात तो गोल कर गया तू..." मेड़ीलाल ने रामपाल को फटकारा तो उसने चौंककर देखा।

"भाई! धरम की बात बड़ी अच्छी कही थी नेता जी ने। धर्म सबसे बड़ी चीज है। हर बात में ऊपर। जेई बात कही कि अगर हम इकट्ठे न हुए तो हम ही माइनारटी हो जाएँगे और उनकी ही मैजोरटी हो जाएगी। धर्म को तो भैया एक ही पार्टी बचा सके है...यही वाली। मन्दिर भी तो इनके सिवा कोई न बनवा सकेगा।" मेड़ीलाल ने रामपाल के कन्धे पर हाथ रखा और हलके से कन्धा दबाया।

❄

चुनाव के बाद केंद्र में भाजपा की सरकार आई और दिल्ली में कांग्रेस की। एक नए दौर की शुरुआत हुई जिसमें स्थिरता और नई नीतियों पर तेजी से काम चलने लगा। रोज़ अनेक अधिकारियों की बैठकें होने लगीं। मन्त्रालय भी सक्रिय हो गया। नई सरकार के मन्त्रियों के निर्देश पर बड़े आई.ए.एस. अधिकारियों की एक जरूरी बैठक निर्धारित थी। मुद्दा राजधानी के सौन्दर्यीकरण का था जो देर-सबेर पहले भी उठाया जाता रहा पर आज की बात खास थी। सभी अधिकारी समय से मीटिंग के लिए पहुँच गए। चीफ सेक्रेटरी ने मीटिंग के एजेंडा को सामने रखते हुए बात शुरू की—"आज का मुद्दा सिटी के ब्यूटीफिकेशन का है। शहरी विकास मन्त्रालय की यह बेहद अर्जेंट मीटिंग है। राजघाट का पूरा स्ट्रेच सुन्दर बनाना होगा। इस प्रोसेस में पुश्ता हमारी सबसे बड़ी अड़चन है।" बात शुरू ही हुई थी कि एक अन्य अधिकारी ने आगे बढ़कर कहा—"मिनिस्टर सर ने साफ-साफ कहा है यह पूरे तौर पर एनक्रोचमेंट है और फिर उन्होंने ग़लत भी नहीं कहा। पहले एक आता है फिर धीरे-धीरे छत्तीस को अपने साथ ले आता है। धीरे-धीरे सारी जमीन पर काबिज हो जाते हैं। ऐसे में कैसे बनेगा वर्ल्ड क्लास शहर? मैं तो पहले भी अनेक बार मिनिस्टर साहब के साथ बाहर के दौरे पर दूसरे देशों में जाता रहा हूँ। साफ-सफाई से चमकते वहाँ के शहरों की बात ही कुछ और है। न कहीं गन्दगी, न गरीबी और एक हमारे यहाँ देख लीजिए सड़क किनारे लोग हगते-मूतते दिख जाएँगे..." कहते हुए अधिकारी के चेहरे पर वीभत्स भाव उभर आया। उसने बुरा-सा मुँह बनाया। उसकी भाषा सुनकर अन्य अधिकारियों ने एक-दूसरे की तरफ देखा तो अधिकारी ने भदेस शब्द

प्रयोग से ऊँचा उठकर भाषा का आभिजात्य अपनाया—"आइ एम सॉरी टू से बट दिस इज द ट्रुथ...फॉरगिव मी फॉर माई लेंगुएज बट दिस इज़ द रिएल्टी।" कमरे में फैला वीभत्स भाव कुछ छँट गया। अधिकारी के अधीनस्थ ने तुरन्त बात बनाई—"सर! आप ठीक कह रहे हैं। शहर के बीचोंबीच से लेकर कहीं भी चले जाएँ सब तरफ यह झुग्गियाँ फैली हुई हैं। कितनी ही बार जब फॉरेन डिग्निट्रीज़ आते हैं तो सबसे बड़ी मुसीबत ही यही आती है कि इस पुश्ते को कैसे छिपाएँ। वे लोग कहीं जाएँ न जाएँ राजघाट जाने की फरमाईश हमेशा करते हैं। अब यह पुश्ता इतने किलोमीटर लम्बे स्ट्रेच में फैला है, कहाँ तक छिपाएँ? राजघाट को कितना सजा लें पर पीछे फैले पुश्ते को कैसे छिपाएँ?" सभी की बात सुन रहे सचिव कैसे चुप रहते। उन्होंने कहा—"लॉ एंड ऑर्डर की कितनी परेशानी रहती है। आखिर इंडिया को भी चमकदार बनाना है। दूसरे देशों में नदियों के किनारे कितने खूबसूरत हैं और एक हमारे यहाँ। होली रिवर्स एकदम नाला बना दी हैं स्लम्स ने। इन्हें हटाएँ तो शहर को, नदियों को, किनारों को सुन्दर बनाने का काम आगे बढ़े।" चीफ सेक्रेटरी देर तक सभी अधिकारियों की बात सुनते रहे फिर उन्होंने दिल्ली के मास्टर प्लान की बात उठाई। साथ ही साथ यमुना पुश्ते में अतिक्रमण के विस्तार को निशाना बनाते अन्तिम बात पुरज़ोर तरीके से रखी—"गरीबी की आड़ में प्राइम लैंड पर कब्जा कर लिया है इन लोगों ने... फिर देश के नेताओं ने भी इनका हमदर्द बनकर इनको सर चढ़ा रखा है। अब देखिए कोर्ट तो अपनी तरफ से स्लम्स की बेदखली का ऑर्डर दे देता है पर बीच में कूद जाता है ऑपोजिशन। फिर रस्साकशी चलती रहती है। अभी देखिए न क्या हुआ रेलवे की ज़मीन पर कब्ज़ा करके बैठे लोगों को बचाने उतर आए फॉर्मर पी.एम. वी.पी.सिंह। कहने लगे चाहे गोली चल जाए, बुलडोज़र चल जाए पर मैं आप लोगों को छोड़कर कहीं नहीं जाऊँगा। यू टेल मी मिस्टर शर्मा व्हाट टू डू?" उन्होंने सवाल को सेक्रेटरी की तरफ उछाला। सेक्रेटरी चुप न रहा—"सर! हार्ड डिसीज़न इज़ द ओनली ऑप्शन। इससे पहले भी जब-जब हार्ड डिसीज़न्स हुए तभी जमीन खाली हो पाई है।"

एक जूनियर सेक्रेटरी ने हस्तक्षेप किया—"सर! ह्यूमन एँगल भी तो मिस नहीं किया जाना चाहिए।" उसकी बात काटते हुए चीफ सेक्रेटरी ने गुस्से में कहा—"इशू को समझिए मिस्टर उप्पल। ऐसे में सबसे ज़रूरी तो यह है कि कोर्ट को भी समझाना पड़ेगा। कोर्ट में यह मामले इस तरह से पेश होने चाहिए कि यह अवैध कब्ज़ा किए हुए लोग हैं। घुसपैठिए यहाँ जम गए हैं। जैसे ही कोई सख्त एक्शन लेने की बात होती है तो कितने एन.जी.ओ. सामने आ जाते हैं।

ह्यूमन राइट्सवाले सामने आ जाते हैं। यह सब असल में देश के दुश्मन हैं। जब देखो आन्दोलन-आन्दोलन करते रहते हैं। आन्दोलनजीवी। इतनी गन्दगी फैला रखी है कि निकलना मुश्किल हो जाता है इन जगहों से। खैर यह बातें ऑफ द रिकार्ड रहनी चाहिए। याद रखिएगा। हमारी एक ही पॉलिसी होनी चाहिए-सर्व एंड सर्वाइव।

❄

सरकार अपनी गति से चल रही थी और लोकतन्त्र का चौथा स्तम्भ अपनी गति से। उस चौथे स्तम्भ का एक हिस्सा भारत न्यूज़ बदलते वक्त के साथ बहुत बदल गया था। भारत न्यूज़ अब पत्रिका नहीं रह गई वह एक न्यूज़ चैनल बन गया । बहुत से लोग यहाँ से चले गए और कई नए लोग जुड़े भी। भारत न्यूज़ के मैनेजमेंट का चहेता पत्रकार अब अनीश था। सरकार की नीतियों के समर्थन में अपनी धुआँधार रिपोर्टिंग के चलते अनीश इस समय चैनल का सबसे दमदार चेहरा था। मन्थन नाम से शुरू किए कार्यक्रम का सर्वेसर्वा अनीश हर बार एक बड़ी स्टोरी करता। उमा न सिर्फ भारत न्यूज़ का हिस्सा थी बल्कि आज भी वह पुश्ते में सलीम, जुबैर सहित इकतीस लोगों पर चल रहे मकदमे से जुड़ी थी। केस को चलते हुए चार साल पूरे हुए पर आज भी पुश्ते की अलग-अलग बस्तियों के लोग अपराधी बने हुए थे। इतने वर्षों पुश्ते के केस से जुड़कर उमा एक सच को गहराई से जान चुकी थी कि जो लोग केस से जुड़े हैं वह बाहर होते हुए भी एक बड़ी जेल में गिरफ्त हैं। बीते चार साल में उनकी ज़िंदगियाँ जैसे कहीं ठिठक गई हैं। उनके हिस्से का जीवन कहीं ठहर गया है। पानी एक जगह रुक गया है, हवा थम गई है और तो और कई बार उनकी जगह खुद को रखकर उमा ने महसूस किया कि जैसे सारे दृश्य गतिशील हैं और उन भागते-दौड़ते क्रियाशील दृश्यों में वे सभी रुके खड़े हैं। लम्बा इन्तजार जैसे अनेक लोगों को उनके केस का निर्णायक बनाता जा रहा था। उन्हें दोषी माननेवाले चेहरों में इज़ाफा होता जा रहा था। सुगन्धा और उमा इस केस की नब्ज़ पर हाथ रखे हुई थीं। बहुत सब्र, मेहनत और हिम्मत से उमा ने आखिर वह रिपोर्ट तैयार कर दी जो अपराधी माने जा चुके लोगों के प्रति इन्साफ की एक अपील थी। जिसमें मुख्य रूप से बेगुनाह परवेज़ का पक्ष लिया गया। ऑफ़िस के अन्य कामों के साथ बरसों इस रिपोर्ट की जड़ तक पहुँचने की कोशिश के बाद उमा के कदम आज मन से तेज़ भागे जा रहे थे। ऑफ़िस पहुँचकर उमा आँकड़ों के साथ अपनी पूरी स्टोरी लेकर

अनीश की टेबल पर पहुँच गई। वह चाहती थी कि मन्थन के लिए उसकी यह एक्सक्लूज़िव स्टोरी लगाई जाए। वह बेसब्री से अनीश का इन्तज़ार करती रही। अनीश के आने पर पूरी स्टोरी बताकर उमा ने उम्मीद से अनीश की आँखों में देखा। वे आँखें हर जवाब से खाली थीं। अनीश जानता था उमा बरसों से उसकी माँ के साथ मिलकर इस केस से जुड़ी रही है।

"देख लूँगा....छोड़ दो।" अपने काम में उलझे हुए बहुत ही लापरवाही के साथ अनीश ने ठोस जवाब का इन्तज़ार करती उमा से कहा। उसने एक बार भी उमा के चेहरे को नहीं देखा। वह चेहरा जिसे किसी समय देखे बिना अनीश बेचैन हो जाता था। दिन बीतते गए, सप्ताह पर सप्ताह चढ़ते चार-पाँच महीने भी बीत गए। अनीश की तरफ से कोई प्रतिक्रिया न पाकर उमा बेचैन रही। कई बार उसने अनीश से इस बारे में पूछताछ भी की पर हर बार अनीश ने उसे टाल दिया। एक दिन मन्थन के अगले कार्यक्रम का प्रोमो चला तो उमा चौंक गई। 'दुनिया की बड़ी जेल में कौन हैं अपराधी?' उसे आगामी कार्यक्रम के बारे में चल रही लाइन के शब्द कुछ अपने से लगे। अनीश से फिर दरियाफ्त किया तो अनीश ने साफ इंकार किया कि इस स्टोरी का उसकी स्क्रिप्ट से कुछ लेना-देना नहीं है। तय तारीख पर जब कार्यक्रम प्रसारित हुआ तो उमा दंग रह गई। अनीश जोशीले अन्दाज़ में चीख-चीखकर यमुना पुश्ते के केस की एक-एक तफसील सामने ला रहा था। उसकी आँखें-हाथ, गर्दन सभी उसके शब्दों की संगत करते तेज़तर्रार तरीके से रिपोर्ट पेश करने लगे। उसके शब्द हमेशा पूरी तुर्शी के साथ देखनेवाले के दिमाग में चोट कर रहे थे। साँस का विराम न लेकर ताबड़तोड़ शब्दों के पत्थर फेंकने का उसने निराला अन्दाज़ ईजाद किया था। "आप हैरत में पड़ जाएँगे कैसे आपकी-हमारी तरह एक आम-सा दिखनेवाला इंसान भयानक अपराधी हो सकता है। यमुना पुश्ते का यह केस इस बात का जीता-जागता सबूत है। ऐसा सबूत जो चिल्ला-चिल्लाकर सच बता रहा है। कैसे यह पुश्ता अपराध की बस्ती है। अपराधों की नगरी है। आज हम बताते हैं दिल्ली में बढ़ रहे अपराधों और दिल्ली की बदसूरती के कौन लोग हैं ज़िम्मेदार। चार साल पहले पुश्ते के लागों ने न सिर्फ थाने का घेराव किया। पुलिस पर हमला किया और चौकी जलाने की कोशिश की। राजधानी में छोटे-मोटे काम करनेवाले ये शातिर अपराधी हैं। जो दिन में भोले और मासूम बनकर रात के अँधेरे में कानून तोड़ते हैं। इन लोगों ने दिल्ली को सबसे बड़ा स्लम बना लिया है। केस के इकतीस मुजरिम बाहर खुले घूम रहे हैं। इनका इस तरह घूमना हर इंसान के लिए खतरा है। कुछ साल पहले परवेज़ के केस में अब तक एक छुरा और कट्टा पुलिस ने बरामद

किया है। उसके स्केच पुलिस ने बनवाए हैं। साथ ही सबूत के तौर वारदात की रात को पुलिस जिप्सी और मोटरसाइकिल जलाने की पूरी रिकार्डिंग है। जमकर पत्थरबाज़ी की गई थी पुश्ते की तरफ से। क्या ऐसे अपराधी स्वतन्त्र छोड़ दिए जाने चाहिए? ऐसे दरिन्दे खुले घूम रहे हैं। उनके हाथ आपकी गर्दन के करीब हैं। यह खूँखार हाथ आपको सँभलने का मौका न देंगे। कहाँ बसते हैं ये लोग? क्या यमुना की प्राइम लोकेशन पर इनका कब्ज़ा अवैध नहीं? क्या सरकार को इन अड्डों का जल्द से जल्द खात्मा नहीं करना चाहिए। शहर अपराध के साए में है। हम अपील करते हैं कि कार्यवाही जल्द से जल्द हो। हम सरकार से अपील करते हैं कि मास्टर प्लान के मुताबिक काम करे और दिल्ली को स्लम से मुक्त कराए। कहाँ गए हमारे डिमोलिशन मैन जिन्होंने इमरजेन्सी में दिल्ली का रूप बदलने के लिए बड़ी कार्यवाही की थी। आपातकाल के दौरान कांग्रेस के कार्यकाल में दिल्ली का सौन्दर्यीकरण करने के काम को बखूबी निभाते हुए उन्होंने बड़ी संख्या में झुग्गियाँ हटवाई थीं। जम्मू-कश्मीर में जिन्हें विकास पुरुष माना गया अफसोस कि अब वह काम करते नहीं दिख रहे। उन पर्यटन और संस्कृति मन्त्री से हमारी अपील है कि इस अपराध की नगरी को वे जड़ से उखाड़ फेंके। राजधानी को सुन्दर और अपराधमुक्त बनाएँ।" मन्थन की इस रिपोर्ट में परवेज़ और अपराधी मान लिए लोगों की एक-एक तस्वीर और पुलिसिया बयान में शामिल एक-एक वीडियो, शहर के लोगों से बातचीत पुश्ते के केस से जरूर जुड़ी थी पर उमा की रिसर्च से एकदम विपरीत तस्वीर आज पेश हुई। शहर में रहनेवाले जिन मध्यवर्गीय लोगों की बातचीत को मन्थन में शामिल किया गया था वे पुश्ते और दिल्ली के स्लम के प्रति भयानक नफरत से भरे थे।

मन्थन के प्रसारण से उमा हतप्रभ रह गई। अभी-अभी उसके सामने अनेक मौतों की एक लम्बी कड़ी बेपर्दा हुई थी। मरा तो परवेज़ ही था पर उसके साथ अनीश जैसे लोगों की इंसानियत भी मरी, न्यायालय में अपराधी साबित होने से पहले उन इकतीस लोगों को अपराधी घोषित करनेवाले घर-घर में खुले निजी न्यायालयों में उनकी हत्या के फरमान निकाले जा रहे थे। उन्हें खत्म करने की बात में कहीं कोई हिंसा दिखाई नहीं दे रही थी। केस के साथ पुश्ते की ज़मीन को जोड़कर बाकी लोगों को नेस्ताबूद करके एक अन्य हिंसक कार्यवाही की माँग से उमा दंग रह गई। अनीश ने केस को प्रशासन की निगाह से देखा और दिखाया। उमा के भीतर गुस्सा उबलने लगा। अनीश बुरा है वह पहले भी जानती थी पर कई बार उमा यही सोचती रही कि अनीश के भीतर कहीं न कहीं अपनी माँ सुगन्धा सरीखी मनुष्यता दबी-छिपी होगी जो कभी न कभी उजागर होकर रहेगी

पर आज की उसकी घटिया हरकत ने इंसानियत को शर्मसार किया था। उमा को खुद पर भी गुस्सा आ रहा था कि उसने क्यों अनीश से इतनी बड़ी अपेक्षा की।

इस प्रसारण के बाद अनीश गर्व से भरकर अपने केबिन में लौटा। कितने नए चेहरे उसके अन्दाज़ पर मुग्ध उसे बधाई दे रहे थे। बहुत देर तक इस तमाशे को जज़्ब करने के बाद उमा उठी और अनीश के पास जा पहुँची। अनीश के चेहरे पर उल्लास की रेखाएँ साफ दिख रही थीं। उमा ने बिना कोई भूमिका बाँधे सीधा सवाल किया—"यह क्या किया तुमने अनीश? मैंने इस विषय पर इतनी लम्बी रिसर्च के बाद तुम्हें ग्टोरी सौंपी थी।"

"पढ़ी थी तुम्हारी स्टोरी।" अनीश ने जवाब दिया।

"तो?"

"तो यह उमा! कि उस स्टोरी में कोई दम नहीं है। तुम्हारी स्टोरी में हमेशा अमीर बुरा है और गरीब भला होता है। वही सच्चे हैं बाकी सब झूठे। क्यों? उमा! हम यहाँ आदर्श बघारने नहीं बैठे...फिर इससे टी.आर.पी.नहीं मिलती। इसलिए कुछ ऐसा होना चाहिए जो चौंकाए। जिसमें नयापन हो। यह सत्तर-अस्सी के दशक की पत्रकारिता नहीं है और न ही तुम्हारे जर्नलिज़्म इन्स्टीट्यूट का सिलेबस है। इस इंडस्ट्री के लिए तैयार होना है तो पहले का सब अनलर्न करना सीखो तभी आगे बढ़ पाओगी। सफलता का स्वाद चख सकोगी।" अनीश ने उमा को हिकारत की नज़र से देखा।

"देख रही हूँ अनीश! तुम कितना आगे बढ़ चुके हो। कितनी जल्दी सब नया लर्न कर लिया तुमने। बिना कोर्ट की हियरिंग सुने तुम खुद-ब-खुद मुन्सिफ बनकर न्याय करने लगे। ग़लत तथ्यों के साथ तुम जनता को भरमा रहे हो और तो और मेरे काम को भी इतने जर्नलाइज्ड मैनर में ले रहे हो?" उमा गुस्से में चीखी।

"देखो उमा! तुम भी समय रहते सँभल जाओ वरना वक्त तुम्हें मोहलत भी नहीं देगा और जितना नाम-दाम कमाया है वह भी सब गँवा दोगी। टाइम इज़ प्रेशियस... गो विद द फ्लो।" अनीश ने उमा को समझाते हुए कहा।

"अनीश! इंसान और सिक्के में यही फर्क तो है, सिक्के तो समय मुताबिक बदलते रहते हैं पर वह इंसान ही क्या जो सिक्के की मानिन्द बदल जाए।" उमा के गुस्से ने तंज़ का हथियार अपनाया। अनीश ने उसे अजीब-सी नज़रों से देखा तो उमा ने जाते-जाते उससे कहा—"टाइम इज़ मनी...अनीश! तुम्हारा हर पल कीमती है सो सेव योर टाइम। मेरी बातें तुम्हारे समय से परे हैं। तुम्हें समझ नहीं आएँगी।"

चमक

बेनूर जिन्दगियाँ अक्सर नूर के पीछे दूर तक दीवानावार दौड़ती दिखाई देती हैं। एक भ्रम में शामिल वह किसी तेज़ रोशनी को नूर समझ लेती हैं इसलिए उठती हैं, चलती हैं, भागती हैं, लड़खड़ाती हैं, गिरती हैं पर फिर भागती रहती हैं उस चमक के पीछे जिसे वे नूर समझती हैं। चमक ज़िंदगियों को सम्मोहित करती है पर ज़िन्दगियाँ नहीं जानतीं कि रोशनियों के रंग हमेशा उजाले के लिए ही नहीं होते अनेक बार चमक से आँखें चौंधिया भी जाती हैं। चमक की चौंध, एक तेज रोशनी की तरह नज़रों के पर्दे पर गिरती है और आँखें उसे सहन न कर पाने के चलते बन्द हो जाती हैं। हज़ारों रश्मियों का विस्फोटक दृश्य नज़रें एक पल के बहुत छोटे-से हिस्से में ही देख पाती हैं। बहुत चमकीली चीज़ें भले ही लुभाती हैं पर आँखों को तकलीफ देती हैं। उनसे वर्तमान ठिठक जाता है। ठिठका हुआ वर्तमान भावी की गतिशीलता के रास्ते का अवरोधक है। बहुत चमकदार चाहे वह कोई चीज़ हो या इंसान एक बड़े अँधेरे को छुपाने की कोशिश दोनों की ही रहती है। चमक, नूर ही नहीं एक भ्रम भी है। ठीक ऐसा भ्रम जैसे महक का कोई तेज़ संसार कई बार एक बड़ी दुर्गन्ध को छिपाने का काम कर रहा होता है। ऐसे में अक्सर दोनों मिलकर अपना-अपना वजूद खो बैठते हैं। न सुगन्ध रहती है न दुर्गंध बल्कि दोनों मिलकर एक भबके में तब्दील हो जाती हैं।

दिल्ली मेट्रो अपने ट्रैक पर दौड़ने को तैयार थी। पच्चीस दिसम्बर दो हजार दो, मौसम की ठंडक और आसमान की गुनगुनी धूप में इस रेल को लोगों के लिए खोल दिया गया। प्रधानमन्त्री अटलबिहारी वाजपेयी और दिल्ली की मुख्यमन्त्री शीला दीक्षित ने मिलकर दिल्ली की पहली मेट्रो लाइन को आगे बढ़ने के लिए हरी झंडी दिखाई। जिस दिल्ली ने अनेक दशक पूर्व कभी ट्राम को देखा था उसके लिए मेट्रो देखना नए रोमाँच से भर गया। लोग केवल काम से ही नहीं

शौक और रोमाँच के कारण भी मेट्रो के सफर के लिए आगे आए। नेचू जिसने सिनेमा का फर्स्ट डे फर्स्ट शो का शौक पालकर रखा था उसके लिए तो यह मेट्रो भी किसी नए शो से कम नहीं थी। अमित और ज्योति दोनों बच्चों को मेट्रो दिखाने की चर्चा उसने सूरज से की। सूरज ने सोचा पूनम भी साथ चले। उसने पूनम का मन टटोला—

"पूनम! नेचू कह रहा था कि अगली छुट्टी में बच्चों को मेट्रो घुमा लाते हैं। सब साथ चलते हैं।" सूरज ने उत्साह से कहा।

"तुम जाओ...मेरा मन नहीं है।" पूनम ने अनिच्छा जाहिर की।

"चल न मन बहल जाएगा।" सूरज ने आग्रह किया।

"इस बार नहीं फिर कभी..." पूनम ने बेमन से कहा। कुछ देर चुप रही फिर अचानक बोली—"ऐसा है तुम ज्योति के साथ-साथ शबनम, सुनील, किसना, साजिद....स्कूल के बच्चों को ले जाओ। बच्चे घूम आएँगे तो उन्हें अच्छा लगेगा। फरीदा और मुनमुन को भी ले जाओ तो बच्चे काबू में रहेंगे।"

"और बच्चों की मैडम को नहीं अच्छा लगेगा उनके संग?" इस बार सूरज ने अपने आग्रह को बच्चों की तरफ से दोहराया। पूनम को चुप देखकर सूरज ने सोच लिया कि अब उस पर दबाव बनाया जा सकता है। इसी इरादे से उसने बात शुरू की—"देख भई पूनम! ज्योति और अमित तक की बात होती तो ठीक था पर तेरी पलटन तू सँभाल। इतने बच्चों की जिम्मेदारी तो मैं नहीं ले सकता। पुश्ते में खुले तेरे स्कूल के बच्चों की अच्छी घुमाई हो जाएगी...फिर नेचू की तबीयत तो तू जानती है मस्त-मलंग आदमी है। कहीं कोई बच्चा छूट गया तो लेने के देने पड़ जाएँगे।" सूरज ने पूनम को भय दिखाया। पूनम के पास अब कोई विकल्प नहीं था। तय दिन सभी बच्चे तैयार होकर आ गए। सबके चेहरों पर खुशी की रंगत थी। फरीदा का आसिफ अब दूसरे स्कूल में पढ़ रहा था। आसिफ बड़ा जरूर हो गया पर उसका बचपना नहीं गया। वह भी जाने को तैयार हो गया। फरीदा ने आज पुश्ते में रहनेवाली अपनी बहन आयशा के दोनों बच्चों करीम और आबिदा को भी बुला लिया था। रफीकुद्दीन का बेटा नौमान और नेचू का बेटा अमित पिछले साल से लुडलो कैसल के सरकारी स्कूल में एक साथ पढ़ रहे थे। दोनों बड़े हो गए थे पर पुराने स्कूल की पिकनिक की बात सुनकर दोनों से रहा नहीं गया। दोनों के लिए यह दिन खास था। अमित हमेशा की तरह ज्योति को साथ लिए था और उसका पूरा ध्यान रख रहा था।

ज्योति सबसे ज्यादा उछलकूद कर रही थी। सब बच्चों में सबसे छोटी ज्योति स्टेशन पर हाथ छुड़ा-छुड़ाकर भागी चली जा रही थी। टोकन लेते समय नेचू ने ज्योति का टोकन ही नहीं लिया क्योंकि उसे लगा ज्योति चार साल की है और पाँच साल तक के बच्चों के लिए कोई किराया तो है नहीं। बाकी बच्चों का टोकन लेकर चेकिंग के बाद जब आगे बढ़ने का नम्बर आया तो ज्योति को ही सबसे पहले रोका गया।

"इस बच्ची का टोकन?" वहाँ खड़े गार्ड ने कहा।

"यह तो अभी चार ही साल की है।" इससे पहले कि सूरज कुछ कहता नेचू सामने आ गया।

"इसका टोकन लेना पड़ेगा...बच्ची का कद पाँच साल के बच्चों जितना है।" गार्ड ने कहा तो पूनम ने कहा यह पाँच की नहीं छह साल की होने को है। पूनम की बात सुनकर सब लोग हँसने लगे। टोकनवाले कुछ बच्चे आगे बढ़ गए थे। ज्योति उन्हें देखकर गेट के पार जाने की जिद करने लगी। हाथ-पैर पटकती वह ठुनक रही थी। पूनम ने उसे कितनी बार प्यार से समझाया पर उसे तो जल्दी पड़ रही थी गेट के पार अन्य बच्चों के पास पहुँचने की। नेचू के टोकन लाने पर ही ज्योति बच्चों के पास पहुँच पाई। पहली बार अपने आप चलनेवाली सीढ़ियाँ देखकर बच्चे दंग रह गए। उन सीढ़ियों पर झिझकते हुए चले। पूनम, नेचू, सूरज और फरीदा भी कहाँ अभ्यस्त थे। वे भी डगमगाते-से चढ़े। मेट्रो में बैठकर सारे बच्चे मगन हो गए। शीशों से बाहर झाँकने लगे। रह-रहकर मेट्रो रेल, मेट्रो रेल चिल्लाकर अपनी खुशी जाहिर कर रहे थे। पूनम उनकी खुशी में मगन थी।

शीशे से बाहर देखती पूनम के लिए कुछ समय बाद गति से भागते दृश्यों में राजीव गाँधी विद्यालय दिखाई देने लगा। पूनम ने अन्दाज़ा लगा लिया कि मेट्रो उसी जगह से गुजर रही है जहाँ कभी वह रेतीली पहाड़ी हुआ करती थी जिस पर उसका अपना स्कूल बना था। मेट्रो आगे भागी जा रही थी पूनम पीछे छूटती जा रही थी। उसकी आँखें थिर थीं और मन स्मृति में खड़े स्कूल की ओर दौड़ रहा था। पूनम यही सोचती रही कि इसी मेट्रो के नीचे उसका स्कूल कहीं खो गया। चमक से भरपूर मेट्रो पर चढ़ रहे अनेक यात्रियों को क्या पता कि इसके नीचे एक अतीत ज़िन्दा है। समय की ऊबड़-खाबड़ ज़मीन पर एक समतल राह का सपना लिए हुए अतीत जो पूनम के साथ पूरी ज़िन्दगी जुड़ा रहेगा। पूनम देख रही थी कि मेट्रो के संग लोग आगे बढ़ रहे हैं। शहर आगे बढ़ रहा है पर इसमें जो पीछे छूट गया है वह लोगों की सोच का हिस्सा तक नहीं रहा। पूनम देर तक

उस अतीत को कुरेदती रही। अतीत की गलियों में पूनम दाखिल हुई तो पीछे-पीछे ही चलती चली गई। उसे एक-एक बात याद आती रही कि कैसे पहाड़ी से हटा दिया गया पूनम का स्कूल उसी दिन बल्लियों-तिरपालों की शक्ल में बिहारी बिल्डिंग के भीतर पहुँचा दिया गया था। फरीदा का पति रशीद भी बेहद दुख के साथ उस सामान को देख रहा था। उसे वह दिन याद आने लगा जब कितने उत्साह से रात ही रात में इस सामान ने स्कूल की शक्ल ले ली थी। पहाड़ी के स्कूल के बिहारी बिल्डिंग पहुँचे इस सामान के साथ कितने सपने भी खत्म हो गए थे। फरीदा भी दुखी रहती पर पूनम से कुछ नहीं कहती। आसिफ बार-बार उस सामान को देखकर पूनम से पूछता कि अब हमारा स्कूल कब लगेगा? पूनम के स्कूल के कई बच्चे कुछ समय स्कूल के खुलने का इन्तज़ार करते रहे फिर धीरे-धीरे दूसरे स्कूलों की ओर बढ़ गए। कुछ को नए स्कूलों में दाखिला मिला तो कुछ की पढ़ाई अधर में लटक गई। काफ़ी समय इस सब में लग गया। पूनम को कुछ भी समझ नहीं आ रहा था कि क्या करे? कैसे स्कूल शुरू करे। महावीर से मदद लेने का उसका राई-रत्ती मन नहीं था। महावीर जब भी मिलता एक नए आश्वासन के साथ ही मिलता। हर मुलाकात में आश्वासन जितनी दृढ़ता से दिया जाता पूनम का भरोसा उतना ही भुरभुरा होकर झड़ने लगता। चुनाव आए और निकल गए। पूनम घर जरूर बैठ गई थी पर उसकी ज़िद कहाँ बैठनेवाली थी। स्कूल खत्म हुआ था पर न पूनम का जज़्बा खत्म हुआ था न आसपास के बच्चे। पूनम सुबह काम से फारिग होकर अपनी बेटी ज्योति सहित बिहारी बिल्डिंग और नज़दीक रहनेवाले छोटे बच्चों को अपने कमरे में बिठाकर पढ़ाने लगी। कभी कोई कविता-कहानी तो कभी गणित के सवाल। छठी-सातवीं के बच्चे उसके पास नहीं थे। सब छोटे-छोटे बच्चे थे। पंकज भी अब हफ्ते में एक बार ही आता। उसके लिए कोई खास काम था ही नहीं।

जीवन का गणित न सुलझा पाने का पूनम का अफसोस देखकर नेचू,रफीकुद्दीन ने मिलकर सूरज को टटोला और पुश्ते की संजय अमर कॉलोनी की एक छोटी-सी जगह पर स्कूल खोलने की बात चलाई। वैसे भी उस समय संजय अमर कॉलोनी के बहुत सारे बच्चे पूनम के स्कूल में थे। पुराने स्कूल की तुलना में जगह बहुत कम थी फिर खतरा भी वही था कि ज़मीन पक्की नहीं है। नेचू ने रामपाल से बात की तो उसने भरोसा दिलाया स्कूल कहीं नहीं जाएगा। कोई और बेहतर इन्तज़ाम न देखकर अधूरे मन से ही पूनम ने हाँ कह दी। पुश्ते में जो जगह चुनी गई वहाँ कई कबाड़ियों के गोदाम थे। उन्हीं के बीच टीन का एक पूरा कमरा खड़ा कर दिया गया। पूनम का स्कूल बिखर

जरूर गया था पर इस जगह से उसने फिर एक उम्मीद बाँध ली। उसकी आँखों ने फिर एक सपना देखना शुरू किया। यह सपना कठिन जरूर था पर पूनम भी कम हिम्मती नहीं थी। उसके लिए आशा ही जीवन थी और आशंका जीवन को मिटानेवा़ली चिन्ता के अतिरिक्त कुछ भी नहीं। मेट्रो के पूरे रास्ते बाहर के दृश्यों से परे पूनम अतीत की इन गलियों में भटकती रही। बच्चों को मेट्रो की यात्रा में खूब मज़ा आया। लौटते समय पूनम भी उनके रंग में रँग गई। शाम को मेट्रो की यात्रा से घर लौटने के बाद पूनम कुछ देर बैठी बच्चों को मिली खुशी के बारे में सोचती रही। ज्योति की मस्ती, शबनम की हाजिरजवाबी, साजिद की चंचलता सबने जैसे उसे तरोताज़ा कर दिया। पूनम के मन में अनेक भाव गिर-उठ रहे थे। उसके चेहरे पर मुस्कान तैर गई। उसे यात्रा के सारे मजेदार क्षण याद आने लगे कि कैसे स्कूल के पुराने बच्चे जो अब बड़े हो चले थे वे भी अपने स्कूल के नए बच्चों के साथ हिल-मिल गए और सबसे ज्यादा उधम मचाया ज्योति ने। पूनम ने देखा थकी हुई ज्योति बिस्तर पर बेखबर सो रही है। उसे ज़रा होश नहीं था। पूनम ने धीरे-धीरे थकी हुई ज्योति के नन्हे-कोमल पाँवों को दबाया। ज्योति सोती रही। कुछ देर बाद पूनम, सूरज को चाय पिलाकर अचानक उठी। कमरे से निकली और बाहर सड़क पर आ गई। पहाड़ी के स्कूल की याद सीने में लिए पूनम पुश्ते के स्कूल की तरफ चल दी। आज उसके पैरों में गजब की फुर्ती थी। पुश्ते में पहुँचकर उसने देखा स्कूल के दरवाज़े के ठीक सामने किसी ने अपनी बाल्टियाँ-ड्रम आदि रख दिए थे। वहाँ बाँस पर कपड़े भी सूख रहे थे। पहले भी अक्सर पूनम ने इस स्थिति का सामना किया था पर आज पूनम से रहा न गया। पूनम ने तेज आवाज़ में आसपास के लोगों को सुनाते हुए कहा "यह स्कूल है बच्चों का। कचरा-कबाड़ नहीं है इस कमरे के अन्दर। यहाँ जिस किसी को अपने छोटे बच्चों को भेजना है भेज सकता है। कोई भी आए किसी के लिए मनाही नहीं लेकिन रोज-रोज स्कूल के आगे इस तरह सामान लगाना ठीक बात नहीं है।"

❄

परवेज़ के केस में इकतीस लोग अर्से से जमानत पर रिहा थे पर अभी उन पर केस चल रहा था। कई बरसों से चल रहे केस की अगली सुनवाई नज़दीक थी। यह सुनवाई वरिष्ठ वकील प्रियभूषण जी के मुताबिक बहुत ज़रूरी थी। अपनी व्यस्तता में से उन्होंने केस के जरूरी पहलुओं की एक सूची बना ली।

उनके लम्बे अनुभव ने उन्हें आनेवाले समय के कुछ सकारात्मक संकेत दिए। गवाहियाँ सही तरीके से दी जाएँ और केस को पुख्ता तौर पर रखा जाए तो बहुत कुछ होने की सम्भावना बन रही थी। उनकी संस्था लीगल एड आरंभ से ही पुश्ते के इस केस के साथ जुड़ी थी। प्रियभूषण इस केस के सभी पक्षों पर विचार कर चुके थे। अपने जूनियर हेमन्त एहलावत को जिरह के बिन्दु समझाने के लिए उन्होंने एक मीटिंग रख लेने की बात कही। मीटिंग इसलिए भी रखी जा रही थी जिसमें अगली सुनवाई के दोनों गवाहों को भी ठोक-बजा लिया जाए। पूनम और उमा की जरूरी गवाहियाँ अगली सुनवाई में होनी थीं। सुगन्धा से बात करने के बाद प्रियभूषण ने उसे भी इस मीटिंग की तारीख और समय बता दिया। निश्चित दिन पर सुगन्धा, उमा और पूनम भी आ गए। प्रियभूषण जी ने बेहद कम समय में सभी पक्षों पर गौर से विचार किया। उन्होंने अगली सुनवाई के लिए हेमन्त एहलावत को केस से जुड़े ऐसे लूपहोल्स बताए जिनसे केस की दिशा में गुणात्मक सुधार आ सकता था। कमरे में बैठे सभी लोगों की निगाहें और कान प्रियभूषण जी की ओर लगे थे। उन्होंने अपने नोट्स सामने रखते हुए हेमन्त एहलावत से सभी की मौजूदगी में कहा—"हेमन्त! नेक्सट हियरिंग में हम चार लूपहोल्स को सामने रखेंगे। पहला चौकी इंचार्ज सहित कुछ कान्स्टेबल्स का बयान है कि इन लोगों ने चौकी को आग लगाई। थाने में इनकी एंट्री साढ़े आठ बजे दिखाई गई है। यदि यह घटना सवा आठ पर भी हुई होगी तो फायर ब्रिगेड को तुरन्त सूचना जानी चाहिए थी। सूचना एक घंटे बाद गई है। दूसरी बात परवेज़ की आत्महत्या से जुड़ी है। कहा गया कि उसने गुनाह सामने आने के डर से आत्महत्या की पर पोस्टमार्टम रिपोर्ट में साफ लिखा है कि किसी ब्लंट ऑब्जेक्ट के निशान परवेज़ के शरीर पर पाए गए। यह कहाँ से आए? और रात ही रात में उसका कफन-दफन क्यों कराया गया? सबसे बड़ा मामला जो मुझे दिख रहा है जिस पर तुमने पहले भी बात की उस पर फिर से ज़ोर देना कि यह पूरा मामला जुविनाइल का था। परवेज़ बालिग नहीं था। इसकी कार्यवाही में ही ग़लती हुई है। फिर एक बात यह भी कि उस लड़के परवेज़ को भारत न्यूज़ पत्रिका में छपी रिपोर्ट के किसी शुबहे और छानबीन में उठाया गया है जिसे बाद में चरस गैंग या बाँगलादेशी कह दिया गया। मुझे लगता है इस बार इन पर तुम बात करो और जमकर क्रॉस एग्ज़ामिन करो।"

हेमन्त एहलावत ने सभी बातें न सिर्फ ध्यान से सुनीं बल्कि सिलसिलेवार ढंग से नोट भी कीं। मामला हाईकोर्ट का था और प्रियभूषण सुप्रीम कोर्ट के वकील थे। वे चाहते तो कोर्ट आ सकते थे पर उन्हें हेमन्त एहलावत पर भरोसा

था। सुगन्धा ने उनसे दो-एक ज़रूरी बात करने के बाद उमा और पूनम की ओर इशारा किया। प्रियभूषण ने उनकी गवाही के मद्देनज़र भी कुछ ज़रूरी बातें समझाईं। अगली सुनवाई में इन दोनों की गवाहियाँ परवेज़ के पक्ष से काफ़ी मायने रखती थीं।

सुनवाई के दिन सुगन्धा सुबह से ही बेसब्र थी। उसने सुबह ही मोबाइल पर उमा को सही समय से आने का सन्देश भेज दिया। केस से जुड़े सभी परिवारों के लिए भी आज का दिन खास था। तारीख आज की ही थी जिसका इकतीस परिवारों को बेसब्री से इन्तज़ार था। कई लोग कोर्ट आ गए पर बहुत-से नहीं पहुँच पाए। उनके लिए रोज़ी-रोटी का सवाल कहीं ज्यादा ज़रूरी था। वैसे भी उन्नीस सौ छियानबे से केस को लटकते हुए अब दो हजार तीन चल रहा था। केस को चलते पूरे सात साल बीत चुके थे। शुरू की सुनवाइयाँ लोगों में हमेशा फैसले तक पहुँचने की उम्मीद भरती रही थीं पर बाद में हर सुनवाई की एक तारीख और अगली सुनवाई का लम्बा इन्तज़ार न्याय के दरवाज़े पर नाउम्मीदी के निशान छोड़ने लगा।

अदालत का कमरा पूरा भरा हुआ था। पुलिस की तरफ से मामले की पैरवी कर रहे वकील के साथ बचाव के वकील भी समय से आ गए। जनमंच से सुगन्धा वहाँ मौजूद थी। सलीम, जुबैर,नेचू, पूनम,सूरज के साथ रशीद, इकबाल, काले, गोविन्द, रामपाल, शादाब, रफीकुद्दीन, सुहैल जैसे कई लोग मौजूद थे। कई तारीखों के बाद आज का दिन ज़रूरी गवाहियों का दिन था। पिछली कई बार से गवाहों की गैरहाज़िरी से सुनवाई टलती जा रही थी। अदालती कार्यवाही शुरू हो गई। शासन की तरफ से पुलिस की पैरवी करनेवाले वकील ने सबसे पहले पुलिस अधिकारियों के साथ चौकी पर हुए हमले और सरकारी सम्पत्ति को नुकसान पहुँचाने की बात की। घटना पर पाए गए सारे सबूत पहले ही अदालत में जमा करवा दिए गए थे। चौकी इंचार्ज को पहले भी कटघरे में बुलाया गया था। पहले की तरह आज भी उसने परवेज़ की कस्टडी में मौत से साफ इंकार कर दिया। बचाव पक्ष के वकील हेमन्त एहलावत ने जिरह शुरू की। उन्होंने चौकी इंचार्ज को क्रॉस एग्ज़ामिन किया—

"उस रात चौकी पर हुई वारदात में सरकारी सम्पत्ति को नुकसान पहुँचानेवाले कौन लोग थे?"

"कुल इकतीस लोगों पर केस है उनके साथ कुछ औरतें भी थीं जिन पर केस नहीं बनाया गया। वीडियो रिकार्डिंग कोर्ट में जमा है।" चौकी इंचार्ज ने दो टूक जवाब दिया।

बचाव पक्ष का वकील हेमन्त आज पूरी तैयारी के साथ आया था। उसने चौकी इंचार्ज से अगला सवाल किया—"जिस समय सभी आरोपियों को थाने ले जाया जा रहा था उस समय आठ-सवा आठ का समय रहा था पर दमकल केन्द्र को सूचना सवा नौ के आसपास गई। इस घंटे की देरी का क्या कारण है?" हेमन्त एहलावत की बात से पूरे हॉल में हलचल मच गई। यह वाकई चौंकानेवाला तथ्य था जिस पर अभी तक गौर ही नहीं किया गया था। हेमन्त एहलावत चौकी इंचार्ज के जवाब की राह तकता रहा पर बेसूद। कोई जवाब नहीं आया तो वह आगे बढ़ा। उसने चौकी इंचार्ज से फिर पूछा कि आपने अपने बयान में कहा था कि आपको घटनास्थल पर कट्टा मिला फिर आपने कहा कट्टा और चाकू मिला। जिसके स्केच आपने जमा करवाए। मीडिया ने भी इस बात की पुष्टि की। बाद की एक गवाही में आपने कहा कि रिवॉल्वर भी मिला। यह तीन अलग-अलग बातें हैं। आप ठीक से बताइये आपको कौन-से हथियार मिले?" चौकी इंचार्ज चौंका ज़रूर पर तुरन्त सँभल गया और शब्दों को चबाकर बोला—

"जी, तीनों हथियार मिले थे। चौकी के पीछे की दीवार के पास।"

"इन हथियारों पर किसी के फिंगर प्रिंट्स नहीं मिले हैं। कोई रिपोर्ट भी नहीं है इससे सम्बन्धित। आपने जाँच नहीं करवाई?" वकील हेमन्त ने क्रॉस किया तो फिर चौकी इंचार्ज के पास कोई जवाब नहीं था। उसका जवाब न मिलने पर हेमन्त ने अदालत में इस केस को कस्टडी में हुई एक किशोर की मौत के बाद बनाई गई मनगढ़न्त कहानी बताया। इतने लम्बे चले केस में यह वास्तविकता अब तक सामने नहीं आई थी कि परवेज़ को क्यों उठाया गया। परवेज़ के केस को जुविनाइल बोर्ड में पेश किए जाने की बात भी हेमन्त ने उठाई। हेमन्त एहलावत ने कोर्ट का ध्यान इस ओर दिलाया कि परवेज़ से जुड़े बयान दो-तीन बार बदल भी गए थे। पहले चरस बेचने के जुर्म में और फिर बँगलादेशी होने के शक में उसे उठाने की बात सामने आई थी जबकि एहलावत ने साफ किया कि उस बच्चे को भारत न्यूज़ की रिपोर्ट से जुड़े होने के सम्बन्ध में ही उठाया गया था।

इसके बाद गवाहियों का दौर शुरू हुआ। पूनम अपना नाम बुलाए जाने की घड़िया गिन रही थी। इस तरह कटघरे में वह पहली बार बुलाई गई तो उसकी धड़कनें बढ़ने लगीं। कटघरे में खड़े होकर पूनम ने एक गहरी साँस ली और खुद को स्थिर किया।

"जिस समय आप लोग थाने को घेरे हुए थे तो गुस्से में आप लोगों ने वहाँ खड़ी जिप्सी और मोटरसाइकिल को आग भी लगाई?" वकील ने पूनम से पूछा।

"देखिए सर! सुबह ही से परवेज़ को चौकी में बुला लिया गया था। बच्चे के बारे में जानने के लिए घर से आए लोगों को बार-बार चौकी से बहाने बनाकर भगाया जा रहा था। बच्चा मेरे ही स्कूल में कुछ साल पढ़ा था। मैं उसे अच्छी तरह जानती थी। सीधा और शरीफ बच्चा था। पढ़ने में होशियार। उस रात जब हमें चौकी के पास चायवाले से पता चला परवेज़ को अस्पताल ले गए हैं तब हमने चौकी इंचार्ज से बच्चे को बाहर लाने और सच बात बताने को कहा। तभी यह सब हुआ। हम वहाँ घेराव के लिए नहीं आए थे न आगजनी करने। हम परवेज़ को देखने, उसे लेने गए थे। रही बात आग जलाने की तो हम सबको जब पुलिस की गाड़ियों में बैठाकर थाने ले जाया जा रहा था तब हमने पीछे से कोई आग जलती नहीं देखी थी। मुझे बहुत अच्छी तरह याद है। मैंने देखा था गाड़ियाँ, मोटरसाइकिल सब अपनी जगह खड़े थे। जब तक हम वहाँ थे कोई आग नहीं थी। यह सब बाद में हुआ। यही नहीं एक पुलिसवाले को तो मैंने खुद अपनी आँखों से पत्थर उठा-उठाकर चौकी के शीशे तोड़ते देखा था।" पूनम ने बेहिचक सारी बात कह दी। क्रॉस में चौकी इंचार्ज अपनी दलील पर अड़ा रहा कि आग चौकी घेरनेवालों ने ही लगाई है। बचाव पक्ष से उमा की गवाही भी पेश की गई जिसमें परवेज़ के अच्छे चाल-चलन और ईमानदार होने की बात कही गई।

बचाव पक्ष ने परवेज़ का पोस्टमॉर्टम करनेवाले डॉक्टर को भी अदालत में तलब किया गया। डॉ. पहले ही इस मामले से जुड़ी एक लम्बी रिपोर्ट जमा कर चुका था। उसने बताया कि परवेज़ के शरीर पर कई गम्भीर चोटों के निशान थे। उसकी भौंह, पीठ और सिर पर बहुत तेज़ वार हुआ था।

इसके बाद वारदात की फोटोग्राफी और वीडियो बनानेवाले फोटोग्राफर की बारी आई। फोटोग्राफर काफ़ी डरा हुआ लग रहा था। सवाल पूछे जाने पर उसने कहा कि उसे दंगाइयों की कोई भीड़ नहीं दिखी थी। क्रॉस एग्जामिन में उसने जो कहा उससे अदालत का रंग बदल गया। फोटोग्राफर ने कहा कि पुलिस के निर्देश पर उसने घटनास्थल का वीडियो बनाया था। उस समय वहाँ पुलिस जिप्सी और एक मोटरसाइकिल आग की तेज चपेट में थी। लपटें उठ रही थीं जो वीडियो में साफ दिख रही हैं। समय यही कुछ नौ बजे के बाद का रहा होगा। उसकी गवाही से पूनम की गवाही को ही नहीं इस पूरे मामले को बल मिला। बाज़ी धीरे-धीरे पलटने लगी। इसके बाद होनेवाली दो अन्य गवाहियों

में एक कान्स्टेबल अपने पिछले बयान से मुकर गया। उसने साफ कहा कि भीड़ का आगजनी से कोई लेना-देना नहीं था। एक अन्य कान्स्टेबल ने भी उसकी राय से सहमति जताई साथ ही मामले को जुविनायल बोर्ड को न सौंपने की बात भी कही। अदालत में इतने सालों बाद पहली बार इस केस का रुख इकतीस लोगों के प्रति कुछ सकारात्मक हुआ। प्रोसीक्यूशन आज की गवाहियों को ग़लत प्रूव करने में नाकाम रहा। यह सच अब पोशीदा नहीं रह गया था कि परवेज़ बेकसूर था।

दिन की इस कार्यवाही में लम्बा समय लगा। सुबह और लंच के बाद कार्यवाही चली। बचाव पक्ष से हेमन्त एहलावत आज फैसले की उम्मीद करने लगा। पूनम, उमा और सुगन्धा भी जान रहे थे आज की सुनवाई बेहद अलग और खास रही है। फैसले की घड़ी में यह सब इकतीस लोगों के बरी होने की आस लगाने लगे। अदालत में जज ने काफ़ी सोच-विचार करने के बाद कहा कि अभी कुछ गवाहियाँ और बाकी हैं। फैसला हाथ में आते-आते रह गया। सुगन्धा, पूनम और उमा सहित कितने लोगों की उम्मीद के दीप बुझ गए। सात साल से इस केस को देख रहे लोगों ने सब देखा था कि सुनवाइयों के दौरान कितनी बार जज बदल गए। हर बार जब नया जज आता तो कार्यवाही बिल्कुल नए सिरे से शुरू होती। हर जज का देखने-विचार करने का तरीका बिल्कुल अलग होता। जब तक केस एक करवट लेता तब तक जज बदल जाते। इस बार फैसला हाथ भर की दूरी पर था। सभी उत्साहित थे पर जज के अगली तारीख देने को लेकर फैसले के प्रति एक आशंका फिर बन गई। देरी, नए जज का आना और बनती बाज़ी का भटककर अटक जाना इस केस से जुड़ी सभी अटकलें लोगों के दिमाग में चलने लगीं।

❄

पुश्ते में पानी एक बड़े संकट की तरह हमेशा से रहा। बाढ़ आती तो पानी भर जाता पर पीने के पानी की हमेशा किल्लत रहती। जिन लोगों को यहाँ रहते तीस साल हो गए वे अभी तक इस संकट से उबरे नहीं थे। यमुना किनारे का पुश्ता और जलाभाव? यमुना जिससे दिल्ली भर को पानी जाता रहा उसके किनारे बसे लोगों की दुनिया पानी के अभाव में थी। चिराग तले अँधेरे की तरह। हर रोज़ घर को चलाने के लिए औरतें एक दिन पहले से पानी भरकर रखतीं। यों एक-दो नल और बरमे भी थे पर लाखों की आबादी के लिए यह कितने

कामयाब रहते? इसलिए पानी का टैंकर बाद में आता उसकी आवाज़ से ही घरों में हलचल मच जाती। पानी किसे नहीं चाहिए था। घरों की बात तो थी ही नुक्कड़, गलियों में खाने की दुकानें, खोखे, ठेले, ढाबे भी चल रहे थे। यहाँ रोज़मर्रा की ज़रूरत के मुताबिक पानी चाहिए ही रहता। इनके अलावा पुश्ते में सब्जी-मीट-मछली आदि बेचनेवालों को भी पानी की ज़रूरत बनी ही रहती। सभी को जीने के लिए हर दिन पानी चाहिए था। आज रोज़ की तरह टैंकर आया तो भीड़ लग गई। बारी आने पर अपने बर्तन भरकर गुड़िया जब घर लौट रही थी तो उसे राधा और अमीना मिल गए। पानी छलकने से बचाने के लिए राधा कदम अचक-अचककर रख रही थी। वैसे भी कल रात बारिश पड़ने के बाद सब जगह कीचड़ फैला था। इस वजह से दोनों कदम साधकर रख रही थीं। प्लास्टिक के केन सँभाले अमीना भी उनके साथ हो ली। तीनों मिलीं तो साथ चलते-चलते बतियाने लगीं। दो कदम आगे बढ़ीं तो आयशा भी मिल गई। सब साथ हो लिए। अमीना का नौमान, गुड़िया के अमित के बराबर ही था, रास्ते में उनकी बात चल पड़ी।

"बहुत भला हुआ जो अमित और नौमान एक ही स्कूल में तीन बरस से साथ पढ़ रहे हैं कम-से-कम डर तो नहीं रहता। दोनों अलग सुभाव के हैं अमित जरा दब्बू है तो नौमान हिम्मती। अमीना! मुझे तो बड़ा सहारा है तेरे नौमान का। दोनों बस से संग चले जाते हैं और संग लौट आते हैं। नौमान साथ होता है तो मुझे अमित की चिन्ता नहीं रहती। सुघड़ माँ का समझदार बेटा है।" गुड़िया ने कहा तो अमीना और राधा फिक्क से हँस पड़ीं।

"तुझे याद है कितनी मुसीबत आई थी दोनों के दाखिले में। वह तो रामपाल ने मदद कर दी वरना कहाँ से होता दाखिला लुडलो कैसल जैसे सरकारी स्कूल में। चल अब बारहवीं तक कोई चिन्ता नहीं लड़कों की। फिर सोच लेंगे दोनों अपना भला-बुरा।" अमीना सन्तोष से भरकर बोली।

"रामपाल ने जो की सो की। मदद तो नेचू भैया ने की। वह जिस काम के पीछे पड़ जाएँ वह कैसे पूरा न हो... और सबसे बड़ी मदद रही पूनम की। मानो न मानो तुम्हारे लड़कों की नींव पूनम ने इतनी पक्की रखी है कि कहीं जाएँगे नाम ही कमाएँगे।" राधा ने उन दोनों की बात सुनकर कहा।

"कह तो सही रही है। पाँचवीं तक पूनम ने ही ठोक-पीटकर सही बना दिया। पढ़ने की कीमत समझा दी। पूनम-पंकज ने कुछ पढ़ा दिया तभी तो सरकारी स्कूल के पेपर में पास हो सके। मुनमुन का जुबैर भी पूनम के पास ही पढ़ा था पर बिजली का काम सीख लिया तो देख अब दम मारने की फुर्सत नहीं

उसको। पंखे, लाइट, मिक्सी, कूलर के काम हर घर में दिन-रात लगे ही रहते हैं। जुबैर के पास काम ही काम है... तू भी पढ़ा देती अपने बच्चों को राधा। तेरे पति लल्लन ने भी कुछ सोचा-विचारा नहीं... तूने नुसकान कर दिया बच्चों का।" गुड़िया के कहते ही अमीना और राधा जोर-जोर से हँसते हुए बोलीं- 'नुसकान...हाँ नुसकान हो गया भई।' राधा के चेहरे पर अगले ही पल मायूसी उभरी। उसने धीमे शब्दों में अपनी मायूसी का राज़ खोला—"मन तो मेरा भी था तुम्हारे बच्चों की तरह अपने बच्चों को लुडलो कैसलवाले स्कूल में भर्ती कराऊँ पर बच्चे शुरू से ही ढाबे के काम में लग गए। हमें भी चार हाथ और मिल गए काम को। ढाबे पर काम बना ही रहता है। आटा-सब्जी,दाल बनाने से लेकर ग्राहक को खाना परोसना,बर्तन धोना, साफ-सफाई सैकड़ों झंझट हैं। यह बच्चे न होते तो काम कैसे चलता। अब इनकी जैसी भाग में लिखी थी हो गई।" राधा के चेहरे पर दुख साफ दिखने लगा। आयशा ने तुरन्त बात का सिरा अपनी बेटी से जोड़ दिया—"मेरी बहन फरीदा का बड़ा मन था मेरी आबिदा पढ़े। जानती है न वही बिहारी बिल्डिंग में रहती है फरीदा...बड़ी कोशिश की उसने आबिदा के लिए पर कहाँ पढ़ पाई। मेरा हाथ हमेशा तंग रहा। पति का सहारा था नहीं। उसे दारूबाज़ी से फुर्सत नहीं। वह तो मुझे खाना बनाने का काम मिल गया तो दो वक्त की दाल-रोटी चल रही है। कई बार रात को लौटती हूँ तो मेरी बच्ची रोटी सेंक रही होती है। बाप या तो पीने गया होता है या पीकर धुत्त पड़ा होता है। एक बार पूनम ने इसे सीधा भी करवाया थाने में पर कोई असर नहीं। बेटी नशे में चूर बाप को रोटी परोसती है तो खा जाता है बेशरम। मैं जानती हूँ आबिदा को मेरा हाथ बँटाने में कितनी खुशी मिलती है।" आयशा के जीवन का दुख अब तलक न कटा था अलबत्ता उसे इसकी आदत-सी हो गई थी। छोटे-छोटे हाथों से रोटी सेंकती आबिदा का चेहरा आयशा को सबसे सुन्दर लगता। वह भी अपनी माँ के चेहरे पर खुशी देखकर चहक उठती। उसकी बनाई रोटी आयशा को शीरमाल से कम नहीं लगती। बेटे करीम के पढ़ने से आयशा को काफ़ी उम्मीद थी कि उसके आज का सब्र कल की मिठास जरूर बनेगा।

नेचू और गुड़िया खुश थे कि उनका बेटा अमित अपने दोस्त नौमान के संग स्कूल में खुश है। अमित और नौमान रोज़ की तरह स्कूल पहुँचे पर आज चेहरे पर डर पुता था। पूरी क्लास में हरदिन की तरह नीचानी सर की करतूतों का जिक्र चल रहा था। कल ही उसने अमित और नौमान की कॉपी देखने की बात की थी। दोनों ने पूरा काम किया पर आज स्कूल आते समय दोनों की धड़कनें बढ़ी हुई थीं। असल में निचानी जब भी किसी की कॉपी जाँचता जान-

बूझकर सैकड़ों कमियाँ निकालता और अपनी कोहनी से लड़के के पेट में चोट करता हुआ उसकी खाल उँगलियों से इतनी तेज़ मरोड़ता कि लड़कों की चीख निकल जाती। अक्सर आधी छुट्टी के बाद गणित पढ़ानेवाले नीचानी सर की क्लास होती। बच्चे उसके डर के मारे आधी छुट्टी के बाद घंटे भर को गायब हो जाते। बाहर के बाज़ार में बेवजह घूमते या फिर पास के मैदान में क्रिकेट खेलने चले जाते। अमित और नौमान को आधी छुट्टी के बाद की चिन्ता सुबह से ही सताने लगी।

"अमित! आज खाल उधेड़कर रख देगा नीचानी।" नौमान ने आधी छुट्टी होने पर अमित को चेताया।

"यहाँ रुके रहे तो यही होगा। मार से बचने का एक ही रास्ता है कि आज हम भी और लड़कों के संग चलते हैं।" नौमान ने सुझाव दिया तो अमित ने हाथ आगे बढ़ाया नौमान ने उस पर हथेली बजाकर बात पक्की की। सुबह से चेहरे पर पुते डर का रंग कुछ फीका पड़ गया। आधी छुट्टी होते ही वे क्लास के आठ-दस लड़कों के साथ क्रिकेट ग्राउँड की तरफ बढ़ने लगे। ग्राउँड में पहुँचे तो आज कम आए लड़कों की वजह से टीम पूरी नहीं बनी। दूसरे, कल रात की ज़ोरदार बारिश से मैदान खेलने लायक नहीं था। ऐसे में एक लड़के ने हल बताया—"चलो आज वजीराबाद चलते हैं। वहाँ से नदी का नजारा आज कुछ और ही है। पानी ऐसी तेजी से भाग रहा है जैसे एक्सप्रेस ट्रेन।" सभी हाँ में हाँ मिलाते वहाँ पहुँच गए। एक ऊँचे टीले पर बैठकर नीचे बह रही यमुना देखते रहे। अमित और नौमान के लिए जान बची तो लाखों पाए का मौका था। दोनों की हँसी रोके नहीं रुक रही थी। तभी उन लड़कों में से एक ने कहा—"चलो बहुत हुआ दूर से देखना। दम है तो कूदो नदी में। क्या पानी है यार! देखकर ही करंट लग रहा है।" उसके ऐसा कहते ही कुछ लड़कों को जोश आ गया। कुछ हवा का रुख देखकर फैसला लेने के पक्ष में थे पर अमित और नौमान सबसे अलग रहे। उन्होंने इस फैसले से इंकार किया।

"क्यों बे! दम नहीं है तुम दोनों में? पुश्ते में रहकर यमुना से डर?" कहते हुए लड़के दोनों का मज़ाक उड़ाने लगे।

"क्या पिद्दी और क्या पिद्दी का शोरबा" क्लास के एक अन्य लड़के ने जैसे ही कहा तो सारे ठहाका लगाकर हँस पड़े। अमित और नौमान का मुँह ज़रा-सा हो गया जैसे दोनों के मन ने कहा कि इससे तो नीचानी की पिटाई ही झेल लेते।

"तैरना नहीं आता क्या?" एक लड़के ने छेड़ा।

“अबे! अब तू तैरना सिखाएगा, तेरे बाप को पहले से आता है।” अबकी बार नौमान का खून खौल गया। उसने अमित को भी तैयार कर लिया। सब लड़कों में जोश भर गया। जो अभी फैसला नहीं ले रहे थे वे भी तैयार हो गए। लड़कों ने झटपट स्कूल की वर्दी उतारी और कच्छे-बनियान में सब कूदने को तैयार हो गए। बरसात की वजह से नदी में पानी बहुत ज्यादा था। लगातार बारिश से मौसम में ठंडक थी। कपड़े उतारते ही नौमान के शरीर के रोंगटे खड़े हो गए पर अब पीछे हटने का सवाल नहीं था। पीछे हटना यानी नाक का कटना। अमित अब रंग में आ गया। वैसे भी अमित, नौमान से बढ़िया तैराक था। लड़कों ने एक के बाद एक कूदना शुरू किया। कोई पैर पेट में दबाकर छलाँग लगा रहा था तो कोई तेजी से चिल्लाता हुआ। पलक झपकते सब बच्चे पानी में उतर गए। नौमान ने महसूस किया कि पानी आज सामान्य से अधिक चंचल है। नदी उफान पर है और हवाएँ लहरों पर सवार। नीचे कूदते ही किनारा पार करके दूसरी तरफ जाने की होड़ लग गई। तेज़ पैर चलाते लड़के पानी को पछाड़ते आगे बढ़ रहे थे। बहाव ज्यादा देखकर कुछ डर भी गए। नौमान की हिम्मत टूट रही थी पर वह जैसे-तैसे आगे बढ़ रहा था। पानी तेज़ उछाल मार रहा था। नौमान के हाथ-पैर कमज़ोर पड़ने लगे। उसे तैरने में बहुत दम लगाना पड़ रहा था। उसने मदद के लिए अमित को देखा। अमित बहुत आगे दिखाई दिया। पास ही तैर रहे एक मजबूत काठी के लड़के ने नौमान को हाथ का सहारा दिया और उसे वापिस किनारे की तरफ ले चला। तभी अचानक कुछ लड़के अमित और एक दूसरे लड़के किशन का नाम लेकर चीखने लगे। पहले नौमान को लगा यह चीख अमित के पहले नम्बर पर आने की है लेकिन उसने ध्यान से सुना तो यह चीख भय की कोख से उपजी थी। लड़के बुरी तरह चीख रहे थे। नौमान ने देखा कि नदी के बीच के तेज़ बहाव में दो शरीर तेजी से बहे चले जा रहे हैं। एक बार अमित के दोनों हाथ ऊपर की ओर उठे फिर लगा जैसे पानी अपनी पूरी ताकत से उसे नीचे खींच ले गया। एकाध सेकेंड में ही दोनों लड़के आँख से ओझल हो गए। किनारे पहुँचकर नौमान ने अमित को चीख-चीखकर पुकारा। उसका दिमाग काम नहीं कर रहा था। उसने दूर तक दौड़कर आगे की ओर नदी की ढलान की तरफ जाकर देखा। वहाँ भी अमित नहीं मिला। ढलान की तरफ बहाव और भी तेज़ था। डर के मारे नौमान की आवाज़ काँपने लगी। गीले शरीर में जकड़न-सी महसूस हुई। उसकी आँखों से आँसू बह निकले। बाकी लड़के मामले की गम्भीरता समझकर वहाँ से भाग खड़े हुए। डरा हुआ नौमान देर तक वहीं बैठा रहा। उसके मन में सैकड़ों सवाल नाग की तरह फन

फैलाए थे और हर सवाल उसे डसने को तैयार था। अमित का कहीं कुछ पता नहीं चला। डरा हुआ नौमान देर से घर पहुँचा और बिना कुछ खाए-पिए चादर तानकर सो गया। अमीना को ज़रा भी शक नहीं हुआ।

देर से अमित की राह तक रही गुड़िया पहले तो घर के अन्दर-बाहर होती रही। जब देर अधिक हो गई तो गली का एक चक्कर लगाकर बाहर तक भी देख आई। बेटे के समय पर न आने की चिन्ता उसे होने लगी।

"आज लल्ला को बड़ी देर हो गई। इतनी देर तो आज तक न लगाई उसने?" सास ने परेशान होकर गुड़िया से कहा।

"मैं स्कूल जाकर देखकर आऊँ क्या?" अमित के दादा ने चारपाई से उठते हुए कहा।

"बाऊजी! मैं अमीना के जाती हूँ हो सकता है वहीं हो...नौमान के पास।" ससुर को रोकती गुड़िया, अमीना के घर की ओर तेजी से बढ़ गई।

"अमित यहाँ है क्या?" दरवाजे पर खड़ी गुड़िया कमरे को आँखें फाड़े देखने लगी।

"नहीं तो...नौमान...ए नौमान कब तलक सोएगा...अमित कहाँ है? देख चाची क्या पूछ रही है? तेरे संग नहीं आया क्या?" गुड़िया की चिन्ता देखकर अमीना एक झटके से उठी और सोए हुए नौमान को हाथ के धक्के से उठाने लगी। डरा हुआ नौमान सोने का नाटक कर रहा था। उसने हलके से कहा—"वह दूसरे लड़कों के साथ गया था...कहीं...मुझे नहीं मालूम।" नौमान ने चेहरे को चादर से नहीं निकाला। अब गुड़िया को और चिन्ता होने लगी।

"अरी! क्यों चिन्ता करती है। आ जाएगा। समझदार लड़का है। सबर कर...चल दोनों जनी चलकर देखते हैं।" अमीना तुरन्त गुड़िया के साथ चल दी। दोनों पुश्ते से बाहर सड़क पर आईं। देर तक देखती रहीं पर अमित कहीं नज़र नहीं आया। दिन ढलने लगा। गुड़िया की चिन्ता बढ़ती जा रही थी। सास-ससुर को चिन्ता से बचाती गुड़िया चिन्ता में पूरी तरह डूबी थी। उसके आगे बार-बार अमित का चेहरा घूम रहा था। इससे पहले अमित ने कभी इतनी देर नहीं लगाई थी। सैकड़ों बुरे ख्याल गुड़िया के दिमाग में दौड़ रहे थे। सुबह से गया नेचू दुकान बढ़ाकर घर लौटा तो उसने सारी बात बताई।

"तू चिन्ता मत कर मैं देखकर आता हूँ।" नेचू भी अमित के लिए परेशान हो उठा कि आखिर उसका सीधा-सादा अमित कहाँ रह गया। पानी पिए बिना ही वह बाहर निकला। बाहर बूँदा-बाँदी शुरू हो गई। नेचू को कुछ समझ नहीं

आ रहा था कि क्या करे। इतनी बड़े शहर में अमित को कहाँ ढूँढे। बाहर ही उसे रफीकुद्दीन मिल गया। अमीना, काम से लौटे रफीकुद्दीन को सारा माजरा बता चुकी थी। दोनों न जाने क्या सोचकर स्कूल तक हो आए। स्कूल में कोई नहीं मिला। निराश लौटे तो रफीकुद्दीन, नेचू को घर ले आया। नौमान अब भी सोने का नाटक कर रहा था। नेचू और अपने बाप की आहट और आवाज़ सुनकर उसकी साँसें तेज-तेज चलने लगीं।

"नौमान....उठ के बैठ ये कोई बखत है सोने का?" रफीकुद्दीन ने जोरदार डाँट लगाई तो नौमान चादर छोड़कर खड़ा हो गया।

"अमित अब तलक घर न पहुँचा। कौन-से लड़कों के संग गया था? तू जानता है उनके घर?" रफीकुद्दीन ने बेटे से डपटकर पूछा।

नौमान की जबान को लकवा मार गया। उससे कुछ कहते नहीं बना। चेहरा एकदम उतर गया। रफीकुद्दीन बाप था बेटे का चेहरा देखकर ही कुछ भाँप गया।

"बताता है कि बताऊँ तुझे।" उसने नौमान को आँखें दिखाईं और हाथ उठाकर उसकी तरफ बढ़ा। नेचू ने उसे बीच में ही रोक लिया और नौमान से प्यार से पूछा—"बता दे बेटा! किसी का पता मालूम हो तो...बहुत देर हो गई अमित को।" बाप के डर और नेचू के प्यार से नौमान रोने लगा। नेचू का कलेजा मुँह को आ गया।

"बता न नौमान कहाँ है मेरा अमित?" नेचू की आवाज़ में चिन्ता उफन रही थी।

"वह चाचा...अमित नदी में बह...कहीं खो गया।" हकलाते-रोते और डर से काँपते नौमान ने आधा-पूरा सच बता दिया। नेचू के पैरों तले जमीन खिसक गई। नौमान के सच बताने पर भी उसे भरोसा नहीं हुआ। रफीकुद्दीन और नौमान को लेकर उसने जल्दी पहुँचने के लिए बाहर से ऑटो किया और वजीराबाद पहुँच गया। आसपास देखा धुँधलका नदी में उतर आया था। नेचू भागता-दौड़ता किनारे पर खोजबीन करता रहा। चिल्ला-चिल्लाकर अमित को आवाज़ देता रहा। नौमान ने उसे वह जगह भी दिखा दी जहाँ उसने आखिरी बार अमित को देखा था। नदी इस समय एकदम शान्त थी। नेचू उस भयावह समय की कल्पना से थर्रा गया। नौमान ने वहाँ पहुँचकर दुर्घटना का एक-एक सच नेचू को बताया। नौमान, नेचू को उस टीले पर भी लेकर गया। टीले पर कुछ खोजते हुए एक पत्थर के नीचे अमित की स्कूल की वर्दी दबी थी। नेचू ने उसे देखा और पहचान लिया। इतनी देर से उसे नौमान की बताई जिस दुर्घटना का

भरोसा नहीं हो रहा था अमित के कपड़े देखकर उसे पहली बार महसूस हुआ कि अमित अब कभी घर नहीं लौटेगा। नेचू घुटनों के बल गीली जमीन पर बैठा रहा। हाथ में अमित के भीगे कपड़े थे जिन्हें बार-बार सीने से लगाकर नेचू रो रहा था। 'हे भगवान! मेरे अमित को वापिस बुला दे...एक बार बस एक बार'- कहते हुए अमित के कपड़ों को उसने ज़ोर से सीने में भींच लिया। मानो कपड़े न हों जीता-जागता अमित ही हो। नेचू का रोना आसमान का कलेजा चाक किए दे रहा था। नदी उसके दुख से बेपरवाह बह रही थी। रफीकुद्दीन ने इससे पहले नेचू को कभी एक आँसू गिराते नहीं देखा था। वह खुद भी घबराया हुआ था पर उसने हिम्मत बाँधे रखी। चौकी पर जाकर यह खबर दी। वहाँ इंचार्ज ने सर्च टीम लगाए जाने की बात तो कही पर साथ ही यह भी कहा कि बहुत देर हो जाने से अब उम्मीद बेहद कम है।

संजय अमर कॉलोनी में नेचू के लौटने के बाद एक मातम-सा छा गया। गुड़िया ने जब नेचू को रफीकुद्दीन के सहारे आते देखा तो उसे अपना पति कोई और ही आदमी लगा। बेजान पाँवों से नेचू सहारा लेकर घर में अपनी देह को धकेल रहा था। उसका मन बहुत पीछे उस टीले पर ही छूट गया था। गुड़िया उसके हाथ में अमित के कपड़े देखकर चीखने लगी। नेचू के माँ-पिता ने पीड़ा की आहट भाँप ली। बड़ी मुश्किल और हिम्मत से रफीकुद्दीन सच बता पाया। पास-पड़ोसी जिसने भी सुना सब नेचू के घर के बाहर खड़े होकर दुख में शामिल होने पहुँच गए। नेचू की माँ और बाऊजी बार-बार नेचू से लिपटकर रो रहे थे पर नेचू शून्य में देखता रहा। हमेशा बकझक करनेवाले नेचू की जुबान को जैसे लकवा मार गया। कुछ देर पहले का रोता-बिलखता नेचू अब गुड़िया में पूरा उतर आया। नेचू ने आँख उठाकर गुड़िया को देखा वह रोती रही पर नेचू कुछ नहीं बोला। जिस गुड़िया के एक आँसू पर नेचू दिलोजान न्यौछावर कर देता था उस गुड़िया को अपनी सूनी आँखों से रोते-चीखते देखता ही रहा। सारे दृश्यों से परे नेचू ने देखा पानी में बह रहा अमित खुद को बचाने के लिए 'पापा-पापा' चिल्ला रहा था। खतरे से बचने के लिए हाथ-पैर मार रहा था। नेचू एक हाथ बढ़ाकर अमित को बचा लेना चाहता था पर उसके हाथ बढ़ाते ही अमित कहीं गायब हो गया। नेचू को एक ही बात खाए जा रही थी कि क्यों नेचू, अमित के करीब नहीं था? क्यों अमित आज वहाँ गया? क्या मौत ही उसे बुलावा देकर वहाँ खींचकर ले गई? नेचू जितना सोचता उसके सीने में एक तेज़ चाकू भोंक देने जैसा दर्द उठता जाता। वह गुड़िया को, माँ-बाऊजी को समझाना चाहता था पर जैसे सारे शब्द उसे झूठे और खोखले लग रहे थे।

रह-रहकर सिसकता। हताशा में सब रो रहे थे। अचानक नेचू उठा और सामने पड़े बिस्तर पर लेट गया। बिस्तर के पास ही दीवार पर उसकी, गुड़िया और अमित की तस्वीर लगी थी। तीनों लोगों की अलग-अलग खिंचवाई तस्वीरों को अमित ने अपने सोने की जगह के पासवाली दीवार पर एक साथ चिपका दिया था। नेचू भीगी आँखों से उसे देर तक देखता रहा। उसके बाद उसने बड़े प्यार से अमित की तस्वीर पर हाथ फेरा। उसके बालों,चेहरे और सीने को सहलाया। इसके बाद उसने आँख ऊपर उठाई। कमरे में गुड़िया की लगाई भगवानों की फोटो की तरफ देखा। उन तस्वीरों से बुदबुदाकर न जाने क्या कहता रहा फिर तेज आवाज़ में शिकायत करता हुआ बोला—"भगवान! यह तुमने मेरे साथ ठीक नहीं किया।" नेचू 'अमित-अमित' कहकर रोने।

अगले दिन अखबार के चौथे पन्ने के एक कोने में अमित और उसके परिवार पर टूटा कहर कुछ पंक्तियों की खबर बनकर रह गया। जमुना के बहाव में दो बच्चे डूबकर मरे—यह खबर बच्चों की मौत पर कोई संवेदना भले न खींच पाई पर सम्भ्रात वर्ग द्वारा निम्नवर्ग की कमियाँ गिनानेवाले पिटारे में कुछ और इज़ाफा ज़रूर कर गई।

❄

साल दो हज़ार तीन खत्म होने को था। साल का आखिरी महीना चल रहा था। कुछ दिन बाद नया साल आनेवाला था पर पुश्ते में दिन,तारीख,साल सब अधिकांश एक-से ही रहते। पुश्ते में सुबह रोज़ की तरह अपनी गति से उतरी और भागने लगी। सुबह-सुबह कितने दिहाड़ी मजदूर ठंड में नहा-धोकर अपने काम पर जाने से पहले घर के काम निबटाने में लगे थे। रँगाई-पुताईवालों को जल्दी निकलकर बाज़ार में अपनी बारी के लिए बैठना था। ढाबेवालों को पूरे दिन भट्ठी जलाए रखकर सबकी भूख का इन्तज़ाम करना था। उनकी भट्ठी सुलगने लगी। गलियों में धुआँ उठने लगा। दुकानें शुरू करने से पहले झाड़ू लगाई जाने लगी। पास ही चाय के खोखों में स्टोव जल चुके थे। भगोने में चाय खौलने लगी। उसका धुआँ और गन्ध माहौल में हरकत भरने लगे। सर्दी में चाय और मट्ठी-फैन की बहार रहती। कितने बड़े-बच्चों का नाश्ता यहीं हो जाता और दोपहर में कभी-कभार एक-दो रुपया हो तो ढाबे की एक रोटी पर गर्मागर्म सब्जी से बच्चों का पेट भर जाता। गलियों में मरम्मत की छोटी-मोटी दुकानों के पल्ले खुल गए। लकड़ी के कुछ कारीगर अपनी साइकिलों पर खाने का

डिब्बा बाँधकर साइट पर पहुँचने की हड़बड़ी में थे। बहुत-सी औरतें तो सुबह ही घरों के काम के लिए निकल भी चुकी थीं। भले उनके घर का चूल्हा न जले पर साहब लोगों को सुबह की चाय समय से देनी जरूरी थी। राजमिस्त्री और बेलदार भी अपने-अपने फट्टी-करनी का थैला सँभाले साहुल आदि जाँचते बढ़ रहे थे। कबाड़ीवाले रोज़ की तरह काम फैलाए थे। कम्पनियों में जानेवाले बड़े बोरे भरने में उनके दिन का बड़ा हिस्सा लग जाता। कूड़े की छँटाई के बाद अब कम्पनियों में प्लास्टिक गलाए जानेवाले बोरे तैयार होने लगे। वहाँ अजीब चिल्ल-पों मची थी। प्लास्टिकवाले अपने काभ में लगे थे तो लोहेवाले अपने में। इधर ढोलकवालों का हर दिन नया राग। कुछ तो सुबह उठने के साथ ही ढोलक की थाप और उसे सुधारने-बनाने के काम के बाद बेचने के लिए निकल पड़ते। रिक्शे और ऑटोवालों को दम मारने की फुर्सत न थी। ऑटोवाले अपने ऑटो चमका रहे थे। सारे दिन शहर की धूल फाँकता ऑटो सुबह शान से रौब जमाता निकलता। ठेलेवाले अपने ठेले और सामान की जाँच-परख करते दिन भर के कामों की फेहरिस्त दिमाग में बना चुके थे। स्कूल बन्द होने की वजह से कुछ बच्चे सुबह से ही गलियों में खेलने के लिए दौड़ लगाने लगे तो कुछ ठंड से रजाई-कम्बल में दुबके पड़े थे। कुछ बच्चे उठते ही माँ-पिता के साथ हाथ बँटाने में लग गए। सब्जीवाले, ब्रेड-बिस्किट वाले, ढाबेवालों के बच्चे उनके बड़े मददगार थे। इन सबसे परे कोई थाली में लोटा-फूल सजाए मन्दिर जा रहा था। कामों का भरा-पूरा संसार सामने बिखरा था। घरों में दूध की दरकार होने पर कोई पास की डेयरी तक दूध का ढोल लिए भगा जा रहा था। ग्राहक के बाल काट रहे नाई ने दूसरी तरफ की मीट की दुकान में माल चढ़ने की पूरी कहानी अपने आईने से ही जान ली।

व्यस्तताओं से परे एक संसार हमेशा ठहरा रहता है। वहाँ किसी काम की न कोई हड़बड़ी होती है न कुछ छूट जाने का दुख। सुख-दुख से परे यह संसार अपनी लम्बी फुर्सत का आदी होता है। रामपाल प्रधान का बाप हरगोविन्द पुश्ते में सबसे बड़ी उम्र का बुजुर्ग था। वह राजस्थान में जैसलमेर के पास के किसी गाँव का रहनेवाला था। इस परिवार के पुरखे और हरगोविन्द भी आज़ादी के आन्दोलन में भागीदार रहा था। रामपाल और हरगोविन्द इस कारण हमेशा से अपने परिवार को पुश्ते में सबसे अलग और खास मानते थे। सुबह की सारी भागदौड़ से परे हरगोविन्द देर से उठा और आदत मुताबिक अखबार लेकर नुक्कड़वाली चाय की दुकान पर चला गया। रोज़ वहाँ उस जैसे दो-चार लोग मिल ही जाते थे। सलाम-दुआ के बाद उसने चाय का गिलास लेकर अखबार

बाँचना शुरू किया। उनके अन्दाज़ से परिचित लोग खबरों को न सिर्फ सुन रहे थे बल्कि हर खबर पर अपनी राय जाहिर करने से भी नहीं चूक रहे थे। अपनी रौ में बहता हरगोविन्द अचानक रुक गया तो किसी ने उसे चेताया—"क्या बात है बाबा! आज तुम्हारा खबरिया चैनल बड़ी जल्दी बन्द हो गया।" बाकी खड़े लोगों के चेहरे पर हँसी दौड़ गई पर हरगोविन्द वैसा ही चुप रहा। उसकी दो मिनिट की चुप्पी सबको खल गई। एक लम्बी साँस लेकर उसने अपनी चुप्पी तोड़ी—"बड़ी बुरी खबर छपी है... भाई लोगों पुश्ता अब नहीं बचेगा। इसे गिराए जाने की खबर छपी है।" एक पल को पूरी दुकान में सुई पटक सन्नाटा छा गया।

"अरे! जाओ ऐसी खबरें न जाने कितनी आईं कितनी गईं पर पुश्ता जहाँ था वहाँ रहा।" माहौल में फैल रहे खौफ के पर कतरते हुए दुकानदार ने कहा।

"और नहीं तो क्या...क्या बाबा तुमने तो सुबह-सुबह चंडूखाने की हाँक दी।" एक अन्य ग्राहक ने दुकानदार की हाँ में हाँ मिलाई।

"अखबार पढ़के देख ले,क्या लिखा है?" हरगोविन्द ने गम्भीरता से कहा।

"परे हटाओ अखबार को बाबा! कितने सालों से हर बार ऐसी खबरें छपती ही रही हैं पर होता-हवाता कुछ नहीं। थोड़े दिन हल्ला होता है फिर सब पहले जैसा हो जाता है। कुछ महीने पहले भी तो कोरट का फैसला आया था। कुछ हुआ उसका?" दुकानदार अपनी दलील देने से नहीं चूका।

"तूने बात तो सही से सुनी नहीं। इस बार मुझे कुछ ठीक नहीं लग रहा। इस खबर के साथ दो बातें और जुड़ी हैं। पिछले साल नहीं उठा था केस वजीरपुर वाला...तब भी हाई कोरट ने वजीरपुर बर्तन निर्माता संघवाले प्रदूषण मामले में यमुना पुश्ता को गिराने का आदेश दिया था।" हरगोविन्द की आवाज़ और गम्भीर हो गई। आसपास पुश्ते से जुड़ी खबर पाकर कुछ और लोग भी चले आए। मुनमुन का बेटा जुबैर भी वहाँ आ गया था उसने सुनते ही हरगोविन्द की बात का समर्थन किया—"सही कह रहे हैं बाबा! वह दो हजार दो का फैसला था। केस में माँग तो औद्योगिक क्षेत्र से झुग्गी हटाने की थी पर पता नहीं क्यों कोर्ट ने उसमें पुश्ता को भी जोड़ दिया। भले उसके बाद आठ महीने तक कुछ नहीं हुआ पर अब यह खबर यूँ ही नहीं आई है। अब जो भी होगा उसमें यह सब पुरानी बातें आग में घी का काम करेंगी।" जुबैर की बात सुनकर एक बार फिर लम्बी खामोशी छा गई। दुकानदार किसी भी तरह पीछे नहीं, हटा। उसने बात की काट की—"अरे जाओ! हर बार चुनाव में और बेचुनाव में भी कितने

नेता आए सबने कही कि नहीं चाहे कुछ हो जाए पुश्ता नहीं उठेगा। तीसियों साल हो गए सुनते-सुनते—पुश्ता उठेगा, पुश्ता उठेगा। अब तो कान भी पक गए पर कुछ नहीं हुआ और कुछ हुआ भी तो कोई न कोई तोड़ निकल ही आएगा। निसाखातिर रहो सब जने। काम पर निकलो जान मत खाओ।"

"बात तेरी अकेली जान की है क्या?" हरगोविन्द ने उसे आँखें तरेरकर देखा।

"दो हजार दो के बाद इस साल की शुरुआत में होली से पहले की बात है जब प्रदूषण को लेकर एक और आर्डर आया था हाई कोर्ट का। उसे भूल गए?" जुबैर ने दुकानदार की बात से राहत महसूस कर रहे लोगों को चेताया।

"सही कह रहा है लड़का। हाई कोरट के उस ऑर्डर में प्रदूषण का जिम्मेदार पुश्ते को माना गया था और कोरट ने इससे जुड़े अधिकारियों और सरकार को निर्देश दिया था कि वे सभी झुग्गियाँ हटाएँ। दो हजार एक के मास्टर प्लान की बात भी तो थी कुछ।" इस बार हरगोविन्द ने जाँघ पर हथेली मारते हुए कहा।

"बाबा! सिर्फ झुग्गियाँ नहीं मन्दिर-मस्जिद-गुरुद्वारा सभी को हटाने की बात थी उसमें।" जुबैर ने जोड़ा।

"यह कभी हो सकता है भला कि मन्दिर-मस्जिद भी तोड़े जाएँ। आदमी को तो फिर भी निकाला जा सकता है भगवान को कौन हाथ लगाएगा? यह कोई नहीं होने देगा। देख लेना।" दुकानदार हर चिन्ता से बेफिक्र था पर कुछ लोगों का भरोसा हिल गया। उन्होंने हरगोविन्द से अखबार लेकर पढ़ा। खबर की सपाटबयानी में ऐसा कुछ जरूर था कि उनके चेहरों की रंगत पहले सी नहीं रही।

"अब तो अल्लाह मालिक है।" भीड़ में से किसी ने कहा।

"जैसी जो भाग में लिखी है, होगा। कौन मेट सकता है लकीरों को।" एक और स्वर गूँजा।

"जो सबके साथ वह हमारे साथ।" निराशा में लिपटा एक अन्य स्वर भी फुसफुसाया।

"पागल हो गए तुम सब जने। अंधेर नहीं मचा है कोई यूँ मिटा देगा पुश्ता। सुबह से मनहूसियत फैला के रख दी सालों ने। चलो जाओ यहाँ से आगे बढ़ो। अपने-अपने काम में लगो।" दुकानदार अभी भी अपनी बात पर टिका रहा। कुछ लोगों को उसकी बात में दम भी लगा। फिर भी एक चिन्ता पूरे माहौल में

फैल गई। डर के बादलों के बीच घर के चूल्हे का सवाल सबसे बड़ा था। धीरे-धीरे लोग दुकान से हटे और सुबह की भागमभाग में कहीं खो गए। हरगोविन्द अखबार को बगल में दबाए अपने घर की ओर बढ़ गया। अखबार का पहला पेज आनेवाले चुनावों के हवा में उछल रहे नारों का पोस्टर बनकर इंडिया शाइनिंग के रूप में भारत की नई आर्थिक उम्मीद के उदय की गाथा गा रहा था।

संघर्ष

दुनिया में मुट्ठी भर लोग ही होंगे जो आनेवाले कल और दूसरों की दुनिया को बेहतर करने के लिए संघर्ष की ज़रूरत को नहीं समझते। कई बार ऐसे लोग ही दुनिया चला भी रहे होते हैं जिनके विचार के दायरे में संघर्ष का सच नहीं होता। लेकिन अधिकांश की दुनिया को संघर्ष रचते हैं और यह संघर्ष इंसान की जद्दोजहद, उसकी जिजीविषा की सबसे पुख्ता निशानी हैं। दुनिया की तबाही के रास्ते पर भी कुछ नया सृजित किए जाने की आदिम भूख। सब कुछ के अन्त के बाद भी एक नई शुरुआत का माद्दा। दुनिया को दुनिया बनानेवाला रास्ता अनेक संघर्षों से भरा है। यह रास्ता उस रवायत का प्रबल विरोधी है जिसमें जो जैसा चला आ रहा है का सहज स्वीकार्य है। संघर्ष से परे की दुनिया जीत के जश्न में डूब चुकी है पर संघर्ष के रास्ते जीत की परवाह नहीं करते और हार उनके शब्दकोश का हिस्सा नहीं होती। जीवन पल-पल उनकी परीक्षा लेता है। असफलताएँ उन्हें हताश करती हैं। ठोकरें उन्हें गतिहीन करती हैं। ताकत उनकी सारी सक्रियता,ऊर्जा हर लेती है पर वे फिर फीनिक्स पक्षी की तरह अपनी ही राख से उठ खड़े होते हैं। न सिर्फ खड़े होते हैं बल्कि लड़खड़ाते कदमों से पास गिरे आदमी को सहारा देकर उठाते हैं और फिर निकल पड़ते हैं जीवन की राहों पर संघर्ष की रोशनी के साथ। जीत के लिए नहीं हारे हुए लोगों का साथी बनकर।

अमित के जाने के बाद से पूनम, सूरज कई महीनों से लगातार नेचू के घर आ रहे थे। गुड़िया और नेचू के माँ-बाऊजी अमित के दुख से नहीं उबरे थे ऊपर से नेचू का दुख उन्हें खाए जा रहा था। नेचू को पहचान पाना मुश्किल था। हँसी जो उसके चेहरे पर खिलकर जवान होती थी असमय बूढ़ी हो चली। जिसकी चुस्ती और मुस्तैदी के आगे लोग पानी भरते थे आज वह एक अजान खोह में गायब हो चुकी थीं। अपनी दुकान से जिसकी यारी थी वह दुकान दो-तीन दिन

उसकी राह तकती और उसके आने पर भी उसे जो दिखता वह नेचू कहाँ रह गया था। एक जीता-जागता आदमी मशीन बनकर परिवार पालने को ज़िन्दा था। जिसकी जुबान बोलते थकती न थी अब उसके शब्द केवल दुकान पर सुने जा सकते थे। दुकान के बाद नेचू के पास शब्दों को बोले जाने की मजबूरी भी नहीं बचती। जीवन की कोई उमंग, कोई खुशी, कोई गीत, कोई उम्मीद उसके तरकश में बाकी नहीं थी जिससे वह ज़िन्दगी की लड़ाई लड़कर जीत सके। गुड़िया कितनी बार बिहारी बिल्डिंग जाकर पूनम-सूरज से अपना दुख हलका कर आई थी। पिछले कुछ दिनों से तो हालत और भी खराब हो गई। जिस गुड़िया को नेचू ने कभी ज़मीन पर पैर नहीं रखने दिए उस गुड़िया ने परिवार की गाड़ी हाँकने के लिए पूनम का दरवाज़ा खटखटकाया। पूनम ने जैसे-तैसे उसे बर्तन-सफाई का काम दिलवाया। गुड़िया को काम पर जाता देखकर भी नेचू बेअसर रहा। गुड़िया को काम से कोई परेशानी नहीं थी उसकी आस थी बस नेचू में पहलेवाला नेचू उतर आए। मरे हुए बच्चे की याद से ज्यादा भारी कष्ट जीते जी रोज़ नेचू को कुछ-कुछ मरते देखने का था। गुड़िया ही पूनम से कह आई थी कि जब भी समय मिले वह घर आए और नेचू से अमित के बारे में खूब बातें करे। नेचू कभी भी अमित से जुड़ी कोई बात नहीं करता था और अक्सर ऐसा करनेवालों के बीच से उठकर कहीं चला जाता। अपने दुख की गठरी को वह सबसे छिपाकर रखना चाहता था। उसके मन में चल रही भारी उथल-पुथल को गुड़िया समझती थी। गुड़िया, नेचू के चेहरे से उसके मन का हाल पढ़ने की अभ्यस्त होती चली जा रही थी। आज नेचू फिर दुकान पर नहीं गया। लालकिले की उसकी दुकान की खाली जगह देखकर कितने दुकानदारों की निगाह उस पर लग गई।

"नेचू! आज फिर काम से छुट्टी? भाई जीवन और काम पर लौट आ नहीं तो हड्डियों में जंग लग जाएगा, फिर बैठे रहना हाथ पर हाथ धरे।" सूरज ने पुश्ते में आकर नेचू को उकसाया। पुराना नेचू होता तो अभी कहता—"अबे! जा मेरी हड्डियाँ और जंग? तू बूढ़ा हो जाएगा यह नेचू जवान आया था जवान जाएगा दुनिया से। लिख के रखवा ले।" सूरज, नेचू का चेहरा ताकता रहा। घड़ियाँ गिनता रहा कि वह अब बोल उठेगा पर नेचू का चेहरा बेहरकत रहा और जबान, बेजबान। समय जब घड़ी की सुई से लम्बा और भयावह होने लगा तो पूनम ने बात का सिरा सँभाला—

"भइया! जब भी यहाँ आती हूँ अमित की बहुत याद आती है..." पूनम, गुड़िया समेत सभी की आँखें नेचू पर टिकी थीं। अमित का नाम सुनकर नेचू के

गाल फड़के। नेचू अचानक उठकर बाहर जाने को हुआ तो सूरज ने हाथ पकड़ लिया—"भाई! दो घड़ी हमारे पास भी बैठ ले। सुन तो ले पूनम क्या बता रही है। तेरे सीने में जो आग है शायद कुछ ठंडी पड़ जाए।" बेमन से ही सही नेचू बैठ गया। उसने देखा नेचू के चेहरे की सारी चमक उसकी आँखों के नीचे पड़े काले धब्बों ने खींच ली है। उसके माथे पर इतनी शिकन सूरज ने पहले कभी नहीं देखी थी। कभी ऐसा लगता जैसे नेचू अभी अमित के किस्सों की झड़ी लगा देगा पर उसके भीतर एक तेज़ चीख, एक अनसुनी प्रार्थना अब मौन में बदल चुकी थी। पूनम ने नेचू के सीने पर रखे भारी पत्थर को पहचान लिया। इस सख्त पत्थर को अमित की याद ही कोमल बना सकती थी। वह याद जिससे नेचू हरदम दूर भाग रहा था। पूनम ने उस पत्थर को पिघलाना शुरू किया-

"नेचू भइया! जानते हो अमित शुरू से ही बहुत होनहार था। मैंने तो पूत के पाँव पालने में ही देख लिए थे। छोटा-सा आया था मेरे स्कूल में अक्सर देखती अकेले में उसने अपने ही खेल बना रखे थे। एक बार तो देर तक छिपकर देखा मैंने। खाली पड़े तम्बू में अमित जाने क्या कर रहा है। वह अपना एक हाथ उछालता और देर तक उसकी हथेली मुट्ठी बनी ऊपर ही रहती फिर धीरे-धीरे कदम बढ़ाता, सिर हिलाता किसी जगह पहुँचता और फिर कुछ उछालता। कदम जितने ज्यादा होते वहाँ पहुँचकर जैसे खुद को शाबाशी देता। उसके इस खेल का वही अकेला संगी था। खुद ही खेलता और खुद ही खुश होकर दूसरों से बतिया लेता। पता है क्या खेल रहा था अमित?" पूनम ने अमित से जुड़ा एक दिलचस्प किस्सा छेड़ दिया। नेचू हरकत में आ जाए इसलिए सब उसे उकसाते पूछने लगे--"बताओ न पूनम बताओ' पूनम की आँखें नेचू पर टिकी थीं। वह हाथों के घेरे में पैर सिकोड़े गर्दन नीची किए न जाने क्या सोच रहा था।

"अबे! पूछ न क्या खेल रहा था। मिट्टी का माधो बना रहेगा क्या?" सूरज ने उसे कोहनी मारी। नेचू ने सिर उठाया। पूनम के लिए इतना ही काफ़ी था। उसने तुरन्त नेचू की आँखों को अपनी बात के दायरे से बाहर जाने से रोका-

"भइया! मुझे देर में समझ में आया कि वह अकेले बिना गिल्ली-डंडे के ही खेल बनाकर खेल रहा था। दो कदम आगे बढ़ता। गिल्ली को देखता फिर एक कदम पीछे जाकर एक पैर आगे लाते हुए गिल्ली पर डंडे का वार करता। गिल्ली दूर जाती और वह वहाँ तक जाकर देखता। अकेले ही अपनी पीठ ठोकता। कभी-कभी दूसरा लड़का बनकर गिल्ली कैच भी कर लेता और कोहनियाँ मोड़कर हो-हो करके बिना आवाज के हँसता। अमित ऐसे न जाने

कितने खेल अकेला खेल लेता था।" गुड़िया ने बड़ी मुश्किल से अपनी रुलाई दबाई पर नेचू, पूनम को देर तक देखता रहा फिर अचानक बहुत दिन बाद बहुत तेजी से रोने लगा। उसके रोने में उसका दर्द रिस-रिसकर बह रहा था। जिस दिन अमित गया था उस दिन के बाद से लेकर आज नेचू को रोते देखकर गुड़िया भी रो पड़ी।

"अच्छा है यार! रो ले। जी भरकर। कलेजे की भाप निकल जाएगी वरना दिल फफोलों से भर जाता है। भाई! बहुत हो गया, अब तू लौट आ।" सूरज ने नेचू को थामते हुए सहारा दिया। पूनम ने ज्योति को नेचू की गोद में बिठा दिया। ज्योति, नेचू की लाडली थी। उसने धीरे से ज्योति के सिर पर हाथ फेरा और थोड़ी देर बाद बिना कुछ कहे बाहर निकल गया। सब देखते रहे और नेचू तेजी से आगे बढ़ा जा रहा था।

पूरी दुनिया में जिससे पूछो उसके पास दुख की कहानियाँ थीं। जिसे प्यार से सहला भर लो वही सहारे को सिसक उठे। नेचू का दुख उनमें शामिल तो था पर नेचू का दुख इतना बड़ा हो चला था कि उसे इसके आगे न कुछ दिखाई देता न कुछ सुनाई देता। घर से निकलकर नेचू सीधा यमुना के किनारे की तरफ गया। पुश्ते से दूर इस जगह पानी अधिक था। सर्दी पूरे जोरों पर थी पर नेचू सर्दी-गर्मी से भी परे जा चुका था। उसने यमुना में झाँककर देखा। पानी बहता हुआ दिखा। वह पानी के नज़दीक चलता जा रहा था। पानी के किनारे नदी का चौड़ा पाट दिख रहा था। नेचू ने पानी में देखा। देर तक देखता रहा। अचानक उसकी यादों की रील कई बरस पहले की तरफ मुड़ गई। अमित का जन्म हुआ ही था। बदायूँ से माँ-बाऊजी और नाते-रिश्तेदार आए थे। उस दिन किराए का जरा-सा घर दुनिया की सबसे खूबसूरत जगह बन गया था। नेचू के पाँव जमीन पर नहीं पड़ रहे थे। बार-बार दौड़ा-छूटा अमित के पास चला आता उसे चूमता और निहारता। तभी याद आया घर में गीत गाए जा रहे हैं। हँसी-ठट्ठा हो रहा है। सजी-धजी गुड़िया, रानी-सी सबसे सुन्दर दिख रही है। कनखियों से नेचू को देखती और नेचू के प्यार से देखने भर से लजाकर सिर झुकाकर हँसने लगती। नेचू ने पानी में देखा एक तेज़ लहर के साथ सारी यादें बह गईं। वहाँ अकेला नेचू था। शोर नहीं सन्नाटा था। नेचू ने एक कदम आगे बढ़ाया खादर की इस धरती के किनारे रेत फैली थी। आसपास कई झाड़-झंखाड़ बेतरतीब उगे थे। नेचू ने एक बार फिर पानी में देखा। इस बार चार-पाँच साल का अमित दोनों बाहें फैलाए गोद लेने की जिद कर रहा था। अमित का चेहरा बड़ा होते-होते पूरी लहरों पर छा गया। नेचू उसे गोद में लेकर चूमना चाहता था। चेहरा गायब हो

गया। नेचू का दूसरा कदम उठकर आगे को आया। उसके पैर का तलवा पानी से छू गया। नेचू होश में नहीं था उसने अगला पैर उठाया ही था कि अचानक आँखों के सामने अमित को गोद में लिए गुड़िया दिखाई दी। कुछ कदमों की दूरी और नेचू उन दोनों के पास ही जाता कि अचानक उसने देखा गुड़िया बहुत तेजी से रो रही है। छोटा-सा अमित लहरों में बहा जा रहा है। गुड़िया उसे पुकार रही है। नेचू आगे बढ़ने को था कि गुड़िया के रोने की आवाज़ करीब और करीब आती हुई जान पड़ी। उसने देखा गुड़िया भी पानी में बही जा रही है।

नेचू को एक तेज़ झटका लगा। उसका सारा शरीर उत्तेजना में काँपने लगा। उसे तेज़ चक्कर आया। बड़ी मुश्किल से खुद को सँभालकर दो कदम पीछे आया। उसका हलक बुरी तरह सूख रहा था। आँखें डबडबाने से धुँधली पड़ रही थीं। पैरों के नीचे अब फिर रेत थी। नेचू कुछ देर खड़ा रहा। ज़िन्दगी अतीत का हिस्सा होकर नदी में उतर आई। नेचू उसे देखता रहा फिर अचानक हिम्मत करके नीचे झुका। किसी तरह अपनी दोनों हथेलियों में उसने रेत भरी और किनारे पर आया। उसने हथेलियों में भरी रेत को धीरे-धीरे नदी में उलीच दिया और आसमान की तरफ सिर उठाकर देखा। शाम को पंछी अपने ठिकानों पर लौट रहे थे। आसमान आवाज़ों से भरा था। नेचू घर लौट चला। घर आकर उसने देखा गुड़िया उसके इन्तज़ार में बैठी है। नेचू ने बहुत दिनों के बाद गुड़िया के चेहरे की तरफ देखा और कहा—"तूने सुबह से कुछ खाया गुड़िया?" गुड़िया को नेचू की आवाज़ किसी दूसरी दुनिया से उसकी दुनिया तक आती हुई जान पड़ी।

❄

सुगन्धा की आँखों से आज नींद बहुत दूर थी। कमरे में लैम्प की हल्की-सी रोशनी बिखरी थी। पर्स दूसरे सोफे पर पड़ा था और सैंडिल बेख्याली में एक पर एक चढ़े थे। कई दिन से भागदौड़ कर रही सुगन्धा आज थकान से चूर-चूर थी। थकान की नीम बेहोशी में उसकी आँखों के सामने यश सिन्हा का चेहरा घूम गया। वह यश सिन्हा जो अब बेटे अनीश की शादी पक्की करके बहुत खुश था जैसे पिता का फर्ज़ निभाकर उसने कोई बाज़ी जीत ली। यश सिन्हा ने एक बार भी अनीश की माँ सुगन्धा से इस विषय में कुछ नहीं पूछा। सुगन्धा ने करवट बदली तो अब अनीश का चेहरा सामने आ गया। अनीश ने भी अपनी शादी के सिलसिले में सुगन्धा से कोई बात नहीं की। यह ज़रूर कहा था कि

शादी के बाद वह किसी नई जगह पर रहेगा। सुगन्धा ने अपना हाथ माथे पर रखा। इतने वर्षों में सुगन्धा वैसे भी अकेली ही रहती आई थी। अनीश साथ रहते हुए भी साथ कहाँ था। सुगन्धा ने अनीश के ख्याल को खुद से मुक्त किया लेकिन परेशानी ने उसका पीछा नहीं छोड़ा। शारीरिक थकान की आदी सुगन्धा को मानसिक थकान परेशान कर रही थी। थके हुए शरीर को उसने सोफे पर निढाल छोड़ दिया। वह सीधी लेट गई और सोचने लगी कि परवेज़ के केस को कितने साल बीत गए। केस से जुड़े सभी इकतीस बेगुनाह लोगों को न्याय दिलवाने की जी तोड़ कोशिश में सुगन्धा ने कभी वक्त की परवाह नहीं की। पूरा जोखिम उठाकर पूनम भी उसके साथ रही। जब,जहाँ,जैसी सुगन्धा को ज़रूरत हुई पूनम कभी पीछे नहीं हटी। न पीछे हटा उसका हौसला। अनेक बार सुगन्धा के दिल्ली से बाहर होने पर भी पूनम केस की सुनवाई में शामिल रही। यही क्यों टूटती-बिखरती मुनमुन को भी पूनम ने कभी हार नहीं मानने दी। सूरज सीधे तौर पर केस में शामिल था तब भी पूनम लगातार उसकी हिम्मत बँधाती रही। पूनम हर सुनवाई को एक-एक सीढ़ी समझकर बिना हाँफे चढ़ती गई। इतने लम्बे केस सुगन्धा ने पहले भी देखे थे। उनमें गवाहों का बयानों से पलट जाना भी देखा और जिन पर अन्याय हुआ उन्हें अनेक बार हारते हुए भी देखा था। इस केस में भी बीते वर्षों में कितने जज बदल गए। हर बार लगता कि फैसला चन्द कदमों की दूरी पर है पर जैसे ही चन्द कदम पार होते बीच में फिर एक दरिया खड़ा हो जाता। सुगन्धा सुबह का इन्तज़ार करते हुए सोचने लगी कि इस समय वही नहीं पुश्ते के उनत्तीस घर और बिहारी बिल्डिंग में सूरज और रशीद के घरों में भी कल सुबह के इन्तज़ार में लोग जागे होंगे। आसमान ताकते वे सभी अँधेरे के विस्तार में उम्मीद के तारों को ढूँढ रहे होंगे। आज सुबह काम पर आई मुनमुन भी न जाने कितनी बार सुगन्धा का हाथ थामे आँखों से एक ही सवाल पूछे जा रही थी—"कल क्या होगा दीदी? परवेज़ तो गया अब क्या सलीम और जुबैर भी..." आँखों से व्यक्त मुनमुन के सवालों में जाहिर होते भय की शक्ल को सुगन्धा ने बखूबी पढ़ा। सुगन्धा ने मुनमुन के हाथ को अपने हाथ में लिया और उसे गले से लगाकर हौसला दिया। इस शाम घर में अकेली सुगन्धा सोच रही थी कि आखिर उसे हौसला देनेवाली हथेली कहाँ है? न्याय के दरवाजे से कितने लोगों को नाउम्मीद निकलते उसने खुद देखा था। आनेवाला सूरज वाकई सवेरा लाएगा या एक और रात लिख जाएगा-कोई नहीं जानता था।

अगले दिन कोर्ट के बाहर भारी हलचल थी। हेमन्त एहलावत के साथ सुगन्धा सही समय से पहुँच गई। उनके आने से पहले केस से जुड़े अनेक

परिवार जुट चुके थे। मुनमुन, पूनम के साथ खड़ी थी। सबके माथों पर शिकन की लकीरें थीं। इतने समय से ज़िन्दगी का एक ठहरा हुआ हिस्सा आईना बनकर लोगों को हैरान कर रहा था। हेमन्त एहलावत ने सुगन्धा और उनके पास आ गई पूनम से साफ कहा—"मेरी समझ से आज फैसला होना चाहिए। आर या पार की लड़ाई है।"

"बस फैसला जो हो आज ही हो जाए।" केस में शामिल सलीम ने पास आते हुए उनकी बात सुनकर कहा। "न दें इन्साफ, यह हर बार की सजा का खेल तो बन्द हो... बाहर रहकर भी तो हम मुजरिम ही तो हैं। इतने साल बीत चुके न परवेज़ को इन्साफ मिला न हमें। परवेज़ को जाते हुए मैंने देखा है और देख लीं हैं सारी साजिशें और नाइन्साफियाँ।" कहते हुए सलीम की जबान काँप गई। आसपास केस में शामिल कितने ही लोग खड़े थे। उनके साथ उनके परिवार के लोग भी थे, कई लोगों का धीरज इस लम्बी लड़ाई में चुक चला था।

"चलिए! भीतर चलें। सुनवाई शुरू होने में ज्यादा देर नहीं है।" सुगन्धा ने सबको चेताया। पूनम,मुनमुन को सँभाले भीतर आ गई।

सुनवाई शुरू हुई। जज ने केस से जुड़ी कुछ गवाहियों को सुना। पुश्ते की चौकी का एक कान्स्टेबल जो चौकी में ही रहता था उसकी गवाही पर लोग दंग रह गए। पहली बार एक सच लोगों के सामने आया कि चौकी इंचार्ज ने जबरन परवेज़ को उठवाया था। उसे लानेवाले दो कान्स्टेबल तो इंचार्ज के हुक्म के गुलाम थे। उसके अनुसार चौकी इंचार्ज ने परवेज़ को भारत न्यूज़ में छपी उस स्टोरी के सन्दर्भ में उठवाया था जिसमें पुश्ते में बेचे जानेवाले नशे से जुड़ा पुलिस का कारनामा छपा था। यह बात पहली बार जगजाहिर हुई कि इंचार्ज को स्टोरी पर गुस्सा तो था ही साथ ही यह पता लगने पर कि परवेज़ भारत न्यूज़ में ही काम करता है वह और तिलमिला गया। चौकी इंचार्ज ने अपने मन से ही परवेज़ को गुनहगार मान लिया कि हो न हो पुश्ते की सारी जानकारी पत्रकारों को उसी ने दी है। इसीलिए उसने परवेज़ को उठवाया और उससे कड़ाई से सवाल-जवाब किए। कान्स्टेबल की यह बात सामने आते ही कोर्ट में हंगामा मच गया। जज ने शान्ति की अपील की। हेमन्त एहलावत ने अपनी जिरह में पिछली बार चौकी इंचार्ज की जिस मंशा पर उँगली रखी थी आज उस मंशा को गवाही का प्रमाण भी मिल गया। बचाव पक्ष के वकील हेमन्त एहलावत के चेहरे पर आश्वस्ति की एक रेखा उभरी।

दूसरी गवाही चौकी के बाहर बरसों से दुकान चला रहे चायवाले की थी। जिसने भरी अदालत में स्वीकार किया कि परवेज़ को अधमरी हालत में

चौकी से बाहर लाया गया और अस्पताल ले जाया गया। उसने विस्तार से एक-एक बात को बिना काटे-छाँटे बताया। हेमन्त एहलावत ने तीसरी बात पर गौर करते हुए फिर उस समय का हवाला दिया जो आरोपियों को थाने ले जाने और दमकल केन्द्र को आग की सूचना देने के बीच था। पुलिस की जिप्सी और मोटरसाइकिल को आग लगानेवाले आरोपियों के थाने जाने के एक घंटे बाद दमकल केन्द्र को सूचना भेजने का क्या अर्थ है—इसकी काफ़ी गहराई से छानबीन करते हुए एहलावत सबूतों के साथ कोर्ट के सामने अपना पक्ष रखता जा रहा था। चौकी इंचार्ज से पूछे जाने पर उसके पास इसका कोई पुख्ता जवाब नहीं था।

फैसले की घड़ी आ गई। जज ने केस से जुड़े सभी पहलुओं पर विचार कर लिया। सबकी आँखें और कान जज की तरफ लगे थे। आठ साल से चल रहे केस का हर पहलू अब पानी की तरह साफ था पर फिर भी एक धुकधुकी सबके मन में थी। खासतौर से उन इकतीस लोगों के मन में जो जानते थे सच क्या है पर जिन्हें दूसरा पक्ष अब तक झूठा बतलाता आया था। सभी गवाहियों की पड़ताल के बाद जज ने उन सभी इकतीस लोगों को बेगुनाह बताते हुए इस केस से मुक्त किया। जज ने यह भी कहा कि प्रोसीक्यूशन गुनाह को प्रमाणित करने में नाकाम रहा है। यह कहकर उन्होंने इकतीस लोगों को छोड़ दिया और चौकी इंचार्ज को बर्खाख्त करते हुए उस पर नए सिरे से मुकदमा चलाने की बात कही। सलीम, नेचू, सूरज, रफीकुद्दीन और न जाने कितने लोगों को फैसला सुनकर भी अपने कानों पर यकीन नहीं आया। वे देख रहे थे सुगन्धा, हेमन्त एहलावत को बधाई देते हुए हाथ मिला रही है पर उन सबके हाथ-पाँव जैसे काठ के हो गए थे। कुछ देर बाद जब दिल की धड़कनें संयत हुईं तो कुछ खुशी के मारे तो कुछ लम्बी प्रतीक्षा के दर्द को सहने के चलते रो दिए। सलीम ने दोनों हथेलियाँ जोड़कर दुआ माँगी और कुछ बुदबुदाया जैसे आज परवेज़ को याद कर रहा हो और उसे बता रहा हो कि तुम आज आज़ाद हुए परवेज़। बाहर आकर सबसे पहले पूनम, सुगन्धा के पास पहुँची। बाकी सब भी उसे घेरकर खड़े हो गए।

"दीदी! तुम न होतीं तो हम सबका कोई नामलेवा नहीं था। तुम्हारे दम पर सब बच गए हैं। तुमने अपने परिवार की तरह हम सबको समझा और हमेशा इन्साफ के लिए लड़ाई लड़ी।" सुगन्धा से कहते हुए पूनम ने खुशी और उत्तेजना में उसके पाँव छू लिए।

"नहीं-नहीं पूनम! यह मेरे अकेले के बस का कहाँ था। न यह लड़ाई किसी अकेले परवेज़ की थी न यह इस जीत की बधाई अकेले मेरी है। इस मुश्किल

सफर में तुम हमेशा साथ रहीं पूनम। उमा का साथ भी मिला। उमा आज शादी के बाद पहली बार मायके गई है इसलिए यहाँ आ नहीं सकी। सुबह ही उसका फोन आया था। पूरे केस में सब साथ रहे मिलकर फिर असली बधाई के हकदार तो हमारे वकील हेमन्त एहलावत हैं। इन्हें क्यूँ भूल रहे हैं आप सब। चलिए इन्हें दीजिए बधाई।" काँपती आवाज़ में सुगन्धा ने पूनम को उठाकर गले से लगा लिया। सभी लोगों ने हेमन्त एहलावत को घेर लिया।

घर लौटते हुए रास्ते भर सुगन्धा यही सोचती रही कि कैद से भी ज्यादा आठ साल की यह पूरी प्रक्रिया जानलेवा थी। कानून ने भले इन लोगों को कैद नहीं किया ज़मानत पर रिहा कर दिया पर इस पूरी प्रक्रिया में क्या कभी उन्हें रिहाई मिल पाई? क्या कभी यह सब मुक्त हो पाए? सुगन्धा यही सोचती रही कि इस तरह की कैद किसी सजा से कम नहीं होती। हर बार अदालत में एक नई उम्मीद उभरती है फिर एक नई निराशा सामने आ जाती है। कितने नए डर घेरे रहते हैं। सब दाँव-पेंचों में कैद और मुश्किल होती चली जाती है। आज सबका अन्त भले हुआ पर इनके ज़ख्म हमेशा हरे ही रहेंगे। समय भले ही रफ्ता-रफ्ता उन्हें सुखा दे पर चोट के निशान पर जब भी कोई हाथ रखेगा नीचे से ज़ख्म बोलने लगेंगे फिर हरे हो जाएँगे। आज अचानक सुगन्धा को कॉलेज के दिनों में याद की गई जर्मनी के रचनाकार बर्ताल्त ब्रेख्त की कविता याद आई जिसकी दो-एक पंक्तियाँ सुगन्धा के होंठों पर आ ही गईं—

भूरा, पपड़ाया, महकहीन इन्साफ/ जो देर से मिले, बासी इन्साफ है..."

नई सदी का चौथा साल पुश्ते के लिए इन्साफ लेकर आया। लम्बे अर्से बाद पुश्ते की बाईस बस्तियों के अनेक घर नूर और सुकून से रौशन हुए। ज़िन्दगी तो पहले भी अपने ढर्रे चल रही थी पर आगे बढ़ने की बजाय बार-बार पीछे घसीट ली जाती। अब केस से मुक्त होकर ज़िन्दगी में आगे के रास्ते दिखने शुरू हुए। नया साल ईद, दीवाली की तरह बेपनाह खुशियाँ अपनी शुरुआत में ही ले आया। कितनी ही ज़िंदगियों के मन पर अब बोझ नहीं था। एक आशंका जो दिन-रात पीछा किया करती थी वह अब पूरी तरह खत्म हो चुकी थी। उसकी खुशियाँ भी पुश्ते में कम नहीं मनाई गईं। मिठाई ने सबके मन तक को मिठास से भर दिया।

❄

पुश्ते को सुर्खियों में रहने की आदत बरसों पुरानी थी। जीत के जश्न अभी घरों में मन ही रहे थे कि इससे परे शहर में एक बड़ी प्रेस कान्फ्रेन्स आनन-फानन

में बुलाई गई। संस्कृति और पर्यटन मन्त्री की ओर से बुलाई गई यह कान्फ्रेन्स खास थी। उमा ने भी इसमें हिस्सा लिया। बहुत से पत्रकार इसका हिस्सा थे। कान्फ्रेन्स के लिए पहुँची उमा की खुशी का ठिकाना नहीं रहा जब उसे भारत न्यूज़ के अपने पुराने सहयोगी सीनियर्स समीर प्रताप और निशांत मीणा दिखाई दिए। दोनों ही भारत न्यूज़ से निकलकर अपनी पत्रिका की शुरुआत कर चुके थे। दोनों ने मीडिया नगरी में पूँजी और मूल्यों की रस्साकशी में मूल्यों की तरफदारी की। निशांत मीणा आज भी पुश्ते से पूरी तौर पर जुड़े थे। उमा ने चहकते हुए उनसे नमस्ते की और हालचाल पूछा—"कैसे हैं निशान्त सर?"

"ठीक हूँ उमा!...तुम?" निशान्त मीणा ने अपनी आदत के मुताबिक शान्त स्वर में जवाब दिया।

"तुम कैसी हो उमा...कौशल कैसा है? शादी के बाद तुम दोनों मिले ही नहीं। तुम दोनों से कुछ ज़रूरी बात भी करनी थी। पत्रिका का काम थोड़ा बेहतर हुआ है। दो-तीन महीने में हम अपना स्टाफ बढ़ाएँगे। उमा! हम चाहते हैं कि तुम पत्रिका से जुड़ जाओ।" समीर प्रताप ने उमा से पूछते हुए बातों का सिलसिला आगे बढ़ाया। उमा के चेहरे पर मुस्कान दौड़ गई। यह मुस्कान निशान्त मीणा के प्रस्ताव की सहर्ष सहमति थी।

"हम लोग ठीक हैं सर। मुझे बेहद खुशी होगी आपके साथ काम करने में। इधर शादी के बाद ससुराल-मायके के बीच भागदौड़ ज्यादा रही। आइए न अगले इतवार को घर..." इससे पहले कि उमा कुछ और कह पाती हॉल में मन्त्री ने आकर सबको नमस्कार किया और अपना स्थान ले लिया। सारे पत्रकार भी शान्ति से बैठ गए। कान्फ्रेन्स की कार्यवाही को आगे बढ़ाते हुए मन्त्री ने बात शुरू की—"मीडिया से आए हुए सभी साथियों को मेरा नमस्कार, गुड मॉर्निंग। आज जो यह प्रेस कान्फ्रेन्स बुलाई गई है बेहद खास है। जैसा कि आप जानते ही हैं कॉमन वेल्थ गेम्स दूर नहीं हैं और दिल्ली को इसकी मेज़बानी मिली है तो उसे वर्ल्ड क्लास शहर तो बनाना पड़ेगा। इसके लिए कुछ कड़े कदम भी उठाने पड़ेंगे। सड़कों का सुधार किया जाएगा। बड़े फ्लाई ओवर्स बनेंगे। दिल्ली सरकार को हमने यह निर्देश दिया है कि वह इस दिशा में आगे काम करे। साथ ही साथ संस्कृति और पर्यटन मन्त्रालय दिल्ली को एक बड़े पर्यटन डेस्टिनेशन के तौर पर तैयार करना चाहता है। इसके लिए शहर के सौन्दर्यीकरण पर विशेष ध्यान दिया जाना चाहिए। यमुना हमारी संस्कृति की पहचान है पर वह राजधानी की पहचान नहीं बन पा रही है। इसको सुन्दर बनाया जाना है। इसके लिए हमारा प्लान है कि दो सौ बीस एकड़ का एक टूरिस्ट कॉम्पलेक्स यहाँ

बनाया जाएगा। इससे शहर की पहचान बदलेगी और अधिक से अधिक संख्या में पर्यटक भी आएँगे। कनेक्टिविटी भी एक बड़ा मुद्दा है इसके लिए मेट्रो का विस्तार किया जाएगा। एक चमकता हुआ शहर, शायनिंग डेहली हम आपके लिए तैयार करना चाहते हैं।"

इस घोषणा से हॉल में आवाज़ों का शोर-सा उठा। मन्त्रालय के सचिव ने सबको शान्त करते हुए पत्रकारों से कहा कि वे चाहें तो इस विषय में सवाल पूछ सकते हैं। लोगों में हलचल होने लगी। पत्रकार सवाल पूछने के लिए हाथ उठाकर सर-सर करने लगे। निशान्त मीणा खड़े होकर बोले—"मैं सवाल पूछना चाहता हूँ मन्त्री महोदय से। सर! आप यह बताएँ कि यह योजना दिखने में तो बहुत अच्छी लगती है कि सौन्दर्यीकरण होगा पर यमुना के इस लगभग ढाई-तीन किलोमीटर के दायरे में अभी लाखों लोग रह रहे हैं। उनका क्या होगा?"

मन्त्री ने सिर हिलाकर सवाल सुना और बोले—"देखिए! जब आप घर साफ करते हैं तो कूड़ा-कर्कट तो निकालते ही हैं न। उसी तरह से शहर साफ करेंगे तो कुछ कूड़ा-कर्कट तो हटाना ही होगा। आप जानते हैं न ये सब इल्लीगल कब्जे हैं। सरकारी ज़मीन पर लोग कब्जा करके बैठे हुए हैं। मीणा जी! आप जानते हैं न यह लोग कौन हैं? पुश्ते में अनेक जगह कबाड़ियों के अड्डे खुले हैं। नशे का कारोबार होने लगा है। झुग्गी दादाओं के अड्डे हैं। प्रदूषण बढ़ानेवाली फैक्ट्रियाँ हैं। अवैध डेयरियाँ, और न जाने कितने तरह के अवैध काम वहाँ हो रहे हैं। हमारी सरकार जनता की सरकार है। आप शायद भूल रहे हैं पिछले साल कोर्ट ने भी यही बात कही थी। पुश्ते से प्रदूषण फैल रहा है। हम तो कानून का पालन करने को मजबूर हैं। इसलिए पुश्ते को तो वहाँ से हटाना ही होगा।"

मन्त्री महोदय की घोषणा सुनते ही पत्रकारों के बीच अनेक तरह की चर्चाएँ होने लगीं। कुछ पत्रकारों ने मन्त्री जी की घोषणा का स्वागत करते हुए पूछा कि क्या इस तरह के और कदम नहीं उठाए जाने चाहिए। दिल्ली को कब मुक्ति मिलेगी इन अवैध कब्जों से?"

मन्त्री ने जवाब दिया—"दिल्ली वर्ल्ड क्लास बने इसके लिए तो बहुत से कदम उठाने होंगे...

वो नए कदमों के बारे में पूरे उत्साह और गर्मजोशी से बोल रहे थे पर उमा यह सोच रही थी कि कोई क्यों नहीं उन लाखों लोगों के बारे में पूछ रहा है कि उनका क्या होगा? बड़ी मुश्किल से उमा को सवाल पूछने का मौका मिला।

उमा ने उठकर सवाल उठाया—"सर आपका जो प्लान है उसके मुताबिक यमुना पुश्ता तो उठा दिया जाएगा। वहाँ रह रहे लाखों लोगों के लिए आपका कोई प्लान है क्या, कि वह कहाँ जाएँगे? पुश्तावासियों के पुनर्वास की क्या योजना रहेगी?" सवाल बहुत संक्षिप्त था पर उमा के दिल की हलचल बहुत तेज़ थी।

"देखिए! यह सब चीज़ें तो चलती रहेंगी। पहले तो कोर्ट के आदेश का पालन करना होगा। कोर्ट के आदेश को तो ओवरलुक नहीं कर सकते।"

"सर! यह राइट टू स्टे का मामला भी है और ह्यूमन राइट्स का भी।" उमा ने हस्तक्षेप किया।

"देखिए! सब कुछ शहर के मास्टर प्लान के मुताबिक ही है। आप तो जानती हैं कि डेवल्पमेंट की अपनी एक कॉस्ट होती है। देनी ही पड़ती है : आप सब जानते हैं पिछली सरकारों ने इस सन्दर्भ में कोई काम नहीं किया फिर पुश्ते में रहनेवाले लोग हमारे शहर के पर्यावरण, नागरिक मूल्यों, हमारी संस्कृति और हमारी पवित्र विरासत को नष्ट कर रहे हैं। उसे प्रदूषित कर रहे हैं। आप देखिए यह प्रदूषण केवल हमारे वर्तमान तक सीमित नहीं है बल्कि हमारे भविष्य को भी प्रदूषित करेगा और पहले ही आदेश जारी हो चुका है कि वहाँ सारी इल्लीगल कॉलोनीज सभी ढाँचे हटाएँ जाने हैं।"

एक पत्रकार ने सवाल उठाया—"सर! वहाँ तो मन्दिर-मस्ज़िदें भी हैं उनका क्या होगा?"

मन्त्री ने पूरे इत्मीनान से कहा—"मन्दिर-मस्ज़िद कुछ भी हो सब हटाया जाएगा। खाली मतलब खाली।"

बहुत देर से कसमसा रहे समीर प्रताप ने सवाल किया "सर! आप यमुना के रिवर बैड को बचाने की बात कह रहे हैं वह अच्छी बात है पर हम यह जानना चाहते हैं कि रिवर बैड को बचाने की बात सिर्फ पुश्ता पर लागू होती है या अन्य प्रोजेक्ट्स पर भी लागू होती है क्योंकि मेट्रो के कई डिपो और एक बड़े मन्दिर के प्रोजेक्ट को भी मंजूरी मिल गई है। खेल गाँव हाउसिंग प्रोजेक्ट भी पाइप लाइन में है। इस पर आप क्या कहना चाहेंगे?"

सवाल सुनते ही मन्त्री का चेहरा विकृत-सा हो गया। उसने घड़ी देखी और फिर सचिव की ओर देखा। सचिव को इशारा काफ़ी था। उसने पत्रकारों से कहा—"देखिए बहुत सवाल हो गए। अब मन्त्री जी को एक और मीटिंग के लिए देर हो रही है। प्रेस नोट तैयार है। सारी जानकारियाँ उसमें हैं। आप सब

उसे ले लें। बहुत-बहुत शुक्रिया.. आप सभी चाय-नाश्ता ज़रूर करके जाएँ। इधर मिनिस्टर बाहर की ओर निकल रहे थे। उनके चेहरे पर खिन्नता साफ पढ़ी जा सकती थी।

घबराहट में उमा को कुछ भी सूझ नहीं रहा था। उसकी आँखों के सामने पूरा पुश्ता घूम गया। बरसों-बरस की ज़िन्दगियाँ जो अभावों में भी एक खूँटे से बँधी सन्तुष्ट थीं, उनका क्या होगा? पुश्ते में होनेवाले आगामी विध्वंस की खबर ने उमा को हिला दिया। अभी परवेज़ के केस में न्याय की जीत का जश्न भी लोग कायदे से नहीं मना पाए थे कि यह आपदा उनके सिर पड़ गई। उमा सोचकर ही हल्कान थी। उसे लगा सुगन्धा और पूनम को हर हालत में यह खबर जल्दी देनी है। मन्त्री के जाते ही सब पत्रकार आपस में बात करने लगे। उमा, निशान्त मीणा ने जैसे ही मानवाधिकार और पुश्ते के लोगों के पुनर्वास की बात उठाई एक पत्रकार तैश में आकर बोला—"यह तो बिल्कुल ऐसा है जैसे कोई आदमी आपके घर पर कब्जा कर ले और आप उससे कहें हम तुझे एक और घर दे देंगे। आप लोग उलटी गंगा बहा रहे हैं। इन बाँगलादेशियों को तो तुरन्त यहाँ से वापिस ही भेजा जाना चाहिए।"

"आप ऐसा कैसे कह सकते हैं? बार-बार इस तर्क के आधार पर वास्तविकता की सिरे से अनदेखी की जा रही है। मैं समझती हूँ दिक्कत तो यह है कि रोज़गार, शिक्षा, स्वास्थ्य की सुविधाएँ सब शहर में ही केन्द्रित क्यों हैं? बड़ा सवाल तो यह है कि विकास का मॉडल जैसा है और बनाया जा रहा है उसमें ऐसी परिस्थिति बन चुकी है कि इसके सामने भूख, बदहाली,बीमारी,शोषण, और पलायन के बीच में कोई विकल्प बचता ही नहीं। अपने गाँव, अपनी ज़मीन से जुड़े लोगों के लिए कोई विकल्प है कहाँ? असल में इनके पास कोई चुनाव है ही नहीं? ये बात बार-बार कही जानी चाहिए ये लोग उस देश के लोकतन्त्र की वह इकाई हैं जिसका नाम बार-बार लिया जाता है-जनता...गरीब।" उमा ने तैश में आए पत्रकार को मुँहतोड़ जवाब दिया। निशान्त मीणा ने हामी भरते हुए बात आगे बढ़ाई और पत्रकार को जवाब दिया—"सही कह रही हैं उमा... सवाल तो ये है जिन लोगों को तरह-तरह के इलज़ाम लगाकर खदेड़ने की बात हो रही है ज़रा यह भी सोच लीजिए कि हम उन्हें क्या देते हैं और उनसे क्या लेते हैं? अपनी ज़िन्दगी की सबसे मुश्किल लड़ाई लड़ने जब यह लोग यहाँ आ जाते हैं तब यह देश, यह समाज, यह लोकतन्त्र इनके साथ कैसा व्यवहार करता है? जो मानवीय अधिकार हैं और जो हमारे नागरिक अधिकार हैं वह सम्भवत: इन लोगों के लिए लागू नहीं होते। जनाब! यह सवाल किसी एक शहर की एक

अवैध बस्ती का नहीं है...इस पूरे सिस्टम में मनुष्यविरोधी जो अवैधता फैली है उसका है। आपने शायद कभी इस पर ग़ौर नहीं किया होगा।"

"आप सही कह रहे हैं निशान्त जी। देखिए आप उस जनता या गरीब को यह तो कह देते हैं कि यहाँ से चले जाओ पर क्या उसे कभी बताते भी हैं कि वह कहाँ जाए? क्या करे? देखिए! मैं ये नहीं कहती कि ज़मीन पर अवैध कब्जा सही है लेकिन देश के कोने-कोने से आये हुए हताश, लाचार लोगों के लिए ये अवैध जमीनें, अवैध बस्तियाँ, अवैध घर ही उम्मीद के केंद्र हैं। यहाँ सवाल सिर्फ यह नहीं कि हम अपने शहर को कैसे देखना चाहते हैं। कितना आधुनिक, कितना सुन्दर देखना चाहते हैं। सवाल इससे कहीं बड़ा है कि हम इस देश में उन लोगों को देखना चाहते हैं कि नहीं जो इस देश की जनता हैं?" उमा ने पत्रकार का पुरज़ोर विरोध किया तो वह खिसियाकर चलता बना। बाकी लोग कुछ देर बातें करते रहे। उमा देख रही थी कि इस कान्फ्रेन्स में तीन तरह के पत्रकार मौजूद हैं। एक जो हमेशा की तरह सरकारी निर्देशों की तरफ रहते आए हैं दूसरे जो उस निर्देश के दायरे में मनुष्यता के बाधित होने पर चिन्तित रहते हैं और तीसरे जो हमेशा तटस्थ रहते हैं जिनकी खामोशी की राजनीति अन्ततः सरकारी निर्देशों के पक्ष में ही जाती है। बाहर निकलते ही उमा ने सबसे पहले सुगन्धा को फोन किया। सुगन्धा पुश्ते में पूनम के स्कूल में ही थी। उमा ने तुरन्त अपने पहुँचने की बात की और सुगन्धा से कहा कि पुश्ते के कुछ प्रधानों को भी पूनम के स्कूल में बुलवा ले।

दोपहर बाद उमा, निशान्त मीणा के संग पुश्ते में पहुँची। पूनम के स्कूल के बाहर खड़े अनेक लोग दूर से ही दिखाई दे गए। अन्दर दरी बिछी थी और कुर्सियाँ लगी थीं। बच्चे पढ़कर जा चुके थे। ज्योति वहीं खेल रही थी। निशान्त मीणा और उमा के आते ही सब लोग भीतर आ गए। सबकी आँखें उमा और निशान्त के चेहरों पर टिकी थीं। रामपाल प्रधान ने सुगन्धा के कहने पर पुश्ते की अलग-अलग कॉलोनियों के प्रधानों को मीटिंग में आने के लिए कह दिया था। जो काम से पहले ही निकल गए थे वे नहीं आ पाए। निशान्त मीणा ने सबको समझाते हुए कहा—

"आप लोगों से कुछ भी छिपा नहीं है। बहुत समय पहले ही वजीरपुरवाले केस में पुश्ते को उठाए जाने का ऑर्डर पास हो गया था। कुछ महीनों खामोशी रही पर आज बात आईने की तरह साफ हो गई है। अब पुश्ता जल्द से जल्द हटाया जाना है। यहाँ सब मकान-झुग्गियाँ तोड़ी जाएँगी। सब गिराई जाएँगी।"

"ऐसे कैसे तोड़ी जाएँगी? वे झुग्गियाँ नहीं हमारे घर हैं।" एक प्रधान ने गुस्से में कहा।

"हाथ लगाकर देखें किसी झुग्गी को, हम क्या हाथ पर हाथ धरे बैठे रहेंगे। ईंट का जवाब पत्थर से देंगे। आने दो सालों को।" दूसरे प्रधान ने पहले के सुर में सुर मिलाया। पूरे कमरे में हंगामा मच गया।

"आप लोग आपा मत खो बैठिए। इन लोगों की पूरी बात तो सुनिए।" सुगन्धा ने सबको चुप कराते हुए कहा पर शोर था कि खत्म होने का नाम नहीं ले रहा था। तभी पूनम उठी और उसने मेज़ पर अपनी हथेली से पाँच-छह बार तेज़ चोट की। सबने चौंककर देखा तो पूनम ने सबको चुप रहकर सुनने की बात कही। उत्तेजित लोगों को सँभालते हुए पूनम ने सख्ती से कहा—

"ईंट का जवाब पत्थर से देने से भला क्या होगा? ऐसे में तो सबको गिरफ्तार कर लिए जाने का खतरा होगा। भूल गए परवेज़ का मामला? इतने साल में अब जाकर निबटा है फिर यह मत भूलो पीछे सिर्फ बच्चे, औरतें और बुजुर्ग रह जाएँगे। तब कोई और आदेश आ गया तो उन सबको कौन देखेगा? परिवार कैसे चलेगा? यह भी सोच लो।" पूनम की बात सुनकर लोग कुछ शान्त हुए पर उनकी बेचैनी उदासी का रंग ओढ़े छिपाए नहीं छिपी। रामपाल बेचैनी में हाथ मसल रहा था। उसकी दोनों हथेलियाँ परेशानी में पसीने से भर गईं।

"चुप रहने पर तो हमें उजाड़ दिया जाएगा फिर हम कहाँ जाएँगे? अपने परिवार और बच्चों को लेकर कहाँ रहेंगे? क्या कमाएँगे-खाएँगे?" रामपाल ने सवाल किया।

"कोई पास की जगह मिलेगी या कहीं दूर फेंका जाएगा? नई जगह क्या कमाएँगे? हमारे बाल-बच्चों का क्या होगा? हमारे घर की औरतों को यहाँ काम मिला हुआ है। उसी से घर चलता है। पुश्ते में भी जैसे-तैसे बदहाली में जीते रहे पर धीरे-धीरे इतने सालों में यह जगह अपनी-सी हो गई। बड़ी मुश्किल से काम-धन्धे जुटाए। सिर पर एक छत बनाई। अब कहाँ जाएँगे? क्या करेंगे? क्या खाएँगे? यहाँ से जाने के बाद मैं क्या करूँगा? सब काम धन्धे यहाँ हैं। मेरी तो सारी जमापूँजी यहीं लग गई। सरकार ऐसा कैसे कर सकती है हमारे साथ?" कहते हुए एक प्रधान रोने लगा। सबकी पेशानी पर चिन्ता की लकीरें थीं। सिली हुई जबान से एक ही सवाल कमरे में भूचाल उठाए था कि पुश्ते को टूटने से कैसे रोका जाए?

"आप सब लोग चिन्ता न करें। इसके लिए वकील के पास ही जाना होगा। वही कुछ रास्ता सुझाएगा।" सुंगधा ने हल समझाया तो रामपाल ने कहा—"बस सारी ज़िन्दगी यही मुकदमेबाज़ी में बीत जाएगी। अभी एक मुकदमा सालों-साल चला अब फिर एक नया मुकदमा और सिर पर आ जाएगा।"

"इसके अलावा कोई चारा नहीं है। यह कानूनी लड़ाई है तो कानून से ही लड़ी जाएगी।" सुगन्धा ने कहा।

उसी रात सुगन्धा और कई लोग मिलकर प्रियभूषण के पास गए। उन्होंने बिना देर लगाए इस मामले में स्टे लेने का सुझाव दिया और कागज़ तैयार करवाए। अगले ही दिन वकील प्रियभूषण ने कोर्ट में याचिका देते हुए तर्क दिया कि अचानक पुश्तावासियों को यहाँ से निकाला जा रहा है। ये लोग कहाँ जाएँगे? इतने लोगों के लिए सर छिपाने की छत, जीवन चलाने के लिए रोज़गार, बच्चों के स्कूल और इन सबके जीवन की बुनियादी सुविधाओं का क्या होगा? मामला लाखों लोगों का है। इसलिए फिलहाल कुछ समय के लिए इस प्रक्रिया को रोका जाए। कोर्ट ने इस पहलू पर ग़ौर करते हुए पुश्तावासियों को स्टे दे दिया और सरकार को नोटिस जारी कर दिया। एकबारगी लोगों को भरोसा ही नहीं हुआ कि उन्हें इतनी जल्दी राहत मिल गई। कोर्ट के बाहर पुश्ते के कई लोग जमा थे। कल शाम ही प्रधानों ने पुश्ते के लोगों को सारी हकीकत बता दी थी। सच्चाई जानकर और खतरे को एकदम करीब देखकर लोग रात भर सो नहीं पाए। कितने ही लोग सुबह काम पर नहीं गए और कोर्ट चले आए। स्टे मिलने पर उनकी खुशी का ठिकाना नहीं रहा। चिन्ता मिटी और कुम्हलाए चेहरों की रौनक लौटी।

कोर्ट से स्टे मिलने पर सुगन्धा, प्रियभूषण,उमा,पूनम, निशान्त मीणा, पुश्ते के कुछ प्रधान और अन्य लोग पुश्ता लौटे। कितने लोग उनकी बाट देख रहे थे। सुगन्धा ने इशारे से सबको जता दिया कि फैसला उनके हक में हुआ है। पुश्ते में खुशी की लहर दौड़ गई। कुछ ने एक-दूसरे से हाथ मिलाया तो कुछ गले मिलकर जीत की बधाई देने लगे। एक शोर-सा उठ गया जो पिछले दो दिनों की मुर्दनी पर भारी था। पूनम का स्कूल आज बन्द था। वह पहले सुगन्धा के साथ कोर्ट गई और अब लौटकर सब उसके स्कूल में ही इकट्ठे हुए।

"वकील साहब! आप भगवान हो हमारे। बचा लिया आपने हमें जालिम के पंजे से।" खुशी में चहकता रामपाल, वकील प्रियभूषण से बोला।

"और नहीं तो क्या अब किसी के बाप में दम नहीं कि हमें यहाँ से खदेड़ दे।" हरगोविन्द ने भी दमदार तरीके से कहा। कल से भारी उसका मन आज

रुई की तरह हलका हो चला। बाकी लोगों ने भी खुशी में इन दोनों की बातों पर हामी भरी। भीड़ इतनी अधिक थी कि सब लोग कमरे में नहीं आ पाए। बाहर खड़े होकर वे सब इस पल के गवाह रहना चाहते थे। अन्दर बैठे सभी लोगों की निगाहें प्रियभूषण जी पर लगी थीं। उनका चेहरा धीर-गम्भीर ही था। वे अपनी जगह से उठे और सबको शान्त रहने का इशारा करके बोले—"आप सबको लग रहा है कि पुश्ते में अब आगे कोई कार्यवाही नहीं होगी। आपको लग रहा है कि यह जगह नहीं छोड़नी पड़ेगी। जो जैसा चला आ रहा है वैसा ही चलता रहेगा पर मुझे ऐसा नहीं लग रहा। यह चीजें जिस तरह शुरू हुई हैं मुझे नहीं लगता इतनी आसानी से रुक जाएँगी। आप लोग तैयार रहें। यह सब फिर से होगा और इस बार पूरी तैयारी के साथ होगा।"

पल भर पहले जीत की खुशी मना रहे लोगों की हर हरकत जैसे किसी कैद में गिरफ्त हो गई। एक खामोशी छा गई। प्रियभूषण की बात से वहाँ मौजूद लोगों को लग गया इस मामले से उनको जल्द निजात नहीं मिलेगी। कितने लोग आगे की कल्पना से ही थर्रा गए। उस रात पुश्ते में लोगों ने राहत के कुछ छींटों के बाद पैरों के नीचे धधकता-दहकता लावा महसूस किया।

अगले ही दिन से जनमंच और कई जनसंगठनों ने पुश्ते के समर्थन में कई ज़रूरी मंचों से अपनी आवाज़ उठाई। अधिकांश अखबारों और न्यूज़ चैनलों ने इस खबर को तरजीह भी नहीं दी। अभी पुश्ते के लोग करवट भी नहीं ले पाए थे कि चार ही दिन के अन्दर एम.सी.डी. ने एक एफिडेविट कोर्ट में ज़मा करवाया जिसमें यह साफ किया कि यमुना पुश्ते के सभी लोगों के लिए आगे की योजना स्पष्ट है। दिल्ली की सीमा पर बवाना, होलंबी कलाँ, नरेला, मदनपुर खादर आदि जगहों पर इन लोगों को फेज़िज में शिफ्ट किया जाएगा। जिन लोगों के पास ज़मीन से जुड़े कागज़ हैं उन्हें नियम के अनुसार बारह दशमलव पाँच, अठारह और सत्ताईस वर्ग मीटर के भूखंड दिए जाएँगे। इसलिए चिन्ता की कोई बात नहीं है। इनके लिए ज़मीनों का प्रबंध है और नई जगह पर सब सुविधाएँ हैं। पुश्ते के लोगों को किसी भी तरह की कोई समस्या नहीं आएगी। इसलिए कोर्ट इस मामले पर लगाए स्टे को वापिस ले। इस बार कोर्ट ने एम.सी.डी का साथ दिया और चार दिन पहले पुश्ते के हटाए जाने पर लगाया गया स्टे वापिस ले लिया। प्रियभूषण जी की आशंका सच साबित हुई। एक तरफ सुगन्धा जनमंच जैसे अनेक संगठनों के पस्त हौसले देख रही थी जिनके लिए अब कानूनी रास्ता बन्द हो चुका था। दूसरी तरफ उमा थी जिसे निराशा थी कि मीडिया इस मामले की सिरे से उपेक्षा कर रहा है और तीसरी तरफ पूनम थी जो पुश्ते के लोगों के

बीच खौफ की शक्ल साफ देख पा रही थी। उस तस्वीर की कल्पना उसकी रूह को कँपा रही थी जब यहाँ से पुश्ता उठाया जाएगा। पूनम ने अपने स्कूल को देखा। टीन की दीवारों पर बच्चों के बनाए कितने चित्र चिपके थे। उनमें दिख रहे बच्चे कितने खुश थे। उन चित्रों में खेलते हुए, हँसते हुए बच्चे थे। उन सब चित्रों में जीवन के अनेक रंग बिखरे थे। एक-एक करके सब चित्रों पर पूनम की आँखें घूमने लगीं। उसने आँखें बन्द कीं। कानों में बच्चों की खिलखिलाहट गूँज गई। कक्षाओं में गाई जानेवाली कविताएँ और गीत उसे सुनाई देने लगे। बच्चों के लड़ाई-झगड़े, मान-मनुहारें, अपने दोस्तों के संग सुख-दुख बाँटने की बातें-ध्वनियों का एक पूरा संसार उसके कानों के रास्ते आँखों के आगे उठने लगा। कुछ देर में पूनम ने आँखें खोलीं। स्कूल में वह अकेली ही थी। पूनम उठी नहीं, वहीं बैठी रही। दरवाजे पर हलचल हुई। वहाँ उसे शबनम दिखाई दी। उसके स्कूल की सबसे होशियार लड़की।

"दीदी! क्या स्कूल भी नहीं रहेगा?" शबनम ने हिम्मत करके पूनम से पूछा। पूनम ने उसे अन्दर बुलाया। सहमते हुए शबनम उसके पास आई। पूनम कुछ न बोली और उसके सिर पर हाथ फिराकर उसे अपने सीने से लगा लिया। शबनम की उठती-गिरती धड़कनों ने पूनम से उसकी चिन्ताओं की सारी कहानी कह दी जिसे सुनकर पूनम का दिल भी धड़का। पूनम को अपना पिछला स्कूल याद आया। याद आया कैसे पुश्ते की पहाड़ी के रास्ते मेट्रो के आने के चलते उसे तोड़ा गया था। पूनम को फिर एक और विध्वंस ठीक सामने दिखाई दिया। शरीर में एक कम्पन हुआ। उसके डर को शबनम ने पढ़ लिया। पूनम ने उसे एकटक देखा और अपने सीने में भींच लिया।

❄

यमुना पुश्ता के खादर में बरसों-बरस से खड़ी बस्तियों-कॉलोनियों के हटाए जाने को अब कोई भी रोक नहीं सकता था। कानूनी तौर पर लोहे के पुल से आगे बनी-बसी कॉलोनियाँ अपना अन्त देखने को विवश थीं। कानून से मात खाए लोगों ने अब राजनेताओं के घर जाकर उनसे अपील करना ज़रूरी समझा। जनमंच की तरह के कई संगठन भी उनके साथ थे। सुगन्धा, पंकज के साथ स्टे हटाए जाने की खबर मिलते ही पुश्ते के कई लोगों ने उन नेताओं से गुहार लगाई जो हर बार पुश्ते की इन कॉलोनियों में आते और उनके बसे रहने का

आश्वासन देकर जाते थे। उन सब लोगों को आज भी उम्मीद थी कि भले ही कानूनी रास्ता बन्द हो गया हो पर अब भी देश की बागडोर थामनेवाले नेता कुछ ज़रूर कर सकते हैं। वहाँ गए लोगों को आश्वासन मिला पर वह आश्वासन कुछ शब्दों के सिवाय कुछ भी नहीं था। लोग जब वापिस लौटे तो पुश्ते के बाहर उन्हें कई बुलडोज़र और जे.सी.बी. खड़े दिखाई दिए। कितने कर्मचारी, पुलिसवाले वहाँ मौजूद थे। लग रहा था जैसे सारी तैयारियाँ पूरी हो चुकी हैं। बुलडोज़र ज़मीन पर नहीं लोगों की ज़िंदगियों पर चलनेवाले थे। तभी पुलिस के कुछ सिपाही पुश्ते की तरफ आते दिखाई दिए। लोगों में हलचल-सी मच गई। आते ही उन्होंने पुश्ते के प्रधानों को चौकी पर साथ चलने को कहा। प्रधानों के साथ कुछ और लोग भी चले आए। उनमें रफीकुद्दीन, जुबैर, नेचू, रामपाल, हरगोविन्द जैसे कितने ही लोग शामिल थे। सबके दिल तेजी से धड़क रहे थे। धड़कते दिलों की ज़मीन के नीचे आशा की एक पनीली सतह भी थी जो अब भी किसी तरह आगे की कार्यवाही के रुक जाने का संकेत दे रही थी। चौकी पर पहुँचे लोगों ने देखा आज यहाँ सामान्य दिनों से अधिक फोर्स जमा है। चौकी इंचार्ज ने प्रधानों को अन्दर बुलाया। उनके साथ कुछ और लोग भी अन्दर चले आए। सब वहीं जगह बनाकर खड़े हो गए। चौकी इंचार्ज ने कुर्सी में धँसे हुए ही अपनी बात शुरू की—

"देखो! पुश्ता तो हर हाल में खाली करना ही पड़ेगा। स्टे हट गया है और हमें ऑर्डर भी आ गए हैं। अब दो रास्ते हैं एक तो बुलडोजर तुम्हारे घर तोड़े और दूसरा यह कि तुम खुद ही अपने घर तोड़ डालो। अपना देखभाल के तोड़ोगे तो सामान बच जाएगा। सही-सलामत कुछ ले जा सकोगे वरना बुलडोजर तो अन्धा होता है।" चौकी इंचार्ज ने कहा। चौकी में बैठे पुश्ते के लोगों के लिए यह एक भयानक सच्चाई थी जिसने उनका कलेजा निकाल लिया। आशा की पनीली सतह पर अचानक चले लू के अन्धड़ ने सारी नमी सोख ली। सारे लोग हाथ जोड़कर फरियाद करने लगे। रहम की भीख माँगने लगे। तब इंचार्ज ने सबको चुप कराया। वह बिना किसी गुस्से के अपनी बात पर टिका रहा—"देखो! मामला अब फरियाद से बाहर जा चुका है। समझ रहे हो न। अब कुछ नहीं हो सकता। यह बुलडोजर यूँ ही यहाँ नहीं आए हैं। अब तुम सबको जाना पड़ेगा। इसलिए बेहतर है तुम अपने घर खुद तोड़ लो।" नेचू पुलिसवाले को देखता रहा। उसे हैरानी थी कि इंचार्ज ने कितनी आसानी से अपने घर खुद तोड़ने की बात कह दी। नेचू से रहा नहीं गया। वह आवेश में आ गया और उठ खड़ा हुआ। चौकी इंचार्ज से मुखातिब हुआ—"साहब! माना कि बुलडोजर की आँख नहीं

होती पर बुलडोजर चलानेवाले की तो आँखें होती हैं न?" चौकी इंचार्ज ने उसे घूरकर देखते हुए जवाब दिया—

"न, उसकी आँख नहीं होती। सिरफ कान होते हैं जो बॉस का आदेश सुनते हैं। समझा?" नेचू फीकी-सी हँसा पर चुप नहीं रहा—"साहब! एक बात बताइए कल को आपको कोई कहे कि अपना घर तोड़ लो तो क्या आप तोड़ लोगे?" पुलिसवाला सवाल सुनकर बौखला गया—"अबे! तेरी तरह कब्जा करके नहीं बैठा हूँ। पैसा दिया है पैसा। खरीदा है मकान। कानूनी तौर पर मालिक हूँ। तुम जैसों की तरह घुसपैठिया नहीं हूँ।"

"साहब! जमीन तो हमारे नाम भी है। हमने भी खरीदी ही थी और फिर हम सारे सरकार को हर चीज का पैसा देते हैं। बिजली का, पानी का। हमारे पास राशन कार्ड भी हैं...उसके बाद भी हम घुसपैठिए और आप मालिक?" आवाज़ अकेले नेचू की थी पर उसमें पूरे पुश्ते का दर्द शामिल था। चौकी इंचार्ज अब हत्थे से उखड़ गया—"बहुत बोल रहा है। टांगें तुड़वा दूँगा तेरी। कन्धे पे चढ़ के जाएगा बच्चू।" नेचू सूनी आँखों से पुलिसवाले को देखता रहा फिर बोला—"साहब! आप भी मार लो। हर जगह पिटते ही तो हैं कौन-सी नई बात हो जाएगी...हम इंसान थोड़े ही हैं...कीड़े हैं जो आपके शहर की सड़कों पर रेंग रहे हैं। मार डालो हमें आप, तभी छुटकारा मिलेगा। इससे पहले तो मिलने से रहा।" पुलिसवाला बेकाबू हो गया। अपनी जगह से उठा और उसने नेचू की कमीज का कॉलर पकड़ लिया। रफीकुद्दीन अपनी जगह से उठा और नेचू को बचाने लगा। चौकी इंचार्ज ने रफीक को कोहनी मारकर अलग किया। राजपाल, हरगोविन्द,मोहन सब नेचू के बचाव में आगे आए—"छोड़ दो साहब-छोड़ दो" उन्होंने नेचू को पुलिसवाले की गिरफ्त से दूर करना चाहा। खींचातानी में नेचू के पैर में चोट आ गई। पुलिसवाले का चेहरा गुस्से में लाल था। तेज़ आवाज़ में उसने चीखना शुरू किया—"ले जाओ साले को मेरे आगे से। इस साले के बीबी-बच्चे बैठे होंगे। ले जाओ नहीं तो मरके जाएगा मेरे यहाँ से। साला दो कौड़ी का आदमी, मेरे मुँह लग रहा है... मेरे?" कहते हुए उसने ज़मीन पर थूका और फिर से नेचू को धक्का दिया। नेचू लड़खड़ाकर पास रखी मेज़ से टकराया। उसे चोट आई। चौकी में कई लोग जमा थे। सारा तमाशा देखकर वे भी चिल्लाने लगे—"क्या ग़लत कह रहा है नेचू? साहब! कुछ तो न्याय करो। ऐसे कैसे तोड़ लें अपना घर? यह कहाँ का इन्साफ है?"

पुलिसवाले की चमड़ी बहुत मोटी थी उसने कन्धे उचकाकर एक ही जवाब दिया—"हमारे ऊपर भी तो डंडा है। इन्साफ चाहिए तो जाओ कोर्ट का दरवाज़ा

खटकाओ। अब भी सुन लो अपना सामान-सट्टा बाँधो। जो मुआवज़ा मिल रहा है चुपचाप ले लो। अपने-अपने कागज दिखाकर रसीदें बनवाओ। बेकार की बकझक में घर से भी जाओगे और मुआवाज़े से भी। बाद में मत कहना बताया नहीं।" कहते हुए उसने एक सिपाही को उन्हें बाहर निकालने का आदेश दिया। सिपाही उन्हें ठेलने लगा। सब लोग चौकी से बाहर निकलने लगे। नेचू लँगड़ाते हुए चल रहा था। उसके हड़ीले शरीर पर कमीज और पजामा झूल रहे थे। पैरों में रबड़ की घिसी हुई चप्पल थी और आँखों में असीम सूनापन।

पुश्ते में लौटकर अलग-अगल कॉलोनियों-बस्तियों के प्रधानों ने तुरन्त अपनी बैठक की और तय किया कि अब जो हालात हैं उनमें कोई भी मदद नहीं मिलनेवाली इसलिए जो कुछ बच सकता है बचा लो और घरों के कागज़ दिखाकर जो मुआवज़ा मिल रहा है उसे ले लो। यहाँ बेकार भीख माँगने से कुछ हासिल नहीं होने वाला। पुश्ते के लोगों को अब एम.सी.डी. के दफ्तरों की खाक छाननी थी और अपने कागज़ बनवाने थे। दफ्तरों में भीड़ लग गई। खिड़की के पीछे कितने बाबू बैठे थे और खिड़की के बाहर दूर तक लोग ही लोग जमा थे। मामला एक-दो या सौ-दो सौ लोगों का नहीं था। लगभग चालीस हजार घरों और डेढ़ लाख लोगों का था। दफ्तरों की हालत अजीब थी। सब कुछ हार जाने के बाद वहाँ पुश्ते के लोगों की लाइनें लगी थीं। इस काम के लिए रोज ही कितने लोगों की दिहाड़ी मारी जा रही थी। पुश्ते में क्या रहवासी क्या प्रधान सबकी एक-सी गत बनी थी। रामपाल का बूढ़ा पिता हरगोविन्द भी रामपाल के साथ चला आया। लाईन में धक्का-मुक्की और परेशानी झेलने के बाद अपना नम्बर आने पर उसने बाबू से फरियाद की—"साहब! कुछ तो रहम करो। हम यहाँ तीस-तीस साल से रह रहे हैं। कभी किसी ने नहीं उठाया। जो कोई सरकार आई उसने कहा बसे रहो तो अब अचानक से यह जुलम क्यों?" बाबू के आगे सैकड़ों कागज़ बिखरे थे और उसकी दो ही आँखें थीं उसे हरगोविन्द दिखाई नहीं दिया। कुछ शब्द जरूर हरगोविन्द के कानों के इर्द-गिर्द भिनभनाए। देर होती देख बाबू झल्लाया-सा बोला—"बाबा! कागज़ दिखाओ, कागज़। बहुत काम है।" हरगोविन्द ने अपने कागज़ दिखाए तो बाबू ने उसे बताया—"आपके कागज़ के मुताबिक अठारह वर्ग मीटर की ज़मीन मिलेगी और उसके लिए पाँच हजार रुपया देना होगा। अगली लाइन में लगो और वहाँ खिड़की पर पैसे जमा करवाओ। वहाँ से रसीद लेकर अगली खिड़की से जाकर अपनी रसीद ले लो।" इस बार हरगोविन्द की जगह रामपाल बोला—"रुपया किस बात का? कागज तो हैं हमारे पास।"

"यह तो सरकारी नियम है। ज़मीन का पक्का कागज़ मिल रहा है पैसा तो लगेगा। हर प्लॉट साइज़ के हिसाब से पैसा देना है। तुम्हारे पाँच हजार बनते हैं। यहाँ तो पाँच से बीस हजार तक देना पड़ रहा है लोगों को। नहीं लेना तो जाओ आगे बढ़ो।" बाबू की झल्लाहट और बढ़ गई। हरगोविन्द से रहा नहीं गया। उसने कहा—"साहब! जान ले रहे हो और बेइज्जती अलग कर रहे हो। जानते हो मैं आजादी की लड़ाई में शामिल रहा था। इस देश में मेरा खून-पसीना भी लगा है। कम-स-कम उसकी तो कदर कर लो।" कहते हुए हरगोविन्द की जबान काँप गई। रामपाल पैसे की बात पर अड़ा था और हरगोविन्द की ये चिन्ता थी कि इतनी जरा-सी जगह में उसका घर-परिवार कैसे समाएगा। उसने बाबू से फिर कहा—"हमारा परिवार, मवेशी, सामान कहाँ समाएगा इस बित्ते भर की जमीन पर?" इस बार बाबू ने अपने स्वर में शामिल तुर्शी को कतर दिया। उसने समझाया—"देखो बाबा! सन् साठ के पुनर्वास नियम का तुम्हारे हिसाब से जितना प्लॉट साइज बनता था वह सन् दो हजार में घटा दिया गया। अबका तो यही नियम है।" हरगोविन्द उसे देखता रह गया। रामपाल ने पीछे लग रही लाइन की धक्का-मुक्की और शोर को सुनकर अपने पिता हरगोविन्द को साथ लिया और दूसरी लाईन में लग गया। उसने पैंट की जेब से रूमाल निकाला। रूमाल में बँधे रुपये निकालकर गिने। हरगोविन्द बूढ़ी आँखों से देखता रह गया। वह सोच रहा था जिस देश को आज़ाद कराने के सपने उसने कभी देखे थे, उसके लिए लड़ा था आज उस आज़ाद देश में वह फिर एक गुलाम की तरह अपने जीवन की लड़ाई लड़ने को मजबूर है। हरगोविन्द सोचने लगा कि इस बार उसकी आँखों में कोई सपना भी बाकी नहीं बचा है।

हरगोविन्द और रामपाल ने पैसे चुकाए और अपने हिस्से का कागज़ लिया। उस कागज़ पर बवाना की ज़मीन का एक छोटा टुकड़ा उनके नाम लिखा था। वहाँ एक नहीं हजारों हरगोविन्द थे जिन्हें इन हालात से दो-चार होना था। हरगोविन्द खुशनसीब था उसके पास रुपये थे। रुपये अभी देने के लिए भी चाहिए थे और पुश्ते से दूर भेजे जाने पर खाली जमीन पर घर का ढाँचा खड़ा करने के लिए भी चाहिए थे। पुश्ते में ऐसे अनगिनत लोग थे जिनके पास देने को रुपये नहीं थे। उन लोगों को न सिर्फ कर्ज़ का इन्तज़ाम करना था बल्कि रोज की मारी जानेवाली दिहाड़ी के बीच परिवार भी पालना था। अभी हरगोविन्द और रामपाल दफ्तर से निकल भी नहीं पाए थे कि पीछे एक झगड़ा खड़ा हो गया। झगड़ेबाज़ी बढ़ती ही चली जा रही थी। रामपाल और हरगोविन्द ने जब पूरे मामले को जाना तो एक और नया सच सामने आया। झगड़ रहे लोगों के

पास उनके घर का जो कागज़ था वह उन्नीस सौ अट्ठानवें के बाद का था। बाबू साफ कह रहा था कि बाद के कागजवालों के लिए कोई मुआवजा नहीं है। वे सब बेबस थे और नियम कठोर। झगड़ेबाज़ी का तेवर जल्द भीख की मुद्रा में तब्दील हो गया। उन लोगों ने पैसे भर देने के लिए हाथ जोड़े पर बाबू का चेहरा सपाट बना रहा। उसने बस यही कहा कि कहीं किराए का घर ले लो और रह लो। पुश्ता रहेगा नहीं और नियम के मुताबिक पुनर्वासवाली जमीन के वे हकदार नहीं।

पुश्ते के लोगों के मन में अंधड़ चल रहा था। एक ओर वे आश्वासन थे जो कहते आए थे कि पुश्ते को हटाया नहीं जाएगा। वे आज धोखा सिद्ध हुए। दूसरी तरफ जब लोगों ने नए हालात से कुछ समझौता कर लिया तो कहा गया कि उनके लिए कहीं जगह नहीं है। तीसरे जिनके लिए जगह है वह भी सिमटा दी गई। सब लोगों के मन को एक ही सवाल मथ रहा था कि जो ज़िन्दगी में कभी ठीक से बसे ही नहीं उनके लिए कैसा पुनर्वास?

❄

हर सुबह रोशनी से नहाकर उम्मीद नहीं लाती। इस सुबह का रंग बदरंग था। उम्मीद पस्तहिम्मत सड़क पर बिछी थी। गौतमपुरी के लोग रात भर अपने घरों का सामान बोरों, थैलों में भरते रहे। सुबह तक भी काम खत्म नहीं हुआ। घर के कपड़े, बर्तन, कुर्सी, अलमारी, बिस्तर को सँजोने के साथ उस कबाड़, दुकान के सामान को भी ठिकाने लगाना था जो साथ जा नहीं सकता था। बरसों की गृहस्थी एक दिन की सूचना में कहाँ समेटी जा सकती थी। लोग रो रहे थे, चीख रहे थे पर उनका रोना और चीख सुननेवाले कान बहरे थे। पुश्ते में जगह-जगह पुलिसवाले फैले थे। एम.सी.डी. और डी.डी.ए. के कर्मचारी भी वहाँ मौजूद थे। सब थे पर कोई बचानेवाला नहीं था। गौतमपुरी में बस किसी भी समय बुलडोज़र घरों को ढहाने के लिए आ सकते थे। शकील गम से अधमरा हुआ जा रहा था। उसके चेहरे पर दहशत साफ झलक रही थी। शकील एक दिन में लगभग पच्चीस चिकन बेच देता था। अपनी दुकान को देखकर उसे आज रोना आने लगा। घर के अगले हिस्से में बनी दुकान भी ढह जानेवाली थी। गौतमपुरी के प्रधान मोहन ने उसे ढाढस बँधाया—"जिन्दगी बड़ी बात है फिर खड़े हो जाएँगे घर-दुकान।" शकील उसे घूरकर देखता रहा फिर रोते हुए बोला—"भाई! ऐसे कैसे खड़े हो जाएँगे? कोई हँसी-खेल है क्या? बताओ?

काले पानी की सजा मिली है हमको। सरकार कहती है हम तो जमीन देते हैं ये लोग बेच-बाचकर मजे करते हैं। कौन अपना घर बेचता है। अब यहाँ से निकलकर कैसे गुजारा होगा? बच्चे दर-दर भटकेंगे? कब जमेगा काम-धन्धा?" सिसकते हुए शकील, मोहन के कन्धे से जा लगा। मोहन के पास अब ढाढस बँधानेवाले शब्द ही बाकी नहीं बचे थे। वह जान रहा था सब ताकतवालों का खेल है जिसमें पुश्ते के लोगों के हिस्से सजा आई है।

गौतमपुरी की जमीन थर्रा रही थी। उसके नीचे धधकता लावा किसी भी पल फूटनेवाला था। हजारों की संख्या में लोग वहाँ जमा थे। जिनके घरों पर गाज गिरने को थी उनके संग वे भी खड़े थे जिनके साथ कल यही सब घटित होनेवाला था। इनके अलावा वे लोग भी थे जो पुश्ते को बचाने की कोशिशों में जी-जान से लगे थे। वहाँ सुगन्धा और पंकज सहित अनेक संगठनों के लोग थे। पूनम-सूरज-नेचू जैसे करुणा से भरे लोग भी थे और उमा, निशान्त मीणा जैसे सच की सही तस्वीर सामने लानेवाले पत्रकार भी थे। सरकारी काम में पुश्ते के लोगों द्वारा कोई अडंगा खड़ा न किया जाए इसके लिए पुलिस को सब आदेश पहले ही दे दिए गए थे। औरतें अन्त समय में जो कुछ बचा उसे निकाल रही थीं। एक औरत ने बाहर रस्सी पर सूख रहे कपड़ों के लिए थैला न मिल पाने के चलते अपने बच्चों के शरीर पर दो-तीन कपड़े पहना दिए। पुश्ते की दूसरी कॉलोनियों के कुछ लोग इंसानियत का फर्ज निभाते हुए उनके लिए खाना बाँध लाए। पुश्ते के बाहर ट्रक-टैम्पू में सामान लद रहा था। लोगों ने पैसे जोड़कर यह व्यवस्था की थी। तभी पुलिस की ओर से घोषणा हुई—"सभी लोग अपने घर खाली करें, बुलडोजर आ रहे हैं।"

सारे माहौल में मरघट-सी शान्ति छा गई। वहाँ सिर्फ बुलडोजरों की आवाज़ें सुनाई दे रही थीं। धीरे-धीरे करके बुलडोजर आगे आते गए। कुछ समय पहले तक हरे-पीले-गुलाबी-नीली पुताई के घर अब मलबा होने लगे। घरों को वजूद देनेवाली ईंटें ढहकर अब रास्ते में बिछने लगीं। उन घरों का हिस्सा रहीं खिलखिलाती आवाज़ें, चूल्हे पर खाने का स्वाद, सर्दी-बारिश-गर्मी में सुकून की छत, एक-दूजे की हथेली का स्पर्श और प्यार की गन्ध भी मलबे में बदल गई। हजार के करीब घर आज मिट्टी में मिल गए थे। अपने घरों को उजड़ते-मिटते देखने के गवाह लोग खामोशी से सब देख रहे थे। उनकी आँखों में आँसू थे जिन्हें पहचाननेवाली हर आँख पनीली थी।

गौतमपुरी में बसे अनेक लोगों को पुर्नवास में कोई ज़मीन नहीं मिल पाई थी। कुछ के कागज़ पुश्ते में पहले लगी आग में स्वाहा हो गए थे तो कुछ के

पास अट्ठानवें के बाद के कागज थे इसलिए उन्हें ज़मीन मिल नहीं पाई। बहुत से लोग नई जगह पर जा रहे थे और बहुत-से ठिठके खड़े थे कि वे अब कहाँ जाएँगे।

अगले दिन मीडिया में खबर आई कि यमुना पुश्ता के पहले चरण में गौतमपुरी को खाली करवाया गया और पुनर्वास शान्तिपूर्ण ढंग से बहाल हुआ।

❋

उमा जानती थी कि अनीश कभी मन्थन कार्यक्रम के जरिये पुश्ते से जुड़ी इस खबर को सामने नहीं लाने देगा पर फिर भी उसने हिम्मत नहीं हारी। उसने एक पूरी स्टोरी तैयार की। मन में एक बात बार-बार आती रही कि इतनी बड़ी मानवीय त्रासदी का कोई हिस्सा तो अनीश भी अपने चैनल से दिखाना चाहेगा। यह स्टोरी करना उमा के लिए आसान नहीं था पर भावुकता को उसने खुद पर हावी नहीं होने दिया। वह पूरे तर्क और आँकड़ों से दिल्ली के सबसे बड़ी झुग्गी बस्ती के विध्वंस को सामने लाना चाहती थी। काम पूरा करने के बाद उमा पूरे आत्मविश्वास के साथ अनीश के सामने जा खड़ी हुई। रिपोर्ट अनीश की टेबल पर रखते हुए उसने कहा—"अनीश! ये यमुना पुश्ता डिमोलिशन से जुड़े वह अनछुए पहलू हैं जो सबके सामने आने ज़रूरी हैं।" एडिटिंग के काम में व्यस्त अनीश ने गर्दन उठाकर उमा को देखा। उमा का उजला-चमचमाता चेहरा और गठा हुआ शरीर आज भी उसे बेहद सुन्दर लगा। उसने गौर किया कि शादी के बाद उमा और भी खूबसूरत हो गई है। अतीत के सारे खूबसूरत लम्हे उसकी आँखों के सामने एकबारगी नाच उठे। उमा का पास होना उसे फिर एक रोमाँच से भर गया। उमा के पास आने को अनीश एक नए मौके के रूप में देखने लगा।

"बैठो उमा।" अनीश ने कुर्सी उमा के आगे कर दी। उमा संकोच से कुर्सी पर बैठी और बिना कुछ कहे उसने रिपोर्ट को टेबल से अनीश के कुछ और करीब सरका दिया। अनीश की निगाह अब रिपोर्ट पर गई। एक पल पहले उसके मन में उभरी उमा के करीब होने की उत्तेजना रिपोर्ट देखकर सिकुड़ गई। वह हर पेज को ध्यान से देखता रहा। सभी तस्वीरों को, लोगों की बातचीत को। उसने रिपोर्ट का एक-एक पन्ना देखा और देखने के बाद रिपोर्ट को उमा की तरफ बढ़ा दिया।

"कोई नई स्टोरी नहीं है उमा?" अनीश की आँखें सवाल बनकर उमा की तरफ देखने लगीं।

"यह एकदम नई है।" उमा ने सच की तस्वीर जानकर भी रिपोर्ट एक बार फिर अनीश के आगे रख दी।

"तुमसे पहले भी मैंने कहा था कि इससे अलग कुछ काम करो।" अनीश की आवाज़ अब भी मुलायम बनी हुई थी।

"और कामों के साथ यह काम भी ज़रूरी है अनीश। इसे कौन करेगा?" उमा ने साफगोई से कहा।

"मेरा मतलब..." अनीश अभी अपनी बात पूरी भी नहीं कर पाया था कि उमा ने बात काटते हुए कहा—"यह वही पुश्ता है अनीश जिसके ब्यूटीफिकेशन को लेकर जब भी किसी मन्त्री या साँसद का एक भी कड़ा बयान आता है तुम उसे बड़ी मुस्तैदी से दिखाते हो। चाहे वह मास्टर प्लान की बात हो या कॉमनवेल्थ गेम्स की। सिक्के का दूसरा पहलू हमेशा तुम्हारी नज़रों से ओझल रहता है।"

"सिक्के का जो पहलू चमकदार हो वही असरदार होता है उमा।" अनीश ने हँसते हुए कहा।

"चमक से तुम्हारी आँखें चुँधिया गई हैं अनीश और इस चौंध ने तुम्हारे नज़रिए को नष्ट कर दिया है। जो लोग तुम्हें दिखाई नहीं देते अनीश उनका जीवन खतरे में पड़ा है। सोचकर देखो कहाँ जाएँगे वे लोग? जीवन कैसे चलाएँगे? तुम जानते हो मीडिया इस समय यदि ढंग से इस मुद्दे को हाईलाइट करेगा तो शायद कुछ हो भी सकेगा।" उमा को अनीश की हँसी खल गई।

"डोंट बी सिली उमा! बरसों से खादर पर कब्जा करके बैठे हैं। ये लोग इतने भी भोले नहीं हैं कि यह न जानते हों कि कभी न कभी तो ज़मीन छोड़नी ही पड़ती। उन्हें पहले ही तैयार रहना था।"

"बिना नोटिस कैसे कोई तैयार रहता है अनीश?"

"उमा! कैसा नोटिस। आ तो गया था अखबार में, टी.वी. पर और क्या?"

"इतने ज़ालिम न बनो अनीश! कल को तुम पर बगैर नोटिस कोई कार्यवाही हो जाए तब?"

"उमा! इसमें मेरी बात कहाँ से आ गई? तुम पत्रकार हो। दो हजार दो का केस तुम्हें याद ही होगा। वजीरपुर बर्तन निर्माता संघ वर्सेज यूनियन ऑफ इंडिया वाला। बात तो वहीं क्लीयर हो गई थी। उस केस में यमुना पुश्ता के अवैध कब्जे को हटाने के बारे में साफ लिखा है। पूरी दिल्ली की झुग्गी बस्ती को हटाने की बात है उसमें। शहर के लिए यह ज़रूरी कदम है। समझो यार।" अनीश, उमा को समझाने के मूड में आ गया।

"वाह अनीश! शाबाश है तुम्हें। मन्त्रियों की भाषा अच्छी बोल लेते हो तुम और तुमने तो केस का पूरा रंग ही बदल दिया। केस को तुम्हें दोबारा पढ़ने-समझने की जरूरत है। जो पीड़ित है वही अपराधी बना दिया गया है और तुम इस वरडिक्ट का समर्थन कर रहे हो। लानत है।" उमा का गुस्सा उसके चेहरे से बयाँ होने लगा।

"क्या करें उमा! तुमने तो आँखें बन्द कर रखी हैं। ऐसे तो नहीं बन सकेगा शाइनिंग इंडिया? सोचकर देखो शहर की सफाई के बाद उसकी क्या तस्वीर होगी? कितनी योजनाओं में पेरिस, लन्दन, सिंगापुर की समानता में दिल्ली को विश्वस्तरीय शहर में बदलने का प्रस्ताव है। कितने मेगा प्रोजेक्टस होंगे। शहर का विकास होगा और तब होगा वास्तविक शाइनिंग इंडिया। ज़रा ये भी तो देखो दिल्ली के कितनी आर. डब्लू. ए. ने मिलकर अदालत में कहा है कि उनके घरों के आसपास की अवैध बस्तियों की बेदखली हो।" अनीश ने उमा के चेहरे की तरफ देखा।

"इस शाइनिंग की कीमत कौन चुका रहा है अनीश! यह भी सोचो। देश का आर्थिक विकास होगा, नए शानदार भारत का उदय होगा पर कितनी ज़िंदगियों के नामोनिशान मिटाकर। वह कीमत कौन चुकाएगा?" उमा किसी भी तरह खामोश नहीं हुई।

"तुम्हें इनका खुदा बनना है?" अनीश की निगाहों से गुस्सा टपकने लगा।

"इसमें खुदा की क्या बात है? ज़मीनी मसला है ज़मीन पर रहकर ही सुलझेगा। इंसान के नाते हमारा कोई फर्ज़ है कि नहीं?" उमा बिफरी।

"ज़मीनी सच तो ज़मीन कब्जाने का है उमा। इस देश में सबके सब चोर हैं।" अनीश को जरा देर नहीं लगी अपने पुराने रूप में लौटने में।

"क्या कह रहे हो अनीश इसका मतलब समझते हो? सबमें तो तुम भी शामिल हो। इस तरह तुम भी चोर हो।" उमा ने अनीश की खबर ली।

"बेमतलब बात को उलझा रही हो उमा। कभी सीधी तरह भी बात करो मुझसे।" अनीश ने एक बार फिर अपने स्वर को संयत किया।

"सीधी बात तो यह है कि तुम्हारा नज़रिया पुश्ते के लोगों के विरोध में है और जिस बेदखली की बात तुम कर रहे हो उसके बाद यमुना खादर का होगा क्या?" उमा ने अनीश की आँखों में आँख डालकर पूछा। अनीश कुछ बोल नहीं पाया तो उमा ने फिर से चोट की—"अनीश! सारी कोशिश तो उस रिवर बेड को रियल एस्टेट में बदलने की है और इसमें आम लोगों की जान जाए तो जाए, क्या फर्क पड़ता है किसी को।"

"बात तो बहुत सीधी है उमा! अपना गाँव-देहात छोड़कर अमीर बनने का लालच लिए यहाँ आए इन लोगों ने धीरे-धीरे पूरे शहर को झुग्गी बस्ती में तब्दील कर दिया। यह तो पूरा एक सर्किल है उमा! माइग्रेशन के बाद होमलेस होना और फिर इन लोगों द्वारा स्लम का खड़ा किया जाना और देर-सबेर इस अवैध कब्जे से अलग इन लोगों को नई जगह के लिए निकाला जाना। विकास के रास्ते ऐसे अडंगे आते ही रहे हैं और दूर भी होते रहे हैं। विकास के लिए कुछ कुर्बानियाँ दी ही जाती हैं। यह पहली बार तो हो नहीं रहा तो पहली बार जैसा हल्ला क्यों?" अनीश गरजा।

"और सारी सरकारें तो एकदम भोली गाय हैं। लोग गाँव-देहात से काम की तलाश में आते हैं तो क्यों बसने की इजाज़त देती हैं? जिन मेगा प्रोजेक्ट्स की बात तुम कर रहे हो वह इनके बगैर हो जाएँगे पूरे? और अनीश! समस्या विकास की नहीं, समस्या विस्थापन की भी नहीं है। उससे कहीं बड़ी है। देश का चेहरा ऐसा तो हो जहाँ ऐसी नीतियाँ बनाई जाएँ जो मानवीय हों। ऐसी नहीं जहाँ आम लोगों की जिन्दगियाँ सूअरों के बाड़े में तब्दील कर दी जाएँ। रही बात अवैध कब्जे और वजीरपुर केस की तो सच्ची बात यह है कि हमें चाहिए सस्ता श्रम। हमें चाहिए मजदूर पर हमें गन्दगी गवारा नहीं। हमें सफाई चाहिए, ऊँची इमारतें, चमचमाती सड़कें, हरे-भरे बगीचे चाहिए और इस सबकी कीमत है। वह कीमत कौन चुकाएगा? उसकी कीमत हमेशा गरीब ही चुकाएगा। मैं पूछती हूँ कि वह कीमत शहर क्यों नहीं चुकाएगा? शहर क्यों नहीं इन्तज़ाम करेगा उनके लिए? शहर को चमकाने की नीतियाँ बनेंगी पर उनके लिए खून-पसीना बहानेवाले लोगों को ठीक से बसाने की कोई प्लानिंग नहीं होगी। शहर के बाहर खाली जगह देखी और उन्हें बिना कुछ देखे-भाले जगह अलॉट कर दी। न वहाँ घर, न सीवर, न बिजली-पानी न यातायात और तो और ज़िन्दगी चलाने के लिए कोई काम-धन्धा भी नहीं।"

"उमा! इतनी देर से बर्दाशत कर रहा हूँ तो तुम कुछ भी कहे चली जाओगी? यह एंडलेस आरग्यूमेंट है। खत्म करो इसे। यह खबर यहाँ नहीं चलेगी। दैट्स फाइनल।" उमा की बात सुनकर अनीश तैश में आ गया। उसने बेमन से उमा की स्टोरी को उसकी तरफ उछाल दिया।

"हाँ तुम जैसे लोग जब इन मंचों के सर्वेसर्वा रहोगे तो ऐसा ही होगा।" उमा ने तंज़ कसा।

"बस करो उमा! बहुत देर से तुम्हारी बकझक सुन रहा हूँ तो तुम मेरी पोजीशन का लिहाज़ भूल गईं। मेरे कारण ही तुम यहाँ अब तक टिकी हो।" अनीश की बात सुनकर उमा सन्न रह गई।

"ओह! अब तक मैं समझती आई थी अनीश कि मैं अपने काम के बलबूते यहाँ हूँ।" उमा के दिल पर गहरी चोट लगी।

"कभी बताया नहीं तुम्हें पर आज बता देता हूँ कि कभी बहुत प्यार किया था तुम्हें। उसी वजह से तुम्हें इतने समय बर्दाश्त भी किया है।" इस संवाद की सबसे कड़वी बात अनीश ने बड़ी बेबाकी से कह डाली। उमा हैरत से उसे देखती रह गई। गुस्से और दुख का एक सैलाब उसके मन की सीमा तोड़कर भागने लगा।

"तुम्हें प्यार के मायने पता हैं अनीश?... प्यार में एक-दूसरे के लिए कद्र होती है। विश्वास होता है। दूसरे की भावनाओं का आदर होता है। समानता का भाव होता है। प्यार में आदमी अपने से पहले दूसरे के बारे में सोचता है। तुम तो सेल्फसेंटर्ड इंसान हो। तुम प्यार की कैफियत क्या जानो और हाँ मिस्टर अनीश आप किसी खामाख्याली में न रहें कि मेरी नौकरी आपके रहमोकरम पर है और है भी तो आज ही इस एहसान से मुक्त हो जाइये।" अपमान की अग्नि में जल रही उमा ने भीतर का सच कह डाला।

"पछताओगी देखना।" अनीश ने बेशर्मी से हँसते हुए कहा।

"जाते-जाते एक आखिरी बात ज़रूर कहूँगी तुमसे। यह जानती थी कि तुम जातिवादी हो, साम्प्रदायिक भी और यह भी जानती हूँ जातिवादी और साम्प्रदायिक इंसान स्त्री विरोधी भी होता है...गुड बाय मिस्टर अनीश...और एक आखिरी बात मैं यह भी जानती हूँ कि मीडिया में कहीं तो कुछ लोग होंगे जो न्याय के पक्ष में होंगे। जिनकी आवाज़ उन मज़लूमों की लड़ाई लड़ेगी।"

अनीश के ऑफ़िस से निकल रही उमा ने आज एक साथ दो दरवाजे हमेशा के लिए बन्द किए। पहला अनीश के ऑफ़िस का और दूसरा भारत न्यूज़ का। उमा बाहर निकली। दिन की खुली धूप को उसने अपने चेहरे पर महसूस किया और मज़बूत कदमों से आगे बढ़ गई।

❄

गौतमपुरी कॉलोनी के एक हिस्से पर बुलडोज़र के चलने के बाद लोगों की रही-सही आशा भी खत्म हो गई। अलग-अलग सभी कॉलोनियों के घरों में रह रहे लोगों ने समझ लिया कि देर-सबेर उनका भी नम्बर आने हीवाला है। मुआवज़े के लिए लोग अभी तक दफ्तरों के चक्कर काट रहे थे। पुश्ते की जगह के मुकाबले कम जगह पर समझौता करने की बात भी अब सबको समझ

आने लगी। कितने लोग जिन्हें आगे कहीं कुछ नहीं मिलना था वे वापिस अपने गाँव-देहात लौटने की बात सोचने लगे। मुसीबत से घिरे इन दिनों में पूनम ने एक दिन भी स्कूल की छुट्टी नहीं की। संजय अमर कॉलोनी को गिराए जाने का नम्बर अभी नहीं आया था। पूनम के स्कूल में बच्चे आ रहे थे। पूनम और पंकज समय से उनकी कक्षाएँ ले रहे थे पर धीरे-धीरे पूनम के मन को हताशा घेर रही थी। एक दिन स्कूल के बाद पूनम एक बच्ची की माँ से उसकी पढ़ाई-लिखाई के बारे में बात कर रही थी कि बात का सिरा पुश्ते से उजड़कर कहीं और बसने की तरफ चला गया। बातचीत सुनकर कुछ और औरतें भी वहाँ रुक गईं। बच्ची की माँ ने पूनम से अपना दुख साझा किया—"पता नहीं अब आगे क्या होगा दीदी? तुमने यहाँ तक मेरी बच्ची को सँभाला आगे उसे कौन देखेगा? वहाँ कौन-सा स्कूल मिलेगा? स्कूल मिला भी तो तुम जैसा तो कोई मिलेगा नहीं कभी।" पूनम ने उसके कन्धे पर अपना हाथ रखा और आँखों से उम्मीद थामे रखने का इशारा किया। एक औरत जो काफ़ी देर से उनकी बात सुन रही थी अचानक कहने लगी—"अरे! रोती क्यों है। मिल तो रहा है मुआवजा। जैसे यहाँ रहे वैसे रह लेंगे वहाँ भी। कौन-सा यहाँ हमारे किले-कोठी खड़े हैं। वहाँ भी बच्चों का कोई न कोई इन्तजाम हो ही जाएगा। कम से कम अब वहाँ से हमें कोई निकाल तो नहीं पाएगा।" पूनम उस औरत को देखती रही। यह औरत, बच्ची की माँ की पीड़ा को क्यों समझ नहीं पा रही, सोचकर पूनम हैरान थी। पूनम को अपनी कहानी याद आने लगी कि कैसे वह बदायूँ से यहाँ आई थी। उसने आसमान की तरफ देखा और बोली—

"पहले बदायूँ में रहते थे। वहाँ घर था। मजबूरी में उसे कन्धे पर लादकर यहाँ चले आए। दिखने में कितना आसान है न कि यहाँ से उठाया और दूसरी जगह बसा दिया। बढ़िया है पक्की जमीन दे रहे हैं पर सवाल तो यहाँ दूसरा है... क्या हमारा कुछ भी नहीं है? न पानी, न जमीन, न हवा, न आसमान। आखिर हम किस देश में रहते हैं? हमारे होने से किसी को कुछ भी फर्क पड़ता है या न होने से...हम...हम....हम कुछ नहीं देते क्या? या यही सब हमें देते हैं... सरकार और शहर के लोग। हम कुछ नहीं देते? इस शहर के बाग-बगीचे क्या हम नहीं सँवारते? इस शहर की गन्दगी क्या हम साफ नहीं करते? इस शहर की इमारतों की ईटें, गारा-मलबा क्या हम नहीं हटाते, सँवारते? नहीं...नहीं... हम करते हैं। हम करते हैं सब। यह लड़ाई जमीन की है भी और नहीं भी... यह लड़ाई मेरे और तुम्हारे अधिकार की है..." पूनम आसमान को ताकती हुई धाराप्रवाह बोले चली जा रही थी। आसपास खड़ी औरतों को कुछ भी समझ

नहीं आ रहा था। बच्ची की माँ ने पूनम को झकझोरा—"दीदी! दीदी! क्या कहे जा रही हो? जमीन है भी और नहीं भी?" पूनम को झटका-सा लगा। उसने बच्ची की माँ को देखा। उसके सवाल को समझा। पूरे इलाके में नज़र दौड़ाई और फिर मुआवजे की बात कहनेवाली औरत की तरफ देखकर अपनी बात पूरी की—"यहाँ किसी की लड़ाई मुआवजे की नहीं है। सबकी लड़ाई इज्जत से अपनी ज़िन्दगी को जीने की लड़ाई है। अपने सर पर छत की लड़ाई है। अपनी थाली में रोटी की लड़ाई है। बच्चों के मुस्तकबिल की लड़ाई है।" एक साथ बहुत सारे सवालों का जवाब देते हुए पूनम की साँस तेज चलने लगी। उसने किसी की तरफ नहीं देखा। पूनम आगे चल दी और अपने स्कूल की तरफ बढ़ गई।

शाम को स्कूल से घर पहुँचकर भी पूनम शान्त रही पर यह शान्ति हजारों सवाल लिए उसके मन में तूफान उठाए थी। ज्योति हमेशा की तरह माँ के लिए अनगिनत बातों का पिटारा खोले बैठी थी—

"मम्मी! होली पर मुझको अच्छीवाली पिचकारी दिलाना! स्टील वाली। बहुत दूर तक पानी फेंकती है। देखना तुमको और पापा को पूरा भिगो दूँगी।"

पूनम कुछ नहीं बोली बस सिर हिलाया। ज्योति पास आई और पूनम के गालों को दोनों हाथों में लेकर बोली—"क्या हुआ मम्मी? आज मुझे प्यार भी नहीं कर रही? बोल भी नहीं रही?"

"यहाँ आ जा ज्योति! तेरी मम्मी आज थकी हुई है। आ जा मेरे पास हम दोनों खेलते हैं।" सूरज ने पूनम को मायूस देखकर ज्योति को अपने पास बुला लिया।

"पापा! तुम लाना बड़ी-सी पिचकारी...लाओगे न?" ज्योति ने अपनी माँग दोहरा दी। सूरज ने हँसते हुए उसे बाँहों के घेरे में ले लिया।

"ज्योति को जरूर मिलेगी बड़ीवाली पिचकारी।" कहते हुए सूरज ने ज्योति की दोनों हथेलियों को अपने हाथ में लिया। उन्हें अपनी उँगलियों से पूरा फैलाया। कुछ देर देखा और चूम लिया। ज्योति खिलखिलाकर हँसने लगी।

"पापा! क्या तुमने मम्मी को डाँटा है? मेरी मम्मी हँसती क्यों नहीं ?" सूरज की गोदी में झूलती ज्योति ने सवाल किया।

"अभी मनाते हैं तेरी मम्मी को। चल तू यहाँ बैठ।" ज्योति को गोद से उतारकर सूरज ने उसे नीचे बिछी दरी पर बिठा दिया। ज्योति अपने खिलौनों की दुनिया में रम गई।

"क्या हुआ पूनम? क्या सोच रही है...बता...बता न?" सूरज ने सोच में डूबी पूनम को झकझोरा।

"पता नहीं क्या हुआ...पर मेरा मन नहीं लग रहा... क्या वापिस बदायूँ लौट चलें?" पूनम ने सूरज के चेहरे पर नज़र गड़ाकर कहा।

"सारी चिन्ता स्कूल की है न? पहले भी यही सब हुआ था अब दोबारा स्कूल हटेगा..." बहुत दिन से सूरज के मन में आ रही इस बात को उसने आज कह डाला। पूनम उसे देखती रही।

"क्या सामान बाँध लूँ? तुम मुझे और ज्योति को छोड़ आओ फिर दुकान का कुछ बन्दोबस्त करके तुम भी लौट आना।" कहते हुए पूनम ने सूरज को देखा और मशीन की तरह उठकर सामान बाँधने लगी। सूरज को बदायूँ की वह रात याद आ गई जब पूनम दिल्ली आने के लिए रात में ही उठकर कपड़े तहाने लगी थी।

"पूनम! पुश्ता नहीं रहने से तेरे स्कूल का सपना क्या खत्म हो जाएगा? इतनी मेहनत की है तूने उसे ऐसे ही बेकार जाने देगी? फिर बदायूँ में यह नई पूनम अब रह पाएगी?" सूरज ने पूनम के मशीन की तरह चल रहे हाथों को अपने हाथों में थाम लिया। पूनम ने सूरज को बिना देखे हाथ छुड़ाने की कोशिश की और कपड़ों की तरफ हाथ बढ़ाया। सूरज ने पूनम के हाथ छोड़कर उसके चेहरे को अपने हाथों में ले लिया। इस बार पूनम की आँखें सूरज के चेहरे को देखने लगीं। सूरज ने पूनम के चेहरे को हाथों में लिए हुए अपनी बात जारी रखी—"इतने साल हुए पूनम इस शहर में हमें...सोचकर देख क्या इस शहर ने तुझे-मुझे कुछ नहीं दिया? हम क्या वैसे ही हैं, जैसे वहाँ से आए थे? इस शहर ने हमें खड़े होने का हौसला दिया है। थोड़ी-बहुत जो भी है एक अलग पहचान दी है। आज हम दोनों जो भी हैं जैसे भी हैं इस शहर ने हमें बनाया है, सँवारा है... तू क्या सोचती है पूनम? बता?"

पूनम ने सूरज को देखा फिर नीचे खेल रही ज्योति को देखा और अपने कमरे को देखा। वह आहिस्ता से सूरज से अलग हुई और नीचे ज्योति के पास जा बैठी। कुछ देर बैठी रही। एक शब्द नहीं बोली। ज्योति ने अपनी माँ के गले लगकर पूछा, "चुप क्यों हो मम्मी? बोलो न? आओ मेरे साथ खेलो।"

"कौन-सी पिचकारी लेनी है ज्योति को?" पूनम ने ज्योति के बालों को सहलाते हुए अपनी चुप्पी तोड़ी।

"वह सबसे बड़ीवाली स्टील की।" ज्योति ने चहकते हुए कहा।

"जरूर मिलेगी। इस बार खूब सारे गुब्बारे लाएँगे। गुलाल लाएँगे। स्कूल के बच्चों के साथ होली मनाएँगे। ज्योति अपनी बड़ी-सी पिचकारी लेकर चलेगी। मुझे, पापा और स्कूल के बच्चों को खूब भिगो देगी।" पूनम जैसे खुद को किसी बेहोशी से लौटा लाई। ज्योति खुश होकर बाहर निकली और अपनी फरीदा मौसी को यह बताने दौड़ गई। पूनम उठी और कमरे में बिखरे ज्योति के खिलौने समेटने लगी। सूरज ने पास आकर हँसते हुए पूछा—"कब चलना है बदायूँ? कब की टिकिट करा दूँ?"

"कहीं नहीं चलना है हमें। यहीं रहेंगे। तुम्हारा काम यहाँ है, मेरा काम यहाँ है। पहले कानपुर से बदायूँ आई फिर वहाँ से दिल्ली। तुमने सही कहा इस शहर में मैंने खुद को पूरा पाया है। इसे छोड़कर अब कहीं नहीं जाऊँगी।" पूनम के शब्दों में चट्टान-सी मजबूती थी।

"मगर पुश्ते का स्कूल भी तो गिराया जाएगा...फिर उसके तो कागज भी नहीं?" कड़वा सच सूरज की जबान से फूट ही पड़ा।

"जानती हूँ...पर स्कूल गिराया जा सकता है, कागज कहीं खो सकते हैं मेरी लगन तो नहीं। स्कूल तो पहले भी गिरा था पर फिर खड़ा हुआ न? लगन और हिम्मत से इस बार भी हो जाएगा। उसकी चिन्ता तो है पर मेरी हिम्मत अभी टूटी नहीं। पिछला सबक भूली नहीं हूँ मैं। मेरी चिन्ता स्कूल के उन बच्चों की है जिनका बचपन अपना घर चलाने को मजबूर है। स्कूल में दिन के किसी भी घंटे वे अपना बचपन जी भरके जी लेते थे। चार नई बातें सीखते थे। उन पर की गई सारी मेहनत बर्बाद हो जाएगी...वे बच्चे कोई गैर नहीं मेरा हिस्सा हैं, मेरा परिवार। कोई यह क्यों नहीं समझता घर-परिवार सिर्फ ईंट-गारे का नहीं होता वह रिश्तों का होता है। रिश्ते जो एक लम्बा समय देकर सींचे-पनपाए जाते हैं। क्या कोई भी मुआवजा इन रिश्तों को दोबारा उसी तरह सींच सकता है?"

"तेरी बात सही है पूनम! पर एक बात याद रखना मेहनत कभी बेकार नहीं जाती। इन बच्चों पर जो मेहनत तूने की है वह एक न एक दिन रंग लाएगी। तेरे हाथ से निकलकर परवेज़, अफ़साना, अमित, जुबैर, नौमान, आसिफ सबने अपनी राह पाई कि नहीं और अब शबनम, गुनगुन, बेबी, मोनू, हरीश, साजिद और न जाने कितने बच्चों पर जो मेहनत तू कर रही है वह सब भी तो हैं। उनसे तेरा रिश्ता कभी खत्म नहीं हो सकता।" कहते हुए सूरज ने पूनम को अपने करीब बिठाया और आँखों में आँखें डालकर पूरे भरोसे के साथ कहा। पूनम की आँखों से आँसू बहने लगे। सूरज ने हथेलियों से पूनम के आँसू पोंछे और उसे गले लगाया। कुछ क्षण यूँ ही गुजरे फिर पूनम ने सूरज को देखा। कुछ देर

धड़कते दिल से पूनम उस भरोसे को पढ़ती रही और फिर उठी धीरे-धीरे बिस्तर पर पैर सिकोड़कर लेट गई। उसका सिर सूरज की गोद में था और सूरज की उँगलियाँ उसके माथे को सहला रही थीं।

❄

पुश्ते की अन्य कॉलोनियों-बस्तियों पर किसी भी समय गाज गिर सकती थी। सभी लोग जल्द से जल्द अपने कागज़ बनवाने में लगे थे। पुश्ते के लोगों का बुरा हाल था। कहीं कागज़ थे तो पास में पैसा नहीं था कहीं पैसे का इन्तज़ाम था तो कागज़ ही नहीं थे। संजय अमर कॉलोनी के सब लोग भी अपने कागज़ के इन्तज़ाम में लगे थे। नेचू ने भले ही जमीन तय सीमा के बाद में ली थी पर उसने समय से राशन कार्ड बनवा लिया था। गुड़िया को उसी राशन कार्ड का भरोसा था।

"इतने दिन हो गए तुम कागज के लिए क्यों नहीं जाते दफ्तर? राशन कार्ड लेके जाओ दफ्तर।" गुड़िया ने आज नेचू से पूछ ही लिया।

"मेरा मन नहीं करता गुड़िया..." नेचू ने बेहिचक कहा।

"बात मन की है कहाँ...आज नहीं तो कल जाना ही पड़ेगा यहाँ से फिर कहाँ जाएँगे? कागज होगा तो कम-स-कम कोई ठिकाने की जगह तो मिल जाएगी जहाँ से खदेड़े नहीं जाएँगे।" गुड़िया ने जैसे नेचू को चेताया।

"गुड़िया मन में एक बात बहुत दिन से कसक रही है।" नेचू ने जमीन में सिर गड़ाए हुए कहा।

"क्या बात?" गुड़िया चौंक पड़ी।

"मैं सोच रहा हूँ यहाँ से वापिस ही क्यों न चलें। अब क्या रखा है यहाँ?" नेचू ने सोच-समझकर गुड़िया से अपने मन का सच कह डाला।

"कैसी बात कर रहा है?" कमरे में घुसते नेचू के पिता ने उसकी बात सुनते हुए कहा। गुड़िया भी उस बात को सुनकर सन्न रह गई। छोटे से कमरे में भूचाल आ गया। सबके मन की धरती ढोल गई पर नेचू के मन की धरती अचल रही। उसने दोहराया—"हम वापिस बदायूँ चलते हैं।" माँ-बाऊजी और गुड़िया उसे एकटक देखते रह गए। गुड़िया हैरान थी कि जो नेचू इस शहर को अपने बदायूँ से ज्यादा प्यार करता था वह यहाँ से लौटने की बात कह रहा है। ऐसी बात इतने सालों में नेचू ने कभी नहीं की थी।

"और वहाँ खाएगा क्या? पीछे सब घर-बार बेच आए अब कुछ भी हाथ में नहीं है।" बाऊजी तेज़ आवाज़ में चीखे।

"कुछ भी कर लूँगा। जब यहाँ आया था तब ही क्या था। जैसे यहाँ सब जोड़ा वहाँ भी जुड़ जाएगा।" नेचू ने शान्ति से कहा।

"इत्ता आसान है क्या?" पिता ने फिर उसे चेताते हुए कहा। नेचू कुछ नहीं बोला। गुड़िया जानती थी नेचू की आदत को। पक्का फैसला कर चुका नेचू फिर दोबारा कुछ नहीं सोचता। गुड़िया खामोश रही पर नेचू के बाऊजी अशान्त थे। उन्होंने अपना फैसला नेचू को सुना दिया—"मैं कुछ नहीं जानता तू अभी जा और मुआवजे के कागज बनवाकर ला। मैं रामपाल को कह दूँगा कि तेरे संग जाए। उसने कागज बनवाए हैं। उसे सारे काम की समझ है।" बाऊजी ने अपना फैसला सुना दिया।

रामपाल ने नेचू की बात सुनी तो दो भद्दी गाली उसे दी और दिल्ली छोड़ने के फैसले को उसके कायरपन का फैसला बताया। रामपाल उसे खींचकर दफ्तर ले गया। वहाँ आज पहले से भी ज्यादा चिल्लम-चिल्ली मची थी। संजय अमर कॉलोनी से अकेला नेचू ही नहीं था और भी बहुत-से लोग वहाँ जमा थे। सब चीख रहे थे। अपना पुराना राशन कार्ड दिखा रहे थे पर वहाँ कोई भी सुनवाई नहीं हो रही थी। बार-बार अधिकारी एक ही बात दोहरा रहे थे—"हमको राशन कार्ड से कोई मतलब नहीं। पहले का कागज़ है तो दिखाओ।"

एक औरत वहाँ अपने बच्चों के साथ कोने में खड़ी सिसक रही थी। पुश्ते में पिछली आग में उसका घर स्वाहा हो गया था और कागज़ उसी में राख हो गए थे। अधिकारियों को न राख से कोई लेना-देना था न औरत की कहानी से। उनके लिए एक ही सच था—ज़मीन के कागज़। रामपाल ने लाख दलील दीं पर बेअसर। उसकी बात सुनने को कोई तैयार नहीं था। रामपाल, नेचू का हाथ पकड़कर उसे कितनी खिड़कियों पर ले गया। कितने बाबुओं से फरियाद की उसने पर नेचू कुछ नहीं बोला। एक मशीन की तरह नेचू, रामपाल के साथ चला जा रहा था। पूरा दिन भूखे-प्यासे, अधिकारियों से लड़-झगड़कर, थक-हारकर जब रामपाल को समझ आ गया कि अब कुछ नहीं होगा तब वह एक पेड़ के नीचे बैठ गया। उसने नेचू को देखा, नेचू सामने देख रहा था। उसके चेहरे पर न कोई चिन्ता थी न कोई गुस्सा। पीछे लड़ाई-झगड़ा और बढ़ चला था। राशन कार्ड दिखानेवाले लोगों को मार-पीटकर भगाया जाने लगा। रामपाल ने गर्दन घुमाई और सामने की तरफ देखा जहाँ नेचू की निगाह लगी थी। वहाँ एक बड़ा-सा बोर्ड लगा था। भारत के नक्शे के भीतर लिखा था मेरा देश चमक रहा

है, ऊँचा उठ रहा है। इंडिया शायनिंग के नारे बोर्ड पर लिखे थे। देश में चुनाव होने ही वाले थे। कुछ देर बाद रामपाल ने नेचू को उठाया और दोनों पुश्ते की तरफ चल दिए।

होली से पहले देश भर में चुनावों की तिथि घोषित हो गई। दिल्ली में मई महीने में चुनाव तय हुआ। इस घोषणा ने फिर एक बार उम्मीद जगा दी। पुश्ते को बचाने का एक और रास्ता सुगन्धा को दिखाई दे गया। पुश्ता नई दिल्ली लोकसभा क्षेत्र में आता था। हर बार यहाँ रहनेवाले बड़ी संख्या में वोट डालकर आते। सुगन्धा ने प्रियभूषण से बात की और इस बार चुनाव आयोग के नाम एक याचिका दर्ज की गई कि चुनावों तक पुश्ते को गिराने से रोका जाए। यहाँ के रहवासी इस इलाके के पुराने मतदाता हैं। उन्हें वोट का अधिकार है। पुनर्वास के चलते दिल्ली की सीमाओं पर चले जानेवाले इन मतदाताओं को चुनाव के बाद भेज दिया जाए। चुनाव के मद्देनज़र कई राजनीतिक पार्टियों ने भी इस पक्ष को गम्भीरता से लिया और एक बार फिर स्टे के सिलसिले में बात उठी। चुनाव आयोग ने स्टे को मंजूरी दी। होली से पहले ही स्टे मिल गया। पुश्ता जीवन-मरण के बीच झूल रहा था। कभी सिर पर तलवार लटक जाती तो कभी राहत की साँस मिल जाती। इस बार की राहत ने लोगों को गहरा सुकून दिया। होली का त्योहार सबने धूमधाम से मनाया। लाल-हरे-नीले-पीले रंगों में खूब होली मनी। पूनम के स्कूल में गुलाल बिखर गया। बच्चे पानी में तर नाच रहे थे। पूनम के साथ उन्होंने खूब रंग खेला। पूनम, सूरज और ज्योति पानी में तर-ब-तर थे लेकिन पुश्ता अपनी अन्तिम होली देख रहा था। अगले ही दिन जब शरीर से होली के रंग उतरे भी नहीं थे मौजूदा सरकार के पर्यटन और संस्कृति मन्त्री ने यह अपील की कि मतदाताओं को पुनर्वास की जगह से मतदान केन्द्र तक लाने के लिए बसों की पूरी व्यवस्था कर दी गई है। इस घोषणा के बाद स्टे हटा लिया गया और चुनाव आयोग ने पुश्ते की बेदखली को हरी झंडी दिखा दी।

मुनमुन के घर में टी.वी. चल रहा था। जुबैर भी अपनी बिजली की दुकान बढ़ाकर घर लौट आया था। खाना परोसती मुनमुन सुबह की खबर देते हुए कहने लगी—"पहले तो कोई उम्मीद भी जागी थी अब तो सुन रहे हैं कि नई जगह से वोट डालने यहाँ आना पड़ेगा।" जुबैर के संग उसके अब्बा सलीम ने भी मुनमुन की बात सुनी तो वह जोर-जोर से हँसने लगा। मुनमुन ने उसे घूरकर देखा और बोली—"हाँ भई! झूठ नहीं कह रही यह टी.वी. सुबह से यही बक रहा है। हमें जो जगह मिलेगी वहीं से यहाँ आना पड़ेगा, चुनाव के दिन।"

"मुझे किसी पागल कुत्ते ने काटा है जो वोट डालने आऊँगा।" सलीम की नज़र में पूरे देश में कल्याण के नाम पर चल रही यह चुनावी प्रक्रिया बेमानी हो चली थी।

"और नहीं तो क्या... पहले हमें उखाड़ डालो फिर यह उम्मीद भी रखो कि हम वोट देने यहाँ आएँगे। इतनी ही चिन्ता थी तो भेज क्यों रहे हैं। हम किसी के देनदार नहीं अब। देख लेना ऐसी हाय लगेगी हम गरीबों की, उन सबको लगेगी जिस-जिसका भी हमें मिटाने में हाथ रहा है।" जुबैर ने गुस्से में कहा।

"तू क्यों अपनी ज़बान मैली करता है। अल्ला बड़ा कारसाज़ है बाबू! जिसको जो देना है खुद बूझ लेगा। काहे बेमतलब गम खा रहा है।" मुनमुन ने जुबैर को समझाते हुए कहा और घर के बाहर लगे पौधों में पानी डालने लगी। फूलों के यह पौधे बड़ी इच्छा से उसने बेटे से मँगवाकर यहाँ रोपे थे। उनमें रोज खिलते फूलों को देखकर मुनमुन को बहुत अच्छा लगता था। मुनमुन पानी देकर अन्दर आई ही थी कि दरवाजे पर आहट हुई। पूनम के साथ दीपाली नाम की एक औरत अपनी जवान बेटी को लिए आई। उसकी बेटी संगीता मुनमुन की बेटी अफ़साना के संग ही पूनम के स्कूल में पढ़ी थी। मुनमुन की उससे अच्छी बातचीत थी पर उसे आज यहाँ देखकर मुनमुन हैरत में पड़ गई। दोनों बच्चियाँ एक-दूसरे को देखकर चहक उठीं। पूनम के संग दीपाली को देखकर बनियान-लुंगी में बैठे सलीम को उसे पहचानने में थोड़ी देर लगी। दीपाली गौतमपुरी में टेलिफोन बूथ चलाया करती थी। अपनी बेटी को लेकर वह आज पुश्ता लौटी थी। पूनम को उसने यही बताया कि उसकी बेटी, अफ़साना से मिलना चाहती है। मुनमुन ने फौरन पतीले में चाय चढ़ा दी।

"घर-वर ठीक-ठाक हो गया वहाँ सब?" आखिर पूनम ने ही बात शुरू की। दीपाली ने दुपट्टे से आँखें पोंछी। अपनी बेटी संगीता की तरफ देखा और रोने लगी। इसके चलते यहाँ आई हूँ। जब तक तुम्हारी कॉलोनी नहीं उठती इसे अपने ही पास रख लो। वहाँ नई जगह घर का देखूँ या इसे?"

"ऐसा क्या हो गया?" मुनमुन ने चूल्हे के पास बैठे-बैठे ही पूछा। दीपाली ने सलीम और जुबैर की ओर देखा और चुप हो गई। दोनों समझदार थे किसी बहाने से औरतों को भीतर छोड़कर बाहर निकल आए।

"कुछ भी नहीं है वहाँ पर। पानी इतना पीला और सड़ा हुआ है कि नाक बन्द करके पीना पड़ता है। साफ पानी लाने के लिए इतनी दूर जाना पड़ता है। एक गाड़ी आती थी शुरू में अब वो भी नहीं आती। पुराने गाँव हैं वहाँ। पानी भरने के लिए दूर जाना होता है। रास्ते में बदनीयत आदमी-लड़के छेड़ते हैं

जवान लड़कियों-औरतों को। ऐसे बेसरम हैं कि अकेली लड़की पाते ही झपटते हैं उस पर। एक-दो लड़कियों के साथ तो...ऐसे में बच्ची के साथ कुछ हो-हवा गया तो मैं कहाँ जाऊँगी लड़की को लेकर? बड़ी उम्मीद से आई हूँ तुम्हारे पास... निराश न करना। मैंने तो कहा था इससे पूनम दीदी के घर रह ले पर यह न मानी। कहती रही अफ़साना के संग ही रहूंगी। अपनी बच्ची समझकर कुछ दिन को रख लो जैसे ही कुछ ठीक होगा इसे वापिस ले जाऊँगी। बाकी तो तुम सबको भी देर-सबेर निकलना ही है यहाँ से।" दीपाली अपनी जगह से उठी,उसने मुनमुन के पास आकर उसके घुटनों पर हाथ रखा तो बिना देरी किए मुनमुन ने उसके हाथ पर अपना हाथ रख दिया। एक बड़ी चिन्ता से मुक्ति मिलते ही दीपाली अपने दुखड़ों की गठरी खोलकर बैठ गई।

"वहाँ बिजली, पानी, नाले, स्कूल की कोई पक्की व्यवस्था नहीं। कुछ भी नहीं। न कोई डॉक्टर न कोई काम। जाने सर पर छत भी कब बनेगी? काम-धन्धा ढूँढें या घर बनाएँ? और काम भी कहाँ है। जानती हो पूनम दीदी नर्क में फेंक दिया हमको। यहाँ काम-धन्धे की कोई कमी न थी। मेरा बूथ बड़ा आसरा था। बाकी लोगों के कामधन्धे भी बहुत थे। मेरा अपना बेटा यहाँ चाँदनी चौक में दुकान में काम करता था। पहले सोचा था होगा यहाँ से सात-आठ किलोमीटर दूर का रास्ता। लगा रहेगा दुकान पर पहले की तरह। क्या पता था कि वहाँ से यहाँ तीस किलोमीटर की दूरी है। बताओ काले कोसों भेज दिया सबको बिना कुछ सोचे-विचारे। कहाँ से लाएँ काम वहाँ? वहाँ काम है नहीं और यहाँ आकर काम करें तो कुछ बचता नहीं। करें तो क्या करें? दिन भर में यहाँ तक आने-जाने का किराया ही चालीस रुपया लग जाता है। क्या कमाएँ? क्या खाएँ? बचाने की तो छोड़ ही दो। ऊपर से वहाँ गन्दगी, गुण्डागर्दी ने जान खा रखी है। पेशाब के लिए जाओ तो भी पैसा देना पड़ता है वहाँ। जगह-जगह खुले गटर बजबजा रहे हैं। कभी-कभी लगता है सब जहर खाके मर ही जाएँ तो जान छूटे। इससे तो अच्छा होता कि हमको-तुमको-सबको एक जगह बन्द करके बम से उड़ा डालते। एक ही बार में सबका किस्सा तो खत्म हो जाता। कोई चिन्ता-फिकर नहीं रहती।" कहते हुए दीपाली सुबकने लगी। पूनम सुनकर सन्न रह गई। मुनमुन का चेहरा सर्द हो गया। उसे काटो तो खून नहीं। नई जगह की भयावह सच्चाई जानकर उसके रोंगटे खड़े हो गए। पतीले में चाय खौलकर ऊपर उठ आई। पीछे चल रहे टी.वी.में एक आदमी चेहरे पर लम्बी खिंची मुस्कान में चुनाव प्रचार में लगा हुआ फीलगुड फैक्टर के बारे में बता रहा था।

❄

धाड़धाड़...धड़धड़ धाड़धाड़ ....संजय अमर कॉलोनी में अभी भोर की किरण पहुँच भी नहीं पाई थी कि यह आवाज़ें लोगों के कानों में पड़ीं। रात के अन्तिम पहर की खामोशी में यह आवाज़ें भयानक जान पड़ रही थीं। कुछ लोग चौंककर जागे। ऐसा लगा आवाज़ें उनके सीने से सीधी टकरा रही हैं। बहुत-से लोग अभी गहरी नींद में थे। आवाज़ें जारी रहीं। शोर तेज़ और तेज़ होता गया। धाड़धड़, धाड़, तड़तड़ तड़ाम... लोग बिस्तर छोड़कर बाहर निकले। बाहर का मंज़र दिल दहलानेवाला था। लोगों ने देखा रात के अँधेरे में टिमटिमाते बल्बों की रोशनी में कुछ लोग अपने हाथों में हथौड़ा लिए अपने घरों को तोड़ रहे थे। हथौड़े की चोट उनके अपने घरों पर बेदर्दी से पड़ रही थी। दीवारों पर चोट पड़ने से दरारें उभर आई थीं। घरों की ईंटें जमीन पर बिखरी थीं। चोट पर चोट करते वे लोग घरों के दरवाजे निकाल रहे थे। दीवारों में बरसों से जमी हुई चौखटों को साबुत निकालने की कोशिश में लगे थे। कभी जो खिड़की-दरवाजे अपने घर के लिए उन्होंने यहाँ कॉलोनी में लगाए थे आज कहीं और लगाए जाने के लिए उन्हें निकाला जा रहा था। कुछ घरों के आगे और भी लोग बैठे थे पर उनके हाथ में हथौड़े नहीं थे। उन्हें उम्मीद थी कि यदि वे जिद पर अड़े रहे तो शायद इस कॉलोनी से उन्हें नहीं निकाला जाएगा। कुछ जो पूरी तरह नाउम्मीद हो चले थे वे रात के अँधेरे में ही घरों पर हथौड़े चला रहे थे। वे मान चुके थे कल जो सच दूसरी कॉलोनियों का था वह आज उनकी संजय अमर कॉलानी का होनेवाला है।

रफीकुद्दीन को हाथ में हथौड़ा लिए दीवार पर वार करते देखकर मुनमुन सिहर गई। पास खड़े अपने बेटे जुबैर से बोली—"मुझसे तो नहीं होगा जुबैर यह काम। मैं नहीं तोड़ पाऊँगी अपना घर।" रफीकुद्दीन जिसने अपने अब तक के जीवन में न जाने कितने घर बनाए-तोड़े थे आज अपने घर पर वार करते हुए अचानक उसकी निगाह अपनी उँगलियों पर गई। उँगलियाँ की मोटी सख्त चमड़ी पर रेत जमा थी। वह ध्यान से देखता रहा। उँगलियों के नाखूनों के किनारे रेत-मिट्टी फँसी हुई थी। पसीने और मिट्टी में मिले उसके अपने हाथ आज उसे अपने नहीं लग रहे थे। देर से हथौड़ा थामे उसके हाथ लाल हो गए। उसने हथौड़े को जमीन पर रखा और अपनी हथेली देखने लगा। हथेली की लकीरों को उसने पढ़ने की कोशिश की। आड़ी-टेढ़ी लकीरों ने कोई जवाब नहीं दिया तो उसने फिर हथौड़ा उठा लिया। थोड़ी देर में ही दिन उगने लगा। आवाज़ें अभी भी नहीं रुक रही थीं-धाड़धड़...धड़धड़। आज मस्जिद से आती अजान और मन्दिर की घंटी पर भी यह शोर भारी था।

कुछ दिन पहले खबर आ गई थी कि अब अगला नम्बर बेलागाँव, मूलचन्द कॉलोनी,चीनी कॉलोनी, माल्हा गाँव के बाद कंचनपुरी, गौतमपुरी दो और संजय अमर कॉलोनी का ही है। संजय अमर कॉलोनी में जगह-जगह सामान बिखरा पड़ा था। घरों के मलबे के अलावा सामान से लदे बोरे पड़े थे। लोहा-लक्कड़ फैला था। छतों-घरों की टीनें बिखरी पड़ी थीं। छत से गिराई जा रही टीनें तड़तड़ करती जमीन पर काँपती-सी बिछ रही थीं। टीन पर धरा काम का और फालतू सामान भी उसके संग नीचे आ गिरता। पुश्ते की कई कॉलोनियाँ-बस्तियाँ खाली करवा ली गई थीं। सुबह होने पर हलचलों का एक भरा-पूरा संसार खड़ा हो गया। एक तरफ कॉलोनी खाली करने की फिक्र तो दूसरी तरफ कागज़ बनवाने की जल्दी। बहुत-से लोगों के कागज़ अभी तक बन नहीं पाए थे। वे सुबह दफ्तर खुलने से पहले लाइन में खड़े हो गए थे। उन सबको एक ही चिन्ता सवार थी यहाँ से निकाल बाहर कर दिए गए तो बिना कागज़ के जाएँगे कहाँ?

दिन के ग्यारह-साढ़े ग्यारह का समय रहा होगा। मस्जिद के पास चाय की दुकान पर आज कई लोग जमा थे। साबरी मस्जिदवाले इमाम साहब भी आज फरीदा और आसिफ के संग पुश्ते में चले आए थे। फरीदा की बहन आयशा को कई दिनों से जगह खाली करने की चिन्ता सताए जा रही थी। उसका बेटा करीम धरा-उठाई के काम में लगा था। आबिदा भी छोटे-मोटे काम सँभाल रही थी। आयशा का पति दिलशाद संजय अमर कॉलोनी के दो-चार लोगों के संग किसी टैम्पू की व्यवस्था करने के लिए गया था। इतने साल की गृहस्थी में जो कुछ और जैसा भी जोड़ा था उसे कहाँ छोड़ता। आज भी फरीदा हर बार की तरह आयशा और बच्चों के लिए खाना बना लाई थी। आसिफ तुरन्त खाला के हाथ से काम लेकर सामान बोरे में भरने लगा।

चाय की दुकान पर बैठे साबरी मस्जिद के इमाम साहब, पुश्ते के लोगों और कॉलोनी की मस्जिद के इमाम के साथ बातचीत कर रहे थे। घर हो, मन्दिर हो या मस्जिद सब जगह लोगों को खदेड़े जाने की नाइन्साफी की चर्चा चल रही थी। चायवाले ने सबको चाय का गिलास थमा दिया। वहीं बैठे एक आदमी ने दो दिन पहले की घटना सबको याद दिलाई—"बड़ा बुरा हुआ। तकदीर में नहीं था यहाँ से जाना उसका। आग में जलकर मर गया। बच्चा भी उसके संग था। सोया था बेचारा शिवपाल जब आग लग गई। बड़ा बुरा हुआ। मिट्टी-से शरीर को कैसे बांधबूँधकर निगमबोध ले गए लोग... पूछो उनसे।"

पास बैठा एक आदमी उसकी बात सुनकर कहने लगा—"अरे! ऐसा क्या सोया रहा कि पताई नहीं पड़ा आग का?"

इमाम साहब पैर पर पैर चढ़ाए एक हाथ गाल से टिकाए अपना चेहरा सँभाले बैठे थे। कुछ सोचते हुए बोले—"अन्दर ही रह गया होगा यह सोचकर कि शायद उसके अन्दर रहने से ही उसकी झुग्गी नहीं गिरेगी। घिर जाता है कभी-कभी आदमी निकल ही नहीं पाता आफतों से।"

वहाँ बैठे एक और आदमी ने इमाम साहब की बात पर सिर हिलाया और दुख से बोला—"क्या उमर थी जी...यही कोई चालीस-बयालीस का रहा होगा और बच्चा...वह तो बहुत ही छोटा था। बाप-बेटा दोनों निकल ही नहीं पाए। सोए रह गए... और भी लोग जले उस आग में पर ऐसी अनहोनी नहीं हुई। उन दोनों के साथ बड़ी बुरी घटी। बहुत ही बुरा हुआ।" सभी शिवपाल और उसके बच्चे की मौत पर अफसोस जता रहे थे।

दोपहर से शाम हो चली कॉलोनी के अनेक घरों में लोग अब भी सामान समेटने के काम में लगे थे। कल तक मकान का एहसास दे रहे ढाँचे अब खंडहर से लग रहे थे। मकान की छतें लगभग सारी कॉलोनी से उतार ली गई थीं। मुनमुन ने अपना सामान चादर की पोटलियों में बाँध लिया था। अचानक उसे ध्यान आया कि आज सारे दिन की भागदौड़ में उसने पौधों को पानी नहीं दिया। पानी लेकर वह बाहर आई। दोपहर तेज़ गर्मी के कारण पौधे मुरझा गए थे। मुनमुन वहीं बैठ गई और पानी डालने लगी। उसने हाथ से पौधों को सहलाया। जुबैर उसके पास खड़ा सब देख रहा था। मुनमुन ने हताश स्वर में जुबैर से पूछा—"इन पौधों का क्या करूँ जुबैर? इन्हें उठाकर कैसे ले जाऊँगी?" जुबैर शून्य में ताकता रहा।

शाम तक खबर आ ही गई कि कल सुबह संजय अमर कॉलोनी का नम्बर है। जो अब भी इस घड़ी के लिए तैयार नहीं थे वे भी अब हरकत में आने लगे। बिहारी बिल्डिंग से फरीदा और पूनम सुबह ही आ गए थे। दोनों में से कोई वापिस नहीं गया। पूनम सुबह से अपने स्कूल में बैठी बच्चों के सामान को समेट रही थी, बच्चों से मिल रही थी। बच्चे बार-बार आकर पूनम से बतियाने लगते। कोई पुरानी याद ताज़ा कर देते। शाम को इमाम साहब ने लोगों से कहा कि आज पुश्ते की आखिरी नमाज़ होगी। सब लोग हाज़िर रहें। इधर मन्दिर के पंडित जी ने भी आखिरी आरती की बात लोगों तक पहुँचा दी। यह अब साफ था कि कॉलोनी खाली होते ही मस्जिद और मन्दिर भी तोड़ दिए जाएँगे। पूनम

ने यह सुनकर बच्चों से कहा—"मैं भी चाहती हूँ शाम को स्कूल के बच्चे अपने माता-पिता के साथ आएँ। एक प्रार्थना मैं भी सबके लिए करना चाहती हूँ।" इतना कहकर पूनम ज़मीन पर फैले सामान के बीच से उठी और उसने कागज-कलम खोजा। ज़मीन पर बैठी। सारा सामान एक तरफ सरकाया और कागज़ पर कुछ लिखने लगी। बच्चे पूनम का सन्देश लेकर दौड़ पड़े। गलियों में भागते जाते वच्चे अपने स्कूल के बच्चों से कहते जा रहे थे—"आज शाम को सबको स्कूल आना है। ज़रूर आना है। दीदी हमें कुछ बताएँगी।"

शाम हुई। अब तक सूरज ने स्कूल की छत और नीचे दो तरफ की टीन हटा ली थी। स्कूल अजीब-सा लग रहा था। बच्चों के चित्र सुतली से बाँध लिए गए थे और सामान भी पोटलियों में बँध गया था। पूनम के वहाँ खड़े रहने से ही वह जगह स्कूल लग रही थी। इधर मस्जिद में आखिरी अज़ान शुरू हो गई और उसके कुछ देर बाद मन्दिर में घंटियाँ बजने लगीं। पूनम के स्कूल में कई बच्चे अपने माता-पिता के संग पहुँच गए। कुछ नहीं भी आ सके तो कुछ माता-पिता के बगैर ही चले आए। स्कूल में बल्ब जल रहा था। माता-पिता हैरान थे कि उन्हें रात के समय क्यूँ बुलाया गया है। रफीकुद्दीन, मुनमुन, नेचू, गुड़िया, आयशा, फरीदा भी वहाँ चले आए। यह वही लोग थे जिन्होंने पूनम के पहले स्कूल में अपने बच्चों को भेजा था। बच्चे शोर मचाने लगे। पूनम एक कागज़ लिए न जाने क्या सोच रही थी। उसने कागज़ को रखा और सबसे बोली—"थोड़ी देर के लिए सब चुप हो जाएँ। पता नहीं कल हम सब साथ होंगे या नहीं पर मैं विदाई का एक गीत गाना चाहती हूँ। अपने बच्चों को विदा करने से पहले एक बार उनके साथ थोड़ा समय बिताना चाहती हूँ।" सब लोग जिज्ञासा से भरकर पूनम को देखने लगे। एक साँस लेकर पूनम ने अपनी बात आगे बढ़ाई—"लोगों के तो एक-दो बेटी-बेटे होते होंगे पर मेरी तो दसियों बेटियाँ-बेटे हैं। मेरे कितने भाई-बहन हैं जो कल यहाँ नहीं होंगे पर आज तो हम सब साथ हैं।" कहते हुए पूनम कुछ भावुक हो गई। सारे बच्चे भी चुप हो गए। पूनम ने इशारे से शबनम को आगे बुलाया। शबनम उसके पास आई पूनम ने एक बड़ा-सा दीया लिया, उसे जलाया और टूटे-बिखरे स्कूल की चौखट पर रख दिया। दीए की रोशनी में पूनम और शबनम के चेहरे चमक उठे। अब उसने सब बच्चों को वैसे ही अलग-अलग लाइनों में खड़ा किया जैसे वह रोज़ करती थी। जब बच्चे सही तरह खड़े हो गए तो पूनम ने कागज़ निकाला। शबनम को पढ़ने को दिया और बोली—"देखो बच्चो! अब मैं और शबनम एक गीत गाएँगे। तुम जितना हो सके हमारे पीछे-पीछे गीत दोहराना। याद करते जाना। यह इस

स्कूल का आखिरी गीत है इसे कभी न भूलना।" कहते हुए शबनम और पूनम गाने लगे—

"काँधे पर है सूरज अपना काँधे पर है धरती
इच्छा अपनी संगी-साथी कभी नहीं है मरती
सपनों का घर भले यहाँ टूटा-बिखरा है
चुन लो सब ईंटें, दरवाजे लोहा-लक्कड़
याद रखो तुम खेल पुराने अक्कड़-बक्कड़
हम न थकेंगे बढ़ते रहेंगे
लेके चलेंगे काँधों पर घर
काँधे पर है सूरज अपना काँधे पर है धरती
इच्छा अपनी संगी साथी कभी नहीं है मरती
सिर पर होगा आग का गोला पैर के नीचे कांटे
चारदिवारी मिले भले न, रहना इक-दूजे का दुख बाँटे
पहलो-दुक्को-तिक्को-चौग्गो... घर पूरे कर लेना
बाद में आए जब समुद्र तुम सब तैयारी रखना
साँस खींचकर गहरी, लम्बी एक छलाँग लगाना
आँख झपकते हुए तुम समुद्र पार कर जाना
बार-बार और बार-बार यही गीत दोहराना
हम न थकेंगे बढ़ते रहेंगे
लेके चलेंगे काँधों पर घर
काँधे पर है सूरज अपना काँधे पर है धरती
इच्छा अपनी संगी साथी कभी नहीं है मरती
अनजान जगह की राहों पर जब पड़े पैर में छाला
आँखों में घिर जाए उदासी हर ओर दिखे बस ज्वाला
जीवन में दिन आते हैं कुछ कठिन परीक्षा बनकर
हमको लड़ना है उनसे आगे बढ़कर औ तनकर
साँसों में हवा, सीने में आग, मन में नदिया का पानी
अपनी पाठशाला की याद रखना हरेक कहानी
गिरते-चलते-बढ़ते इक दिन फूटेंगे सब छाले
हिम्मत रखना बस थामे तुम हो राही मतवाले
काम कठिन जीवन थोड़ा तुम पाठ रोज इक पढ़ना
जीवन सिखलाएगा तुमको दुख से कैसे है लड़ना

हरेक लड़ाई लड़ते तुम बस गीत यही एक गाना
हम न थकेंगे बढ़ते रहेंगे
लेके चलेंगे काँधों पर घर
लेके चलेंगे काँधों पर घर।"

गीत भले ही समाप्त हो गया पर बच्चे उसकी कुछ पंक्तियाँ जोर-जोर से गाते रहे, दोहराते रहे। पूनम ने सब बच्चों को गले से लगाया। बच्चे गीत गाते, उछलते-कूदते अपने घर लौट गए। पूनम वहीं चौखट पर जलते हुए दिए के पास बैठी रही।

रात गहराने लगी। जगह-जगह से टूटी हुई कॉलोनी के बेछत ढाँचों के नीचे भी घर अभी बाकी थे। रफीकुद्दीन के टूटे घर में बिखरी हुई ईंटों और मलबे के बीच ही अमीना ने ईंटें जोड़कर चूल्हा बना लिया और दाल चढ़ा दी। तभी बारिश होने लगी। रफीकुद्दीन ने डंडे से सहारे से चूल्हे पर टीन का टुकड़ा चढ़ा दिया। गर्मी में बेहाल लोगों को कुछ राहत मिली पर बारिश जल्द बन्द हो गई और उमस बढ़ने लगी। टूटे-फूटे घरों में ही लोगों ने बच्चों के संग खाना खाया। प्रेम ढाबेवाले ने उस रात आखिरी खाना बनाया और सब काम निबटाने के बाद भारी मन से बरसों पुराने अपने तन्दूर को तोड़ डाला। राधा और लल्लन पहले ही अपना ढाबा तोड़ चुके थे। मुनमुन ने देखा घर में पानी खत्म हो चला था। उसने जुबैर को सुबह के लिए पानी भरने भेजा तो पता चला पानी की लाइन काटी जा चुकी है। दो ही नल थे वहाँ। टैंकर आया नहीं था। उसने बरमे से पानी भर लिया। जुबैर के साथ जब मुनमुन पानी लेकर लौट रही थी कॉलोनी का एक आदमी अपने छोटे से बच्चे को सुलाने की कोशिश करता हुआ अखबार का पंखा बनाकर झल रहा था। बच्चे की कमीज़ के सारे बटन खुले थे। बच्चा सोता और कभी गर्मी से हल्कान होते हुए बीच-बीच में जाग जाता। फरियाद सुननेवाले कान बहरे थे और गमज़दा लोगों के पास सैकड़ों कहानियाँ थीं। कोई उम्मीद अब बाकी नहीं थी। आँखें तबाही देख रही थीं हाथ चाहकर भी उठ नहीं पा रहे थे। पैर चलना भूल गए थे अकेली साँसें ही ज़िन्दा होने का सबूत थीं।

रात और गहरा चली। कितनी ही आँखों से नींद गायब थी। आसमान बारिश से धुलकर कुछ साफ हुआ था। बहुत सारे तारे आसमान में दिखाई दे रहे थे पर कॉलोनी के लोगों की उम्मीद का एक तारा उनमें नहीं था। चारों तरफ बिखरे सन्नाटे में कुछ आवाज़ें शामिल थीं। कुत्ते लगातार भौंक रहे थे। चारों तरफ अँधेरा था जिसमें टिमटिमाती रोशनियाँ कुछ रास्तों का पता दे रही थीं। मौत-से बेहरकत शब्द हर दरवाजे पर लिखे थे पर उन्हें लिखनेवाले शायद यह भूल गए

थे मिटा डालने से ज़िन्दगी के अफसाने कहाँ मिटते हैं। रात का शायद अन्तिम पहर था एक टिटहरी चीखती हुई आवाज़ में वहाँ से गुजरी।

आज की सुबह में शोर भी वीरानी का गहरा रंग लिए था। लोगों के चेहरे मायूसियों में घुले थे। एक बच्चे ही थे जो सबसे बेपरवाह खेलकूद में मगन थे। पूनम और सूरज रात भर कहीं नहीं गए। फरीदा भी अपनी बहन आयशा के घर रुकी। सुगन्धा सुबह ही मुनमुन और कुछ और लोगों के लिए खाने-पीने का सामान लेकर पंहुच गई। विदाई की इस घड़ी में उमा और निशान्त मीणा भी पुश्ते की रिपोर्टिंग के लिए आ गए। दस बजे तक तेज धूप घिर आई। धीरे-धीरे बुलडोज़र संजय अमर कॉलोनी में दाखिल हो गए। भारी सामान उठाने के लिए कुछ क्रेन भी साथ थीं। घर ढहाए जाने शुरू हुए। कॉलोनी लगभग खाली हो रही थी। एक बच्चा कूड़े में से न जाने क्या टटोल रहा था। एक आदमी दौड़कर उसके पास आया। इतने में क्रेन ने एक टूटी अलमारी को उठाया। अधिक वजन के कारण उसे नीचे छोड़ दिया। अलमारी आदमी के पैर के करीब जा लगी। उसके पैर की नस फट गई। खून बहने लगा। वह लँगड़ाता हुआ बच्चे को लेकर आगे बढ़ गया। धूप और तेज़ होती जा रही थी। ज़ख्म का सिलसिला मीलों तक फैला था। धूप तन को नहीं साये तक को झुलसाने लगी। बाहर सड़क पर टैम्पो और ट्रक खड़े थे जो लोगों को बवाना और होलंबी कलाँ लेकर जानेवाले थे। सुगन्धा सोचने लगी कि बेघर कर दिए इन लोगों से कितने लोगों, नेताओं ने कहा कि चिन्ता मत करो पर जो कंधों पर अपने घर ढोने को अभिशप्त हैं उनका जीवन तो चिन्ता की स्थाई शरणस्थली के अतिरिक्त कुछ भी नहीं। उमा देख रही थी कि जाते हुए लोग एक बार भी अपना दुख किसी से कहना नहीं चाहते थे। खासतौर से मीडिया से। उनकी आँखें दरिया हो चली थीं। लोग एक-दूसरे के आँसू तो पोंछ सकते थे पर दिल के ज़ख्म पर मरहम कौन लगाता?

लोगों ने नई जगह जाने के लिए मिलकर टैम्पू कर लिए। कॉलोनी में बुलडोज़र अबाध गति से अपना काम कर रहे थे। आधे टूटे मकान भी अब मलबे में बदल गए। इधर नेचू, सूरज और पूनम के पास आया। सूरज से गले लगते हुए उसने यही कहा—"भाई! आना कभी बदायूँ तब मिलेंगे।" पूनम, नेचू को देखती रह गई। पीछे से एक तेज़ आवाज़ आई। पूनम ने पलटकर देखा। जेसीबी ने आगे बढ़ने का रास्ता बनाते हुए पूनम के स्कूल की जगह पर ढेर सारी ईटें छोड़ दीं। कल जो एक स्कूल था वह आज जमींदोज़ था। पूनम ने वहाँ देखा और फिर उसकी नज़र सामने सड़क पर गई। मुनमुन, आयशा, राधा,

रफीकुद्दीन, राजपाल और न जाने कितने लोग अलग-अलग टैम्पू में बैठ चुके थे। सामान लद चुका तो ड्राइवर ने टैम्पू स्टार्ट किया। आगेवाले ट्रक ने हॉर्न दिया। पूनम के दिल में एक हूक उठी। उसकी आँखें भीगी जा रही थीं। यह सब सहन कर पाना आसान नहीं था। सारे माहौल में चुप्पी छाई हुई थी। पूनम ने चलते हुए टैम्पू को देखा। टैम्पू कुछ दूर आगे ही गया था कि बच्चों के गाने की आवाज़ उसके कानों से टकराई—

“काँधे पर है सूरज अपना काँधे पर है धरती
इच्छा अपनी संगी-साथी कभी नहीं है मरती
सपनों का घर भले यहाँ टूटा-बिखरा है
चुन लो सब ईंटें, दरवाजे लोहा-लक्कड़
याद रखो तुम खेल पुराने अक्कड़-बक्कड़
हम न थकेंगे बढ़ते रहेंगे
लेके चलेंगे काँधों पर घर
लेके चलेंगे काँधों पर घर...”

❄